예언의 시

2 불과 얼음

WARRIORS series 1: The Prophecies Begin
Book 2: Fire and Ice

Copyright © 2003 by Working Partners Limited
Series created by Working Partners Limited
Map art © 2015 by Dave Stevenson
Interior art © 2015 by Owen Richardson

Korean translation copyright © 2019 by GaramChild.
Korean translation rights arranged with Working Partners Ltd.
through Rights People, London

예언의 시작
WARRIORS
전사들
2 불과 얼음

2019년 1월 31일 1쇄 발행
2024년 6월 30일 8쇄 발행

지은이 에린 헌터 | 옮긴이 서나연

기획 이성애 | 편집 한명근 | 교정·교열 권혜정
마케팅 한명규 | 디자인 김성엽의 디자인모아

발행처 ㈜가람어린이

출판등록 2002년 9월 16일 제2002−000291호
주소 경기도 고양시 덕양구 삼원로 63, 1015호
전화 02−323−2160 | 팩스 02−6008−2150
전자우편 garambook@garambook.com
블로그 blog.naver.com/garamchildbook
인스타그램 instagram.com/garamchildbook
X(트위터) twitter.com/garamchildbook
유튜브 가람어린이tv
카카오톡 채널 가람어린이출판사

ISBN 979−11−87777−72−4 74840
ISBN 979−11−87777−68−7 (세트)

예 언 의 시 작

WARRIORS
전사들

2 불과 얼음 Fire and Ice

에린 헌터 지음 | 서나연 옮김

가람어린이

미소만으로 나를 행복하게 해 주는
나의 아들 조슈아,
그리고 파이어하트를 전사로 만들어 준
편집자 비키를 위하여

등장하는
고양이들

 천둥족

지도자
블루스타(푸른별) 청회색 암고양이로, 주둥이 주변은 은빛이 감돈다.

부지도자
타이거클로(호랑이발톱) 짙은 갈색 얼룩무늬 수고양이로, 몸집이 크고 앞발톱이 유난히 길다.

치료사
옐로팽(노란송곳니) 그림자족에 속해 있던 나이 많은 진회색 암고양이로, 얼굴이 펀펀하고 넓적하다.

전사(수고양이와 새끼가 없는 암고양이)
화이트스톰(하얀폭풍) 흰색 얼룩무늬 수고양이로, 몸집이 크다. 훈련병 샌드포를 가르친다.

다크스트라이프(짙은줄무늬) 암회색 얼룩무늬 수고양이로, 몸이 날렵하다. 훈련병 더스트포를 가르친다.

롱테일(긴꼬리) 진한 흑색 줄무늬가 있는 옅은 얼룩무늬 수고양이. 훈련병 스위프트포를 가르친다.

러닝윈드(달리는바람) 재빠른 얼룩무늬 수고양이.

윌로펠트(버드나무가죽) 아주 옅은 회색 암고양이로, 흔치 않은 푸른 눈을 가졌다.

마우스퍼(쥐색털) 몸집이 작은 흑갈색 암고양이.

파이어하트(불꽃심장) 적갈색 수고양이로, 용모가 수려하다. 훈련병 신더포를 가르친다.

그레이스트라이프(회색줄무늬) 회색 수고양이로, 털이 길다. 훈련병 브래큰포를 가르친다.

훈련병(태어난 지 6개월이 넘어 전사가 되기 위해 훈련을 받는 고양이)

샌드포(모래색발) 옅은 황갈색 암고양이.

더스트포(흙색발) 흑갈색 얼룩무늬 수고양이.

스위프트포(재빠른발) 흑백 얼룩무늬 수고양이.

신더포(잿빛발) 진회색 암고양이.

브래큰포(고사리발) 황금빛이 도는 갈색 얼룩무늬 수고양이.

보육실의 어미 고양이(임신 중이거나 새끼를 기르는 암고양이)

프로스트퍼(서릿발털) 파란 눈의 아름다운 흰색 고양이.

브린들페이스(얼룩무늬얼굴) 예쁜 얼룩무늬 고양이.

골든플라워(황금꽃) 옅은 황갈색 고양이.

스페클테일(점박이꼬리) 옅은 얼룩무늬 고양이로, 보육실의 어미 고양이들 중 가장 나이가 많다.

원로(은퇴한 전사와 보육실에서 나온 암고양이)

하프테일(반쪽꼬리) 몸집이 큰 진갈색 얼룩무늬 수고양이로, 꼬리 일부가 떨어져 나갔다.

스몰이어(작은귀) 귀가 아주 작은 회색 수고양이로, 천둥족 수고양이 중 가장 나이가 많다.

패치펠트(누더기가죽) 몸집이 작은 흑백 얼룩무늬 수고양이.

원아이(하나의눈) 연회색 암고양이. 천둥족에서 가장 나이 많은 암고양이로, 눈이 거의 보이지 않고 귀도 잘 들리지 않는다.

대플테일(얼룩꼬리) 한때 무척 예뻤던 삼색얼룩 암고양이로, 사랑스러운 얼룩무늬 털을 가졌다.

 그림자족

지도자
나이트펠트(밤털가죽) 검정색 수고양이로, 나이가 많다.

부지도자
신더퍼(잿빛털) 날씬한 회색 수고양이.

치료사
러닝노즈(흐르는코) 몸집이 작은 회백색 수고양이.

전사
스텀피테일(뭉툭꼬리) 갈색 얼룩무늬 수고양이. 훈련병 브라운포를 가르친다.

웻풋(젖은발) 회색 얼룩무늬 수고양이. 훈련병 오크포를 가르친다.

리틀클라우드(작은구름) 얼룩무늬 수고양이로, 몸집이 아주 작다.

보육실의 어미 고양이

돈클라우드(새벽구름) 작은 얼룩무늬 암고양이.

다크플라워(어두운꽃) 검정색 고양이.

톨파피(키큰양귀비) 밝은 갈색 얼룩무늬 고양이로, 다리가 길다.

원로

애쉬퍼(잿빛털) 마른 회색 수고양이.

 바람족

지도자

톨스타(키큰별) 흑백 얼룩무늬 수고양이로, 꼬리가 매우 길다.

부지도자

데드풋(죽은발) 검정색 수고양이로, 발이 뒤틀렸다.

치료사

바크페이스(거친얼굴) 갈색 수고양이로, 꼬리가 짧다.

전사

머드클로(진흙색발톱) 얼룩덜룩한 암갈색 수고양이. 훈련병 웹포를 가르친다.

톤이어(찢어진귀) 얼룩무늬 수고양이. 훈련병 러닝포를 가르친다.

원위스커(수염하나) 어린 갈색 얼룩무늬 수고양이. 훈련병 화이트포를 가르친다.

보육실의 어미 고양이

애쉬풋(잿빛발) 회색 고양이.

모닝플라워(아침꽃) 삼색얼룩 고양이.

 강족

지도자

크룩트스타(비뚤어진별) 몸집이 큰 옅은 색 얼룩무늬 고양이로, 턱이 비뚤어져 있다.

부지도자

레퍼드퍼(표범털) 얼룩무늬 암고양이로, 보기 드문 금빛 점무늬가 있다.

치료사

머드퍼(진흙색털) 밝은 갈색 수고양이로, 털이 길다.

전사

블랙클로(검은발톱) 흐릿한 흑색 수고양이. 훈련병 헤비포를 가르친다.

스톤퍼(돌멩이색털) 회색 수고양이로, 귀에 전투의 상처가 남아 있다. 훈련병 셰이드포를 가르친다.

라우드밸리(시끄러운배) 진갈색 수고양이. 훈련병 실버포를 가르친다.

실버스트림(은빛시내) 은빛 얼룩무늬 암고양이로, 예쁘고 날렵하다.

화이트클로(하얀발톱) 짙은 색 전사.

종족에 속하지 않는 고양이

발리(보리) 흑백 얼룩무늬 수고양이로, 숲 근처의 농장에 산다.

브로큰스타(부서진별) 털이 긴 진갈색 얼룩무늬 수고양이. 그림자족의 지도자였다.

블랙풋(검은발) 덩치가 큰 흰색 수고양이로, 커다랗고 새까만 발이 특징이다. 그림자족의 부지도자였다.

클로페이스(긁힌얼굴) 전투에서 얻은 흉터가 있는 갈색 수고양이.

레이븐포(칠흑색발) 몸집이 작고 마른 검은색 수고양이. 가슴에 작은 흰색 얼룩점이 있으며, 꼬리 끝도 흰색이다.

프린세스(공주) 애완 고양이로, 연갈색 얼룩무늬에 가슴과 발만 흰색으로 도드라져 보인다.

클라우드킷(구름털) 털이 긴 흰색 수고양이. 프린세스가 처음 낳은 새끼이다.

악마의 손가락
(폐광)

윈드오버 농장

윈드오버 황무지

드루이드 계곡

드루이드 폭포

특발쟁이 지도

첼 강

모건 농장 야영지

모건 농장

모건 농장 길

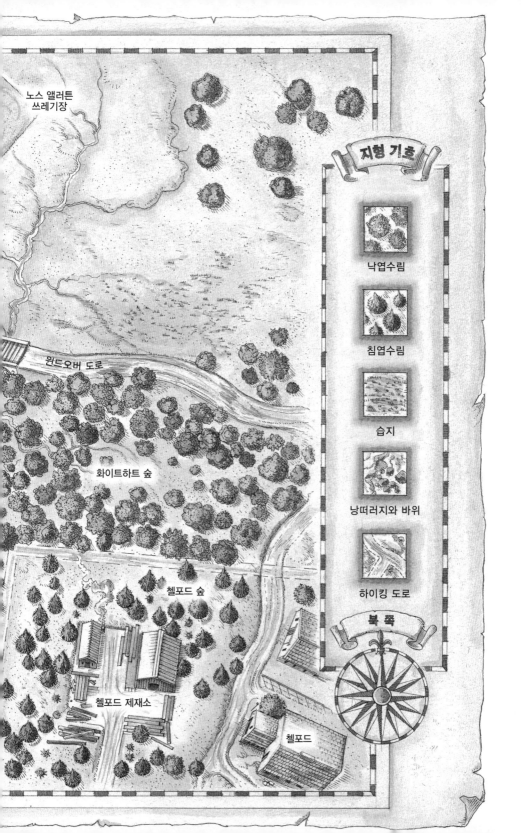

프롤로그

주황색 불꽃이 차가운 공기를 휘감고, 화르르 튄 불티들이 밤 하늘로 솟구쳤다. 제멋대로 풀이 자란 황무지에 불빛이 가물거 리며, 옹기종기 모여 있는 두발쟁이들의 윤곽을 거뭇하게 그려 주 었다.

멀리서 한 쌍의 눈부신 빛이 나타나, 괴물이 다가오고 있음을 알렸다. 괴물은 천둥길을 요란하게 지나가며, 불쾌한 연기로 공기 를 가득 채워 놓았다.

황무지 가장자리 어둠 속에서 고양이 하나가 눈을 번득이며 움 직였다. 고양이는 뾰족한 귀를 씰룩거리다가, 시끄러운 소리가 나 자 납작하게 눕혔다. 다른 고양이들도 하나둘씩 더러운 풀 위에 모습을 드러냈다. 그들은 꼬리를 내리고 입술을 샐룩거리며 독한 공기를 킁킁 들이마셨다.

"두발쟁이들이 우리를 보면 어쩌죠?"

고양이들 중 하나가 말했다.

"못 볼 거다. 밤에는 잘 보지 못하거든."

덩치가 큰 수고양이가 대답했다. 불빛이 비친 그의 눈은 마치 주황색 구슬 같았다.

그가 앞으로 걸어 나오자, 강인한 어깨를 덮은 흑백 얼룩무늬 털이 불빛에 환하게 드러났다. 그는 긴 꼬리를 꼿꼿이 세우고 종족에게 용기를 북돋아 주었다.

하지만 다른 고양이들은 풀숲에 몸을 낮게 웅크린 채 덜덜 떨고 있었다. 이곳은 낯선 장소였다. 괴물들이 내는 시끄러운 소리가 민감한 귀 털을 자극했다. 매캐한 악취도 콧구멍을 콕콕 찔렀다.

"톨스타?"

회색 어미 고양이가 불안한 기색으로 꼬리를 흔들었다.

"왜 이곳으로 온 거죠?"

흑백 얼룩무늬 수고양이가 어미 고양이를 향해 몸을 돌렸다.

"우리가 자리를 잡으려고 했던 곳마다 다 쫓겨나지 않았나, 애쉬풋. 어쩌면 여기서 안식처를 구할 수 있을지도 모르지."

"안식처요? 여기서?"

애쉬풋이 믿을 수 없다는 듯이 되물었다. 그러고는 새끼 고양이를 끌어당겨 배 아래쪽으로 숨겼다.

"불이 있고, 괴물들도 있는데요? 새끼 고양이들은 이곳에서 안전하지 못할 거예요!"

"하지만 집에서도 우린 안전하지 않았어요."

다른 목소리가 말했다. 검정색 수고양이가 뒤틀린 발을 절뚝거리며 힘겹게 앞으로 걸어 나왔다. 그는 톨스타의 주황색 눈동자를 마주 보았다.

"우리는 그림자족으로부터 새끼들을 보호하지 못했습니다. 우리 진영 안에서조차 말입니다!"

몇몇 고양이들이 끔찍한 기억을 떠올리며 걱정스런 소리를 냈다. 그들은 무시무시한 전투 끝에 숲 가장자리의 고원에 있던 예전 집에서 쫓겨나고 말았던 것이다.

어린 훈련병 하나가 울부짖었다.

"브로큰스타와 그의 전사들이 아직도 우리를 뒤쫓고 있을지도 몰라요!"

불가에 있던 두발쟁이 중 하나가 그 울음소리를 들었다. 두발쟁이는 휘청거리며 일어서더니 어둠 속을 빤히 쳐다보았다. 고양이들은 즉시 몸을 더 낮추고 숨을 죽였다. 톨스타조차 꼬리를 내렸다. 두발쟁이는 어둠을 향해 소리를 지르더니, 고양이들에게 무언가를 휙 던졌다. 그것은 고양이들의 머리 위로 날아와 뒤쪽 천둥길에 떨어지더니, 가시처럼 날카로운 조각들로 부서졌다.

파편 하나가 애쉬풋의 어깨를 스치고 지나갔다. 그녀는 몸을 움찔했지만 아무런 소리도 내지 않고 겁먹은 새끼 고양이를 감싸 안았다.

"몸을 낮춰."

톨스타가 속삭였다.

불가에 서 있던 두발쟁이는 다시 자리에 앉았다.

고양이들은 톨스타가 일어나기 전까지 조금 더 기다렸다. 마침내 톨스타가 몸을 일으켰다. 애쉬풋도 따라 일어났지만, 순간 어깨에 통증을 느꼈는지 몸을 움츠렸다.

"톨스타, 여기서 과연 우리가 안전할 수 있을까요? 그리고 무얼 먹죠? 먹잇감의 냄새가 전혀 나지 않아요."

톨스타는 목을 쭉 빼고, 어미 고양이의 머리에 주둥이를 살며시 얹었다.

"배가 고프다는 걸 안다."

톨스타가 부드럽게 말했다.

"하지만 우리 옛 영역이나 두발쟁이 영역보다는 이곳이 안전할 것이다. 이곳을 봐라! 그림자족도 여기까지 쫓아오진 않을 것이다. 개의 냄새도 나지 않고, 이 두발쟁이들은 서 있을 수조차 없어 보인다."

톨스타는 발이 뒤틀린 검정색 수고양이에게 몸을 돌렸다.

"데드풋, 원위스커를 데리고 가서 먹이를 찾아보게. 두발쟁이들이 있는 곳이면 반드시 시궁쥐들이 있기 마련이니까."

"시궁쥐라고요?"

애쉬풋이 소리쳤다. 데드풋은 몸집이 더 작은 갈색 얼룩무늬 고양이를 데리고 이미 출발한 뒤였다.

"그건 까마귀 밥보다 나을 게 없잖아요!"

"그만!"

곁에 있던 삼색얼룩 고양이가 애쉬풋을 조용히 시켰다.

"굶어 죽는 것보다는 시궁쥐 고기라도 먹는 편이 낫잖아!"

애쉬풋은 인상을 찌푸렸지만, 곧 고개를 숙이고 새끼 고양이의 귀 뒤를 핥아 주었다.

"자리를 잡을 만한 새로운 장소를 찾아야만 해, 애쉬풋."

삼색얼룩 고양이가 좀 더 부드러운 목소리로 말을 이었다.

"특히 모닝플라워는 먹이도 먹고 좀 쉬어야 하잖아. 곧 새끼들이 태어날 테니까 건강해져야 해."

어둠 속에서 데드풋과 원위스커의 기다란 몸체가 나타났다.

"말씀대로 사방에 시궁쥐 냄새가 납니다. 그리고 몸을 숨길 만한 은신처도 찾은 것 같습니다."

"안내하게."

톨스타가 꼬리를 휙 휘둘러 나머지 종족을 불러 모았다.

고양이들은 데드풋을 따라서 조심스럽게 황무지를 가로질러 갔다. 데드풋은 불쑥 솟은 천둥길 아래쪽으로 그들을 이끌고 갔다. 불빛이 비치자, 돌로 된 천둥길의 커다란 다리에 고양이들의 그림자가 흐릿하게 드리워졌다. 괴물 하나가 머리 위에서 우르릉거리며 지나가자 땅이 흔들렸다. 하지만 가장 작은 새끼 고양이조차 조용히 해야 한다는 것을 아는지, 아무 소리 없이 덜덜 떨기만 했다.

"여깁니다."

데드풋이 둥그런 구멍 옆에 멈췄다. 고양이 둘 정도 되는 높이의 구멍이었다. 구멍에서 땅속으로 비탈져 내려가는 동굴 안으로 물줄기가 계속 흘러들고 있었다.

"물은 신선합니다. 마실 수도 있을 거예요."

데드풋이 말했다.

"밤이나 낮이나 발을 적셔야 한다니!"

애쉬풋이 투덜거렸다.

"안에 들어가 봤는데, 물이 닿지 않는 공간이 있습니다. 거기라면 적어도 두발쟁이나 괴물로부터 안전할 거예요."

데드풋이 말했다.

톨스타가 앞으로 나서서 턱을 치켜들고 단호하게 말했다.

"바람족은 벌써 긴 시간 동안 이동했다. 그림자족이 우리를 집에서 쫓아낸 지도 거의 한 달이 되어 간다. 날씨는 점점 더 추워지고 있고, 곧 잎 없는 계절이 닥칠 것이다. 여기 머무르는 것 말고는 선택의 여지가 없다."

애쉬풋은 눈을 찌푸렸지만 아무 말도 하지 않았다. 그녀는 어둑어둑한 동굴로 하나씩 줄지어 들어가는 동료 고양이들을 잠자코 따라갔다.

1

숲에 드리운 그림자

파이어하트는 몸이 덜덜 떨렸다. 불꽃처럼 붉은 그의 털은 아직 추위를 막기에는 부족했다. 이런 추위를 막아 줄 정도로 털이 촘촘하게 자라려면 몇 달은 더 있어야 할 것이다. 그는 딱딱한 땅 위에서 앞발을 이리저리 움직여 보고 있었다. 천천히 새벽이 다가오면서, 하늘이 마침내 밝아지고 있었다. 비록 발은 차가웠지만 파이어하트는 가슴을 뜨겁게 달구는 자부심을 억누를 수 없었다. 훈련병으로 여러 달을 지낸 끝에 드디어 전사가 된 것이다.

파이어하트는 어제 그림자족 진영에서 거둔 승리를 머릿속으로 되새겨 보았다. 그림자족 지도자였던 브로큰스타는 전투에서 패배하자, 종족을 배신한 다른 동료들과 함께 숲으로 도망가 버렸다. 그의 이글거리던 눈빛, 위협적인 외침이 아직도 생생했다. 남은 그림자족 고양이들은 천둥족에게 고마워했다. 천둥족은 그들이 잔인한 지도자를 몰아내는 것을 도와주고, 종족을 재정비하는 동안 평화를 약속해 주었던 것이다. 브로큰스타는 그림자족 안에서만 혼란을 일으킨 것이 아니었다. 그는 바람족 영역에서

25

바람족을 통째로 쫓아내 버렸다. 파이어하트가 애완 고양이의 삶을 버리고 천둥족에 합류하기 전부터 브로큰스타는 이미 숲에 검은 그림자를 드리우고 있었다.

하지만 파이어하트에게는 마음을 불편하게 하는 또 다른 그림자가 있었다. 바로 천둥족의 부지도자인 타이거클로였다. 자신이 가르치는 훈련병마저 위협했던 그 위대한 천둥족 전사를 떠올리자, 파이어하트는 다시 한 번 몸이 부르르 떨렸다. 파이어하트는 가장 친한 친구인 그레이스트라이프를 설득해서, 겁에 질린 레이븐포가 두발쟁이 영역으로 도망가도록 도와주었다. 또 종족에게는 이 사실을 알리지 않고, 레이븐포가 그림자족에게 죽임을 당했다고 말해 두었다.

레이븐포의 말에 따르면, 타이거클로는 부지도자의 자리를 노리고 레드테일을 죽였다. 그리고 실제로 부지도자가 되었다. 레이븐포는 타이거클로가 무슨 일이 있어도 숨기고 싶어 하는 비밀을 알고 있는 셈이었다. 레이븐포의 말이 사실이라면, 타이거클로가 자신의 훈련병이 죽었다고 믿도록 하는 것이 가장 좋은 방법이었다.

파이어하트는 어두운 생각들을 털어 내려고 머리를 흔들었다. 그리고 옆에 앉은 그레이스트라이프를 힐긋 보았다. 친구의 덥수룩한 회색 털이 추위에 잔뜩 곤두서 있었다. 파이어하트는 그레이스트라이프 역시 햇빛이 비치기를 기다리고 있을 거라 짐작했다. 하지만 아무런 말도 하지 않았다. 종족의 전통에 따라 오늘 아침 해가 떠오를 때까지는 침묵을 지켜야 했다. 새로 전사가 된이들이 밤새 종족을 지키면서, 새로 받은 이름과 지위에 대해 생각해 보는 시간이었다. 어젯밤까지 파이어하트는 파이어포라는 훈련병 이름으로 불렸다.

가장 먼저 하프테일이 잠에서 깼다. 파이어하트는 나이 많은 고양이가 원로들의 거처에서 어둠 속을 서성이는 모습을 볼 수 있었다. 파이어하트는 공터 반대편에 있는 전사들의 거처로 시선을 돌렸다. 동굴을 가려 주는 가지들 사이로, 잠들어 있는 타이거클로의 넓은 어깨가 보였다.

높은 바위 아래, 블루스타의 거처 입구에 드리워진 이끼가 흔들리더니 종족 지도자가 나타났다. 그녀는 멈춰 서서 고개를 들고 공기 냄새를 맡았다. 그리고 조용한 걸음으로 그늘 밖으로 나왔다. 새벽빛을 받은 긴 털이 청회색으로 빛났다.

'타이거클로에 대해 알려야 해.'

파이어하트는 생각했다.

블루스타는 레드테일이 전투에서 강족 부지도자인 오크하트와 싸우다 목숨을 잃었다 믿었고, 종족과 함께 그의 죽음을 애도했었다. 파이어하트는 지도자가 타이거클로를 얼마나 신뢰하는지 잘 알고 있었다. 그 때문에 사실을 말하기가 망설여졌다. 그러나 진실을 숨기기에는 위험이 너무나 컸다. 블루스타는 자신의 종족 안에 냉혹한 살육자가 있다는 사실을 알아야만 했다.

타이거클로가 전사들의 거처에서 나와, 공터 가장자리에 있던 블루스타에게 다가갔다. 그리고 다급하게 꼬리를 휘두르며 블루스타에게 무언가를 말했다.

파이어하트는 본능적으로 인사가 튀어나오려는 것을 참았다. 하늘은 점점 밝아지고 있었지만, 해가 지평선 위로 올라왔다는 확신이 들기 전까지는 감히 침묵을 깰 수 없었다. 덫에 갇힌 새가 푸드덕거리듯 파이어하트의 가슴속에 조바심이 일었다. 되도록 빨리 블루스타에게 말을 해야만 했다. 하지만 당장 할 수 있는 일이라고는 그를 지나쳐 가는 두 고양이에게 공손하게 고개를 숙이는 것밖에 없었다.

곁에 있던 그레이스트라이프가 그를 쿡 찌르더니 코로 위쪽을 가리켰다. 이제 막 지평선 위로 주황빛이 번지고 있었다.

"너희 둘, 새벽이 되니 반갑지?"

화이트스톰의 낮은 목소리에 파이어하트는 깜짝 놀랐다. 흰색 전사가 다가오는 것을 눈치채지 못했던 것이다. 파이어하트와 그레이스트라이프는 함께 고갯짓으로 인사를 했다.

"이제 괜찮아. 말해도 돼. 불침번 임무는 끝났다."

화이트스톰의 목소리는 친절했다. 어제 그는 파이어하트, 그레이스트라이프와 어깨를 나란히 하고 브로큰스타와 맞서 싸웠다. 둘을 바라보는 그의 눈빛에는 전에 없던 존중심이 깃들어 있었다.

"고맙습니다, 화이트스톰."

파이어하트는 감사한 마음으로 대답했다. 그리고 일어나서 뻣뻣한 다리들을 하나씩 쭉 뻗어 보았다.

그레이스트라이프도 몸을 일으키고, 부르르 떨면서 한기를 털어 냈다.

"해가 다시는 안 뜨는 줄 알았네!"

훈련병의 거처 바깥쪽에서 비웃는 목소리가 들렸다.

"위대한 전사께서 말씀하시네!"

샌드포였다. 그녀의 옅은 주황색 털이 적개심으로 잔뜩 부풀어 있었다. 옆에는 더스트포가 앉아 있었다. 짙은 얼룩무늬 털가죽 때문에 마치 샌드포의 그림자처럼 보였다. 더스트포는 거만한 자세로 가슴을 펴더니 조롱을 퍼부었다.

"저렇게 위대한 영웅들이 추위를 느낀다니, 정말 놀랍지 뭐야!"

샌드포가 재미있어하며 가르랑거렸다.

화이트스톰이 그들에게 엄한 표정을 지었다.

"가서 먹을 걸 찾아보렴. 그리고 좀 쉬도록 해라."

화이트스톰은 파이어하트와 그레이스트라이프에게 지시를 내리고, 돌아서서 훈련병의 거처로 걸어갔다. 그리고 샌드포와 더스트포에게 말했다.

"너희 둘은 따라와라. 이제 훈련할 시간이다."

"화이트스톰이 저 녀석들에게 하루 종일 파란 다람쥐나 쫓으라고 했으면 좋겠다!"

그레이스트라이프가 말했다.

그들은 어젯밤에 먹고 남아 있을 싱싱한 먹잇감을 가지러 먹이 더미로 향했다.

"하지만 파란 다람쥐 같은 건 없잖아."

파이어하트가 의아해하며 말했다.

"그러니까 하는 말이야!"

그레이스트라이프의 눈이 번득였다.

"저 녀석들을 탓할 수는 없어. 우리보다 먼저 훈련을 시작한 건 사실이잖아."

파이어하트가 부드럽게 말했다.

"어제 전투에서 같이 싸웠다면, 쟤들도 아마 전사가 됐을 거야."

"그렇겠지."

그레이스트라이프가 어깨를 으쓱하며 답했다.

"저기 봐!"

싱싱한 먹이 더미에 다다랐을 때, 그레이스트라이프가 외쳤다.

"각자 쥐 하나씩 먹고, 되새는 나눠 먹으면 되겠다!"

두 친구는 먹잇감을 집어 들고 서로를 바라보았다. 그레이스트라이프가 갑자기 기쁜 듯 눈을 반짝였다.

"전사들이 먹이를 먹는 곳으로 가지고 가면 어떨까?"

"그게 좋다."

파이어하트는 친구를 따라가며 가르랑거렸다. 그레이스트라이프는 화이트스톰과 타이거클로, 그리고 다른 전사들이 싱싱한 먹잇감을 나누어 먹던 쐐기풀 덤불로 향했다.

"이제 뭘 하지?"

그레이스트라이프가 마지막 한 입까지 다 먹어 치운 뒤 말했다.

"넌 어떤지 모르겠지만, 난 반 달 동안은 잘 수 있을 것 같아."

"나도 그래."

파이어하트는 맞장구를 쳤다.

두 친구는 일어나서 전사들의 거처로 향했다. 파이어하트는 낮게 드리운 가지들 사이로 머리를 들이밀었다. 동굴 안쪽에서 마우스퍼와 롱테일이 아직 자고 있었다.

파이어하트는 거처 안으로 들어갔다. 구석 자리에 이끼가 깔린 평평한 공간이 있었다. 냄새를 맡아 보니 다른 전사가 자고 일어난 자리는 아니었다. 그레이스트라이프도 따라 들어와 곁에 자리를 잡았다.

그레이스트라이프의 규칙적인 숨소리가 차츰 약해지더니, 길고 낮게 코 고는 소리로 바뀌었다. 파이어하트 역시 피곤했지만, 블루스타에게 사실을 알리는 일이 시급했다. 누운 자리에서 머리를 땅에 대니 진영 입구가 보였다. 그는 지도자가 돌아오기를 기다리면서 입구를 빤히 쳐다보았다. 하지만 차츰차츰 눈이 감기기 시작했고, 간절한 바람에도 불구하고 결국 잠에 굴복하고 말았다.

주변에서 시끄러운 소리가 들렸다. 키 큰 나무들 사이로 부는 바람 소리 같았다. 천둥길의 매캐한 악취가 콧구멍을 찔렀다. 그리고 거기에 새로운 냄새가 섞여 있었다. 더 강하고, 끔찍한 냄새였다. 불이다! 별 하나 없이 어두운 밤하늘에 발갛게 달아오른 재들을 뿜어내며, 불꽃이 이글이글 밀려 올라갔다. 파이어하트는 불 앞을 획획 스쳐 지나가는 고양이들의 흐릿한 윤곽을 보고 깜짝 놀랐다. 저들은 왜 도망가지 않는 것일까?

고양이 하나가 멈춰 서더니, 파이어하트를 똑바로 바라보았다. 수고양이의 눈동자가 어둠 속에서 빛났다. 그는 마치 인사를 하듯이 길고 곧은 꼬리를 들어 올렸다.

파이어하트는 온몸에 전율이 일었다. 천둥족의 치료사였던 스파티드리프가 불의의 사고로 죽기 전에 해 준 말이 떠올랐다.

"오직 불만이 종족을 구할 수 있다!"

불을 두려워하지 않는 이 낯선 고양이들과 그 말이 무슨 관련이 있는 것일까?

"일어나라, 파이어하트!"

파이어하트는 깜짝 놀라 꿈에서 깨어났다. 고개를 획 들자, 타이거클로가 으르렁거리며 쳐다보고 있었다.

"잠꼬대를 하는 거냐?"

파이어하트는 아직 정신이 몽롱한 채로 일어나 앉아 고개를 흔들었다.

"아! 네, 타이거클로!"

혹시 자신이 스파티드리프가 해 준 말을 큰 소리로 내뱉은 것은 아닌지 걱정이 되었다. 전에도 이런 꿈을 꾼 적이 있었다. 실제로 경험한 것처럼 너무나 생생했고, 나중에는 현실로 나타났다. 이것은 보통 별족이 치료사에게만 내리는 능력이었다. 파이어하트는 그런 능력이 자신에게도 있다는 의심을 사고 싶지 않았다.

동굴 입구를 가리는 무성한 가지들 사이로 달빛이 비쳐 들어왔다. 그는 하루 내내 잤던 것이다.

"그레이스트라이프와 함께 저녁 순찰대에 합류해라."

타이거클로가 말했다.

"서둘러!"

짙은 얼룩무늬 전사는 돌아서서 거처 밖으로 나갔다.

파이어하트는 어깨 털을 가라앉혔다. 타이거클로는 그의 꿈에 대해 이상한 낌새를 채지 못한 것이 분명했다. 파이어하트는 자신의 비밀은 탄로 나지 않았지만, 타이거클로에 관한 진실은 꼭 밝혀내야겠다고 단단히 마음먹었다. 타이거클로가 레드테일의 죽음에 관여했다는 걸 반드시 알려야 했다.

파이어하트는 입을 핥았다. 곁에 있는 그레이스트라이프는 옆구리를 핥고 있었다. 그들은 진영 공터에서 이제 막 먹이를 나누어 먹었다. 해는 넘어갔고, 지금은 거의 다 차오른 달이 차갑고 맑은 하늘에서 빛나고 있었다. 지난 며칠은 분주하게 흘러갔다. 그들이 누워서 쉬려고 하면, 타이거클로가 어김없이 나타나 순찰이나 사냥 임무를 맡겼다. 파이어하트는 블루스타와 단둘이 이야기할 기회를 잡으려고 신경을 곤두세우고 있었다. 하지만 타이거클로가 맡긴 임무가 없을 때면 지도자의 옆에 늘 타이거클로가 있었다.

파이어하트는 이제 발을 핥기 시작했다. 하지만 눈으로는 진영을 둘러보며, 기대하는 마음으로 블루스타를 찾았다.

"뭘 찾고 있어?"

그레이스트라이프가 털을 입에 잔뜩 문 채 물었다.

"블루스타."

파이어하트는 발을 내리며 대답했다.

"왜?"

그레이스트라이프가 몸단장을 멈추고 친구를 바라보았다.

"너, 우리가 불침번을 선 날부터 계속 블루스타를 보고 있더라.

무슨 생각을 하고 있는 거야?"

"레이븐포가 어디 있는지 말해야지. 그리고 타이거클로에 대해
서도 알리고."

"레이븐포는 죽었다고 말하기로 했잖아!"

그레이스트라이프는 놀란 목소리였다.

"타이거클로에게 그렇게 말할 거라는 거지. 하지만 블루스타는
어떻게 된 일인지 모두 알아야만 해. 부지도자가 어떤 짓까지 저
지를 수 있는지 알 필요가 있다고."

그레이스트라이프가 목소리를 낮추어 다급하게 속삭였다.

"하지만 타이거클로가 레드테일을 죽였다는 건 레이븐포의 말
일 뿐이잖아."

"레이븐포를 믿지 않는 거야?"

파이어하트는 친구의 의심에 충격을 받았다.

"생각해 봐, 파이어하트. 타이거클로가 레드테일의 죽음에 대
한 복수로 오크하트를 죽인 게 거짓말이라고 치자. 그러면 레드
테일이 오크하트를 죽였다는 말이 되잖아. 하지만 레드테일이
다른 종족의 부지도자를 일부러 죽였다는 건 믿을 수 없어. 그건
전사의 규약에 어긋나는 일이야. 우리는 힘을 증명하고 영역을
지키기 위해 싸우는 거지, 서로 목숨을 빼앗으려고 싸우는 게 아
니니까."

"하지만 난 레드테일을 비난하려는 게 아니야!"

파이어하트가 반발했다.

"문제는 타이거클로란 말이야."

레드테일은 천둥족의 예전 부지도자였다. 파이어하트는 그를 만난 적이 없지만, 종족 모두가 그를 매우 존경했다는 것은 잘 알고 있었다.

그레이스트라이프는 파이어하트와 눈을 맞추지 않았다.

"네가 그런 이야기를 하면 레드테일의 명예를 실추시킬 수도 있어. 그리고 다른 고양이들은 타이거클로와 아무런 문제가 없어. 오직 레이븐포만 그를 두려워했지."

파이어하트는 불안한 느낌에 등줄기가 서늘해졌다.

"그러니까 너는 레이븐포가 이야기를 지어냈다고 생각하는 거야? 스승이랑 사이가 안 좋아서?"

"아니, 난 그냥 조심해야 한다는 뜻이야."

그레이스트라이프가 웅얼거렸다.

파이어하트는 친구의 걱정 어린 눈을 바라보며 생각에 잠겼다. 그레이스트라이프의 말에도 일리가 있었다. 그들은 전사가 된 지 단 며칠밖에 지나지 않았다. 종족 최고의 전사가 잘못을 저질렀다고 의심할 만한 입장이 아니었다.

"좋아."

파이어하트는 마침내 입을 열었다.

"넌 이 일에서 빠져도 돼."

그레이스트라이프는 고개를 끄덕이고 다시 몸을 핥기 시작했다. 파이어하트는 서운한 마음이 들었다. 타이거클로와 문제가 있었던 건 레이븐포밖에 없다는 그레이스트라이프의 생각은 틀렸다. 파이어하트는 천둥족 부지도자를 신뢰할 수 없다는 것을 직감적으로 알 수 있었다. 지도자와 종족의 안전을 위해서, 블루스타에게 자신이 의심하고 있는 것을 알려야 했다.

공터 반대편에서 얼핏 청회색 털이 보였다. 거처에서 나온 블루스타는 혼자였다. 파이어하트는 허둥지둥 일어났다. 하지만 천둥족 지도자는 곧장 높은 바위로 뛰어올라 종족을 소집했다. 파이어하트는 조바심이 나서 꼬리를 획획 휘둘렀다.

그레이스트라이프는 블루스타가 부르는 소리에 신이 나서 귀를 씰룩거렸다.

"임명식인가? 롱테일이 첫 번째 훈련병을 배정받을 거야. 며칠 동안 넌지시 말하고 다녔거든."

그레이스트라이프는 공터 언저리에 모여드는 고양이들을 향해 뛰어갔다. 파이어하트도 뒤를 따랐지만, 여전히 꺼림칙한 기분이었다.

작은 흑백 얼룩무늬 새끼 고양이가 공터로 걸어 들어왔다. 보드라운 발은 단단한 바닥을 디뎌도 아무런 소리도 내지 않았다. 새끼 고양이는 옅은 색 눈동자를 내리깔고 높은 바위를 향해 걸어갔다. 파이어하트는 새끼 고양이가 떨고 있으리라 짐작했다. 비스듬하게 기울어진 어깨는 훈련병이 되기에는 너무 어리고 자신감이 없어 보였다.

'롱테일이 탐탁지 않아 하겠어!'

파이어하트는 자신이 처음 진영에 왔을 때 롱테일이 쏟아 냈던 비난을 떠올렸다. 롱테일은 파이어하트가 종족에 온 첫날부터, 애완 고양이 출신이라는 점을 지적하며 조롱했다. 파이어하트는 그 뒤로 줄곧 그에게 반감을 가져 왔다.

블루스타가 새끼 고양이를 내려다보며 말했다.

"오늘부터 전사의 이름을 얻게 되는 그날까지 이 훈련병은 스위프트포라고 불릴 것입니다."

지도자를 올려다보는 흑백 얼룩무늬 새끼 고양이의 눈에는 어떠한 투지도 비치지 않았다. 대신 그의 주홍빛 눈은 걱정스런 기색으로 휘둥그레져 있었다.

파이어하트는 신임 훈련병에게 걸어가는 롱테일 쪽으로 고개를 돌렸다.

블루스타가 다시 말을 이었다.

"롱테일, 너는 다크스트라이프의 훈련병이었다. 가르침을 잘 받은 덕분에 넌 용맹하고 충성스러운 전사가 되었다. 네가 가진 자질을 스위프트포에게 전수해 주기를 바란다."

파이어하트는 롱테일의 얼굴을 살폈다. 스위프트포를 내려다보는 얼굴에 무시하는 표정이 어려 있는지 찾아보았다. 하지만 롱테일은 신임 훈련병과 눈이 마주치자 눈빛이 부드러워졌다. 그러더니 두 고양이는 서로 부드럽게 코를 맞대었다.

"괜찮아, 넌 잘하고 있어."

롱테일이 격려의 말을 중얼거렸다.

'그래, 그렇겠지.'

파이어하트는 씁쓸한 기분이 들었다.

'스위프트포는 종족 태생이라 이거지. 나는 저런 식으로 반겨주지 않았는데.'

파이어하트는 다른 고양이들을 휙 둘러보았다. 그들이 신임 훈련병에게 축하 인사를 건네기 시작하자, 불쑥 억울한 마음이 치밀어 올랐다.

"왜 그래?"

그레이스트라이프가 속닥거렸다.

"우리도 언젠가는 훈련병을 받게 될 거야."

파이어하트는 고개를 끄덕였다. 자신도 언젠가 훈련병을 가르치게 될 거라는 생각에 기분이 좋아져서, 억울한 마음도 뒷전으로 밀렸다. 그는 이제 천둥족의 일원이었다. 그거야말로 가장 중요한 것이 아니겠는가?

다음 날 밤 보름달이 떴다. 파이어하트는 전사로서 처음 참여하는 모임을 기다리고 있었다. 동시에 여전히 타이거클로에 대한 진실을 블루스타에게 말할 기회를 엿보고 있었다. 그 생각은 마치 차디찬 바위처럼 파이어하트의 속을 짓눌렀다.

"구더기 내장이라도 먹은 거야? 표정이 정말 이상한데?"

옆에 있던 그레이스트라이프가 말했다.

파이어하트는 친구를 바라보았다. 친구에게 속마음을 털어놓고 싶었지만, 이미 이 일에 그레이스트라이프를 끌어들이지 않기로 결심한 터였다.

"난 괜찮아. 어서 가자. 블루스타가 부르는 소리가 들린다."

두 고양이는 공터에 모여드는 무리를 향해 걸어갔다. 블루스타가 그들이 온 것을 알았다는 표시로 고개를 살짝 끄덕였다. 그리고 몸을 돌려 고양이들을 이끌고 진영 밖으로 나갔다.

다른 고양이들이 위쪽 숲으로 이어지는 가파른 길을 서둘러 올라가는 동안, 파이어하트는 잠시 멈춰 섰다. 이번 여정이 블루스타에게 이야기하기에 적당한 기회일지도 모른다. 파이어하트는 생각을 정리하고 싶었다.

"안 갈 거야?"

앞쪽에서 그레이스트라이프의 목소리가 들려왔다.

"갈게!"

파이어하트는 강인한 뒷다리를 이용해 이 바위에서 저 바위로 펄쩍 뛰어올랐다. 진영이 점점 멀어지고 있었다.

꼭대기에 올라선 파이어하트는 옆구리를 들썩이며 숨을 골랐다. 앞쪽으로는 숲이 펼쳐져 있었다. 새로 떨어진 잎사귀들이 발밑에서 바스락거렸다. 검은 털에 맺힌 아침 이슬처럼, 밤하늘에 별 무리가 반짝였다.

파이어하트는 타이거클로와 라이언하트를 따라 '나무 네 그루'로 갔던 첫 훈련을 떠올렸다. 라이언하트를 생각하니 슬픔이 밀려왔다. 그는 그레이스트라이프의 스승이자 레드테일의 뒤를 이은 천둥족의 부지도자였고, 따뜻한 마음을 지닌 황금빛 전사였다. 그가 전투에서 죽은 뒤로 타이거클로가 부지도자가 되었다. 첫 훈련에서 라이언하트는 훈련병들을 데리고 천둥족 영역의 경계를 보여 주었다. 그들은 '큰 소나무 숲'과 '해 드는 바위'를 지나고, 강족과의 경계를 따라 빙 돌아 나무 네 그루로 갔었다. 오늘 밤 블루스타는 천둥족 영역의 중심부를 곧장 통과해 가고 있었다. 블루스타의 모습은 어느새 덤불 밑으로 사라지고 없었다. 파이어하트도 다른 고양이들을 따라잡기 위해 속도를 높였다.

맨 앞에 선 블루스타의 옆에는 타이거클로가 있었다. 파이어하트는 그레이스트라이프의 놀란 목소리도 무시한 채, 종족 지도자를 따라잡았다.

"블루스타!"

옆에 가까워지자 파이어하트는 숨을 헐떡이며 말했다.

"이야기 좀 할 수 있을까요?"

블루스타가 그를 힐긋 보더니 고개를 끄덕였다.

"선두를 맡아 주게, 타이거클로."

블루스타가 걸음을 늦추었다. 타이거클로는 그녀를 빠르게 지나쳐 갔다. 다른 고양이들은 타이거클로를 따라 고사리 덤불을 통과했다.

블루스타와 파이어하트는 걷는 속도를 늦추었다. 순식간에 둘만 남겨졌다.

빽빽한 고사리를 빠져나오자 길은 작은 공터로 이어졌다. 블루스타는 쓰러진 나무 위로 뛰어올라 꼬리로 앞발을 감싸고 앉았다.

"무슨 일이지, 파이어하트?"

파이어하트는 머뭇거렸다. 갑자기 말을 해도 될까 하는 의심이 들었다. 블루스타는 그에게 애완 고양이의 삶을 버리고 종족에 들어오기를 권했던 고양이였다. 그 뒤로 다른 고양이들이 종족의 피를 타고나지 않은 그의 충성심을 의심할 때마다, 블루스타는 번번이 그를 믿어 주었다. 그런데 레이븐포에 대해 거짓말을 했다는 사실을 알게 되면, 그녀는 뭐라고 말할까?

"말해 보아라."

다른 천둥족 고양이들의 발소리가 멀어지자, 블루스타가 재촉했다.

파이어하트는 숨을 크게 들이쉬었다.

"레이븐포는 죽지 않았어요."

블루스타는 놀라서 꼬리를 씰룩였지만, 이어지는 파이어하트의 말을 잠자코 듣고 있었다.

"그레이스트라이프와 제가 레이븐포를 바람족의 사냥터로 데려다주었어요. 저는…… 제 생각에는 레이븐포가 발리에게 갔을 것 같아요."

발리는 숲 고양이도, 애완 고양이도 아닌 떠돌이 고양이로, 두 발쟁이 농장에 살고 있었다. 숲에 사는 모든 고양이들이 신성하게 여기는 장소인 '높은 돌산'으로 가는 길에 그 농장이 있었다.

천둥족 지도자의 눈길이 파이어하트를 지나쳐서 깊은 숲 속으로 향했다. 파이어하트는 지도자의 얼굴을 걱정스럽게 살피며, 어떤 표정인지 알아내려 했다. 화가 난 걸까? 하지만 그녀의 크고 푸른 눈에는 어떤 분노도 보이지 않았다.

블루스타는 한참 만에 입을 열었다.

"레이븐포가 아직 살아 있다니 기쁘군. 숲에서보다 발리와 함께 사는 것이 행복하면 좋겠구나."

"하, 하지만 그는 천둥족 태생이잖아요!"

파이어하트는 레이븐포가 떠났다는 사실을 지도자가 침착하게 받아들이는 것에 놀라 더듬거리며 말했다.

"그렇다고 꼭 종족 생활이 잘 맞는다는 뜻은 아니니까."

블루스타가 말했다.

"넌 종족 태생이 아니지만 훌륭한 전사가 되었다. 레이븐포는 다른 곳에서 자신의 진정한 길을 찾을 수도 있다."

"하지만 레이븐포가 원해서 떠난 것이 아니에요. 머무를 수가 없었던 거예요!"

파이어하트가 반발했다.

"머무를 수 없었다고?"

블루스타가 푸른 눈으로 지그시 바라보았다.

"무슨 뜻이지?"

파이어하트는 땅을 내려다보았다.

"말해 보아라."

블루스타가 재촉했다.

파이어하트는 입이 바짝 타들어 갔다.

"레이븐포는 타이거클로의 비밀을 알고 있었어요. 전…… 저는 타이거클로가 레이븐포를 죽일 작정이었다고 생각해요. 아니면 종족이 등을 돌리게 만들거나."

블루스타의 꼬리가 이리저리 휙휙 움직였다. 파이어하트는 그녀의 어깨가 굳어지는 것을 느낄 수 있었다.

"왜 그렇게 생각하는 것이냐? 레이븐포가 알고 있다는 그 비밀이 뭐지?"

파이어하트는 용기를 있는 대로 끌어모아 지도자의 엄격한 표정을 마주 보았다. 그리고 머뭇머뭇 답을 내놓았다.

"강족과의 전투에서 타이거클로가 레드테일을 죽였다는 거예요."

블루스타가 눈을 가늘게 떴다.

"전사는 결코 자기 종족 전사를 죽이지 않는다! 너도 우리와 그만큼 살았으니 그 정도는 알아야지!"

파이어하트는 블루스타의 말에 움찔하며 귀를 납작하게 붙였다. 지도자는 오늘 밤에만 벌써 두 번째로 그가 애완 고양이 출신이라는 사실을 언급하고 있었다.

블루스타가 말을 이었다.

"타이거클로는 강족 부지도자인 오크하트가 레드테일을 죽였다고 보고했다. 레이븐포가 잘못 알았겠지. 타이거클로가 레드테일을 죽이는 것을 직접 보았다고 했느냐?"

파이어하트는 초조하게 꼬리를 흔들어 뒤에 쌓인 나뭇잎들을 휘저었다.

"보았다고 했어요."

"그러면 넌 이런 이야기를 꺼내면 레드테일의 명예를 실추시킬 수도 있다는 사실을 알고 있느냐? 네 말대로라면 레드테일이 오크하트의 죽음에 책임이 있다는 말이 된다. 부지도자는 절대로 다른 종족 부지도자를 죽이지 않는다. 불가피한 상황이 아니라면. 그리고 레드테일은 내가 아는 가장 명예로운 전사였다."

블루스타의 눈이 고통으로 흐려졌다. 파이어하트는 비록 고의는 아니었지만, 전임 부지도자에 대한 그녀의 기억에 흠집을 내게 되어 마음이 불편했다.

"레드테일의 행동에 대해서는 저도 설명할 수가 없어요."

파이어하트는 중얼거렸다.

"제가 알고 있는 것은, 레드테일의 죽음이 타이거클로의 책임이라고 레이븐포가 진심으로 믿고 있다는 사실이에요."

블루스타가 한숨을 내쉬며 어깨의 긴장을 풀었다.

"레이븐포가 상상력이 풍부하다는 것은 누구나 알고 있다."

블루스타는 안타까운 눈빛으로 부드럽게 말했다.

"레이븐포는 전투에서 심하게 다쳤고, 싸움이 끝나기 전에 떠났지. 레이븐포가 놓친 부분을 꾸며서 채워 넣은 게 아니라고 확신할 수 있겠느냐?"

파이어하트가 미처 대답하기도 전에 으르렁거리는 소리가 울려 퍼지더니, 타이거클로가 덤불 밖으로 모습을 드러냈다. 그는 잠시 미심쩍은 눈빛으로 파이어하트를 쳐다보다가 블루스타를 향해 말했다.

"다들 경계 지역에서 기다리고 있습니다."

블루스타가 고개를 끄덕였다.

"곧 갈 거라 전하게."

타이거클로는 고개를 꾸벅 숙이고는 몸을 돌려 다시 고사리 덤불로 달려 들어갔다.

파이어하트는 그가 사라지는 모습을 보면서, 블루스타의 말을 되새겨 보았다. 그녀가 옳았다. 레이븐포는 정말 상상력이 풍부했다. 파이어하트는 처음으로 참석했던 모임을 떠올려 보았다. 레이븐포가 모든 종족 훈련병들에게 강족과의 전투에 대해 이야기해주었고, 모두들 그 이야기에 푹 빠져 있었다. 그때까지만 해도 레이븐포는 타이거클로에 대해 언급하지 않았다.

블루스타가 일어서자 파이어하트도 벌떡 일어났다.

"레이븐포를 다시 종족으로 불러들일 건가요?"

친구를 더 곤란한 처지에 빠뜨린 것은 아닌지 갑자기 걱정이 되었다.

블루스타가 파이어하트의 눈을 가만히 바라보았다.

"레이븐포는 아마도 지금 있는 곳에서 더 행복할 거다. 지금은 종족이 그가 죽었다고 믿게 놔두자."

블루스타가 소리를 낮추어 말했다.

파이어하트는 깜짝 놀라 휘둥그레진 눈으로 그녀를 마주 보았다. 블루스타가 종족을 속이다니!

"타이거클로는 훌륭한 전사지만, 자존심이 매우 강하지."

블루스타가 말을 이었다.

"자신의 훈련병이 도망갔다는 것보다는 전투에서 죽었다고 믿는 편이 받아들이기도 더 쉬울 것이다. 그편이 레이븐포에게도 더 좋고."

"타이거클로가 레이븐포를 찾으려 할 수도 있으니까요?"

파이어하트는 용기를 내어 물어보았다. 블루스타가 조금이라도 그를 믿어 준 걸까?

블루스타가 고개를 저었다.

"아니, 타이거클로는 야망이 있을지는 몰라도 같은 종족 고양이를 죽이는 짓은 하지 않아. 레이븐포는 살아 있는 겁쟁이보다는 죽은 영웅으로 기억되는 편이 나을 거다."

타이거클로가 부르는 소리가 다시 한 번 들렸다. 블루스타는 쓰러진 나무에서 내려와 고사리 덤불 속으로 사라졌다. 파이어하트도 나무를 단번에 뛰어넘어 지도자를 쫓아 달려갔다.

강가에서 블루스타를 따라잡을 수 있었다. 블루스타는 이 돌에서 저 돌로 펄쩍 뛰며 반대편으로 건너갔다. 지켜보던 파이어하트도 조심스럽게 뒤를 따랐다. 마음이 너무나 혼란스러웠다. 레드테일의 죽음에 관한 비밀은 며칠 동안 파이어하트의 어깨를 무겁게 짓눌렀다. 그런데 마침내 진실을 털어놓은 지금도 변한 것은 아무것도 없었다. 종족 지도자는 타이거클로가 냉혹한 살해자일수 있다고 꿈에도 생각하지 않는 것이 분명했다. 게다가 파이어하트 스스로도 레이븐포가 진실을 말한 것인지 의심스러워지기 시작했다. 그는 반대쪽 기슭으로 뛰어올라 덤불을 통과해 달려갔다.

다른 천둥족 고양이들이 있는 곳에 다다른 파이어하트는 블루스타 뒤에 미끄러지듯 멈춰 섰다. 그들은 나무 네 그루로 이어지는 비탈길의 꼭대기에 서 있었다. 그곳은 거대한 떡갈나무들이 있는 곳으로, 보름달이 뜰 때마다 숲에 사는 네 종족의 고양이들이 평화롭게 만나는 장소였다.

갑자기 파이어하트의 털이 곤두섰다. 자신을 지켜보는 타이거클로의 눈길이 느껴졌던 것이다.

'나와 블루스타 사이에 무슨 이야기가 오갔는지 의심하고 있는 걸까?'

파이어하트는 머릿속을 비우려 고개를 흔들었다. 그리고 블루스타처럼 생각해 보려고 애썼다. 그가 블루스타와 무슨 이야기를 나누었는지, 타이거클로가 궁금해하는 것은 당연했다. 타이거클로는 종족 부지도자였다. 종족에게 영향을 끼칠 수 있는 일이라면 무엇이든 알고 싶어 할 것이다. 파이어하트는 다시 타이거클로를 돌아보았다. 짙은 얼룩무늬 전사는 귀를 쫑긋 세우고 바짝 경계를 하면서 비탈 아래를 내려다보고 있었다. 주변에 있는 고양이들은 기대감으로 발을 이리저리 움직이고 있었다. 타이거클로는 침착한 눈빛으로 그들을 하나씩 지그시 바라보면서 말없이 단속했다.

블루스타가 코를 들고 냄새를 맡았다. 파이어하트는 근육이 긴장되고 털이 곤두서는 것을 느꼈다. 그때 블루스타가 꼬리를 홱 휘둘러 신호를 보냈다. 천둥족 고양이들은 모임이 열리는 곳을 향해 언덕을 내달리기 시작했다.

2
새로운 동맹

블루스타는 공터 언저리에서 멈췄다. 그 옆으로 천둥족 고양이들이 줄지어 멈춰 섰다. 강족과 그림자족에서 온 몇몇 고양이들이 돌아보고 알은 체를 했다.

"어디로 사라졌었어?"

그레이스트라이프가 파이어하트의 등 뒤로 다가오며 물었다.

파이어하트는 고개를 저었다.

"아무것도 아니야."

파이어하트는 블루스타와 나눈 대화 때문에 아직 괴롭고 혼란스러운 상태였다. 그레이스트라이프가 더 이상 캐묻지 않고 고개를 돌려 공터를 둘러보는 것이 다행스러웠다.

"저기 좀 봐. 그림자족 고양이들이 생각보다 더 튼튼해 보여. 브로큰스타가 반쯤 굶겨 놓고 떠났는데 말이야."

그레이스트라이프가 말했다.

친구의 시선을 따라가던 파이어하트는 매끈하게 윤이 나는 그림자족 전사 하나를 발견했다.

"정말이네."

파이어하트는 깜짝 놀라 맞장구를 쳤다.

"뭐랄까, 싸움은 우리가 다 했으니 말이야!"

그레이스트라이프가 비웃듯이 말했다.

파이어하트는 재미있다는 듯 가르랑거리다가, 화이트스톰의 말에 뚝 그쳤다.

"그림자족도 브로큰스타를 쫓아내기 위해 우리만큼 열심히 싸웠다. 다시 일어서려는 그들의 의지를 높이 평가해야 하는 거야."

화이트스톰은 엄하게 말하고, 떡갈나무 아래에 모인 전사들을 향해 걸어갔다.

"이런!"

그레이스트라이프가 미안한 눈빛으로 파이어하트를 힐긋 보았다.

두 젊은 전사는 공터 가장자리에 머물러 있었다. 파이어하트는 다른 종족에서 온 훈련병들을 쉽게 구분할 수 있었다. 그들은 털이 새끼 고양이처럼 보드랍고 얼굴은 동글동글한 데다 발은 통통하고 어색해 보였다.

전사 둘이 그레이스트라이프와 파이어하트에게 다가왔다. 작은 갈색 훈련병이 그들 뒤를 따르고 있었다. 파이어하트는 그림자족의 회색 얼룩 수고양이를 알아보았다. 하지만 함께 걸어오는 칙칙한 검정색 수고양이는 모르는 얼굴이었다.

"안녕?"

회색 수고양이가 인사했다.

"안녕, 웻풋?"

파이어하트가 대답했다. 낯선 고양이를 흘깃 보자, 웻풋이 소개해 주었다.

"여기는 강족의 블랙클로야."

그레이스트라이프와 파이어하트는 인사의 의미로 고개를 숙였다. 작은 훈련병도 주뼛주뼛 앞으로 나왔다.

"그리고 여기는 내 훈련병 오크포야."

웻풋이 덧붙였다.

오크포는 불안한 듯 눈을 커다랗게 뜨고 파이어하트를 올려다보았다.

"아, 안녕하세요, 파이어하트?"

파이어하트는 고개를 까딱하며 인사했다.

"전투가 끝나고 블루스타가 너희 둘을 전사로 임명했다며? 축하해! 불침번 서려면 추웠을 텐데."

"정말 그랬어!"

그레이스트라이프가 동의했다.

"저기는 누구지?"

파이어하트가 끼어들었다. 얼룩덜룩한 갈색 털가죽의 날렵한 암고양이 하나가 눈길을 끌었다. 그녀는 공터 가운데에 솟아 있는 '거대한 바위' 옆에서 타이거클로와 이야기를 나누고 있었다.

"레퍼드퍼야. 우리 부지도자지."

강족 전사가 말했다.

파이어하트는 강족의 부지도자였던 오크하트가 천둥족과의 전투에서 목숨을 잃었다는 사실을 떠올리고, 털이 뻣뻣하게 섰다. 하지만 마침 블루스타가 모임을 시작하기 위해 바위 꼭대기로 올라간 덕분에 별말 없이 지나갈 수 있었다. 다른 고양이 둘이 블루스타와 함께 바위에 올랐다. 그중 나이가 많은 검정 수고양이가 모두에게 바위 아래로 모이라고 외쳤다. 파이어하트는 그 수고양이를 알아보고 깜짝 놀랐다. 브로큰스타가 도망간 뒤, 나이 많은 나이트펠트가 그림자족의 새로운 지도자가 된 것일까?

고양이들이 거대한 바위 앞에 자리를 잡자, 블루스타가 말을 시작했다.

"천둥족은 이번 모임에 우리의 새로운 치료사인 옐로팽을 대동했습니다."

블루스타가 격식을 갖추어 소개하자, 모든 눈이 털이 북슬북슬하고 주둥이가 납작한 나이 든 암고양이에게 향했다. 파이어하트는 옐로팽이 딱딱한 바닥에서 엉덩이를 이리저리 움직이는 것을 눈치챘다. 파이어하트는 막 훈련병이 되었을 때, 천둥족 진영으로 온 옐로팽을 거의 한 달 동안이나 돌보았다. 이제 그는 옐로팽이 오른쪽 귀를 살짝 비트는 것만 보아도 그녀가 다른 종족 고양이들의 시선을 불편해하고 있다는 것을 알 수 있었다. 옐로팽은 원래 그림자족의 치료사였고, 숲의 고양이가 자기 종족을 떠나서 다른 종족에게 가는 일은 드물었다. 옐로팽은 천천히 무리를 둘러보다가, 그림자족의 새로운 치료사인 러닝노즈와 눈길이 마주쳤다. 둘은 잠시 멈칫했지만, 이내 예의 바르게 고개를 숙이며 인사를 주고받았다. 옐로팽의 귀가 다시 펴졌고, 파이어하트도 긴장을 풀었다.

블루스타가 말을 이었다.

"우리가 새로 임명한 전사 둘도 함께 왔습니다. 파이어하트와 그레이스트라이프입니다."

파이어하트는 당당히 고개를 들었다. 하지만 모든 시선이 자신에게 쏠리는 것을 느끼자, 별안간 수줍어져서 어쩔 줄 몰라 하며 꼬리를 이리저리 휘둘렀다.

이번에는 나이트펠트가 앞으로 나섰다. 그는 블루스타를 스치며 지나가 바위 꼭대기에 섰다.

"나, 나이트펠트는 그림자족의 지도자 자리를 맡았습니다."

그가 공표했다.

"전임 지도자였던 브로큰스타는 전사의 규약을 어겼기에, 우리가 그를 추방했습니다."

"우리가 도와줬다는 말은 한마디도 하지 않는군."

그레이스트라이프가 파이어하트에게 속닥거렸다.

나이트펠트가 말을 이었다.

"우리 조상의 영혼들이 러닝노즈에게 일러, 나를 지도자로 선택하였습니다. 나는 아직 '어머니의 입'으로 가지 못해서 아홉 목숨을 선물로 받지 못했습니다. 내일 밤 달이 가득 차올라 있을 때 갈 것입니다. '달바위'에서 밤샘을 한 뒤에 나는 나이트스타로 불리게 될 것입니다."

"브로큰스타는 지금 어디 있습니까?"

무리 가운데서 크게 외치는 소리가 들렸다. 천둥족의 흰색 어미 고양이 프로스트퍼였다.

"숲을 떠났다고 봐도 될 것 같습니다. 그를 따르던 다른 고양이들과 함께 말입니다. 돌아오면 위험하리라는 것을 스스로도 잘 알 겁니다."

나이트펠트가 대답했다.

"그러길 바라야지."

프로스트퍼가 옆에 있는 통통한 갈색 어미 고양이에게 중얼거렸다.

다음으로 강족 지도자인 크룩트스타가 앞으로 나섰다.

"브로큰스타가 그 정도의 분별력은 있어서, 영원히 숲을 떠났기를 바랍시다. 그가 다른 종족 영역을 욕심내는 바람에 우리 모두 위험에 빠졌던 겁니다."

크룩트스타는 동의의 함성이 잦아들기를 기다렸다가 말을 이었다.

"브로큰스타가 지도자였을 때, 나는 우리 영역의 강에서 그림자족이 사냥하는 것을 허락해 주었습니다. 하지만 이제 그림자족에 새 지도자가 생겼으니, 이 합의는 더 이상 유효하지 않습니다. 우리 강에 있는 먹이는 오직 강족만 잡을 수 있습니다."

강족 고양이들이 환호성을 질렀다. 하지만 파이어하트는 털을 곤두세우는 나이트펠트를 발견하고 바짝 긴장했다.

나이트펠트가 목소리를 높였다.

"그림자족은 브로큰스타가 지도자였을 때와 마찬가지로 먹이가 필요합니다. 우리는 먹여야 할 입이 많습니다, 크룩트스타. 그대는 그림자족 전체와 약속을 한 것입니다!"

크룩스타가 나이트펠트에게 몸을 돌렸다. 그가 귀를 납작 붙이고 쉭쉭거리자, 고양이들은 침묵에 잠겼다.

블루스타가 재빨리 두 지도자 사이에 끼어들었다.

"그림자족은 최근에 목숨을 잃은 고양이들이 많습니다. 이제 입도 줄었는데 정말로 강족의 물고기가 필요합니까, 나이트펠트?"

블루스타가 조심스럽게 말했다.

크룩스타가 다시 쉭쉭거렸다. 하지만 나이트펠트는 흔들림 없이 눈길을 맞받았다.

블루스타는 좀 더 강경한 태도로 다시 한 번 말했다.

"그림자족은 지도자와 함께 건장한 전사 여럿을 추방하지 않았습니까. 그리고 애초에 브로큰스타가 크룩스타에게 강을 함께 쓰도록 강요한 것부터 전사의 규약에 어긋난 일이었습니다."

파이어하트는 나이트펠트가 발톱을 세우는 것을 눈치채고, 불안한 마음으로 침을 꿀꺽 삼켰다. 하지만 블루스타는 눈도 깜짝하지 않았다. 그녀의 냉정한 푸른 눈이 달빛을 받아 번득였다.

"그대는 아직 별족으로부터 아홉 목숨을 받지도 않았다는 것을 명심하십시오. 그렇게 당당하게 요구할 수 있겠습니까?"

파이어하트는 주위에서 털들이 곤두서는 것을 느끼고 잔뜩 긴장했다. 모두가 나이트펠트의 답을 기다리고 있었다.

나이트펠트는 화가 난 얼굴로 고개를 돌렸다. 꼬리를 이리저리 휙휙 휘두르고 있었지만, 아무 말도 하지 않았다.

블루스타의 승리였다.

"우리 모두 그림자족이 지난 몇 달 동안 심한 고통을 겪었다는 것을 잘 압니다."

블루스타의 목소리가 한층 누그러졌다.

"천둥족은 그림자족이 회복할 때까지 평화롭게 지내기로 약속했습니다."

블루스타는 크룩트스타에게 눈을 돌렸다.

"크룩트스타 역시 이런 뜻을 존중해 주리라 믿습니다."

크룩트스타는 눈을 가늘게 뜨고 고개를 끄덕였다.

"물론입니다. 하지만 그림자족이 우리 영역에서 냄새를 풍기지 않는 한에서만 그럴 겁니다."

파이어하트는 어깨 털을 반반하게 눕히며 긴장을 풀었다. 실전에서 싸우는 것이 어떤 것인지 이제 잘 알고 있기에, 위대한 전사 둘에 맞서는 블루스타의 용기가 더욱 존경스러웠다. 거대한 바위를 휩싸던 긴장감이 일시에 느슨해지자, 고양이들은 숨죽여 안도하며 조그만 목소리로 동조했다.

"우리 냄새를 맡을 일은 없을 겁니다, 크룩트스타."

나이트펠트가 말했다.

"블루스타의 말이 맞습니다. 우리는 강족의 물고기가 필요하지 않습니다. 어쨌든 바람족이 떠났으니, 우린 고원에서 사냥할 수 있습니다."

크룩트스타가 눈을 반짝이며 나이트펠트를 바라보았다.

"맞습니다, 그건 우리 모두에게 먹이가 더 생긴다는 뜻입니다."

블루스타가 급하게 고개를 쳐들었다.

"안 됩니다! 바람족은 돌아와야 합니다!"

크룩트스타와 나이트펠트가 천둥족 지도자를 빤히 쳐다보았다.

"이유가 뭡니까?"

크룩트스타가 물었다.

"우리가 바람족의 사냥터를 함께 나눠 쓴다면, 우리 새끼들도 먹이를 충분히 먹을 수 있단 말입니다!"

나이트펠트가 지적했다.

"숲에는 네 종족이 필요합니다."

블루스타가 완강하게 말했다.

"우리에게 나무 네 그루와 사계절이 있듯이, 별족은 우리에게 네 종족을 선사했습니다. 될 수 있는 대로 빨리 바람족을 찾아 데려와야 합니다."

천둥족 고양이들이 지도자를 응원하며 목소리를 높였다. 그때 크룩트스타가 참을성 없이 고함을 쳤다.

"블루스타, 그대의 주장은 근거가 부족합니다. 우리에게 정말로 사계절이 필요하다고 생각합니까? 잎 없는 계절이 없으면 추위와 굶주림도 없을 텐데, 그편이 더 좋지 않겠습니까?"

블루스타는 차분하게 옆에 있는 전사들을 바라보았다.

"별족이 잎 없는 계절을 주신 것은, 땅이 힘을 회복하고 새잎 돋는 계절을 맞이할 준비를 하기 위해서입니다. 이 숲, 그리고 고원은 수대에 걸쳐 네 종족을 먹여 살렸습니다. 별족에게 도전하는 것은 우리의 도리가 아닙니다."

강족 부지도자인 레퍼드퍼가 목소리를 냈다.

"자기 영역조차 지키지 못하는 종족을 위해 우리가 굶주려야 할 이유가 무엇이란 말입니까?"

"블루스타가 옳습니다! 바람족은 돌아와야 합니다!"

타이거클로가 소리쳤다. 그리고 몸을 일으켜 주변 고양이들 위로 우뚝 버티고 섰다.

블루스타가 강족 지도자에게 돌아서며 다시 말했다.

"크룩트스타, 강족의 사냥터는 먹이가 풍족하기로 유명합니다. 강이 있고, 거기 사는 물고기가 모두 강족의 것입니다. 왜 먹이가 더 필요하다는 것입니까?"

크룩트스타는 고개를 돌리고 대답하지 않았다. 파이어하트는 강족 고양이들이 웅성거리는 소리를 들을 수 있었다. 블루스타의 질문이 왜 그들의 심기를 불편하게 만든 걸까?

블루스타가 말을 이었다.

"그리고 나이트펠트, 바람족을 영역에서 쫓아낸 것은 브로큰스타였습니다."

블루스타는 잠시 말을 멈추었다.

"그렇기 때문에 천둥족이 그대들을 도와 브로큰스타를 쫓아낸 것입니다."

파이어하트는 눈을 가늘게 떴다. 블루스타는 나이트펠트가 천둥족에게 진 빚을 아주 완곡하게 상기시켜 주고 있었다.

그림자족 지도자는 눈을 반쯤 감고 있었다. 한참을 이어지던 침묵 끝에 나이트펠트가 눈을 뜨고 말했다.

"잘 알겠습니다, 블루스타. 바람족이 돌아오는 것을 받아들이겠습니다."

파이어하트는 크룩스타가 발끈하며 눈을 흘기고 고개를 돌리는 것을 볼 수 있었다.

블루스타가 고개를 끄덕였다.

"우리 셋 중에서 둘이 동의했습니다, 크룩스타. 그러니 바람족을 찾아서 집으로 데리고 와야 합니다. 그때까지는 어떤 종족도 바람족 영역에서 사냥을 하면 안 됩니다."

고양이들이 각자의 진영으로 돌아갈 준비를 하면서, 모여 있던 무리가 흩어지기 시작했다. 파이어하트는 잠시 제자리에 머물면서, 거대한 바위 위에 있는 지도자들을 바라보았다. 블루스타는 크룩스타와 코를 맞대고는 바닥으로 뛰어내렸다. 바위 위에서 크룩스타가 나이트펠트를 향해 몸을 돌렸다. 두 지도자 사이에 오가는 표정이 어딘지 모르게 파이어하트의 털을 주뻣하게 만들었다. 결국 블루스타는 나이트펠트의 진정한 동조를 얻지 못한 걸까? 파이어하트는 주변을 재빨리 둘러보았다. 타이거클로의 눈에 분노가 어려 있었다. 천둥족 부지도자 역시 두 지도자 사이에 오가는 심상치 않은 표정을 놓치지 않았던 것이다.

이번만은 파이어하트도 타이거클로와 같은 걱정을 하고 있었다. 이런 식의 종족 동맹은 전혀 예상하지 못한 것이었다. 천둥족은 브로큰스타를 쫓아내기 위해 위험을 무릅쓰고 그림자족을 도왔는데, 그림자족이 이제 와서 어떻게 강족과 연합한단 말인가?

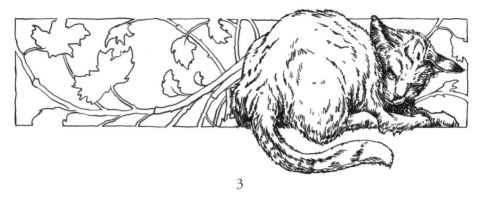

3

사라진 종족을 찾아

진영으로 돌아가는 길을 이끄는 블루스타는 발걸음을 서둘렀다. 그들이 돌아오는 소리에 진영에 남아 있던 고양이들이 잠에서 깨어났다. 무리가 가시금작화 굴길로 줄지어 들어서자, 졸음기가 가시지 않은 얼굴들이 하나둘 거처에서 나타나기 시작했다.

"무슨 소식이 있습니까?"

하프테일이 질문했다.

"그림자족도 참석했나요?"

윌로펠트도 물었다.

"음, 있었네."

블루스타가 진지하게 대답했다. 그리고 윌로펠트를 빠르게 지나쳐 높은 바위로 뛰어올랐다. 늘 하던 대로 종족 회의에 참석하라고 외칠 필요도 없었다. 고양이들은 이미 바위 아래 모여 있었다. 타이거클로가 지도자 옆으로 뛰어올랐다.

"오늘 밤에는 종족들 사이에 긴장감이 높았습니다."

블루스타가 말을 시작했다.

"그리고 크룩트스타와 나이트펠트가 새롭게 동맹을 맺을 가능성이 보였습니다."

그레이스트라이프가 파이어하트 옆의 좁은 공간으로 비집고 들어왔다.

"무슨 소리야? 나이트펠트는 블루스타의 말에 동의한 줄 알았는데."

그레이스트라이프가 물었다.

"나이트펠트?"

무리 뒤쪽에서 원아이의 목소리가 들려왔다.

"나이트펠트가 그림자족의 새 지도자로 임명되었습니다."

블루스타가 설명해 주었다.

"하지만 그 이름은…… 아직 별족의 승인을 받지 않은 건가요?"

원아이가 물었다.

"내일 밤에 달바위로 갈 계획이랍니다."

타이거클로가 말해 주었다.

"별족의 승인을 받지도 않고 모임에서 종족 대표로 말할 수는 없지."

원아이가 모두 들을 수 있을 정도로 큰 소리로 중얼거렸다.

"그림자족이 나이트펠트를 지지하고 있습니다, 원아이."

블루스타가 나이 든 암고양이에게 고갯짓을 하며 대답했다.

"어쨌든 우리는 오늘 밤 그가 한 말을 마냥 무시할 수는 없습니다."

원아이가 언짢다는 듯 콧방귀를 뀌었다.

블루스타가 고개를 들어 종족을 향해 말했다.

"모임에서 나는 바람족을 찾아서 돌아오게 해야 한다고 제안했습니다. 하지만 크룩트스타와 나이트펠트는 바람족이 돌아오는 것을 원하지 않았습니다."

"하지만 그림자족과 강족이 힘을 합칠 가능성은 거의 없을 텐데요, 안 그래요? 강에서 사냥할 권리를 놓고 거의 싸움이 날 뻔했잖아요."

그레이스트라이프가 외쳤다.

파이어하트는 친구를 향해 몸을 돌렸다.

"모임이 끝날 무렵에 크룩트스타와 나이트펠트가 서로 눈빛을 주고받는 것 못 봤어? 둘 다 바람족 영역에 발을 들이지 못해서 안달이 났단 말이야."

"하지만 이유가 뭐죠?"

스승인 화이트스톰 옆에 앉아 있던 샌드포가 물었다.

화이트스톰이 대꾸했다.

"그림자족은 우리가 생각했던 것처럼 약하지 않아. 게다가 나이트펠트는 그 어떤 고양이보다 더 야망이 있는 것 같구나."

"하지만 왜 강족이 바람족의 땅에서 사냥을 하고 싶어 하죠? 강족은 강에 언제나 물고기가 넘치잖아요! 바람에 날아간 토끼 몇 마리 잡자고 가기에는 고원까지 가는 길이 너무 멀지 않나요?"

윌로펠트가 외쳤다.

한때 아름다웠던 대플테일이 나이 들어 갈라진 목소리로 대답했다.

"모임에서 강족 원로들 몇몇을 만나 이야기를 들었는데, 두발쟁이들이 그들의 강을 차지해 버렸다는군."

"맞아요."

프로스트퍼가 거들었다.

"두발쟁이들이 강 옆에 있는 은신처에 살면서 물고기들을 건드리고 있다는군요. 강족 고양이들은 덤불에 숨어서 입맛만 다실 수밖에 없대요."

블루스타는 생각에 잠긴 표정이었다.

"당장은 그림자족과 강족이 더 가까워질 만한 일을 만들지 않도록 주의해야만 합니다. 이제 가서 쉬십시오. 러닝윈드, 더스트포를 데리고 새벽 순찰대를 맡아 주게."

찬 바람이 불어와 머리 위에 드리운 마른 잎사귀들이 바스락거렸다. 여전히 웅성거리고 있던 고양이들도 거처로 돌아갔다.

파이어하트는 이틀째 연달아 꿈을 꾸었다. 그는 어둠 속에 서 있었고, 천둥길의 요란한 소리와 악취가 아주 가깝게 느껴졌다. 파이어하트는 눈을 번득이며 이리저리 질주하는 괴물들 때문에 앞을 볼 수가 없었다. 갑자기 소음을 뚫고 어린 고양이의 가련한 울음소리가 들렸다. 그 간절한 외침은 괴물들의 우르릉거리는 굉음을 뚫고 들려왔다.

파이어하트는 깜짝 놀라 잠에서 깨어났다. 처음에는 그 울음소리가 자신을 깨운 거라고 생각했다. 하지만 들리는 소리라고는 곁에서 잠든 전사들의 코 고는 소리밖에 없었다. 거처 어딘가에서 으르렁거리는 소리가 들렸다. 타이거클로인 것 같았다. 파이어하트는 거처 밖으로 조용히 빠져나왔다. 다시 잠을 청하기에는 마음이 너무 불안했다.

밖은 어두웠다. 검은 하늘에 점점이 흩어져 있는 별들을 보니, 새벽은 아직 멀리 있었다. 마음속에는 아직도 어린 고양이의 울음소리가 쟁쟁했다. 파이어하트는 귀를 쫑긋 세운 채 보육실을 향해 걸어갔다. 진영 방벽 너머에서 발소리가 들려왔다. 코를 벌름거리자 다크스트라이프와 롱테일의 냄새가 났다. 그들이 천둥족 진영을 지키고 있었다. 잠든 진영의 평온함이 파이어하트의 마음을 진정시켜 주었다.

'천둥길에 관한 악몽은 다들 꿔 봤을 거야.'

파이어하트는 스스로를 다독이고, 다시 거처로 들어갔다. 그리고 잠자리에 누워 편안하게 몸을 말았다. 눈을 감자, 곁에 있던 그레이스트라이프가 잠결에 짧게 가르랑거리는 소리를 냈다.

그레이스트라이프가 코로 파이어하트의 옆구리를 쿡 찔러 깨웠다.

"그냥 좀 놔둬."

파이어하트는 투덜거렸다.

"일어나!"

그레이스트라이프가 쉭쉭댔다.

"왜? 순찰대도 아니잖아!"

파이어하트는 불만스럽게 중얼거렸다.

"블루스타가 거처에서 보자고 하셔. 지금."

파이어하트는 머리가 멍한 채로 허둥지둥 일어났다. 그리고 그레이스트라이프를 따라 거처를 빠져나갔다. 해가 하늘을 분홍빛으로 물들이기 시작했고, 진영을 둘러싼 나무에는 서리가 내려앉아 있었다.

두 고양이는 공터를 성큼성큼 가로질러 블루스타의 거처로 향했다. 그리고 조그맣게 소리를 내어 자신들의 도착을 알렸다.

"들어오너라!"

이끼 장막 뒤에서 들려온 건 타이거클로의 목소리였다. 파이어하트는 모임에 가는 길에 블루스타와 나누었던 대화를 떠올리며 바짝 긴장했다.

'내가 의심하고 있다고, 블루스타가 타이거클로에게 이야기해 준 걸까?'

그레이스트라이프가 먼저 블루스타의 거처로 들어섰다. 파이어하트는 불안해하며 그 뒤를 따랐다.

블루스타는 고개를 꼿꼿이 들고 눈을 반짝이며 자리에 앉아 있었다. 타이거클로는 매끄러운 돌바닥 한가운데에 서 있었다. 파이어하트는 그의 표정을 읽어 보려고 했지만, 항상 그랬듯이 얼룩무늬 전사의 눈은 냉랭하고 흔들림이 없었다.

블루스타가 단도직입적으로 말했다.

"파이어하트, 그레이스트라이프, 너희에게 중요한 임무를 맡기겠다."

"임무라고요?"

파이어하트가 물었다. 안도감과 흥분이 밀려들면서 걱정은 사라졌다.

"바람족을 찾아서 영역으로 돌아올 수 있도록 해 줬으면 좋겠구나."

블루스타가 말했다.

"흥분하기 전에, 이건 매우 위험한 임무라는 것을 명심해라."

타이거클로가 주의를 주었다.

"우리는 바람족이 어디로 갔는지도 모른다. 그러니 남아 있는 그들의 냄새를 따라가야 한다. 적들이 있는 영역으로 들어가야 할 수도 있다."

"나와 함께 달바위까지 갔을 때 바람족 영역을 지나갔으니, 그 냄새는 친숙할 테지. 고원 너머 두발쟁이 영역도 그럴 테고."

블루스타가 말했다.

"우리 둘만 가는 건가요?"

파이어하트가 물었다.

"다른 전사들은 여기 남아 있어야 한다."

타이거클로가 말했다.

"잎 없는 계절이 다가오고 있으니 먹이를 가능한 한 많이 모아 두어야 한다. 앞으로 여러 달 동안 먹이가 부족할 것이다."

블루스타가 고개를 끄덕였다.

"타이거클로가 너희의 여정 준비를 도와줄 것이다."

파이어하트는 마음이 불편해져서 발이 따끔거렸다. 블루스타는 부지도자를 여전히 신뢰하고 있었다. 천둥족에서 타이거클로를 믿지 않는 고양이는 그밖에 없었다.

"가능한 빨리 떠나야 한다."

블루스타가 말했다.

"잘 다녀오길 바란다."

"꼭 찾아내겠습니다."

그레이스트라이프가 약속했다.

파이어하트도 앞으로 닥칠 여정에 생각을 집중하며 고개를 끄덕였다.

타이거클로가 그들을 따라 블루스타의 거처에서 나왔다.

"바람족 영역으로 가는 길을 기억하고 있느냐?"

"그럼요, 바로 며……."

"바로 몇 달 전에 다녀왔으니까요."

파이어하트는 열성적으로 대답하려는 그레이스트라이프의 말을 가로채 재빨리 마무리했다. 그리고 친구에게 눈빛으로 주의를 주었다. 그레이스트라이프는 며칠 전에 자신들이 레이븐포와 함께 그곳에 다녀왔다는 사실을 하마터면 발설할 뻔했다.

타이거클로가 멈칫하는 바람에 파이어하트는 숨을 죽였다. 그레이스트라이프의 실수를 눈치챈 것일까?

"그러면 바람족의 냄새도 기억하느냐?"

부지도자가 물었다.

어린 전사들은 고개를 끄덕였다. 파이어하트는 사라진 종족을 찾아 고원의 비죽비죽한 가시금작화 덤불 사이를 달리는 자신의 모습을 그려 보았다.

"기운을 북돋아 주고 배고픔을 잊게 해 줄 약초가 필요할 것이다. 떠나기 전에 옐로팽에게 들러 약초를 받아 가도록."

타이거클로는 잠시 멈췄다가 다시 말을 이었다.

"나이트펠트가 오늘 밤 달바위에 갈 거라는 걸 명심해라. 마주치지 않도록 멀찌감치 떨어져 가도록 해."

"네, 타이거클로."

파이어하트가 대답했다.

"우리가 거기 있다는 건 절대 모를 거예요."

그레이스트라이프가 그를 안심시켰다.

"나도 그러길 바란다."

타이거클로가 말했다.

"자, 이제 출발해라!"

타이거클로는 다른 말은 하지 않고 돌아서서 가 버렸다.

"행운을 빌어 줄 수도 있었을 텐데."

그레이스트라이프가 투덜거렸다.

"우리한테 행운 따위는 필요 없을 거라고 생각했나 보지."

파이어하트는 친구와 함께 공터를 가로질러 옐로팽의 거처로 향했다. 곰곰이 생각해 보면, 타이거클로는 여느 전사를 대하는 것과 다를 바 없이 그들을 존중하는 태도를 보여 주었다. 레이븐포의 생각과 달리 타이거클로는 배신자가 아닐 수도 있지 않을까? 해가 뜨고 있었지만 공기는 여전히 차가웠다. 그래도 두 고양이는 전혀 떨지 않았다. 파이어하트는 낮이 짧아질수록 자신의 털이 점점 두툼해지는 것을 느낄 수 있었다.

옐로팽의 거처는 고사리가 드리운 굴길 끝에 있었다. 작고 그늘진 공터의 한구석에는 쩍 갈라진 커다란 바위가 있었다. 옐로팽이 머물기 전에는 그곳에 스파티드리프가 살았었다. 상냥했던 삼색얼룩 고양이에 대한 기억이 떠오르자, 파이어하트는 가슴 찡한 아픔을 느꼈다. 스파티드리프는 그림자족 전사에게 죽임을 당했다. 파이어하트는 그녀가 무척 그리웠다.

"옐로팽, 여행용 약초를 받으러 왔어요!"

그레이스트라이프가 외쳤다.

바위 중간에서 쉰 목소리가 나더니, 이윽고 옐로팽이 바위틈에서 모습을 드러냈다.

"어딜 가는 거냐?"

"바람족을 찾아서 데려와야 해요."

파이어하트가 대답했다. 자랑스러운 마음을 감출 수가 없었다.

"전사가 되고 나서 첫 임무를 맡았구나!"

옐로팽이 거친 목소리로 말했다.

"축하한다! 필요한 약초를 가져오마."

잠시 후에 그녀는 마른 잎사귀 다발을 입에 물고 나타났다.

"맛있게 먹어라!"

옐로팽이 다발을 바닥에 내려놓으며 말했다.

파이어하트와 그레이스트라이프는 맛없는 잎사귀들을 고분고분하게 씹었다.

"웩!"

그레이스트라이프가 구역질을 했다.

"지난번처럼 역겹군."

파이어하트는 얼굴을 잔뜩 찌푸리며 고개를 끄덕였다. 블루스타와 함께 달바위에 갈 때에도 스파티드리프에게 들러 같은 약초를 받아 먹은 적이 있었다.

그레이스트라이프가 마지막 한 입을 꿀꺽 삼키고는 파이어하트의 어깨를 코로 툭 쳤다.

"이 느림보 달팽이 녀석아, 어서 출발하자고! 안녕히 계세요, 옐로팽."

그레이스트라이프는 어깨 너머로 옐로팽에게 인사를 건네고, 밖으로 달려 나갔다.

"같이 가!"

파이어하트도 친구의 뒤를 따라 출발했다.

"잘 다녀와라! 행운을 빈다, 애송이들!"

옐로팽이 그들 뒤에 대고 소리쳤다.

굴길을 달려 나가던 파이어하트는 아침 바람에 고사리 잎이 바스락거리는 소리를 들을 수 있었다. 잎사귀들이 마치 이렇게 속삭이는 것 같았다.

"행운을 빌어! 무사히 돌아와!"

4

바람족의 진영

진영 밖으로 나가던 두 어린 전사는 화이트스톰과 부딪칠 뻔했
다. 그는 샌드포와 러닝윈드를 이끌고 새벽 순찰을 나가는 길이
었다.

"죄송해요!"

파이어하트는 헐레벌떡 말하고는 멈춰 섰다. 그레이스트라이프
도 그의 옆에서 미끄러지듯 멈춰 섰다.

화이트스톰이 고개를 끄덕했다.

"임무를 맡았다면서."

"네."

파이어하트가 대답했다.

"부디 별족이 보호해 주시기를."

화이트스톰이 진지하게 말했다.

"뭐 하러 가는데? 들쥐라도 잡으러 떠나는 거야?"

샌드포가 비웃듯이 말했다.

날렵한 얼룩 고양이 러닝윈드가 돌아서서 샌드포의 귀에 무언가 소곤거렸다. 그러자 그녀의 표정이 변했다. 경멸하는 기색이 역력했던 초록 눈에 조심스러운 호기심이 어렸다.

순찰대는 파이어하트와 그레이스트라이프가 지나갈 수 있도록 한쪽으로 비켜 주었다. 두 전사는 달려 나가 비탈길을 올라갔다.

긴 여정을 앞둔 파이어하트와 그레이스트라이프는 말을 아꼈다. 그들은 나무 네 그루에 이를 때까지 서로 거의 대화를 나누지 않은 채 숲을 내달렸다. 마침내 떡갈나무 그늘이 드리운 공터와 맞닿은 가파른 언덕 꼭대기에 도착하자, 두 전사는 옆구리를 들썩이며 잠시 멈췄다.

"여기 위쪽은 항상 이렇게 바람이 많이 부는 거야?"

그레이스트라이프가 투덜거렸다. 그는 빽빽한 털을 부풀려, 고원을 휩쓸고 지나가는 차가운 바람에 맞섰다.

"바람을 막아 줄 나무가 없어서 그런가 봐."

파이어하트가 눈을 찡그리며 대꾸했다. 이곳은 바람족의 영역이었다. 그는 공기 냄새를 맡아 보았다. 이곳에 있어서는 안 될 냄새가 모든 감각을 통해서 느껴졌다.

"강족 전사들 냄새가 나지 않아?"

파이어하트는 불안한 기색으로 중얼거렸다.

그레이스트라이프가 코를 벌름거렸다.

"아니. 여기 강족이 있는 것 같아?"

"어쩌면. 바람족이 없는 때를 최대한 이용하려고 할지도 모르잖아. 게다가 이제 곧 바람족이 돌아올 거란 사실도 알고 있으니까."

"글쎄, 난 아무 냄새도 안 나는데."

두 고양이는 히스 덤불 아래로 풀이 얼어붙은 길을 따라 조심스럽게 걸어가기 시작했다.

갑자기 생생한 냄새가 났다. 파이어하트는 그 자리에 멈춰 섰다.

"무슨 냄새 나지 않아?"

"응, 강족이야!"

그레이스트라이프가 바닥에 몸을 납작 붙이며 작은 소리로 대답했다.

파이어하트도 자세를 낮추어 히스 덤불 아래로 귀를 숨겼다. 그 옆에서 그레이스트라이프가 진회색 머리를 들어 덤불 밖을 내다보았다.

"강족이 보여. 사냥을 하고 있네."

파이어하트도 조심스럽게 몸을 뻗어 그들을 찾아보았다.

강족 전사 넷이 가시금작화 덤불 사이에서 토끼를 쫓고 있었다. 모임에서 보았던 블랙클로도 있었다. 그 거무칙칙한 전사는 발톱을 세우고 토끼에게 덤벼들었지만, 아무 소득 없이 도로 일어나 앉았다. 토끼는 안전한 굴로 무사히 돌아간 모양이었다.

파이어하트와 그레이스트라이프는 다시 자세를 낮추고 차가운 풀에 배를 바짝 붙였다.

"토끼 사냥은 영 신통치 않네."

그레이스트라이프가 비웃듯 말했다.

"강족은 물고기를 잡는 게 더 익숙하겠지."

파이어하트가 소곤거리며 대답했다. 그런데 그때 그의 코가 움찔거렸다. 겁에 질린 토끼가 가까이 다가오는 냄새를 맡은 것이다. 강족 전사들도 토끼를 쫓아 빠르게 다가오고 있었다.

"이쪽으로 오고 있어! 숨어야 돼!"

"따라와. 이쪽에서 오소리 냄새가 나."

그레이스트라이프가 속삭였다.

"오소리?"

파이어하트는 깜짝 놀라 물었다.

"그건 괜찮은 거고?"

하프테일이 성미가 고약한 늙은 오소리와 싸우다가 꼬리를 잃었다고 하지 않았던가?

"걱정하지 마. 냄새가 짙긴 하지만 오래된 거야."

그레이스트라이프가 그를 안심시켰다.

"이 근처에 버려진 오소리 굴이 있을 거야."

파이어하트는 코를 킁킁거렸다. 여우 냄새와 흡사한 냄새가 강하게 풍겨 왔다.

"버려진 굴이 확실해?"

"곧 알게 되겠지. 서둘러! 당장 여기서 피해야 한단 말이야."

그레이스트라이프가 앞장서서 재빨리 키 작은 덤불들을 헤치고 나아갔다. 히스 잎이 바스락거리는 소리가 들렸다. 강족 전사들이 가까워지고 있다는 뜻이었다.

"여기야!"

그레이스트라이프가 히스 줄기를 어깨로 밀치고, 바닥에 모래가 깔린 구덩이를 보여 주었다.

"안으로 들어가! 오소리 냄새가 우리 냄새를 가려 줄 거야. 강족이 지나갈 때까지 기다리자.”

파이어하트는 어두운 구덩이 속으로 잽싸게 들어갔다. 그레이스트라이프도 뒤따라 들어왔다. 구덩이 안에는 오소리의 체취가 가득했다.

머리 위에서 땅을 쿵쿵 구르며 걷는 소리가 들렸다. 두 고양이는 숨을 죽였다. 이윽고 발소리가 멈추더니 강족 전사 하나가 외쳤다.

“오소리 굴이다!”

블랙클로의 거친 목소리였다.

두 번째 목소리가 대꾸했다.

“버려진 굴인가? 토끼가 안에 숨어 있을지도 몰라.”

어둠 속에서 파이어하트는 곁에 있는 그레이스트라이프의 털이 비죽비죽 서는 것을 느꼈다. 파이어하트는 발톱을 세우고 구덩이 입구를 노려보았다. 만일 강족 전사들이 들이닥친다면, 맞서 싸울 작정이었다.

“기다려. 냄새가 이쪽으로 이어져 있어.”

블랙클로가 말했다.

머리 위에서 발들이 요란하게 움직이면서, 강족 전사들이 빠르게 멀어져 갔다.

그레이스트라이프가 천천히 숨을 내쉬었다.

“갔을까?”

“좀 더 기다려야 될 것 같아. 뒤에 아무도 남지 않을 때까지.”

파이어하트가 말했다.

이제 밖에서는 아무 소리도 들리지 않았다. 그레이스트라이프가 파이어하트를 쿡 찔렀다.

"가자."

파이어하트는 그레이스트라이프를 뒤쫓아 조심스럽게 구덩이 밖으로 나왔다. 강족 순찰대의 낌새는 없었다. 신선한 바람이 후각에 남은 오소리 냄새를 말끔하게 지워 주었다. 파이어하트는 그레이스트라이프를 보며 말했다.

"우선 바람족 진영을 찾아보자. 거기가 바람족 냄새를 찾기에 가장 좋은 곳일 거야."

"그래."

그레이스트라이프가 대답했다.

둘은 입을 살짝 벌린 채 히스 덤불을 천천히 헤치고 나아갔다. 혹시나 남아 있을지도 모를 강족 전사들의 냄새를 감지하기 위해서였다. 그들은 가시금작화 덤불을 지나, 넓고 평평한 바위 아래에 멈춰 섰다. 바위는 가파른 오르막으로 이어져 있었다.

"올라가서 주변을 살펴볼게. 내 털가죽 색이 바위랑 비슷하니까 눈에 띄지 않을 거야."

그레이스트라이프가 말했다.

"알았어. 하지만 머리는 꼭 낮춰야 돼."

파이어하트는 바위를 올라가는 친구의 모습을 지켜보았다. 그레이스트라이프는 꼭대기에서 몸을 웅크린 채 고원을 둘러보았다. 그러고 나서 다시 미끄러지듯 내려왔다.

"저쪽에 움푹 들어간 땅이 있는 것 같아."

그레이스트라이프가 꼬리로 한 방향을 가리켰다.

"히스 덤불 사이로 틈이 보였어."

"확인해 보자. 거기가 진영일지도 몰라."

그레이스트라이프가 고개를 끄덕였다.

"내 생각도 그래. 여기 위쪽에서 바람을 피할 수 있는 유일한 장소인 것 같아."

움푹 팬 땅에 점점 가까워지자, 파이어하트는 그레이스트라이프 너머로 보이는 땅의 가장자리를 볼 수 있었다. 마치 별족 전사가 하늘에서 내려와 고원에서 토탄을 한 움큼 퍼내고, 대신 그 자리에 가시금작화 덤불을 촘촘히 심어 놓은 것 같았다. 파이어하트는 코를 킁킁거려 보았다. 바람족의 온갖 냄새가 났다. 원로 고양이와 어린 고양이, 수고양이와 암고양이 냄새, 그리고 까마귀밥이 된 지 오래인 먹잇감의 냄새도 희미하게 났다. 이곳은 버려진 진영이 틀림없었다.

파이어하트는 경사를 내려가 덤불 속으로 뛰어들었다. 가시금작화가 털을 잡아당기고 코를 할퀴고 눈을 찔렀다. 뒤에 있던 그레이스트라이프가 가시에 귀를 찔리는 바람에 불평을 해 댔다. 그들은 잘 가려져 있는 공터로 들어섰다. 모래가 많은 바닥은 여러 세대에 걸쳐 오고 간 발걸음으로 단단하게 다져져 있었다. 공터 한쪽 끝에는 수많은 달이 뜨고 지는 동안 바람에 닳아 매끈해진 바위가 있었다.

"좋아, 여기가 바람족 진영이야."

파이어하트가 중얼거렸다.

"이렇게 잘 보호된 장소에서 브로큰스타가 바람족을 어떻게 몰아냈는지 모르겠네."

그레이스트라이프가 화끈거리는 코를 한 발로 문지르며 말했다.

"꽤나 격렬하게 싸운 것 같은데."

파이어하트가 말했다. 그는 심하게 망가진 진영의 모습에 충격을 받았다. 바닥에는 털 뭉치가 어지럽게 널려 있었고, 모래에는 피가 말라붙어 얼룩져 있었다. 거처에서 끄집어낸 것처럼 보이는 이끼 잠자리는 갈가리 뜯겨 있었다. 그리고 오래된 그림자족의 냄새가 겁에 질린 바람족의 냄새와 섞인 채 도처에서 풍겨 왔다.

파이어하트는 몸을 부르르 떨었다.

"여기서 밖으로 이어지는 냄새 흔적을 찾아보자."

그는 신중하게 공기 냄새를 맡기 시작했다. 그리고 가장 짙게 풍기는 냄새를 따라서 조금씩 앞으로 움직였다. 그레이스트라이프가 그 뒤를 쫓아왔다. 둘은 가시금작화 덤불 속 좁은 틈으로 향했다.

"바람족 고양이들은 내가 기억하는 것보다도 몸집이 더 작은 게 분명해."

그레이스트라이프가 파이어하트의 뒤를 따라 덤불을 비집고 들어가며 툴툴거렸다.

파이어하트는 친구를 보며 빙긋 웃었다. 냄새 흔적은 이제 무척 또렷해져서, 바람족임을 확신할 수 있었다. 하지만 겁먹은 고양이들 여럿이 남겨 놓은 표시는 몹시 자극적이고 뒤죽박죽 섞여 있었다. 파이어하트는 바닥을 내려다보았다. 마른 핏방울이 점점

이 흩어져 있었다.

"이 길이 맞는 것 같아."

그는 음울하게 말했다. 두 달 동안 몰아친 비바람도 고통의 흔적을 씻어 주지는 못했다. 파이어하트는 전투에서 패배하고 부상당한 종족이 집에서 쫓겨나 달아나는 모습을 또렷하게 그려 볼 수 있었다. 친구를 따라 달리며, 그의 마음속에는 분노가 치밀어 올랐다.

냄새 흔적은 고원의 반대쪽 끝까지 이어져 있었다. 두 전사는 그곳에 멈춰 서서 숨을 골랐다. 바로 앞에서 땅이 내리막이 되면서 두발쟁이 농장으로 이어져 있었다. 저 멀리 해가 지기 시작하는 곳에서, 우뚝 솟은 높은 돌산의 형체가 어렴풋이 나타났다.

"나이트펠트가 저기 도착했는지 모르겠네."

파이어하트가 중얼거렸다.

높은 돌산 아래쪽 굴에 있는 신성한 달바위는 각 종족의 지도자들이 별족과 꿈을 나누는 곳이었다.

"글쎄, 저 아래에서 나이트펠트를 만나고 싶지는 않은데."

그레이스트라이프가 넓게 펼쳐진 두발쟁이 땅을 내려다보며 꼬리를 획획 흔들었다.

"두발쟁이들이랑 시궁쥐에 개까지 피하는 것만 해도 힘들 텐데, 거기다가 그림자족의 새 지도자까지 만날 필요는 없다고!"

파이어하트는 고개를 끄덕였다. 그는 블루스타, 타이거클로와 함께 이 땅을 건넜던 지난 여정을 돌이켜 보았다. 그때 그들은 시궁쥐에게 공격당해 거의 죽을 뻔했지만, 떠돌이 고양이인 발리가 나타나 그들을 구해 주었다. 그럼에도 블루스타는 그때 목숨 하나를 잃었다. 그 일을 떠올리니 파이어하트는 흰개미에 물린 것처럼 찌릿한 기분이었다.

"저기 가면 레이븐포의 흔적을 찾을 수 있을까?"

그레이스트라이프가 파이어하트에게 얼굴을 돌리며 물었다.

"그랬으면 좋겠다."

파이어하트는 진지하게 대답했다.

그는 비바람이 치는 고원으로 흰 꼬리 끝이 사라지는 모습을 마지막으로 레이븐포를 보지 못했다. 천둥족 훈련병은 발리의 영역까지 무사히 갔을까?

두 전사는 비탈을 내려가기 시작했다. 그들은 풀포기마다 주의 깊게 냄새를 맡아 보며, 바람족의 흔적을 놓치지 않고 따라가려고 애썼다.

"높은 돌산으로 간 것 같지는 않아."

그레이스트라이프가 말했다.

흔적은 옆쪽의 넓은 풀밭으로 이어지고 있었다. 그들은 바람족의 흔적을 따라 산울타리에 가까이 붙어서 가장자리를 빙 둘러 갔다. 풀밭 밖으로 이어진 냄새는 작은 잡목 숲을 지나 두발쟁이 길로 향하고 있었다.

"저기 봐!"

그레이스트라이프가 말했다.

먹잇감의 뼈 무더기가 햇빛에 바랜 채 덤불 안에 흩어져 있었다. 가시덤불이 가장 빽빽한 곳에는 이끼로 만든 잠자리가 모여 있었다.

"바람족이 이곳에 자리를 잡으려고 했었나 봐."

파이어하트가 놀라며 말했다.

"그런데 왜 떠난 걸까? 이건 오래된 냄새야."

그레이스트라이프가 코를 킁킁거리며 말했다.

파이어하트는 어깨를 으쓱했다. 두 고양이는 다시 냄새를 따라 갔다. 조금 더 가자 빽빽한 산울타리가 나왔다. 몸을 버둥거리면서 힘겹게 산울타리를 비집고 나가자 좁은 도랑이 나왔고, 그 너머로 넓은 흙길이 펼쳐졌다.

그레이스트라이프가 민첩하게 도랑을 건너뛰어, 단단하고 붉은 길 위로 올라섰다. 주변을 살펴보던 파이어하트는 멀리서 뚜렷한 윤곽을 알아보고 몸이 굳었다.

"그레이스트라이프, 멈춰!"

파이어하트가 외쳤다.

"무슨 일인데?"

파이어하트는 코를 들어 가리켰다.

"저길 봐, 두발쟁이들이 사는 곳이야! 우리가 발리의 영역에 가까이 왔나 봐."

그레이스트라이프가 불안하게 귀를 씰룩거렸다.

"거긴 개들이 사는 곳이잖아! 하지만 바람족은 이쪽으로 온 게 확실해. 서둘러야겠어. 해가 지기 전에 두발쟁이 보금자리를 지나야 돼."

파이어하트는 두발쟁이들이 밤마다 개들을 풀어 놓는다던 발리의 말이 떠올랐다. 해는 벌써 높은 돌산의 험준한 꼭대기들 너머로 가라앉고 있었다. 그는 고개를 끄덕였다.

"아마도 개들이 바람족을 숲 밖으로 쫓아냈나 봐."

레이븐포를 생각하니 걱정스럽고 마음이 찌르는 듯 아파 왔다.

"그 녀석이 발리를 잘 찾아갔을까?"

"누구? 레이븐포 말이야? 당연하지, 우리도 여기까지 왔는데!"

그레이스트라이프가 말했다.

"레이븐포를 과소평가하지 마. 타이거클로가 그 녀석을 뱀바위로 보냈던 거 기억나? 그때 살무사를 잡아 가지고 왔잖아!"

파이어하트는 옛 추억을 떠올리며 가르랑거렸다. 그레이스트라이프는 벌써 붉은 길을 가로질러 반대편에 있는 산울타리를 통과하고 있었다. 파이어하트는 친구와 보조를 맞추기 위해 걸음을 재촉했다.

두발쟁이 보금자리에서 개 하나가 사납게 짖어 댔지만, 으르렁거리는 소리도 이내 멀어졌다. 해가 지면서 기온이 빠르게 내려갔다. 풀밭에 서리가 내려앉기 시작했다.

"계속 가야 하는 걸까?"

그레이스트라이프가 물었다.

"이러다가 냄새 흔적이 결국 높은 돌산으로 이어지면 어쩌지? 지금쯤이면 틀림없이 나이트펠트가 그곳에 가 있을 텐데."

파이어하트는 코를 치켜들고, 갈색으로 변해 가는 고사리 잎사귀를 살폈다. 두려움이 섞인 바람족의 시큼한 체취가 코를 찔렀다.

"계속 가는 게 좋겠어. 멈춰야 하면 그때 멈추자고."

찬 바람에 실려 온 또 다른 냄새가 파이어하트의 코에 닿았다. 근처에 천둥길이 있다는 것을 알려 주는 냄새였다. 그레이스트라이프도 천둥길 냄새를 맡았는지 얼굴을 찡그렸다. 두 전사는 낭패스러운 표정을 주고받았지만, 멈추지 않고 계속 나아갔다. 악취는 점점 더 강해지다가, 마침내 천둥길의 괴물 소리까지 멀리서 들려왔다. 넓은 회색 길을 따라 뻗어 있는 산울타리에 다다랐을 때는 정작 바람족의 흔적을 찾기가 힘들었다.

그레이스트라이프가 걸음을 멈추고 자신 없는 눈으로 주변을 둘러보았다. 하지만 파이어하트는 희미하긴 하지만 두려움의 냄새를 감지할 수 있었다. 그는 산울타리 옆 그늘로 살금살금 다가가, 가지가 무성하지 않은 곳에서 멈췄다.

"바람족이 여기에 머물렀나 봐."

파이어하트는 겁에 질린 바람족 고양이들이 산울타리 너머로 천둥길을 바라보는 모습을 그려 보았다.

"바람족 고양이들은 대부분 천둥길이라는 걸 여기서 처음 봤을 거야."

그레이스트라이프가 파이어하트에게 다가오며 말했다.

파이어하트는 깜짝 놀란 표정으로 친구를 쳐다보았다. 그는 바람족 고양이를 만나 본 적이 없었다. 그가 천둥족 훈련병이 되자마자 바람족이 영역에서 쫓겨났기 때문이다.

"바람족은 경계를 순찰하지 않았어?"

파이어하트는 어리둥절한 얼굴로 물었다.

"너도 바람족 영역을 봤잖아. 아주 거칠고 황량해. 먹이를 잡기도 쉽지 않고. 그런 땅에 다른 종족들이 들어와 사냥을 할 거라고는 생각해 본 적이 없을 거야. 강족에겐 강이 있고, 풍요로운 해에는 우리 숲에도 먹이가 가득하니까. 바람족의 말라빠진 토끼 따위는 아무도 거들떠보지 않았던 거지."

괴물 하나가 산울타리 건너편에서 우르릉거리며 지나갔다. 괴물의 눈이 번득이며 어둠을 밝혔다. 파이어하트와 그레이스트라이프는 잎사귀 사이를 뚫고 들어와 털을 뒤흔드는 바람살에 몸을 움찔했다. 시끄러운 소리가 희미해지자 둘은 조심스럽게 일어나, 코를 킁킁대며 산울타리 아래쪽을 살폈다.

"냄새가 이 아래쪽으로 이어지는 것 같아."

파이어하트는 천둥길 가장자리를 따라 뻗어 있는 풀밭을 헤집고 나아갔다. 그레이스트라이프도 그의 뒤를 따랐다.

하지만 산울타리의 다른 편에 이르자 냄새 흔적은 돌연 끊겼다.

"되돌아간 게 아니라면, 천둥길을 건너간 게 틀림없어."

파이어하트가 말했다.

"넌 여기서 주변을 살펴봐. 내가 건너편을 확인해 볼게."

파이어하트는 침착하게 말하려고 안간힘을 썼다. 하지만 기진맥진한 탓인지 절망적인 심정이 들었다. 이렇게 멀리까지 왔는데, 이제 와서 흔적을 놓치는 건 아닐까?

5

불과 고양이

파이어하트는 아무 소리도 들리지 않을 때까지 기다렸다. 이제 귓가에서 심장이 고동치는 소리만 들릴 뿐이었다. 앞쪽으로 넓게 뻗어 있는 천둥길의 가장자리로 들어섰다. 나쁜 냄새가 나긴 했지만 잠잠했다. 발아래 땅은 차갑고 매끈했다. 그는 멈추지 않고 달려서 건너편 풀밭에 도착했다.

그곳의 공기는 천둥길과 괴물들의 매캐한 냄새로 오염되어 있었다. 파이어하트는 산울타리 쪽으로 조금 더 가 보았다. 여전히 바람족 고양이들의 흔적은 없었다. 그는 심장이 덜컥 내려앉는 것 같았다.

갑자기 괴물 하나가 빠른 속도로 천둥길을 지나갔다. 파이어하트는 화들짝 놀라 공중으로 펄쩍 뛰어올랐다. 산울타리 아래로 허둥지둥 숨어든 그는 몸을 웅크리고 벌벌 떨었다. 그리고 이제 무엇을 해야 할지 정신없이 머리를 굴렸다.

그때 냄새가 났다. 괴물이 휘젓고 가면서 일으킨 바람에 아주 희미한 냄새가 실려 왔다. 바람족이 여기 머물렀던 것이다!

파이어하트는 있는 힘껏 소리쳐서 그레이스트라이프를 불렀다. 잠시 정적이 흐르더니, 천둥길을 건너서 달려오는 발소리가 쿵쿵 울렸다.

"찾은 거야?"

그레이스트라이프가 헉헉거리며 물었다.

"확실하진 않아. 냄새가 휙 스쳐 가긴 했는데, 정확히 찾을 수는 없어."

파이어하트는 산울타리를 지나갔다. 그레이스트라이프도 바짝 뒤를 따랐다. 파이어하트는 앞쪽에 펼쳐진 탁 트인 땅을 향해 코를 치켜들었다.

"저쪽에는 뭐가 있는지 혹시 알아?"

"아니. 어떤 종족 고양이라도 이렇게 멀리까지 온 적은 없을걸."

그레이스트라이프가 대답했다.

"바람족 빼고는 말이지."

파이어하트는 우울하게 중얼거렸다. 천둥길의 어지러운 연기에서 멀어지자 갑자기 냄새 흔적이 또렷해졌다. 바람족은 이쪽으로 온 것이 확실했다. 두 고양이는 기다란 풀포기 사이를 힘차게 헤치고 나아가 곧장 들판을 가로질러 갔다.

"파이어하트!"

그레이스트라이프가 놀란 목소리로 외쳤다.

"왜?"

"저기 봐!"

파이어하트는 걸음을 멈추고 고개를 들었다. 앞쪽에 공중으로 높이 뻗어 있는 천둥길이 보였다. 둥그렇게 구부러진 천둥길은 돌로 된 육중한 다리들 위에 얹혀 있었다. 천둥길을 따라 움직이는 괴물들의 눈이 길을 비추고 있었다. 아래쪽에는 또 다른 천둥길이 어둠 속으로 뻗어 있었다.

그레이스트라이프가 키 큰 엉겅퀴 쪽으로 고갯짓을 했다.

"이 냄새도 좀 맡아 봐!"

파이어하트는 냄새를 들이마셨다. 바람족이 남긴 생생한 냄새였다!

"이 근처에 자리를 잡은 게 틀림없어!"

그레이스트라이프가 믿을 수 없다는 듯이 중얼거렸다.

파이어하트는 흥분으로 가슴이 요동쳤다. 두 고양이는 잠깐 동안 서로를 가만히 쳐다보았다. 그러고는 말 한마디 없이 지독한 냄새가 나는 천둥길을 향해 걷기 시작했다.

그레이스트라이프가 마침내 입을 열었다.

"바람족이 어쩌다 이런 곳까지 오게 됐을까?"

"제아무리 브로큰스타라 해도 여기까지 쫓아오진 않을 거야."

파이어하트가 침울하게 대꾸했다.

갑자기 그는 걸음을 멈췄다. 한 가지 생각이 머릿속에 스쳤다.

그레이스트라이프가 그의 옆에 멈춰 서며 물었다.

"왜 그래?"

"바람족이 천둥길에서 아주 가까운 곳에 숨어 있다면 말이야."

파이어하트가 천천히 말했다.

"바람족은 들키지 않으려고 절박한 심정일 거야. 그러니 어두울 때 몰래 접근하는 것보다는 밝을 때 다가가야 우리를 더 쉽게 믿어 줄 거야."

"그럼 좀 쉴 수 있다는 뜻인가?"

그레이스트라이프가 털썩 주저앉으며 물었다.

"밝아질 때까지만."

파이어하트가 말했다.

"몸을 숨길 만한 곳을 찾아보고, 한숨 자자. 혹시 배고파?"

그레이스트라이프가 고개를 저었다.

"나도 배는 안 고파."

파이어하트가 대꾸했다.

"약초 덕분인지 아니면 천둥길에서 나는 악취 때문에 속이 안 좋아서 그런 건지 모르겠지만."

"어디서 자야 할까?"

그레이스트라이프가 주변을 둘러보며 말했다.

파이어하트는 벌써 앞쪽에 있는 어둑어둑한 곳을 눈여겨 두고 있었다.

"저건 뭐지?"

"굴?"

그레이스트라이프는 의아하다는 목소리였다.

"토끼 굴이라기엔 너무 큰걸. 여기에 오소리 굴이 있을 리는 없고 말이야."

"한번 살펴보자."

파이어하트가 제안했다.

구멍은 오소리 굴보다 컸고, 매끄럽게 돌이 깔려 있었다. 파이어하트는 먼저 냄새를 맡아 보았다. 그런 다음 굴 가장자리에 앞발을 내디딘 채 조심스럽게 안을 들여다보았다. 돌로 된 굴은 아래쪽으로 경사져 있었다.

"바람이 통하는 게 느껴져."

말소리가 어둠 속으로 울려 퍼졌다.

파이어하트는 굴 밖으로 빠져나와, 코를 들어 뒤엉킨 천둥길을 가리켰다.

"저쪽 어딘가에서 바람이 들어오는 것 같아."

"비어 있어?"

"냄새로 봐선 그런 것 같아."

"그럼 가자."

그레이스트라이프가 앞장서서 굴로 들어갔다. 여우 서너 마리 정도 되는 거리를 걷고 나니, 경사가 평탄해졌다.

파이어하트는 걸음을 멈추고 축축한 공기 냄새를 맡아 보았다. 천둥길의 매캐한 연기 냄새 말고는 아무 냄새도 나지 않았다. 우르릉거리는 소리가 머리 위에서 들렸다. 바닥이 진동하면서 파이어하트의 발도 떨렸다. 천둥길이 머리 위에 있는 걸까? 그는 수그러들지 않는 바람에 맞서 털을 부풀렸다. 그레이스트라이프의 털이 스쳤다. 친구는 잠을 잘 준비를 하면서 자리를 맴돌고 있었다. 파이어하트는 친구 곁에 몸을 웅크렸다. 그리고 따끔거리는 눈을 감고, 숲에서 살랑대는 바람과 바스락거리는 잎사귀를 생각했다. 기진맥진한 상태였지만 진영에 있는 자신의 잠자리가 사무치게 그리웠다. 어느새 그는 암흑처럼 덮쳐 온 잠에 빠져 버렸다.

파이어하트가 다시 눈을 떴을 때는 굴 끝에서 희미한 빛이 반짝이고 있었다. 새벽이 가까워진 것이다. 차갑고 딱딱한 바닥에서 잔 탓에 뼈가 쑤셨다. 그는 그레이스트라이프를 쿡 찔렀다.

"벌써 아침이야?"

"거의."

파이어하트가 일어서며 대답했다.

그레이스트라이프 역시 기지개를 켜며 일어섰다.

"저쪽으로 가야 할 것 같아."

파이어하트는 빛이 들어오는 반대 방향으로 목을 길게 빼고 말했다.

"이 굴은 천둥길 바로 아래를 지나는 것 같아. 따라가다 보면 거기……."

그는 말끝을 흐렸다. 지난밤 보았던 뒤엉킨 천둥길을 뭐라고 불러야 할지 알 수 없었다. 곁에 있던 그레이스트라이프가 고개를 끄덕였다. 둘은 말없이 어둠 속을 걷기 시작했다.

오래 지나지 않아 파이어하트는 앞에서 비치는 빛을 발견했다. 그들은 걸음을 재촉해 짧고 가파른 경사를 올라갔다. 그 끝에는 희붐한 새벽빛이 가득한 세상이 펼쳐졌다.

그들은 황량하고 지저분한 풀밭 언저리에 다다랐다. 천둥길이 양쪽에서 그곳을 둘러싸고 있었고, 위로는 또 다른 천둥길이 둥글게 구부러져 지나갔다. 풀밭 한가운데에는 불이 타오르고 있었고, 두발쟁이 몇몇이 그 주변에 누워 있었다. 그들 중 하나가 몸을 쭉 뻗으며 뒤척였다. 다른 하나는 잠을 자면서 화난 듯 으르렁거렸다. 하지만 천둥길에서 나는 소음과 악취는 그들을 잠에서 깨우지 못하는 것 같았다.

파이어하트는 주의 깊게 그들을 지켜보다가, 또 다른 무언가를 포착하고 몸이 굳어 버렸다. 불꽃 앞에서 이리저리 돌아다니는 어두운 윤곽이 보였다. 고양이들이었다! 바람족일까? 파이어하트는 불과 고양이들을 바라보았다. 머릿속에 꿈의 기억들이 밀려들었다. 천둥길의 소음과 불꽃, 고양이들, 그리고 스파티드리프의 목소리가 떠올랐다.

"불이 종족을 구하리라."

파이어하트는 감정이 북받쳐 올라 다리가 후들거렸다. 천둥족의 운명과 바람족의 운명이 연결되어 있다는 뜻일까?

"파이어하트? 파이어하트!"

그레이스트라이프의 목소리가 파이어하트를 다시 현실로 불러냈다. 그는 심호흡을 하면서 마음을 가라앉혔다.

"톨스타를 찾아서 이야기를 해 봐야 해."

"그럼 저게 바람족일 거라 생각하는 거야?"

그레이스트라이프가 물었다.

"냄새 표시도 있었잖아. 바람족이 아니면 누구겠어?"

파이어하트가 대꾸했다.

그레이스트라이프가 의기양양한 눈으로 그를 바라보았다.

"우리가 그들을 찾은 거야!"

파이어하트는 고개를 끄덕였다. 바람족을 찾는 일은 임무의 절반에 불과하다는 사실은 굳이 지적하지 않았다. 그들에게는 아직 바람족을 설득할 일이 남아 있었다.

그레이스트라이프가 앞으로 뛰쳐나갈 준비를 했다.

"가자!"

"기다려!"

파이어하트가 만류했다.

"놀라게 해선 안 돼."

바로 그때 두발쟁이 하나가 갑자기 일어나 앉더니, 불가를 서성이는 고양이들에게 소리를 질렀다. 그 소리에 다른 두발쟁이들도 깨어나, 합세해서 시끄럽게 소리쳤다.

바람족 고양이들은 흩어졌다. 파이어하트와 그레이스트라이프는 조심해야 한다는 생각도 까맣게 잊고 바람족을 쫓아 달리기 시작했다. 불과 두발쟁이들이 있는 쪽으로 곧장 뛰어가던 파이어하트는 두려움으로 털이 곤두섰다. 가까이 가면 안 된다는 것을 본능적으로 알았지만, 달아나는 바람족 고양이들을 눈앞에서 놓칠 수는 없었다.

두발쟁이 하나가 비틀거리며 일어나더니, 파이어하트 앞에 우뚝 섰다. 파이어하트는 흙먼지를 일으키며 미끄러지듯 멈춰 섰다. 바로 옆에서 무언가가 폭발했다. 끝이 딱딱한 파편들이 그에게 쏟아졌지만, 두툼한 털을 뚫고 들어오진 못했다. 파이어하트는 뒤를 돌아 그레이스트라이프의 상태를 확인했다. 친구는 바로 뒤에서 털이 곤두선 상태로 놀란 눈을 휘둥그레 뜨고 있었다.

그들은 하늘로 솟아 있는 천둥길 아래 그늘로 달려가 몸을 숨겼다. 파이어하트는 바람족 고양이들이 천둥길의 커다란 돌다리 근처에 멈추는 모습을 볼 수 있었다. 그리고 다음 순간, 그들은 하나씩 땅속으로 사라졌다.

"어디로 간 거지?"

그레이스트라이프가 놀라서 물었다.

"또 다른 굴인가?"

"가서 찾아보자."

둘은 조심스럽게 바람족 고양이들이 사라진 곳으로 다가갔다. 그곳에 가까워지자 땅에 뚫려 있는 구멍이 보였다. 전날 밤 그들이 잠을 잤던 장소와 마찬가지로 입구가 둥글고 돌이 깔려 있었고, 캄캄한 어둠 속으로 경사져 있었다.

파이어하트는 앞장서서 굴로 들어갔다. 바람족 순찰병을 경계하느라 온 신경을 곤두세운 채였다. 발아래 바닥은 축축하고 미끄러웠다. 그리고 물방울이 떨어지는 소리가 메아리쳤다. 내리막이 평평해지자, 파이어하트는 귀를 쫑긋 세우고 입을 벌렸다. 축축한 공기에서 고약하고 씁쓸한 냄새가 났다. 지난밤 잤던 굴보다 더 심각했다. 이곳에는 천둥길의 연기와 바람족 고양이들의 겁에 질린 냄새가 뒤섞여 있었다.

너무 어두워서 아무것도 보이지 않았다. 하지만 몇 걸음 걸어간 뒤 파이어하트는 수염을 이용해 갈림길이 나온 것을 알아차릴 수 있었다. 그는 꼬리를 휘둘러 그레이스트라이프를 살짝 건드렸다. 어둠 속에서 얼굴은 보이지 않았지만, 친구는 신호를 알아차리고 옆에 멈춰 섰다. 둘은 모퉁이를 넘겨다보았다.

조금 앞쪽에서 천장에 난 좁은 구멍을 통해 들어온 빛이 굴을 밝혀 주고 있었다. 구멍은 위쪽 황무지로 이어져 있었다. 파이어하트는 희미한 빛 속에서 고양이들 여럿이 옹송그리고 있는 모습을 볼 수 있었다. 전사와 원로, 어미 고양이, 새끼 고양이 할 것 없이 모두 비참할 정도로 비쩍 여윈 모습이었다. 천장 구멍에서는 찬 바람이 그치지 않고 들어와, 깡마른 몸에 붙은 가느다란 털을 흔들어 놓았다. 파이어하트는 바람에 실려 온 썩은 먹이와 병든 고양이들의 악취에 진저리를 쳤다.

그때 갑자기 굴이 흔들리고, 위에서 괴물이 우르릉거리며 지나갔다. 잔뜩 긴장하고 있던 그레이스트라이프와 파이어하트는 깜짝 놀라 뛰어올랐지만, 바람족 고양이들은 미동도 없었다. 그들은 그저 반쯤 감긴 눈으로 함께 웅크리고 있을 뿐, 주변 상황에 반응을 보이지 않았다.

굉음이 사라졌다. 파이어하트는 숨을 깊이 들이쉬었다. 그런 다음 모퉁이를 돌아 가느다란 빛이 비치는 곳으로 들어섰다.

바람족의 회색 수고양이가 몸을 획 돌리더니, 털을 곤두세우고 고함을 질러 종족에게 경고를 보냈다. 순식간에 바람족 전사들이 어미 고양이들과 원로들의 앞을 막고 일렬로 늘어섰다. 그들은 등을 활처럼 구부리고 사납게 쉭쉭거렸다.

날이 선 발톱과 가시처럼 날카로운 송곳니가 번득이는 것을 보며, 파이어하트는 두려움을 느꼈다. 굶어 죽기 직전의 이 고양이들은 당장이라도 공격할 태세였다.

6

천둥길 위의 고양이들

파이어하트는 모퉁이를 돌아 나오는 그레이스트라이프에게 몸을 바짝 갖다 대어 경고 신호를 보냈다. 살아남으려면 어떠한 위협적인 자세도 취하지 않아야 했다.

바람족 전사들은 조금의 움직임도 없이 대열을 유지한 채 서 있었다.

'지도자의 신호를 기다리고 있어! 이런 환경에 처했는데도 여전히 전사의 규약을 따르고 있는 거야.'

파이어하트는 감탄했다.

전사들의 대열 뒤에 있던 흑백 얼룩 수고양이가 모습을 드러냈다. 파이어하트는 꿈에서 본 꼬리가 긴 고양이를 알아보았다. 바람족의 지도자인 톨스타가 틀림없었다.

톨스타가 공기 냄새를 맡았다. 하지만 파이어하트와 그레이스트라이프는 바람을 맞으며 서 있어서, 그들의 냄새는 바람에 실려 계속 뒤로 날아가 버렸다. 톨스타가 그들을 향해 걸어오자, 파이어하트는 그의 털에 들러붙은 썩은 먹이의 지독한 냄새를 맡을 수 있었다. 톨스타가 신중하게 둘의 냄새를 맡으며 맴도는 동안, 파이어하트는 그레이스트라이프와 마찬가지로 눈을 내리깔고 미동도 없이 서 있었다.

마침내 톨스타가 전사들에게 돌아갔다.

"천둥족이다."

톨스타가 말하는 소리가 들렸다. 그 소리에 바람족 전사들은 털을 가라앉혔다. 하지만 여전히 수비 대열을 유지하며 나머지 고양이들을 방어했다.

톨스타가 뒤를 돌아, 바람족을 찾아온 두 방문객을 마주 보았다. 그러고는 조심스럽게 꼬리로 발을 감싸며 앉았다.

"난 그림자족을 기다리고 있었다."

톨스타의 눈이 적대감으로 이글거렸다.

"여긴 왜 왔지?"

"바람족을 찾으러 왔습니다."

파이어하트가 대답했다. 긴장감으로 목소리가 갈라졌다.

"블루스타와 다른 종족 지도자들은 바람족이 집으로 돌아오길 바라고 있어요."

바람족 지도자는 여전히 경계하는 목소리였다.

"그 땅은 우리 종족에게 더 이상 안전하지 않다."

톨스타의 눈에 쫓기는 기색이 역력했다. 그의 슬픔이 파이어하트에게도 전해졌다.

"그림자족이 브로큰스타를 추방했어요. 그는 더 이상 위협적인 존재가 아닙니다."

파이어하트가 말했다.

톨스타 뒤에 있던 전사들이 서로를 쳐다보았다. 놀라서 웅성거리는 소리가 퍼져 나갔다.

"최대한 빨리 돌아가야 해요. 그림자족과 강족이 고원에서 사냥을 하기 시작했거든요. 여기 오는 길에 오래된 오소리 굴 근처에서 강족 사냥꾼들을 보았어요."

파이어하트가 재촉했다.

톨스타가 분노로 털을 세웠다.

"하지만 강족은 토끼 사냥 실력이 형편없어요. 아마 허탕 치고 돌아갔을 거예요."

그레이스트라이프가 덧붙였다.

톨스타와 전사들은 흡족해하여 가르랑거렸다. 바람족의 기분이 좋아진 것 같아 파이어하트는 용기가 났다. 하지만 그들이 얼마나 쇠약한 상태인지 알 수 있었다. 고원까지 돌아가는 길은 바람족에게는 길고 힘든 여정이 될 것이다.

"저희가 함께 가도 괜찮을까요?"

파이어하트는 정중하게 제안했다.

톨스타의 눈이 번득였다. 그는 파이어하트가 도와주겠다는 뜻을 완곡하게 표현한 것임을 알고 있었다. 파이어하트를 빤히 쳐다보던 톨스타가 마침내 대답했다.

"그렇게 하지. 고맙다."

파이어하트는 그제야 자신들이 소개도 하지 않았다는 것을 깨달았다.

"여기는 그레이스트라이프입니다."

파이어하트는 고개를 숙이며 말했다.

"그리고 저는 파이어하트입니다. 우리는 천둥족 전사들이에요."

"파이어하트."

톨스타가 생각에 잠긴 듯 이름을 되뇌었다. 이제 천장 구멍으로 햇빛이 가득 쏟아져 들어왔다. 파이어하트의 주홍빛 털가죽이 어둑어둑한 굴에서 타는 듯 빛났다.

"잘 어울리는 이름이로군."

괴물이 또다시 머리 위를 지나갔다. 파이어하트와 그레이스트라이프는 몸을 움찔했다. 톨스타는 재미있다는 듯 그들을 쳐다보더니 꼬리를 휘둘렀다. 대열을 지키고 있는 전사들에게 흩어지라는 신호를 보낸 것 같았다.

"당장 떠나야겠다."

톨스타가 일어서면서 말했다.

전사들이 어미 고양이들과 원로들 사이에서 움직이기 시작했다.

"모두 떠날 준비는 되었나?"

톨스타가 물었다.

"모닝플라워의 새끼를 빼면 모두 준비되었습니다."

얼룩덜룩한 갈색 전사가 대답했다.

"새끼 고양이가 아직 너무 어립니다."

"그럼 우리가 돌아가며 데리고 간다."

톨스타가 답했다.

바람족 고양이들이 앞으로 이동하기 시작했다. 그들은 피로와 통증으로 멍한 눈을 하고 있었다. 삼색얼룩 어미 고양이 하나가 조그만 새끼 고양이의 목덜미를 살짝 물고 있었다. 작은 생명체는 눈만 간신히 뜨고 있었다.

"준비되었나?"

톨스타가 외쳤다.

발이 뒤틀린 검정색 수고양이가 주변을 둘러보더니 대답했다.

"준비되었습니다."

파이어하트와 그레이스트라이프는 굴 입구까지 돌아 나왔다. 그리고 바람족 고양이들이 햇빛에 눈을 찌푸리며 밖으로 나올 때까지 기다렸다. 햇빛은 그리 강하지 않았지만, 몇몇 원로들은 얼굴을 잔뜩 찌푸리고 아주 오랫동안 눈을 끔벅였다. 파이어하트는 그들이 오랫동안 굴 밖으로 나와 보지 않았을 것이라 짐작했다. 톨스타가 마지막으로 굴에서 나와 종족의 맨 앞으로 걸어갔다.

"우리가 왔던 길로 안내해도 괜찮을까요? 그 길이 지름길인 것 같아서요."

파이어하트가 말했다.

"안전한가?"

톨스타가 물었다. 지도자의 눈에 다시 쫓기는 기색이 스쳤다.

"여기까지 오는 동안 아무 일도 없었습니다."

그레이스트라이프가 대답했다.

톨스타가 의심을 떨쳐 버리려는 듯 단호하게 꼬리를 휘두르며 말했다.

"좋다. 그레이스트라이프, 너는 나와 함께 가며 길을 안내해라.

파이어하트, 너는 종족과 함께 이동해라. 문제가 생기면 부지도자에게 알려 주고."

"누가 부지도자입니까?"

파이어하트가 물었다.

톨스타가 검정색 수고양이를 향해 고갯짓을 했다.

"데드풋."

자신의 이름이 불리자, 전사가 돌아보며 귀를 쫑긋했다.

파이어하트는 고개를 숙이며 인사했다. 그리고 그레이스트라이프를 톨스타와 함께 남겨 두고 다른 고양이들에게 걸어갔다.

바람족과 함께 천둥길 다리 아래를 지나는 동안 파이어하트는 여전히 불 냄새를 맡을 수 있었다. 하지만 황무지에 다다르자 두 발쟁이들은 어디에도 보이지 않았다. 그레이스트라이프는 그들이 밤을 보냈던 굴로 곧장 갔다. 톨스타가 가장 먼저 굴속으로 들어갔고, 파이어하트는 종족 모두가 안으로 들어갈 때까지 뒤에서 기다렸다. 마지막으로 데드풋만 남았다.

"이 길로 가면 밝은 곳이 나오는 게 확실해?"

검정색 수고양이가 잔뜩 경계하며 물었다.

"천둥길 아래를 지나가는 거예요. 이 굴에는 한 번도 와 본 적 없어요?"

파이어하트는 놀라워하며 물었다.

"우리 전사들은 자신들이 어디로 향하는지 눈으로 직접 보면서 천둥길을 건너는 걸 좋아한다."

데드풋이 말했다.

파이어하트는 고개를 끄덕였다. 부지도자가 덧붙였다.

"네가 먼저 가라."

파이어하트는 어두운 구멍으로 걸어 내려갔다. 밖으로 나와 보니 바람족 고양이들이 마지막 천둥길로 이어지는 들판을 건너다 보고 있었다. 톨스타가 그레이스트라이프와 잠시 상의한 후, 서리가 끼어 버석거리는 긴 풀들 속으로 들어섰다. 파이어하트는 나머지 종족과 함께 걸어갔다. 데드풋은 반대편에서 절룩거리면서도 꾸준히 걸음을 옮겼다.

들판을 채 반도 못 건넜는데, 속도를 맞추지 못하고 뒤처지는 고양이들이 여럿 보였다.

"톨스타! 좀 더 천천히 가야 합니다!"

데드풋이 소리쳤다.

파이어하트는 어깨 너머로 뒤를 보았다. 몇몇 고양이들이 점점 더 뒤처지고 있었다. 그중에는 모닝플라워도 있었다. 입에 매달린 새끼 고양이가 이리저리 흔들리고 있었다. 파이어하트는 그녀에게 달려갔다. 모닝플라워는 거칠게 숨을 헐떡거렸다. 새끼를 낳은 지 얼마 안 된 것 같았다.

"제가 데려갈게요. 숨 좀 고르세요."

파이어하트가 말했다.

모닝플라워는 경계의 눈초리로 파이어하트를 흘깃 보았지만, 눈이 마주치자 누그러졌다. 그녀는 새끼 고양이를 내려놓았다. 파이어하트는 새끼를 살며시 물어 올려 그녀의 시야에서 벗어나지 않도록 바로 옆에서 걸었다.

톨스타는 걸음을 늦추었지만 아주 조금일 뿐이었다. 그 역시 눈에 띄게 지쳐 있었고, 털 아래 있는 갈비뼈가 모두 보일 지경이었는데도 맹렬한 기세로 발을 움직이고 있었다.

파이어하트도 톨스타의 다급한 심정을 어느 정도 이해할 수 있었다. 해가 벌써 지평선 위로 떠오르고 있었다. 바람족 고양이들 중 몇몇은 병들었고, 나이가 아주 많은 원로들도 있었다. 게다가 하나같이 굶주려서 쇠약해진 상태였다. 낙오되는 고양이 없이 무사히 천둥길을 건너려면, 괴물들이 떼 지어 몰려오기 전에 서둘러 가야 했다.

파이어하트가 모닝플라워와 함께 산울타리에 도착했을 때, 바람족 고양이들은 지도자 주변에 모여 있었다.

"여기서 천둥길을 건너기로 한다."

톨스타가 길을 지나가는 괴물의 시끄러운 소리를 뚫고 말했다. 바람족 지도자는 산울타리 아래로 비집고 들어갔다. 데드풋과 그레이스트라이프와 젊은 전사 하나가 그 뒤를 따랐다.

이제 숨을 고른 모닝플라워가 파이어하트 쪽으로 몸을 숙여 새끼 고양이를 받았다. 그녀는 고맙다는 표시로 파이어하트와 뺨을 스쳤다. 파이어하트는 고개를 숙여 답하고, 먼저 간 그레이스트라이프를 따라 산울타리 아래로 향했다.

톨스타와 데드풋은 말없이 넓은 회색 길을 바라보고 있었다. 그들 곁에 그레이스트라이프가 서 있었다. 그는 어린 전사를 꼬리로 가리키며 파이어하트에게 소개해 주었다.

"여기는 원위스커야."

그때 괴물 하나가 먼지를 자욱하게 일으키며 빠르게 지나갔다. 그 바람에 그레이스트라이프의 말소리는 거의 묻힐 뻔했다.

파이어하트는 먼지 때문에 눈물이 흐르는 눈으로 원위스커에게 인사를 하고, 천둥길로 다시 눈을 돌렸다.

"무리를 나누어 건너가야 해요."

파이어하트가 말했다.

"그레이스트라이프와 제가 도움이 필요한 고양이들과 함께 건널게요."

그는 바람족 지도자를 쳐다보며 덧붙였다.

"물론 동의하신다면요, 톨스타."

톨스타가 고개를 끄덕였다.

"가장 강한 무리가 먼저 가도록 하지."

다른 바람족 고양이들이 산울타리에서 빠져나오기 시작했다. 오래 지나지 않아 종족 전체가 무리를 나누어 그들 옆으로 섰다. 고양이들은 뾰족한 잔가지들에 몸을 바짝 붙인 채, 천둥길에서 최대한 멀리 떨어져 있었다.

파이어하트와 그레이스트라이프는 천둥길 가장자리로 이동해, 괴물들의 행렬이 끊기는 순간을 노렸다. 천둥길은 지난밤보다 훨씬 더 분주했다.

원위스커가 첫 번째 무리를 이끌고 앞으로 나왔다.

"우리가 같이 건너 줄까?"

파이어하트가 제안했다. 어린 수고양이의 두려움을 읽을 수 있었다. 하지만 원위스커는 고개를 저었다. 그의 곁에 있던 고양이들은 천둥길을 따라 이쪽저쪽을 차례로 살펴보았다. 양쪽 모두 잠잠했다. 첫 번째 무리는 무사히 반대편으로 건너갔다.

다음으로 전사 둘이 깡마른 원로 한 쌍을 데리고 나섰다.

"지금!"

파이어하트는 괴물 하나가 막 지나간 순간, 지시를 내렸다.

바람족 고양이 넷이 빈 천둥길 위로 걸음을 옮겼다. 원로들은 축축한 굴에서 걷느라 생긴 발의 상처 때문에 움찔거렸다. 그들은 차츰 반대편에 가까워지고 있었다. 파이어하트는 숨을 죽이고 그들이 무사히 도착하기를 바랐다. 그때 괴물 하나가 그들을 향해 질주해 왔다.

"조심해요!"

그레이스트라이프가 외쳤다. 두 원로는 털을 쭈뼛 세운 채 온 힘을 다해 달렸다. 그들은 괴물이 지나가기 직전에 건너편으로 몸을 던졌다.

더 많은 고양이들이 두 번에 나누어 건너가고, 이제 한 무리만 남았다. 그들까지 무사히 건너고 나면 톨스타와 데드풋이 건널 예정이었다. 모닝플라워와 새끼 고양이가 파이어하트의 옆으로 걸어 나왔다. 그녀 뒤에는 나이가 아주 많은 원로 고양이 셋이 덜덜 떨고 있었다.

"저희가 함께 건널게요."

파이어하트가 말했다. 그레이스트라이프도 고개를 끄덕였다.

"안전할 때 말해 줘, 그레이스트라이프."

파이어하트는 모닝플라워의 새끼를 받으려고 몸을 숙였다. 하지만 모닝플라워는 귀를 납작 붙이며 뒤로 물러났다. 파이어하트는 겁에 질린 그녀의 호박색 눈을 깊이 들여다보았다. 그녀의 마음을 이해할 수 있었다. 그녀와 새끼 고양이는 죽어도 같이 죽고 살아도 같이 살아야 했다.

"지금이야!"

그레이스트라이프의 외침에 맞추어 파이어하트와 모닝플라워는 천둥길로 들어섰다. 뒤에서 살금살금 걸어 나오는 원로들의 곁은 그레이스트라이프가 지켰다. 원로들이 뻣뻣하게 굳은 다리로 절룩거리며 걸어가는 동안은 마치 시간이 멈춘 것 같았다.

'만약 괴물이 지금 나타난다면 우리 모두 싱싱한 먹이가 되는 거야.'

파이어하트는 생각했다. 건너편까지는 아직도 토끼뜀 여러 번을 뛰어야 할 거리가 남아 있었다.

"어서요!"

그레이스트라이프가 재촉했다.

원로들도 서두르려고 애썼다. 하지만 그중 하나가 비틀거리는 바람에 그레이스트라이프가 코로 일으켜 주어야 했다.

파이어하트는 멀리서 괴물이 우르릉거리는 소리를 감지했다. 그는 모닝플라워에게 소리쳤다.

"계속 앞으로 가요! 원로들을 데리고 갈게요."

모닝플라워가 허둥지둥 앞으로 나아갔다. 새끼 고양이가 딱딱한 바닥에 쿵 부딪히면서 비명을 질렀다. 파이어하트와 그레이스트라이프는 원로들의 깡마른 몸에 바짝 붙어서 그들을 앞으로 밀고 갔다. 괴물이 다가오는 소리가 점점 더 커졌다.

파이어하트는 가장 가까이 있던 원로의 목덜미를 잡아서 앞으로 끌고 갔다. 두 번째 원로를 길가로 끌고 오려고 몸을 돌린 순간, 괴물이 바로 앞까지 다가왔다는 걸 알아차렸다. 파이어하트는 눈을 꼭 감고 마음의 준비를 했다.

그 순간, '끽' 하는 소리와 함께 목을 따갑게 하는 매캐한 냄새가 났다. 그러고 나서 괴물이 멀어지는 듯 소리가 서서히 멀어졌다. 파이어하트는 눈을 뜨고 주위를 둘러보았다. 그레이스트라이프가 천둥길 한가운데에 웅크리고 있었다. 친구는 멀쩡했지만, 눈이 보름달만큼이나 휘둥그레져 있었다. 그들 사이에 원로 하나가 몸을 웅크리고 있었고, 다른 둘은 길가에서 벌벌 떨고 있었다. 괴물은 천둥길을 가로지르며 방향을 바꾸어 그들에게서 빠르게 멀어져 갔다.

'고맙습니다, 별족이시여!'

고양이들은 모두 무사했다.

파이어하트는 떨리는 가슴을 진정시켰다. 그리고 마지막 남은 원로를 재촉했다.

"어서요, 거의 다 왔어요."

톨스타가 데드풋과 함께 건너왔다. 그리고 떨고 있는 종족을 길가에 모이게 했다.

원위스커가 파이어하트와 코를 맞대고 중얼거렸다.

"우리를 돕다가 네 목숨을 잃을 뻔했어. 바람족은 이번 일을 절대로 잊지 않을 거야."

그들 뒤에서 톨스타의 목소리가 들렸다.

"원위스커 말이 맞다. 너희 둘의 이름은 우리 바람족의 역사에 아주 명예롭게 남을 것이다. 이제 계속 가자. 앞으로 긴 여정이 남아 있으니."

고양이들이 이동할 준비를 하는 사이 파이어하트는 모닝플라워에게 걸어갔다. 그녀는 새끼 고양이를 열심히 핥아 주고 있었다.

"새끼 고양이는 괜찮아요?"

파이어하트가 물었다.

"응, 그럼."

모닝플라워가 대답했다.

"당신은요?"

모닝플라워는 그 질문에는 대답하지 않았다. 대신 이렇게 대꾸했다.

"걱정하지 마. 새끼 고양이는 내가 데려갈 테니."

그들은 길가에 늘어선 산울타리를 따라가다가, 방향을 돌려 숲을 통과하는 길로 들어섰다. 그곳에서 나는 냄새들이 바람족 고양이들을 달래 주는 것 같았지만, 그 대가는 너무 컸다. 그들은 더없이 느린 속도로 이동하고 있었다. 건너편 울타리에 다다랐을 때, 파이어하트는 쇠약한 고양이들을 도와주느라 기운이 다 빠져 버린 상태였다.

해가 가장 높이 뜬 시간이 지나서야 멀리서 두발쟁이 영역이 나타났다. 파이어하트는 희망을 가지고 공기 냄새를 맡아 보았다. 레이븐포의 냄새는 나지 않았다. 슬픔이 가슴을 찔렀다. 친구를 이곳에 혼자 보내지 말았어야 했다는 생각이 그를 괴롭혔지만, 애써 떨쳐 버렸다.

높은 돌산 위로 피어오른 구름이 가라앉는 해를 뒤덮으며 점점 검게 변해 갔다. 찬 바람이 고양이들의 털을 헝클어 놓더니, 이윽고 빗방울이 떨어지기 시작했다.

파이어하트는 바람족 고양이들을 바라보았다. 그들은 절대로 긴긴 밤 비를 맞으며 이동할 수 있는 상태가 아니었다. 파이어하트역시 지쳐 있었다. 옐로팽이 준 약초를 먹은 뒤로는 느끼지 못했던 배고픔도 처음으로 느껴졌다. 힐긋 그레이스트라이프를 쳐다보니, 그 역시 마찬가지인 듯했다. 덩치 큰 회색 전사의 꼬리는 축 늘어져 있었고, 흩뿌리는 비 때문에 귀도 납작하게 누워 있었다.

"톨스타, 아무래도 이동을 멈추고 밤을 보내야 할 것 같아요."

파이어하트가 외쳤다.

바람족 지도자는 걸음을 멈추고 파이어하트가 다가올 때까지 기다렸다.

"나도 같은 생각이다. 여기 도랑이 있으니 해가 뜰 때까지 그 안에서 몸을 피하면 되겠구나."

톨스타가 말했다.

그레이스트라이프와 파이어하트는 서로 눈빛을 주고받았다.

"산울타리에서 몸을 피하는 편이 나을 것 같습니다. 이 도랑에는 시궁쥐들이 있거든요."

파이어하트가 말했다.

톨스타가 고개를 끄덕였다.

"알았다."

톨스타는 종족에게 돌아서서, 이곳에서 밤을 보낼 거라고 알렸다. 어미 고양이들과 원로들은 비가 내리는 것도 아랑곳하지 않고 곧바로 주저앉아 버렸다. 전사들과 훈련병들은 조를 짜서 사냥을 하기 위해 함께 모여 의논했다.

파이어하트와 그레이스트라이프도 그들과 함께했다.

"여기서 사냥이 얼마나 잘될지 모르겠어요. 두발쟁이들이 너무 많아서요."

파이어하트가 말했다.

마치 맞장구라도 치듯 그레이스트라이프의 배에서 꾸르륵 소리가 났다. 다른 전사들은 재미있어하면서도 안쓰러운 눈빛으로 그를 쳐다보았다. 그때 갑자기 뒤쪽 풀에서 바스락거리는 소리가 났다. 고양이들은 깜짝 놀라 얼어붙었다. 바람족 전사들은 털을 세우고 등을 말아 올리며 날카로운 발톱을 드러냈다. 하지만 파이어하트와 그레이스트라이프는 기쁨에 차서 고개를 돌렸다. 바람이 실어 온 냄새는 그들의 거처에서 나는 것처럼 익숙했다.

"레이븐포!"

매끈한 검은 고양이가 긴 풀들 사이에서 모습을 드러내자, 파이어하트는 반갑게 소리쳤다. 그리고 옛 친구에게 달려가 코를 비벼 댔다.

"세상에, 별족이시여! 너 무사했구나!"

파이어하트는 뒤로 물러나 놀란 눈으로 레이븐포를 찬찬히 살펴보았다. 겁에 질려 있던 깡마른 훈련병에게 무슨 일이 일어난 것일까? 눈앞에 있는 이 고양이는 통통하고 매끈했다. 전에는 칙칙했던 털도 이제는 호랑가시나무 잎사귀처럼 윤기가 나서, 빗방울이 스며들 틈도 없이 흘러내렸다.

"파이어포!"

레이븐포가 기뻐하며 외쳤다.

"파이어하트야."

그레이스트라이프가 고쳐 주었다. 그리고 앞으로 나아가 코를 비비며 인사를 나눴다.

"이제 우리는 전사라고! 난 그레이스트라이프야."

"아는 고양이인가?"

데드풋이 으르렁거렸다.

적대적인 목소리에 파이어하트는 움찔했다. 그는 털을 곤두세운 바람족 고양이들을 보고, 레이븐포의 이름을 크게 부른 자신을 원망했다. 톨스타의 전사들이 친구의 이름을 듣지 못했기를 바랄 뿐이었다. 혹시 바람족이 종족들의 모임에서 이 일을 언급한다면, 숲에 불이 번지듯 종족 전체에 소문이 퍼져 나갈 것이다. 레이븐포는 죽은 걸로 되어 있는데!

"떠돌이 고양이야?"

원위스커가 물었다.

파이어하트는 레이븐포를 힐긋 보며 재빨리 대답했다.

"우리가 먹이를 찾는 걸 도와줄 수 있을 거야."

레이븐포가 고개를 끄덕였다.

"이 주변에서 사냥하기 좋은 곳은 내가 다 알지!"

레이븐포가 말했다. 수많은 적대적인 눈빛들이 자신에게 쏠려 있는데도, 그는 털조차 곤두세우지 않았다.

'몰라보게 변했네!'

파이어하트는 생각했다.

"떠돌이가 왜 우리를 돕는다는 거지?"

데드풋이 따지듯 물었다.

"전에도 떠돌이의 도움을 받은 적이 있어요. 이 근처에서 시궁 쥐에게 공격당했을 때 우리를 구해 준 떠돌이가 있었거든요."

그레이스트라이프가 대답했다.

레이븐포가 앞으로 나서더니, 바람족 전사들에게 공손하게 고개를 숙이며 말했다.

"제가 도울 수 있게 해 주세요! 저는 파이어하트와 그레이스트라이프에게 목숨을 빚졌어요. 이 두 친구와 여정을 함께하고 있으니, 당신들도 친구겠지요."

레이븐포가 눈을 들어 바람족 고양이들과 눈을 맞추었다. 그들도 그를 마주 보았다. 적개심보다는 피곤한 기색이 역력한 눈빛이었다. 비가 더 세차게 내려서 털이 흠뻑 젖자, 바람족 고양이들은 그 어느 때보다 더 비쩍 말라 보였다.

"가서 발리를 찾아볼게. 발리도 도와줄 거야."

레이븐포는 이렇게 말하고는 수풀 속으로 사라졌다.

"믿어도 되는 고양이인가?"

톨스타가 물었다. 눈동자가 호기심으로 빛나고 있었지만, 그는 다른 질문은 하지 않았다.

파이어하트는 톨스타와 눈을 맞추었다.

"믿어도 됩니다."

톨스타가 바람족 전사들에게 고갯짓을 했다. 그들은 곤두세웠던 털을 반반하게 눕히고, 자리에 앉아 기다렸다.

레이븐포가 다시 나타났을 때 파이어하트는 살갗까지 젖어 있었다. 이번에는 발리도 함께였다. 파이어하트는 그를 다정하게 맞았다. 발리를 다시 보니 반가웠다.

발리는 빗물을 줄줄 흘리고 있는 고양이들을 힐긋 보더니 말했다.

"적당한 은신처를 찾아야겠네요. 날 따라와요!"

파이어하트는 당장 앞으로 뛰어갔다. 뻣뻣해진 다리를 움직일 수 있어서 다행이었다. 그레이스트라이프도 바로 뒤따랐지만, 바람족 고양이들은 아직 망설이고 있었다. 그들의 눈에 두려움과 의심이 깃들어 있었다.

톨스타가 종족을 향해 눈짓을 했다.

"우리는 그를 믿어야 한다."

그는 이렇게 말하고는 돌아서서 떠돌이를 따라갔다. 바람족 고양이들도 하나씩 지도자 뒤로 줄을 지어 갔다.

발리와 레이븐포는 그들을 데리고 산울타리를 통과해 다른 들판으로 이끌었다. 가시나무와 쐐기풀이 제멋대로 자란 구석진 곳에, 버려진 두발쟁이 보금자리가 있었다. 돌이 떨어져 나가 벽 여기저기에 구멍이 나 있었고, 지붕도 반만 남아 있었다.

바람족 고양이들은 두려운 얼굴로 그곳을 빤히 바라보았다.

"저긴 절대 안 들어갈 거야!"

원로 고양이 하나가 투덜거렸다.

"두발쟁이들은 이제 여기 오지 않아요."

발리가 그들을 안심시켰다.

"여기서 비를 피할 수 있을 거예요."

파이어하트도 거들었다.

훈련병 하나가 큰 소리로 중얼거렸다.

"두발쟁이 보금자리에 숨고 싶어 하는 게 놀랄 일도 아니지. 한 번 애완 고양이는 영원한 애완 고양이니까."

파이어하트는 발끈했다. 최근 몇 달 동안은 그런 소리를 들은 적이 없었다. 애완 고양이가 종족에 들어왔다는 이야기는 틀림없이 모임에서 화젯거리가 되었을 것이다. 당연히 바람족의 귀에도 들어갔으리라. 그는 몸을 휙 돌려 훈련병을 노려보았다.

"너는 두발쟁이 굴에서 두 달이나 지냈지? 그럼 너는 시궁쥐가 되는 건가?"

바람족 훈련병은 몸을 일으켜 털을 부풀렸지만, 그레이스트라이프가 그들 사이에 끼어들었다.

"진정해. 여기 오래 서 있을수록 더 젖기만 할 뿐이라고."

톨스타가 입을 열었다.

"우리는 지난 몇 달 동안 두발쟁이 보금자리보다 더 심한 것도 겪었다. 여기서 하룻밤을 보낸다고 해도 아무런 문제가 없을 것이다."

바람족 고양이들은 걱정스럽게 웅성거렸다. 들어가기를 주저하는 것이 분명했다. 그때 모닝플라워가 파이어하트를 힐긋 보더니, 새끼 고양이를 물어 올렸다. 그리고 두발쟁이 은신처로 걸어 들어갔다. 그녀를 따라서 회색 어미 고양이가 자신의 새끼를 앞으로 밀어 비를 맞지 않는 곳으로 들여보냈다. 다른 고양이들도 서서히 뒤를 따랐고, 마침내 모든 고양이가 안으로 들어갔다.

파이어하트는 어두운 은신처 안을 둘러보았다. 돌벽 아래 잡초가 파고든 곳을 빼면 바닥은 모두 맨땅이 드러나 있었다. 벽과 지붕에 난 구멍들을 통해 비바람도 들이쳤다. 하지만 바깥에 있는 그 어느 곳보다도 훨씬 보송하고, 몸을 가릴 공간도 있었다. 바람족 고양이들도 조심스럽게 냄새를 맡으며 주변을 살펴보았다. 그러고는 빗물이 떨어지는 구멍이나 바람이 새는 틈을 피해 자리를 잡기 시작했다. 파이어하트는 안도하며 그레이스트라이프를 쳐다보았다. 톨스타와 데드풋만이 자리에 앉지 않고 있었다.

"먹이는 어떻게 하지?"

데드풋이 물었다.

"쉬고 계십시오."

발리가 대답했다.

"레이븐……."

발리가 레이븐포의 이름을 미처 다 말하기 전에 파이어하트가 끼어들었다.

"저랑 그레이스트라이프에게 이 근처에서 사냥하기 좋은 장소를 알려 주세요."

"데드풋과 원위스커를 함께 보내겠네."

톨스타가 말했다.

파이어하트는 바람족 지도자의 의중을 확실히 알 수 없었다. 낯선 두 고양이를 여전히 신뢰하지 않는 걸까? 아니면 자신의 종족은 스스로 먹이를 잡을 수 있다는 걸 보여 주려는 걸까?

여섯 고양이는 다시 빗속으로 나왔다. 사냥이 쉽지는 않아 보였다. 하지만 파이어하트는 너무 배가 고팠고, 굶주림을 느낄 때면 언제나 사냥을 더 잘했다. 오늘 밤 들쥐와 생쥐들은 모두 죽은 목숨이었다.

"어디 있는지만 알려 줘요."

그는 발리와 레이븐포에게 말했다.

두 고양이는 그들을 이끌고 작은 숲으로 들어갔다. 파이어하트는 익숙한 냄새를 실컷 들이마셨다. 그리고 곧바로 몸을 낮춰 사냥 자세를 취하고 고사리 덤불 사이로 살금살금 기어가기 시작했다.

사냥을 나갔던 고양이들은 각자 싱싱한 먹이를 입에 가득 물고 돌아왔다. 바람족 고양이들은 그날 밤 새로 만난 동료들과 먹이를 마음껏 먹었다. 원로부터 새끼 고양이까지 모두가 배불리 먹고, 함께 몸을 말고 앉아 혀를 나누며 털을 다듬어 주었다. 밖에서 몰아치는 비바람이 은신처 벽을 세차게 때리고 지나갔다.

어둠이 내려앉자 발리가 일어섰다.

"난 갈게. 시궁쥐들을 잡아야지!"

파이어하트도 일어나서 떠돌이와 코를 맞댔다.

"다시 한 번 감사드려요. 우릴 두 번이나 도와주었네요."

"레이븐포를 내게 보내 줘서 고마워. 쥐 잡는 실력이 점점 더 좋아지고 있어. 가끔씩 동료와 먹이를 나눠 먹는 것도 좋고."

발리가 대답했다.

"레이븐포는 여기서 잘 지내는 거죠?"

파이어하트가 물었다.

"직접 물어봐."

발리는 대답과 함께 돌아서서 어둠 속으로 사라졌다.

파이어하트는 발을 핥고 있는 톨스타에게로 걸어갔다. 톨스타의 발은 한눈에 보기에도 너무 심하게 붓고 아파 보였다.

"괜찮다면 오늘 밤에는 저희가 돌아가며 보초를 설게요."

파이어하트는 그레이스트라이프와 레이븐포를 고갯짓으로 가리켰다.

톨스타는 고맙다는 표정으로 그를 쳐다보았다. 눈에는 지친 기색이 역력했다.

"고맙구나."

파이어하트는 바람족 지도자에게 공손하게 인사를 하고, 레이븐포와 그레이스트라이프에게 걸어갔다.

순수하게 바람족을 돕기 위해 한 제안이었지만, 덕분에 천둥족 친구들끼리 따로 시간을 보낼 수 있게 되었다. 그는 어서 바람족 고양이들이 듣지 못하는 곳으로 가서 레이븐포에게 그동안 어떻게 지냈는지 물어보고 싶었다. 친구들을 부르자마자 그레이스트라이프와 레이븐포가 곁으로 달려왔다.

파이어하트는 친구들을 데리고 구석진 곳으로 갔다. 입구에서 가까워서 주변을 경계하기에도 좋고, 다른 고양이들과 꽤 떨어져 있어서 친구들과 나누는 대화가 들리지 않을 만한 곳이었다.

"우리와 헤어진 뒤에 어떻게 된 거야?"

자리를 잡자마자 파이어하트는 다급하게 물었다.

"네가 말한 대로 곧장 바람족 영역을 가로질러 갔지."

"두발쟁이 영역에 있는 개들은?"

그레이스트라이프가 끼어들었다.

"풀려 있었어?"

"응, 그런데 쉽게 피할 수 있었어."

레이븐포가 대답했다.

파이어하트는 친구가 개들에 대해 너무 아무렇지도 않게 말해서 깜짝 놀랐다.

"쉽게?"

"응, 멀리서도 개 냄새를 맡을 수 있었거든. 그래서 새벽이 될 때까지 기다렸어. 개들이 다시 묶이고 난 뒤에 발리를 찾아갔지. 발리는 아주 친절하게 대해 줬어. 내 생각에는 발리도 내가 여기 있는 걸 좋아하는 것 같아."

레이븐포의 표정이 갑자기 어두워졌다.

"타이거클로보다 훨씬 더."

레이븐포가 씁쓸하게 덧붙였다.

"타이거클로한테는 뭐라고 말했어?"

파이어하트는 옛 스승에 대해 묻는 레이븐포의 눈에서 초조한 빛을 발견했다.

"그림자족 순찰병에게 죽임을 당했다고 말했어."

파이어하트는 소리를 낮춰 말했다. 바람족 훈련병 둘이 돌아다니다가 그들 쪽으로 다가오고 있었다. 파이어하트는 귀를 쫑긋 세워서, 그들의 대화를 누군가 듣고 있다는 것을 친구들에게 알렸다.

"아, 그래."

레이븐포가 목소리를 높이며 말했다.

"우리 떠돌이들은 종족의 훈련병들을 잡는 족족 먹어 버리지."

바람족 훈련병들이 그에게 비웃는 듯한 눈초리를 보냈다.

"우린 그런다고 겁먹지 않아요."

그들이 말했다.

"정말?"

레이븐포가 가르랑거렸다.

"그래, 어차피 너희 고기는 질기고 힘줄이 많아서 맛없을 거야."

"어떻게 떠돌이랑 친구가 된 거예요?"

훈련병 하나가 파이어하트에게 물었다.

"현명한 전사는 어디서든 친구를 만들지."

파이어하트가 대답했다.

"이 떠돌이가 아니었다면 우리는 아직도 춥고 배고픈 상태였을 거야. 이렇게 보송보송한 곳에서 배부른 상태로 있는 게 아니라!"

그가 경고의 의미로 눈을 가늘게 뜨자, 훈련병들은 슬금슬금 자리를 피했다.

"그러니까 천둥족은 내가 죽었다고 생각한다는 거지."

훈련병들이 사라진 뒤에 레이븐포가 말했다. 그는 고개를 떨구고 발을 쳐다보았다.

"그래, 아마도 그게 최선일 거야."

레이븐포가 고개를 들어 파이어하트와 그레이스트라이프를 바라보았다. 그리고 다정하게 말했다.

"너희를 다시 만나서 얼마나 기쁜지 몰라."

파이어하트는 가르랑거렸고, 그레이스트라이프는 뒷발로 친구를 정답게 쿡 찔렀다.

"그런데 너희 둘 다 피곤해 보인다."

레이븐포가 말을 이었다.

"너희는 좀 자도록 해. 오늘은 내가 계속 지킬게. 난 내일 쉴 수 있으니까."

레이븐포는 일어나며 친구들의 머리를 부드럽게 핥아 주었다. 그리고 입구 쪽으로 걸어가 자리를 잡고 앉아서 비 내리는 바깥을 바라보았다.

파이어하트는 그레이스트라이프를 쳐다보았다.

"피곤해?"

"지쳤어."

회색 전사는 순순히 대답했다. 그리고 다리 위에 머리를 올려놓고 눈을 감았다.

파이어하트는 입구에 혼자 앉아 있는 레이븐포를 마지막으로 한 번 더 보았다. 이제 자신이 옳은 결정을 내렸다는 것을 알 수 있었다. 레이븐포가 천둥족을 떠나도록 도와준 것은 잘한 일이었다. 레이븐포가 종족 밖에서 더 행복할 거라고 했던 블루스타의 말도 옳았다.

'모든 고양이에겐 각자의 운명이 있는 거야.'

그는 생각했다.

레이븐포는 행복했고, 그것이 가장 중요했다.

파이어하트가 잠에서 깨어났을 때 레이븐포는 없었다. 이미 새벽이 밝은 뒤였다. 회색 비구름도 물러가고 있었다. 떠오르는 해의 발그레한 빛이 더해져 구름은 마치 연못을 떠가는 꽃송이처럼 보였다. 파이어하트는 지붕에 난 구멍으로 구름을 바라보았다. 바람족 고양이들은 일어나서 어젯밤에 먹고 남은 먹잇감으로 배를 채우고 있었다.

꼬리가 짧은 갈색 수고양이가 파이어하트 옆으로 다가와 함께 구름을 올려다보았다. 그런데 갑자기 갈색 수고양이의 목에서 기이한 울부짖음이 터져 나왔다. 파이어하트는 깜짝 놀라 펄쩍 뛰었다. 그 소리에 다른 바람족 고양이들도 모여들어 걱정스러운 얼굴로 웅성거렸다.

"무슨 일이에요, 바크페이스? 별족이 무슨 말이라도 했어요?"

모닝플라워가 물었다.

파이어하트는 이 갈색 수고양이가 바람족의 치료사일 거라 짐작했다. 바크페이스의 곤두선 털을 보고 그는 본능적으로 바짝 긴장했다.

"구름이 피로 물들었다!"

바크페이스가 거친 소리로 외쳤다. 그의 눈은 초점을 잃은 채 커져 있었다.

"우리 선조들이 보내는 신호입니다. 재앙이 닥칠 것입니다. 오늘, 불필요한 죽음을 보게 될 것입니다."

7
불필요한 죽음

모여든 고양이들 사이에 침묵이 흘렀다. 아무도 움직이거나 말하지 않았다. 그때 데드풋이 으르렁거리듯 말했다.

"저 구름은 어떤 종족이라도 볼 수 있어요. 그러니 꼭 우리에게 보내는 신호라고 확신할 수는 없습니다."

바람족 고양이들이 희망 섞인 말들을 하며 술렁였다. 종족 고양이들을 살피던 톨스타가 차분히 말했다.

"별족이 우리를 위해 어떤 계획을 세워 놓았든지, 우리는 오늘 집으로 돌아간다. 공기에서 비 냄새가 많이 난다. 이제 출발할 시간이다."

파이어하트는 지도자의 현실적인 말에 마음이 놓였다. 불길한 예언에 대해 지나치게 흥분하는 것이야말로 피해야 할 일이었다.

톨스타가 앞장서서 쌀쌀한 아침 공기 속으로 걸어 들어갔다. 파이어하트와 그레이스트라이프는 그 뒤를 따랐다. 바람족 지도자의 예측이 옳았다. 불어오는 바람이 조만간 더 큰비가 내릴 것을 예고하고 있었다.

"앞서가서 정찰을 할까요?"

파이어하트가 나서며 물었다.

"그래 주겠나?"

톨스타가 대답했다.

"개들이나 두발쟁이, 시궁쥐가 보이면 알려 다오. 오늘 아침에는 종족이 기운을 좀 차리긴 했지만, 떠날 때도 개들 때문에 고생을 했으니 조심해야지."

지도자의 눈에 걱정스런 빛이 드러났다. 종족에게는 자신 있게 말했지만, 바크페이스의 경고가 내심 신경 쓰이는 듯했다. 바람족은 기력을 회복하긴 했지만 공격자와 싸울 만한 상태는 결코 아니었다.

파이어하트는 앞으로 달려 나갔다. 그레이스트라이프가 그 뒤를 바짝 따랐다. 그들은 교대로 바람족에게 돌아가서, 앞쪽이 안전하다고 알리거나 개를 데리고 있는 두발쟁이가 지나가고 있으니 잠시 물러나 있으라고 경고해 주었다. 바람족 고양이들은 밤새 쉬었음에도 여전히 발이 무거웠다. 그들은 지도자의 명령을 따라 말없이 터벅터벅 발걸음을 옮겼다.

해가 가장 높이 떠오르자, 먹구름이 다시 모여들더니 빗방울이 떨어지기 시작했다. 땅은 오르막으로 비탈을 이루고 있었다. 산울타리를 통과해 나아가던 파이어하트는 두발쟁이 영역에서 벗어나 바람족의 사냥터로 들어가는 붉은 흙길을 발견했다. 갑자기 기운이 치솟았다. 그는 의기양양한 표정으로 그레이스트라이프와 눈을 맞추었다.

'거의 다 왔어!'

파이어하트는 휙 돌아서 다시 들판으로 뛰어 들어갔다. 바람족 고양이들이 가까이 와 있었다. 선두에 있던 데드풋은 파이어하트가 갑자기 나타나는 바람에 깜짝 놀란 표정이었다.

"이쪽이에요!"

파이어하트는 빗물이 줄줄 흘러내리는 잎사귀들 사이로 난 틈을 보여 주었다. 바람족이 건너편에 있는 고원을 발견하면 어떤 반응을 보일지 궁금해서 참을 수가 없었다. 고양이들은 데드풋을 앞세워 천천히 줄을 지어 움직이기 시작했다.

파이어하트는 대열의 마지막 고양이를 바짝 뒤따랐다. 데드풋과 전사 둘은 벌써 도랑을 뛰어넘고 길을 건너 반대편 산울타리를 비집고 들어가는 중이었다. 발걸음이 빨라졌다. 자신들이 어디에 있는지 알고 있는 것이 분명했다. 파이어하트는 그들을 따라잡기 위해 속력을 내야 했다. 바람족 고양이들은 산울타리를 통과하고, 그들의 집인 고원으로 이어지는 긴 비탈을 향해 성큼성큼 내달렸다. 비탈길이 시작되는 곳에서 파이어하트는 그들을 따라잡았다.

데드풋과 전사들은 비탈 아래쪽에서 잠시 멈춰 서서 나머지 고양이들을 기다렸다. 내리는 비 때문에 눈을 감고 있었지만 고개는 높이 치켜들고 있었다. 고원에서 밀려오는 익숙한 냄새를 들이마시느라 가슴이 들썩거리는 모습이 보였다.

파이어하트는 모닝플라워를 찾으려고 두리번거리며 나머지 고양이들에게 달려갔다. 모닝플라워는 새끼 고양이를 입에 물고 있는 얼룩무늬 전사와 나란히 걷고 있었다. 삼색얼룩 어미 고양이는 몇 걸음마다 고개를 쭉 빼고, 비에 젖은 작은 새끼 고양이의 냄새를 맡았다. 이제 머지않아 바람족의 보육실에 새끼를 안전하게 눕힐 수 있을 것이다.

파이어하트는 맨 뒤에서 오고 있는 그레이스트라이프와 발걸음을 맞추었다. 그들은 행복한 표정으로 서로를 쳐다보았지만, 집에 돌아갈 생각에 흥분한 바람족의 분위기에 휩쓸려 아무 말도할 수가 없었다. 지금은 원로들도 예외 없이 몸을 낮추고, 내리는 비에 눈을 가늘게 뜬 채 속도를 내고 있었다. 마침내 나머지 고양이들이 비탈 아래쪽에 도착했다. 기다리고 있던 데드풋이 자리에서 일어나자, 톨스타가 선두에 나섰다. 톨스타는 거친 풀과 히스를 헤치며, 지체 없이 좁고 가파른 길을 오르기 시작했다.

비탈 꼭대기에 가까워지자 몇몇 전사들이 다시 앞서서 달려 나갔다. 꼭대기에 올라선 그들은 궂은 하늘을 배경으로 당당한 자태를 드러냈다. 바람이 불어 그들의 털에 잔물결을 일으켰다. 앞쪽으로 그들의 옛 사냥터가 펼쳐져 있었다. 그때 갑자기 훈련병 둘이 파이어하트를 지나쳐 익숙한 히스 덤불을 향해 달려들었다.

톨스타의 몸이 굳어졌다.

"기다려! 다른 종족 사냥조가 있을지도 모른다!"

훈련병들은 지도자의 외침을 듣자마자 미끄러지듯 멈춰 서서, 다시 종족에게 돌아왔다. 하지만 그들의 눈은 여전히 흥분으로 반짝이고 있었다.

바위투성이 언덕마루에서 파이어하트는 바람족 진영을 품고 있는 움푹 팬 땅을 볼 수 있었다. 모닝플라워가 기쁨에 겨워 가르랑거렸다. 그러고는 얼룩무늬 전사의 입에서 새끼 고양이를 받아들고 분지를 향해 서둘러 걷기 시작했다. 톨스타가 꼬리를 휙 휘두르자, 전사들 셋이 모닝플라워를 호위하기 위해 달려 나갔다. 그녀는 언덕마루를 넘어 진영으로 내려가고 있었다.

나머지 고양이들이 몸을 숨길 수 있는 아래쪽 덤불로 내달리는 동안 바람족 지도자는 멈춰서 기다렸다. 그리고 눈을 반짝이며 파이어하트와 그레이스트라이프를 돌아보았다.

"우리 종족은 너희의 도움을 고맙게 생각한다."

톨스타가 말했다.

"너희는 별족의 인정을 받는 진정한 전사임을 입증해 보였다. 바람족은 이제 무사히 돌아왔으니, 너희도 집으로 돌아갈 때가 되었다."

파이어하트는 실망스러웠다. 그는 모닝플라워가 새끼 고양이와 함께 보육실에 자리를 잡는 것을 보고 싶었다. 하지만 톨스타가 옳았다. 그들이 더 이상 여기 머물 필요는 없었다.

톨스타가 다시 말을 이었다.

"주변에 적들이 있을지도 모른다. 원위스커와 데드풋이 나무네 그루까지 바래다줄 것이다."

파이어하트는 고개를 숙였다.

"고맙습니다, 톨스타."

톨스타가 전사들을 불러 명령을 내렸다. 그리고 지친 눈으로 다시 한 번 파이어하트를 보며 말했다.

"너희는 바람족을 위해 너무나 많은 수고를 해 주었다. 우리는 바람족을 집으로 돌아오게 해 준 것이 천둥족이라는 사실을 잊지 않을 것이다. 블루스타에게 그렇게 전하거라."

데드풋이 나무 네 그루 방향으로 앞장서 걸어갔다. 파이어하트와 그레이스트라이프는 원위스커와 나란히 그 뒤를 따랐다. 그들은 바짝 붙어서 비를 가리기 좋은 가시금작화 덤불 사이의 좁은 길을 따라갔다.

갑자기 원위스커가 걸음을 멈추고 코를 킁킁거렸다.

"토끼다!"

그는 신이 난 목소리로 외치고는, 가시금작화 덤불로 달려 들어갔다. 데드풋은 멈춰 서서 기다렸다. 파이어하트는 바람족 부지도자의 지친 눈이 반짝이는 것을 볼 수 있었다. 멀리서 요란한 발소리가 들리고 가시금작화 덤불이 바스락거리더니, 이내 잠잠해졌다.

잠시 후, 원위스커가 커다란 토끼를 입에 물고 나타났다.

그레이스트라이프가 파이어하트에게 몸을 숙이고 속삭였다.

"강족 전사들보다는 좀 낫네, 안 그래?"

파이어하트는 가르랑거리며 맞장구를 쳤다.

원위스커가 방금 잡은 싱싱한 먹이를 바닥에 내려놓았다.

"누구 배고픈 분 없나요?"

그들은 감사한 마음으로 토끼를 먹었다. 자기 몫을 다 먹은 파이어하트는 일어나서 입술을 핥았다. 먹이를 먹고 나니 기운이 나는 것 같긴 했지만, 매서운 추위가 뼛속까지 파고들었고, 발도 욱신거렸다. 그와 그레이스트라이프가 왔던 대로 나무 네 그루를 지나 돌아가려면 아직도 갈 길이 많이 남아 있었다. 강족 사냥터를 가로지르는 지름길로 가면 어떨까?

어쨌든 그들은 모임에서 모든 종족이 합의한 대로, 바람족을 데려오는 임무를 수행하고 오는 길이었다. 먹이를 훔치러 가는 것도 아닌데, 강족 영역을 지나간다고 해서 강족이 반발할까?

파이어하트는 일행을 둘러보다가 머뭇거리며 말했다.

"저기, 강을 따라서 가면 더 빠를 텐데요."

그레이스트라이프가 발을 핥다 말고 고개를 들었다.

"하지만 그건 강족 영역을 건너가야 한다는 뜻이잖아."

"골짜기를 따라가면 돼."

파이어하트가 설명했다.

"강족이 거기서는 사냥을 하지 않잖아. 너무 가파르니까."

그레이스트라이프가 축축한 발을 바닥에 살며시 내려놓으며 중얼거렸다.

"이제 발톱까지 아프네. 난 지름길로 가는 것도 괜찮아."

파이어하트는 기대감을 안고 눈을 반짝이며 바람족 부지도자를 바라보았다.

데드풋은 생각에 잠긴 표정이었다.

"톨스타는 우리에게 나무 네 그루까지 함께 가라고 명령을 내렸어."

"우리와 함께 가고 싶지 않다고 해도 이해해요."

파이어하트는 재빨리 대답했다.

127

"강족 영역은 순식간에 지나갈 수 있어요. 아무 문제도 없을 거예요."

그레이스트라이프가 고개를 끄덕였다. 하지만 데드풋은 고개를 절레절레 저었다.

"너희끼리 강족 영역을 지나가도록 둘 수는 없지. 너무 지쳐 있어서 혹시 문제가 생겨도 감당할 수 없을 거야."

"아무도 마주치지 않을 거예요!"

파이어하트는 데드풋을 설득하는 한편, 스스로도 확신을 가지려 애썼다.

데드풋이 현명하고 원숙한 눈으로 그를 바라보았다.

"우리가 그 길로 간다면……."

그는 잠시 말을 멈추고 생각에 잠겼다.

"바람족이 돌아왔다는 것을 강족이 알게 되겠지."

파이어하트는 그의 말뜻을 알아채고 귀를 쫑긋했다.

"강족이 생생한 바람족 냄새를 맡게 되면, 다시는 토끼를 사냥하러 바람족 영역으로 넘어오지 않겠죠."

원위스커가 입술에 남은 먹이의 마지막 흔적까지 핥은 뒤에 말했다.

"그럼 우리는 달이 뜨기 전에 집에 돌아갈 수 있겠네요!"

"너는 그저 거처에서 편히 쉴 궁리만 하는구나!"

데드풋이 엄하게 말했다. 하지만 눈에는 온화한 빛이 어려 있었다.

"그러면 강족 영역을 통과해 가는 건가요?"

파이어하트가 물었다.

"그래."

데드풋이 결정을 내렸다. 그는 방향을 바꾸어, 오소리들이 다니던 길로 그들을 이끌었다. 그들은 황량한 고원에서 멀어져 이윽고 강족 영역에 다다랐다. 비바람이 치는 중에도 위쪽 어딘가에서 천둥 치듯 철썩거리는 강물 소리가 들렸다.

고양이들은 물소리가 나는 쪽으로 난 길을 따라갔다. 길은 점점 좁아지더니, 깊은 골짜기의 가장자리에 이르자 좁다랗게 자란 풀밖에 남지 않았다. 한쪽으로는 가파른 바위가 위로 뻗어 있었고, 다른 쪽은 아래로 곧장 떨어지는 낭떠러지였다. 얼마 되지 않는 거리만 뛰어넘으면 골짜기 맞은편에 닿을 수 있었다. 그러나 아슬아슬한 폭이라서, 파이어하트는 그 사이를 건너뛸 수 있을지 자신이 없었다. 이렇게 지치고 굶주리지만 않았어도 어쩌면……. 떨어질 것 같다는 생각에 다리가 후들거리면서도 옆쪽을 내려다보지 않을 수 없었다.

발밑으로는 수직으로 깎인 낭떠러지였다. 작은 바윗부리에는 고사리가 달라붙어 있었고, 잎사귀들이 번들거렸다. 비를 맞아서가 아니라 골짜기 바닥에서 거품을 일으키며 넘실대는 급류에서 튀는 물보라 때문이었다.

파이어하트는 가장자리에서 한 발 뒤로 물러났다. 두려움으로 등줄기 털이 곤두섰다. 앞에서는 데드풋과 원위스커, 그레이스트라이프가 고개를 숙인 채 터벅터벅 걷고 있었다. 천둥족 영역으로 가기 위해서는 이 길을 따라가야만 했다.

일행을 따라잡으려 서두르던 파이어하트는 순간 발을 헛디뎌 비틀거렸다. 데드풋의 귀가 쫑긋 섰고, 꼬리는 바닥에 끌릴 만큼 납작 붙었다. 원위스커 역시 눈에 띄게 불안해 보였다. 그는 마치 무슨 소리라도 들리는 듯 가파른 바위를 계속해서 올려다보았다. 파이어하트의 귀에는 강물 소리 말고는 아무것도 들리지 않았다. 그는 초조하게 뒤를 돌아보며 좌우를 획획 살폈다. 바람족 고양이들의 경계심이 그를 불안하게 만들었다.

가파른 비탈이 점차 완만해지면서 낭떠러지 끝에서 빠져나올 수 있었다. 비는 여전히 얼굴을 때렸다. 어두워지는 하늘이 해가 지고 있음을 알려 주었다. 하지만 숲까지 가려면 이제 얼마 남지 않았다. 숲에는 쉴 수 있는 곳이 있을 것이다. 먹이와 보송보송한 잠자리를 생각하니, 파이어하트는 기운이 났다.

갑자기 데드풋의 목에서 경고의 외침이 터져 나왔다. 파이어하트는 몸이 굳어진 채 공기 냄새를 맡았다. 강족 순찰대였다! 뒤에서 날카롭게 외치는 소리가 들렸다. 획 돌아서자, 그들을 향해 달려오는 강족 전사 여섯이 보였다. 파이어하트는 두려움으로 털이 곤두섰다. 그들은 여전히 성난 강물이 넘실대는 깊은 골짜기에서 멀지 않은 곳에 있었다.

진갈색 강족 고양이가 파이어하트에게 달려들었다. 파이어하트는 뒷다리로 세차게 발길질을 하면서 골짜기에서 몸을 굴렸다. 하지만 날카로운 이빨이 어깨를 파고들었다. 그는 위협적인 소리를 내는 전사의 무게에 눌려 버둥거렸다. 벗어나려고 흠뻑 젖은 땅을 필사적으로 긁어 대자, 강족 전사가 날카로운 발톱으로 옆구리를 할퀴었다. 파이어하트는 몸을 비틀어 공격자의 털 속 깊숙한 곳을 깨물었다. 턱을 꽉 다물자, 전사가 비명을 질렀다. 하지만 또 다른 고양이의 발톱이 더욱 사납게 그를 할퀴었다.

"다시는 강족 영역에 발을 들이지 못하게 해 주지!"

갈색 수고양이가 외쳤다.

파이어하트는 주위에 있는 동료들이 격렬하게 싸우는 것을 볼 수 있었다. 먼 길을 오느라 다들 지쳐 있었다. 그레이스트라이프가 사납게 외치는 소리가 들렸다. 원위스커는 고통과 분노로 비명을 질렀다. 그때 뒤쪽 숲에서 또 다른 소리가 들렸다. 분노로 가득 찬 그 소리를 듣자, 파이어하트의 마음에 희망이 샘솟았다. 타이거클로가 돌격하며 외치는 고함 소리였다! 파이어하트는 전의를 불태우며 빠르게 다가오는 천둥족 순찰대의 냄새를 맡을 수 있었다. 타이거클로와 윌로펠트, 화이트스톰 그리고 샌드포였다.

천둥족 고양이들은 함성을 내지르며 싸움에 뛰어들었다. 갈색 수고양이가 놓친 틈을 타, 파이어하트는 재빨리 일어섰다. 타이거클로가 회색 얼룩무늬 수고양이를 바닥에 꼼짝 못 하게 눌렀다. 그리고 경고의 표시로 뒷다리를 물자, 수고양이는 비명을 지르며 덤불 속으로 달아났다. 타이거클로는 몸을 휙 돌려 창백한 눈으로 레퍼드퍼를 노려보았다. 강족 부지도자는 데드풋과 엎치락뒤치락하는 중이었다. 다리를 절뚝거리는 바람족 전사는 사나운 강족 암고양이에게 상대가 되지 않았다. 파이어하트는 데드풋을 구하기 위해 뛰어들 준비를 했다. 하지만 타이거클로가 한발 앞섰다. 타이거클로는 몸을 앞으로 던져 레퍼드퍼의 넓은 어깨를 움켜잡았다. 그리고 커다란 외침과 함께, 깡마른 바람족 부지도자에게서 암고양이를 떼어 냈다.

그때 뒤쪽에서 날카로운 비명 소리가 들렸다. 파이어하트가 돌아보니, 샌드포가 강족의 암고양이와 뒤엉켜 치열한 싸움을 벌이고 있었다. 몸을 비틀고 발톱을 휘둘러 대면서 두 고양이는 젖은 풀밭 위를 데굴데굴 굴렀다. 둘은 으르렁거리며 서로를 사납게 할퀴었다. 파이어하트는 순간 놀라서 숨이 턱 막혔다. 그들이 낭떠러지를 향해 굴러가고 있었던 것이다! 한 번만 더 구르면 절벽 밑으로 떨어져 버릴 것 같았다.

파이어하트는 급히 달려갔다. 그리고 발을 크게 휘둘러 강족 전사를 샌드포에게서 떼어 내고, 벼랑 끝에서 멀어지게 했다. 하지만 샌드포가 미끄러져 떨어질 뻔했다. 파이어하트가 재빨리 이빨로 목덜미를 물어서 붙들었다. 그리고 절벽에서 떨어진 곳으로 끌어당기자, 그녀는 진흙투성이 바닥을 발로 긁어 대며 분노의 고함을 내질렀다. 파이어하트가 놓아주자마자, 그녀는 벌떡 일어서서 이글거리는 눈으로 소리쳤다.

"네 도움 따위는 필요 없어! 나 혼자 힘으로도 이길 수 있단 말이야!"

파이어하트는 상황을 설명하려고 입을 열었지만, 그때 끔찍한 비명이 들려왔다. 둘은 동시에 고개를 돌렸다. 그레이스트라이프가 벼랑 끝에서 위태롭게 몸을 기울인 채, 뒷다리로 버티고 있었다. 그 옆으로 벼랑 끄트머리를 움켜쥐고 있는 하얀 발이 보였다. 그레이스트라이프가 아래로 몸을 숙여 그 발을 잡으려고 애썼다.

하지만 그 발은 눈 깜짝할 사이에 시야에서 사라져 버렸다. 그레이스트라이프의 울부짖는 소리가 골짜기에 울려 퍼졌다.

그레이스트라이프의 비통한 울부짖음에 모든 고양이들이 싸움을 멈췄다. 파이어하트는 기진맥진한 상태에서 충격을 받아 숨만 헐떡거릴 뿐, 꼼짝도 할 수 없었다. 강족 고양이들이 벼랑 끝으로 허둥지둥 달려갔다. 파이어하트도 천천히 그들을 따라갔다. 그리고 아래를 내려다보았다. 귀청이 터질 듯이 요란하게 부딪쳐 흩어지는 잔 물방울 사이로, 강족 전사의 머리가 물거품 속으로 가라앉는 모습이 보였다.

파이어하트는 서늘한 두려움에 사로잡힌 채 바람족 치료사의 말을 떠올렸다.

"오늘, 불필요한 죽음을 보게 될 것입니다."

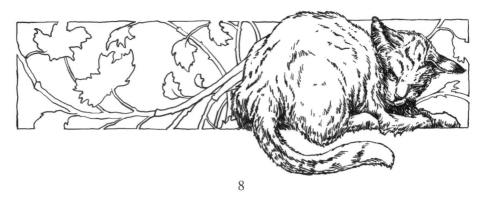

8

조롱하는 눈

레퍼드퍼가 고개를 들고 울부짖었다.

"화이트클로! 안 돼!"

그레이스트라이프는 네 발이 안전하게 땅에 닿을 때까지 뒷걸음쳤다. 젖은 털은 쭈뼛쭈뼛 서 있었고, 놀란 눈은 휘둥그레져 있었다.

"잡으려고 했는데…… 그가 발을 헛디뎌서…… 내가 일부러 그런 건 아니……."

그레이스트라이프는 숨을 헐떡이며 간신히 말을 뱉어 냈다. 파이어하트는 친구를 위로해 주려고 옆구리에 코를 가져다 댔지만, 그레이스트라이프는 무턱대고 뒤로 물러날 뿐이었다.

다른 고양이들이 하나둘 벼랑 끝에서 물러나 그레이스트라이프를 바라보았다. 강족 고양이들은 분노로 눈을 가늘게 뜨고, 어깨에는 잔뜩 힘이 들어가 있었다. 윌로펠트와 화이트스톰이 본능적으로 그레이스트라이프의 양옆에 서서 방어 자세를 취했다.

레퍼드퍼가 목구멍 깊숙한 곳에서 으르렁거리는 소리를 냈다.

하지만 그건 자신의 종족 고양이들에게 보내는 경고 신호였다. 강족 부지도자는 타이거클로의 눈을 똑바로 쳐다보았다.

"이번 일은 경계를 두고 다투는 정도를 넘어서 버렸소."

그녀가 말했다.

"지금은 각자의 종족으로 돌아가는 게 좋겠소. 이 일은 다른 때에 다른 방식으로 해결합시다."

타이거클로는 레퍼드퍼의 눈길을 도전적으로 맞받았다. 그는 어떤 두려움도 내보이지 않았다. 그저 보일 듯 말 듯 고개를 까딱할 뿐이었다. 레퍼드퍼는 꼬리를 획 휘두른 다음 돌아서서 걸어갔다. 강족 고양이들은 그녀 뒤를 따랐고, 곧 순찰대 모두가 덤불 속으로 사라졌다.

레퍼드퍼의 위협적인 말에 파이어하트는 몸이 오싹해졌다. 이번 싸움이 전쟁을 일으킬지도 모른다는 것을 깨닫자, 불길한 예감이 서늘한 그림자처럼 드리웠다.

"우리도 가야겠군."

데드풋이 절뚝거리며 앞으로 나왔다.

"천둥족의 두 젊은 전사가 우리에게 큰 도움을 주었소. 우리 종족은 감사를 드리오."

하지만 조금 전에 목격한 비극 앞에서 그 형식적인 감사의 인사는 너무나 공허하게 들렸다. 타이거클로는 고개를 끄덕였고, 두 바람족 전사는 자신들의 영역을 향해 돌아가기 시작했다. 파이어하트는 지나쳐 가는 원위스커에게 조용히 작별 인사를 했다. 원위스커는 그를 흘깃 쳐다보고, 가던 길을 재촉했다.

파이어하트는 샌드포가 아래쪽 급류를 노려보며 벼랑 끝에 서 있는 것을 알아차렸다. 발은 땅에 붙어 버린 것처럼 보였고, 눈은 깊은 골짜기를 뚫어져라 보고 있었다. 자신이 하마터면 화이트클로와 같은 운명이 될 뻔했다는 것을 실감하고 있으리라, 파이어하트는 짐작했다.

파이어하트가 그녀에게 가려고 발을 뗐을 때, 타이거클로가 명령했다.

"따라와라!"

얼룩무늬 전사는 나무를 헤치며 달려가 버렸다. 나머지 전사들도 그 뒤를 따랐다. 하지만 파이어하트는 그레이스트라이프 옆에서 주춤거리고 있었다.

"어서! 우리도 따라가야 돼!"

파이어하트가 재촉했다.

그레이스트라이프는 어깨를 으쓱하고 다른 고양이들을 쫓아 걷기 시작했다. 눈은 고통으로 흐려져 있었고, 발은 돌처럼 무겁게 질질 끌고 있었다.

곧 앞서가는 고양이들이 시야에서 보이지 않게 되었다. 하지만 파이어하트는 냄새로 그들을 쫓아갈 수 있었다. 타이거클로는 강족의 숲을 곧장 통과해 천둥족 영역으로 가고 있었다. 파이어하트는 지금은 강족 순찰대를 신경 쓸 필요가 없기 때문일 거라 짐작했다. 이미 일은 벌어졌다. 나무 네 그루까지 먼 길을 돌아갈 이유가 없었다.

타이거클로는 천둥족 영역 경계에서 순찰대를 멈추게 하고, 파이어하트와 그레이스트라이프를 기다리고 있었다.

"날 따라오라고 말했을 텐데!"

타이거클로가 으르렁거렸다.

"그레이스트라이프가……."

파이어하트가 입을 열었다.

"진영으로 빨리 돌아가는 게 그 녀석에게도 좋을 것이다."

타이거클로가 말을 끊었다.

그레이스트라이프는 아무 말도 하지 않았지만, 파이어하트는 부지도자의 냉혹한 말투에 발끈했다.

"화이트클로가 죽은 건 그레이스트라이프 탓이 아니에요!"

타이거클로가 고개를 돌렸다.

"나도 안다. 하지만 이미 벌어진 일이다. 서둘러! 그리고 이번에는 제대로 따라와라!"

타이거클로는 천둥족 영역의 경계를 이루는 냄새 표시를 건너 뛰어갔다.

파이어하트는 천둥길들 사이에 있던 바람족의 은신처를 떠나면서부터 이 순간을 고대해 왔다. 하지만 그레이스트라이프를 신경 쓰면서 가느라 정작 지금은 경계를 넘어왔다는 사실조차 깨닫지 못했다.

진영으로 이어지는 익숙한 길을 따라가는 사이에 비가 잦아들었다. 순찰대가 가시금작화 굴길을 통과해 진영으로 들어서자, 몇몇 고양이들이 거처에서 성큼성큼 달려 나와 꼬리를 높이 들고 반겨 주었다.

"바람족은 찾았어? 다들 무사해?"

마우스퍼가 외쳤다.

파이어하트는 무심코 고개를 끄덕였지만, 마음이 텅 비어 대답을 할 수가 없었다. 마우스퍼의 꼬리가 축 처졌다. 다른 고양이들도 쭈뼛거리며 멈춰 섰다. 돌아오는 고양이들의 표정을 보고 뭔가 심상치 않은 일이 일어났다는 것을 알아차린 것이다.

"따라오너라."

타이거클로가 파이어하트와 그레이스트라이프에게 명령하고, 앞장서서 블루스타의 거처로 향했다. 파이어하트는 그레이스트라이프와 털이 스칠 만큼 가까이 붙어 있었다. 그레이스트라이프는 몸을 기대지도, 피하지도 않은 채 그저 걷기만 했다.

이끼 너머 그늘진 곳에서 따뜻하게 반기는 소리가 들렸다. 세 고양이는 블루스타의 거처 안으로 들어갔다.

"어서 와라!"

블루스타가 벌떡 일어나 그들을 맞았다.

"바람족은 찾았나? 데리고 왔어?"

"네, 블루스타."

파이어하트가 조용히 대답했다.

"바람족은 안전하게 진영으로 돌아갔습니다. 톨스타가 감사 인사를 전하라고 했습니다."

"잘됐구나. 잘됐어!"

블루스타가 말했다. 하지만 타이거클로의 어두운 표정을 보고 눈빛이 어두워졌다.

"무슨 일인가?"

"파이어하트가 강족 영역을 통과해 돌아오는 길을 택했습니다."

타이거클로가 으르렁거렸다.

그레이스트라이프가 처음으로 고개를 들었다.

"파이어하트 혼자 결정한 게 아니었……."

"강족 순찰대한테 발각되었습니다. 우리 순찰대가 마침 소리를 듣지 못했다면 집까지 오지 못했을 겁니다."

타이거클로가 끼어들었다.

"그러니까 자네가 이 녀석들의 목숨을 구한 거로군."

블루스타가 긴장을 풀며 말했다.

"고맙네, 타이거클로."

"그렇게 간단한 문제가 아닙니다."

타이거클로가 씩씩거리며 말했다.

"골짜기 바로 옆에서 싸우고 있었는데, 그레이스트라이프와 몸싸움을 벌이던 강족 전사 하나가 낭떠러지로 떨어져 버렸습니다."

파이어하트는 타이거클로의 말에 그레이스트라이프가 움찔하는 것을 느꼈다.

블루스타의 눈이 커졌다.

"죽었나?"

블루스타가 충격을 받은 얼굴로 물었다.

파이어하트가 재빨리 대꾸했다.

"그건 사고였어요! 그레이스트라이프는 경계를 다투다 다른 종족 고양이를 죽이는 일은 하지 않아요! 절대로요!"

"레퍼드퍼가 그렇게 생각할지 모르겠군."

타이거클로가 파이어하트를 향해 몸을 돌렸다. 그리고 꼬리를 획획 휘두르며 말했다.

"도대체 무슨 생각이었지? 강족 영역을 통과해 오다니! 그것도 바람족 고양이들과 함께! 넌 적들에게 우리가 바람족과 동맹을 맺었다고 알린 것이나 다름없다. 이제 강족과 그림자족은 힘을 합칠 것이다!"

"강족 영역에서 바람족과 함께 있었다고?"

블루스타는 더욱 놀란 표정을 지었다.

"바람족 전사는 둘뿐이었어요. 톨스타가 우리를 안전하게 호위하라고 명령해서, 그리고 우린 너무 지쳐 있어서……."

파이어하트가 웅얼거렸다.

"강족 영역에 들어가지 말았어야지!"

타이거클로가 으르렁댔다.

"더군다나 바람족 고양이들과 함께라면 말이다!"

"동맹 같은 건 아니었어요. 그냥 우리를 바래다준 거였어요."

파이어하트가 반발했다.

"강족이 그런 것까지 알 거라고 생각하나?"

타이거클로가 쏘아붙였다.

"강족은 우리가 바람족을 찾아서 데리고 올 거라는 사실을 알고 있었잖아요. 모임에서 그렇게 하기로 합의했고요. 그러니 우리를 공격하면 안 되는 거죠. 이번 일은 특별한 임무였어요. 높은 돌산으로 가는 여정처럼 말이에요."

"강족이 자기네 영역을 지나가는 걸 허락해 준 건 아니다. 넌 아직도 종족들의 방식을 이해하지 못했구나, 안 그래?"

타이거클로가 쏘아붙였다.

블루스타가 일어섰다. 그녀는 눈을 번득이며 앞에 있는 고양이들을 둘러보았지만, 목소리는 차분했다.

"강족의 사냥터에는 들어가면 안 되는 거였다. 위험한 행동이었어."

블루스타는 엄한 눈빛으로 파이어하트와 그레이스트라이프를 바라보았다. 하지만 그 눈빛에서 심하게 책망하는 빛은 찾아볼 수 없었다. 파이어하트는 고마운 마음과 죄책감 사이에서 어쩔 줄 몰랐다. 그는 여러 달 동안 천둥족의 안전을 위협할지도 모르는 분란의 소지를 제공한 셈이었다.

블루스타가 불안하게 꼬리를 흔들며 말을 이었다.

"바람족을 찾아서 데려온 건 잘한 일이다. 하지만 이제 우리는 강족의 공격에 대비해야만 한다. 더 많은 전사들을 훈련시켜야겠다. 프로스트퍼의 새끼 고양이 둘이 훈련을 시작할 준비가 되었다고 하더구나. 파이어하트, 그레이스트라이프, 너희가 각자 한 마리씩 훈련병으로 맡아 가르쳐라."

파이어하트는 깜짝 놀랐다. 이 얼마나 영광스러운 일인가! 그는 블루스타가 그런 결정을 내리리라고는 예상하지 못했다. 더구나 지금 같은 때라니! 그는 타이거클로를 힐긋 보았다. 부지도자는 바위처럼 단단하게 굳어 있었다.

그레이스트라이프가 고개를 들었다.

"하지만 프로스트퍼의 새끼 고양이들은 아직 여섯 달이 안 되었는데요!"

"얼마 안 있으면 여섯 달이 될 거다. 안 그래도 지난 모임에서 분열이 일었던 것이 마음에 걸렸는데, 오늘 일은······."

블루스타의 목소리가 잦아들었다.

파이어하트는 그레이스트라이프가 다시 발을 내려다보는 것을 눈치챘다.

타이거클로가 냉엄한 호박색 눈으로 블루스타를 빤히 쳐다보며 말했다.

"롱테일이나 다크스트라이프처럼 좀 더 연륜이 있는 전사들에게 훈련병을 하나씩 더 맡기는 게 낫지 않겠습니까? 이 둘은 훈련병보다 겨우 나을까 말까 합니다!"

"나도 그 생각은 해 보았네."

블루스타가 대답했다.

"하지만 롱테일은 스위프트포를 새로 맡아서 바쁘고, 다크스트라이프는 더스트포가 정식 전사가 되도록 막바지 훈련을 돕는 중일세."

"러닝윈드는요?"

타이거클로가 다시 물었다.

"러닝윈드는 훌륭한 사냥꾼이고 충성스러운 전사지."

블루스타가 대답했다.

"하지만 훈련병을 가르칠 만큼 인내심이 있지는 않아. 러닝윈드가 가진 기량을 발휘할 곳이 따로 있을 걸세."

"그러면 이 둘에게는 천둥족 전사를 훈련시키는 데 필요한 자질이 있다는 겁니까?"

타이거클로가 비웃듯이 말했다.

파이어하트는 움찔했다. 타이거클로는 말을 하면서 파이어하트만을 쳐다보고 있었다.

'애완 고양이는 종족 태생 고양이들을 훈련시킬 수 없다는 뜻인가?'

슬그머니 화가 치밀었다.

블루스타가 부지도자를 마주 보았다.

"곧 알게 되겠지. 하지만 잊지 말게. 이 둘이 바람족을 데리고 왔다는 것을. 그리고 물론, 훈련을 지켜보고 감시하는 일은 타이거클로 자네에게 맡기겠네."

타이거클로가 고개를 끄덕였다. 블루스타는 파이어하트와 그레이스트라이프에게 고개를 돌렸다.

"가서 먹이를 좀 먹도록 해라. 그리고 잠도 자고. 새끼 고양이들의 임명식은 오늘 달이 가장 높이 뜬 시간에 할 것이다."

파이어하트는 그레이스트라이프를 데리고 블루스타의 거처에서 나왔다. 타이거클로는 블루스타와 함께 남았다. 이제 빗줄기가 가늘어져 보슬비가 내리고 있었다.

"배고파 죽겠어."

파이어하트가 말했다. 공터에서 싱싱한 먹이의 따끈한 냄새가 풍겼다.

"같이 가서 먹을 것 좀 가져올래?"

뒤에 있는 그레이스트라이프의 눈이 슬퍼 보였다. 그는 천천히 고개를 저으며 중얼거렸다.

"난 그냥 좀 자고 싶을 뿐이야."

파이어하트는 배를 채우고 나서 전사들의 거처로 들어갔다. 그레이스트라이프는 머리를 발밑에 밀어 넣은 채 공처럼 몸을 말고 있었다. 파이어하트는 눈꺼풀이 무거웠지만 털이 아직 젖어 있었다. 그는 억지로 온몸을 닦아 내고서, 따뜻한 잠자리에 자리를 잡았다.

월로펠트가 파이어하트를 쿡쿡 찔러 깨웠다.

"임명식을 할 시간이야."

파이어하트는 고개를 들고 눈을 끔벅였다.

"고마워요, 월로펠트."

그는 거처를 막 나서는 월로펠트에게 말했다. 그리고 그레이스트라이프를 쿡 찔렀다.

"임명식이야."

파이어하트는 발끝으로 서서, 다리가 후들거릴 때까지 몸을 쭉 뻗었다. 이제 곧 훈련병을 거느린 스승이 된다! 신이 나서 발이 들썩거렸다.

뒤척이던 그레이스트라이프가 나이 든 고양이처럼 천천히 몸을 폈다. 파이어하트는 갑자기 발이 다시 욱신거리기 시작했다. 긴 여정을 다녀온 것을 몸이 기억하는 모양이었다.

비는 그쳐 있었다. 파이어하트와 그레이스트라이프는 잠자코 공터로 걸어 들어갔다. 달이 나무 위로 반짝이며, 젖은 가지들을 은빛으로 물들이고 있었다.

"바람족을 데려오다니, 아주 잘했다!"

갑작스럽게 들려온 들뜬 목소리에 파이어하트는 깜짝 놀랐다. 돌아보니 하프테일이 옆에 자리를 잡고 서 있었다.

"날을 잡아서 원로들에게도 모험담을 들려주려무나."

파이어하트는 멍하니 고개를 끄덕이고는 다시 공터를 바라보았다. 프로스트퍼가 벌써 높은 바위 아래에 앉아 있었다. 그녀의 양옆에는 새끼 고양이가 하나씩 앉아 있었는데, 하나는 얼룩덜룩한 회색이고 다른 하나는 황갈색이었다. 프로스트퍼가 고개를 돌려 새끼 고양이의 귀 뒤를 핥아 주었다. 작은 회색 암고양이는 어미가 핥아 주는 동안 참을성 없이 고개를 흔들어 댔다.

파이어하트는 북받쳐 오르는 흥분에 털이 얼얼해질 지경이었다. 옆에 있는 그레이스트라이프는 땅만 내려다보며 앉아 있었다.

"넌 흥분되지 않아?"

파이어하트가 물었다.

그레이스트라이프가 어깨를 으쓱했다.

"그레이스트라이프."

파이어하트는 목소리를 낮춰 말했다.

"화이트클로가 죽은 건 네 탓이 아니야. 거기는 공격하기에는 최악의 장소였어. 강족도 그걸 알았을 거야. 샌드포도 벼랑 끝으로 떨어질 뻔했잖아."

파이어하트는 근처에 앉아 있는 샌드포를 흘깃 보았다. 그녀

옆에 있던 더스트포가 질투 어린 시선으로 파이어하트를 노려보고 있었다. 그를 탓할 수는 없었다. 자신은 곧 훈련병을 가르치게 되는데 더스트포는 아직 전사의 이름도 받지 못했기 때문이다. 더스트포는 샌드포에게 몸을 기울여, 파이어하트에게도 들릴 만큼 큰 소리로 속닥거렸다.

"파이어하트의 훈련병이 안됐지 뭐야. 애완 고양이에게 훈련받는 종족 고양이라니!"

파이어하트는 움찔했다.

하지만 처음으로 샌드포가 아무런 대꾸도 하지 않았다. 그저 불편한 눈빛으로 파이어하트를 힐긋 쳐다봤을 뿐이었다.

파이어하트는 그레이스트라이프에게 고개를 돌렸다.

"블루스타도 널 책망하지 않았잖아. 네가 훌륭한 전사라는 걸 알고 있는 거야. 네가 가르칠 훈련병도 정해 주었고 말이야."

그레이스트라이프는 눈을 들더니 사납게 대답했다.

"지금 천둥족에 훈련병이 더 많이 필요해서 그런 것뿐이야. 게다가 그 이유가 뭔데? 바로 내가 강족에게 우릴 공격할 구실을 줬기 때문이잖아!"

그레이스트라이프의 냉정한 목소리에 파이어하트는 충격을 받았다. 무슨 말을 더 해 보기도 전에 블루스타의 외침이 들렸다. 파이어하트는 종족 지도자를 향해 걸어갔다. 그레이스트라이프가 그 뒤를 따랐다.

그들이 공터 가운데에 다다랐을 때, 블루스타가 모여 있는 고양이들을 둘러보았다.

"오늘 달이 가장 높이 뜬 시간, 우리는 신임 훈련병 둘을 임명하기 위해 모였습니다. 너희 둘은 앞으로 나오너라."

어미 고양이의 옆에 있던 회색 새끼 고양이가 앞으로 달려 나왔다. 그녀는 보송보송한 꼬리를 높이 치켜들고 푸른 눈을 크게 뜨고 있었다. 황갈색 새끼 고양이는 천천히 앞으로 나왔다. 그는 귀를 쫑긋 세우고 심각한 얼굴로 높은 바위 아래까지 걸어갔다.

파이어하트는 심장이 두근거리기 시작했다. 둘 중 어느 쪽을 훈련병으로 맞게 될까? 진지한 표정의 황갈색 고양이가 훈련시키기 더 쉽겠다는 느낌이 들었다. 하지만 열정적인 모습의 회색 고양이를 보면 어쩐지 자신이 종족에 처음 들어왔을 때의 모습이 떠올랐다.

블루스타가 어린 회색 고양이를 내려다보며 말을 시작했다.

"오늘부터 전사의 이름을 얻게 되는 그날까지, 이 훈련병은 신더포라 불릴 것입니다."

"신더포!"

회색 새끼 고양이가 크게 외쳤다. 자신의 새 이름을 소리 내어 말해 보지 않고는 못 배기겠는 모양이었다. 프로스트퍼가 쉿쉿거리며 그녀를 조용히 시켰고, 신더포는 용서를 구하듯이 고개를 숙였다.

"파이어하트."

블루스타가 말했다.

"너는 첫 훈련병을 받을 준비가 되었다. 네가 신더포의 훈련을 맡는다."

파이어하트는 자부심으로 가슴이 벅차올랐다.

"너는 운 좋게도 여러 스승에게서 훈련을 받았다. 내가 너에게 가르친 모든 기술들을 이 훈련병에게 전수해 주기를 바란다."

파이어하트는 갑자기 좀 부담스러운 기분이 들었다. 블루스타의 말은 그에게 막중한 책임감을 안겨 주었다. 자신이 그런 책임을 감당할 만한 준비가 되었는지 확신이 서지 않았다.

"그리고 타이거클로와 라이언하트에게서 배운 기술도 함께 나누어 주기를 바란다."

라이언하트의 이름이 나오자, 황금빛 전사가 별 무리에서 온화한 격려의 눈빛으로 자신을 내려다보는 모습이 그려졌다. 파이어하트는 고개를 들어 할 수 있는 한 침착하게 블루스타의 시선에 화답했다.

"그리고 이 훈련병은……."

블루스타가 황갈색 새끼 고양이에게 눈길을 돌렸다.

"브래큰포라 불릴 것입니다."

브래큰포는 움직이거나 소리를 내지 않았다.

"그레이스트라이프, 네가 브래큰포의 훈련을 맡을 것이다. 목숨을 잃은 우리의 친구 라이언하트가 네 스승이었지. 그의 기량과 지혜가 너를 통해서 신임 훈련병에게 전해지기를 바란다."

블루스타의 말을 듣고 그레이스트라이프는 고개를 높이 들었다. 잠시 동안 그의 눈이 자부심으로 빛났다. 그는 앞으로 나가서 신임 훈련병과 코를 맞댔다. 브래큰포도 예의 바르게 코를 마주 댔다. 이 훈련병이 누이인 신더포 못지않게 흥분해 있다는 것은 오직 별처럼 반짝이는 그의 눈으로만 알아챌 수 있었다.

파이어하트는 친구와 훈련병이 서로 코를 맞대는 모습을 보자마자, 자신도 똑같이 했어야 한다는 사실을 깨달았다. 그는 재빨리 앞으로 나섰다. 신더포가 고개를 홱 들어 올리는 바람에 그들은 서로 코를 세게 부딪치고 말았다. 신더포가 다시 한 번 코를 갖다 댔다. 처음보다 덜 어설프긴 했지만, 이번에는 파이어하트의 눈에 눈물이 고이기 시작했다. 신더포가 웃음이 나는 걸 참기 위해 수염을 씰룩거리고 있었다. 파이어하트는 창피한 기분이 들었지만 스스로 되새겼다.

'난 스승이야.'

파이어하트는 나머지 고양이들을 쭉 둘러보았다. 모두가 인정하는 듯 고개를 끄덕이고 있었다. 그때 타이거클로가 눈에 들어왔다. 공터 가장자리에 앉아 있는 부지도자의 호박색 눈은 그를 조롱하는 것처럼 보였다.

파이어하트는 황급히 신더포를 내려다보았다. 그녀는 자부심을 온 얼굴에 숨김없이 드러내며 그를 바라보고 있었다. 파이어하트는 갑자기 털이 곤두섰다. 그는 누구보다 훌륭한 전사이자 훌륭한 스승이 되고 싶었다. 하지만 안타깝게도 타이거클로는 그가 실패하기만을 기다리는 것이 분명했다.

9

낯설지 않은 애완 고양이

잠에서 깨어난 파이어하트는 옆에 있는 그레이스트라이프를 발견했다. 그는 토끼처럼 배를 대고 웅크리고 앉아 있었다. 어깨는 뻣뻣하게 굳어졌고, 털은 부풀어 있었다.

"그레이스트라이프?"

파이어하트는 조용히 불렀다.

그레이스트라이프가 깜짝 놀란 듯 움찔했다.

"괜찮아?"

그레이스트라이프는 몸을 바로 하고 앉았다.

"난 괜찮아."

친구의 명랑한 대답은 진심으로 느껴지지 않았다. 하지만 적어도 기운을 차리려고 노력은 하고 있는 것처럼 보였다.

"추운 것 같은데?"

파이어하트가 말했다. 그레이스트라이프의 입에서 입김이 피어오르고 있었다. 파이어하트는 여전히 다른 전사들 틈바구니에서 따뜻한 체온을 느끼며 파묻혀 있었다.

"추워!"

그레이스트라이프가 고개를 숙여 가슴을 핥으며 말했다.

파이어하트는 일어나서 고개를 흔들었다. 공기에서 서리 냄새가 났다.

"오늘 브래큰포랑 뭐 할 거야?"

"숲을 보여 주려고."

그레이스트라이프가 대답했다.

"나도 신더포를 데려갈 수 있어. 같이 가자."

"오늘은 따로따로 움직이는 게 나을 것 같아."

그레이스트라이프가 대답했다.

파이어하트는 마음이 조금 상했다. 훈련병 시절에 처음 천둥족 사냥터를 안내받을 때도 함께였으니, 스승이 된 지금 다시 한 번 함께 둘러보면 좋을 것 같았다. 하지만 그레이스트라이프가 혼자 가고 싶어 한다고 해서 비난할 수는 없었다.

"좋아, 그럼 나중에 보자. 쥐나 같이 먹으면서 훈련병들이 어떤지 비교해 보자고."

"그거 좋겠네."

그레이스트라이프가 대답했다.

파이어하트는 거처를 빠져나왔다. 바깥 공기는 더 차가웠다. 숨을 내쉬자 주둥이에서 입김이 연기처럼 피어올랐다. 그는 몸을 부르르 떨면서 털을 털어 내고, 다리를 한 번에 하나씩 쭉 뻗었다. 훈련병의 거처로 걸어갈 때 발밑에 닿는 땅이 마치 돌처럼 느껴졌다. 신더포는 깊이 잠들어 있었다. 숨을 쉴 때마다 복슬복슬한 회색 털 뭉치가 오르락내리락했다.

"신더포."

파이어하트가 조용히 부르자, 어린 회색 고양이는 단번에 고개를 들었다. 파이어하트는 뒤로 한 걸음 물러났다. 신더포는 순식간에 거처에서 나왔다. 잠에서 완전히 깨어나 열정적인 모습이었다.

"오늘은 뭘 하나요?"

그녀가 귀를 쫑긋 세우고 그를 바라보았다.

"천둥족 영역을 둘러볼까 하는데."

"천둥길도 볼 수 있나요?"

신더포가 간절하게 물었다.

"어…… 음, 그래. 보게 될 거야."

파이어하트는 신더포가 천둥길이 얼마나 더럽고 고약한 냄새가 나는 곳인지 보게 되면 실망할 거라는 생각이 들었다.

"배고프니?"

그는 먼저 먹이를 먹고 출발해야 하는 건 아닌지 궁금해하며 물었다.

"아뇨!"

신더포가 고개를 가로저었다.

"그래, 그럼 나중에 먹자. 좋아, 날 따라오렴."

"네, 파이어하트."

어린 고양이는 눈을 반짝이며 그를 올려다보았다. 파이어하트는 자부심을 느낄 수 있었다. 그레이스트라이프와 이야기를 나눈 뒤로 가슴에 맺혀 있던 슬픔도 말끔히 사라졌다. 그는 돌아서서 진영 입구를 향해 걸어갔다.

신더포가 그를 앞지르더니 가시금작화 굴길을 달려 나갔다. 그녀를 따라잡느라 파이어하트도 갑자기 달려야 했다.

"나를 따라오라고 말했을 텐데!"

그는 골짜기를 기어오르는 신더포에게 소리쳤다.

"하지만 꼭대기에 올라가면 뭐가 보일지 궁금하단 말이에요."

신더포가 불만스럽게 대꾸했다.

파이어하트는 그녀를 쉽게 앞질렀다. 그리고 꼭대기에 올라가 앉아 앞발을 핥으며, 바위들을 기어 올라오는 신더포를 지켜보았다. 꼭대기에 올라섰을 때 신더포는 숨을 헐떡거리고 있었다. 하지만 열의는 식지 않았다.

"저 나무들 좀 봐요! 달바위로 만든 것처럼 보여요."

신더포가 숨도 쉬지 않고 말했다.

그 말이 맞았다. 그들 아래로 보이는 나무들은 햇빛을 받아 하얗게 빛나고 있었다. 파이어하트는 차가운 공기를 가슴 깊이 들이마셨다.

"기운을 아끼도록 해. 오늘 갈 길이 머니까."

"아, 네, 그렇게요. 이제 어느 쪽으로 가요?"

신더포는 당장이라도 숲으로 달려갈 태세로 발로 바닥을 짓이겼다.

"날 따라와."

파이어하트가 말했다. 그리고 장난스럽게 눈을 찌푸렸다.

"이번에는 정말로 날 따라오라는 얘기야!"

그는 앞장서서 계곡 가장자리를 따라 난 길로 접어들었다. 그리고 자신이 사냥과 전투 기술을 배웠던 모래 분지로 들어갔다.

"훈련은 대부분 여기서 이루어질 거야."

그가 설명했다. 초록잎 우거진 계절에는 공터를 빙 둘러싼 나무들 사이로 스며든 햇빛이 따사롭게 어룽거렸다. 하지만 지금은 서늘한 햇빛이 붉게 얼어붙은 모래땅을 비추고 있었다.

"오래전에는 여기에 강이 흘렀어. 저기 오르막 너머로는 아직 물줄기가 흐르지."

파이어하트가 주둥이로 가리키며 말했다.

"초록잎 우거진 계절에는 대부분 말라 있어. 거기서 내가 처음으로 먹이를 잡았지."

"뭘 잡았는데요?"

신더포는 대답을 기다리지 않았다.

"그 시내도 얼어붙을까요? 가서 얼음이 얼었는지 확인해 봐요!"

신더포는 분지를 내달려 오르막으로 향했다.

"그건 다른 때에 볼 수 있을 거야!"

파이어하트가 소리쳤다. 하지만 신더포는 멈추지 않았고, 파이어하트는 그녀를 쫓아가야 했다. 마침내 그들은 오르막 꼭대기에서 멈춰 섰다. 그리고 함께 시내를 내려다보았다. 가장자리에는 얼음이 얼었지만, 모래 바닥 위로 미끄러지며 흐르는 물살이 빨라서 완전히 얼지는 않았다.

"지금은 저기서 먹잇감을 많이 잡진 못하겠어요."

신더포가 말했다.

"물고기는 빼고요."

처음 사냥을 했던 장소를 바라보니, 파이어하트의 마음속에 행복한 추억들이 밀려들었다. 그는 신더포가 시냇가에 서서 목을 길게 빼고 검은 물속을 들여다보는 모습을 곁에서 지켜보았다.

"나라면 물고기 사냥은 강족에게 맡기겠어."

파이어하트가 주의를 주었다.

"털을 적시는 일은 강족이 하게 돼야지. 나는 발이 보송보송한 게 좋거든."

신더포는 가만히 있지 못하고 빙글빙글 돌았다.

"이젠 뭘 하죠?"

파이어하트는 신이 난 신더포를 보며, 자신의 훈련병 시절이 떠올라 기운이 차올랐다. 그는 어깨 너머로 외치며 성큼성큼 내달렸다.

"올빼미나무!"

신더포가 그를 따라 뛰어왔다. 짧고 복슬복슬한 꼬리가 엉덩이 뒤에서 불쑥 솟아 있었다.

파이어하트는 예전에도 여러 번 이용했던 쓰러진 통나무를 이용해 시내를 건너기로 했다.

"아래쪽으로 좀 더 내려가면 디딤돌이 있긴 하지만, 이 길이 더 빨라. 하지만 조심해야 해!"

나무 몸통은 껍질이 벗겨져 하얀 속살이 드러나 있었다.

"젖었거나 얼음이 얼어 있으면 미끄럽거든."

그는 신더포가 먼저 건너도록 하고, 혹시 발을 헛디딜 것을 대비해 뒤에 바짝 붙어서 따라갔다. 시냇물은 특별히 깊은 것은 아니었지만 얼음처럼 차가웠고, 신더포는 아직 너무 작아서 물에 흠뻑 젖으면 위험했다.

신더포는 쉽게 통나무를 건너갔다. 파이어하트는 자신의 훈련병이 건너편 숲 바닥에 뛰어내리는 모습을 보고 뿌듯한 기분이 들었다.

"잘했어."

"고맙습니다."

신더포의 눈이 반짝였다.

"자, 이제 그 올빼미나무는 어디 있죠?"

"이쪽이야!"

파이어하트와 신더포는 구부러진 고사리 잎줄기 아래를 달려 나아갔다.

앞쪽에 거대한 떡갈나무 한 그루가 주변을 둘러싼 나무들 위로 우뚝 솟아 있었다. 신더포는 고개를 뒤로 젖혀 꼭대기를 올려다보았다.

"여기 정말로 올빼미가 살아요?"

"그럼! 저기 나무 몸통 위쪽에 구멍 보이지?"

신더포가 눈을 찌푸리고 나뭇가지 사이를 쳐다보았다.

"저게 다람쥐 구멍이 아니라는 걸 어떻게 알아요?"

"냄새로!"

파이어하트가 대답했다.

신더포는 요란하게 코를 킁킁거리더니, 이내 고개를 저었다. 파이어하트를 올려다보는 그녀의 눈에는 호기심이 가득했다.

"다람쥐 냄새는 다음에 알려 줄게."

파이어하트가 말했다.

"여기서는 맡을 수 없을 거야. 올빼미 구멍 근처에 감히 집을 짓는 다람쥐는 없거든. 땅을 봐. 뭐가 보여?"

신더포가 어리둥절한 표정으로 아래를 내려다보았다.

"나뭇잎?"

"나뭇잎 아래를 파 보렴."

숲 바닥은 서리가 끼어 바스락거리는 갈색 떡갈나무 잎사귀로 덮여 있었다. 신더포는 잎사귀 사이로 코를 킁킁거리더니, 귀가 묻힐 때까지 쑥 밀어 넣었다. 다시 일어났을 때는 입에 솔방울 모양의 무언가가 물려 있었다.

"웩! 까마귀 밥 냄새가 나요!"

신더포가 퉤퉤거리며 말했다. 파이어하트는 재미있다는 듯 가르랑거렸다.

"이게 여기 있는 줄 알고 있었던 거죠?"

"내가 훈련병일 때 블루스타도 똑같은 속임수를 썼지. 이제 너도 그 악취는 절대로 잊지 못할 거야."

"이게 뭔데요?"

"올빼미 배설물이야."

파이어하트는 블루스타가 해 주었던 이야기를 떠올렸다.

"올빼미들은 우리랑 같은 먹이를 먹지만, 뼈랑 털은 소화를 못 시키거든. 그래서 남은 것들을 배 속에서 뭉쳐서 뱉어 내는 거야.

나무 밑에 이런 게 보이면 올빼미를 찾았다는 뜻이지."

"올빼미를 찾아서 뭘 하게요?"

신더포가 놀라서 소리를 질렀다. 파이어하트는 휘둥그레진 그녀의 눈을 보며 수염을 씰룩거렸다. 어미인 프로스트퍼처럼 파란 눈이었다. 프로스트퍼가 딸에게 올빼미들이 어미 품을 벗어난 새끼 고양이들을 데려간다는 옛날이야기를 들려준 게 틀림없었다.

"올빼미들은 우리보다 숲을 더 잘 볼 수 있거든. 바람이 부는 밤에는 냄새를 쫓아가기가 힘들어. 그럴 땐 올빼미를 찾아서 그들이 사냥하는 곳으로 따라가면 돼."

신더포는 여전히 눈을 크게 뜨고 있었지만, 이제 두려워하는 모습은 보이지 않았다. 그녀는 고개를 끄덕였다.

'내 말을 들을 때도 있긴 있네!'

파이어하트는 한시름 놓으며 생각했다.

"다음은 어디로 가요?"

"커다란 단풍나무로."

파이어하트가 다음 장소를 정해 주었다.

창백한 파란 하늘로 해가 떠오르는 동안 그들은 숲을 지나 두발쟁이 길을 건넜다. 그리고 조그만 시내를 하나 더 건너가 마침내 커다란 단풍나무에 다다랐다.

"엄청나게 커요!"

신더포가 깜짝 놀라며 말했다.

"스몰이어는 훈련병 시절에 저 꼭대기까지 올라가 봤대."

"말도 안 돼요!"

"글쎄, 스몰이어가 훈련병이었을 때는 말이지, 이 나무가 아주 어린 나무였겠지!"

파이어하트는 농담을 던졌다. 그는 여전히 나무를 보고 있었지만, 뒤에 있던 신더포는 이미 바스락거리는 소리를 내며 달려가 버렸다. 파이어하트는 한숨을 내쉬고, 고사리 사이로 훈련병을 뒤 쫓았다. 신경을 곤두서게 만드는 익숙한 냄새가 코에 느껴졌다. 신더포는 뱀바위를 향해 달려가고 있었다.

'살무사!'

파이어하트는 속도를 높였다.

나무 사이를 헤치고 나와 초조하게 주변을 둘러보자, 가파르고 울퉁불퉁한 비탈 아래쪽 바위에 서 있는 신더포가 보였다.

"빨리 오세요. 꼭대기까지 경주해요."

신더포가 다음 바위로 펄쩍 뛸 준비를 하며 몸을 웅크렸다.

파이어하트는 두려움에 휩싸여 몸이 얼어붙었다.

"신더포! 거기서 내려와!"

신더포가 돌아서서 바위를 내려올 때까지 파이어하트는 숨을 멈추고 있었다. 그가 서둘러 달려갔을 때, 신더포는 털이 끝까지 곤두선 채 덜덜 떨고 있었다.

"여기는 뱀바위라고 불리는 곳이야."

파이어하트는 숨을 헐떡이며 말했다.

신더포가 눈을 크게 뜨고 그를 쳐다보았다.

"뱀바위라고요?"

"저 위에 살무사가 살아. 한번 물리면 너처럼 작은 고양이는 즉사할 거야!"

파이어하트는 신더포의 정수리를 재빨리 핥아 주었다.

"가자, 천둥길을 구경해야지."

신더포의 떨림이 즉시 멈추었다.

"천둥길요?"

"그래, 따라와!"

그는 신더포를 데리고 고사리 사이를 헤치고 뱀바위를 빙 둘러서 갔다. 이윽고 단단한 돌로 된 회색 강처럼 숲에 뻗어 있는 천둥길이 나왔다.

파이어하트는 숲 언저리에서 천둥길을 내다보며, 한 눈으로는 신더포를 지켜보았다. 신더포의 꼬리가 씰룩거리고 있었다. 슬쩍 나가서 앞에 있는 천둥길 냄새를 맡고 싶어 안달이 나 있다는 걸 알 수 있었다. 익숙한 굉음이 파이어하트의 귓속을 파고들었다. 발밑 땅이 흔들리는 게 느껴졌다.

"그 자리에 가만히 있어! 괴물이 오고 있어."

그는 신더포에게 주의를 주었다.

신더포가 입을 조금 벌렸다.

"으웩!"

신더포는 코를 찡그리고 귀를 납작하게 눕혔다. 우르릉거리는 소리가 점점 가까워지면서 지평선 위에 어떤 형체가 나타났다.

"저게 괴물이에요?"

신더포의 물음에 파이어하트는 고개를 끄덕였다.

괴물이 우르릉거리며 가까워지자, 신더포는 발톱을 세우고 흙을 움켜쥐었다. 괴물이 폭풍 같은 바람을 일으키면서 천둥이 치듯 요란하게 지나가는 동안 그녀는 두 눈을 질끈 감고 있었다. 그리고 소리가 멀리 사라질 때까지도 눈을 뜨지 않았다.

파이어하트는 코의 감각을 되찾기 위해 머리를 흔들었다.

"냄새를 맡아 보렴. 천둥길의 악취 말고 다른 냄새가 나니?"

그는 신더포가 고개를 들고 여러 번 깊은 숨을 들이쉬는 동안 기다려 주었다.

잠시 후에 신더포가 말했다.

"브로큰스타가 우리 진영을 공격했을 때 맡았던 냄새가 나요. 아, 이건 그림자족 냄새예요! 천둥길 너머가 그림자족의 영역인가요?"

"맞아."

파이어하트는 적의 영역에 가까이 와 있다는 생각에 털이 곤두섰다.

"어서 여기서 빠져나가는 게 좋겠다."

그는 진영으로 돌아갈 때는 두발쟁이 영역을 지나 먼 길로 돌아가기로 마음먹었다. 신더포에게 큰 소나무 숲과 나무 쪼개는 곳을 보여 줄 작정이었다.

파이어하트는 새끼 고양이 시절에 거기서 멀지 않은 곳에서 두발쟁이와 함께 살았었다. 하지만 두발쟁이 영역의 냄새를 맡으며 여윈 소나무들 사이를 지나가자니 불안한 마음이 들었다.

"경계를 늦추지 마."

그는 뒤따라오는 신더포에게 주의를 주었다.

"두발쟁이들이 개를 데리고 이곳을 지나다닐 때도 있거든."

두 고양이는 나무 아래 웅크리고 앉아서 두발쟁이 영역의 경계를 이루는 울타리를 바라보았다. 상쾌한 공기가 파이어하트의 코에 어떤 냄새를 실어 왔다. 왠지 모를 훈훈한 옛 감정을 불러일으키는 냄새였다.

"저기 봐요!"

신더포가 숲을 걸어가는 암고양이 하나를 코로 가리켰다. 연갈색 얼룩무늬 암고양이는 앞발과 가슴이 눈에 띄게 하얀색을 띠고 있었다. 새끼를 뱄는지, 배가 무겁게 부풀어 있었다.

"애완 고양이!"

신더포가 털을 잔뜩 부풀리며 비웃었다.

"저 고양이를 쫓아내요!"

파이어하트는 천둥족 영역에 들어온 낯선 고양이의 모습에 자신이 당연히 공격성을 드러낼 거라 생각했다. 하지만 웬일인지 공격할 마음이 생기지 않았다. 왠지 모르겠지만 이 고양이는 위험하지 않다는 것을 알 수 있었다. 신더포가 공격하기 전에 파이어하트는 일부러 고사리 줄기를 스치며 소리를 냈다.

바스락거리는 소리에 암고양이가 고개를 들었다. 두 눈이 경계심으로 커져 있었다. 그녀는 몸을 휙 돌리더니 느릿느릿 발걸음을 떼며 숲 밖으로 나갔다. 잠시 후 그녀는 몸을 끌어 올려 두발쟁이 울타리 위로 넘어갔다.

"쳇!"

신더포가 불평했다.

"저 고양이를 쫓아가고 싶었단 말이에요. 브래큰포도 오늘 이 것저것 엄청 쫓아다녔을 텐데."

"그래. 하지만 브래큰포는 살무사에게 물릴 뻔하지는 않았겠지."

파이어하트는 그녀에게 꼬리를 까딱거리며 대꾸했다.

"자, 이제 가자. 배가 고프구나."

신더포는 그를 따라 큰 소나무 숲을 지나면서 발을 찌르는 솔 잎에 대해 불평을 해 댔다. 파이어하트는 조용히 하라고 주의를 주었다. 몸을 숨길 만한 덤불이 전혀 없는 곳이었다. 종족 고양이 라면 누구나 그렇듯이, 그 역시 탁 트인 곳에서는 불안한 마음이 들었다. 그들은 두발쟁이들의 나무먹보가 파 놓은 냄새나는 자국 들 중 하나를 따라가다가, 나무 쪼개는 곳 언저리에서 멈췄다. 그 곳은 잠잠했다. 초록잎 우거진 계절이 올 때까지 계속 조용할 것 이다. 그때까지는 얼어붙은 깊고 넓은 자국만이 숲 속에 남아, 천 둥족에게 그들의 숲에 사는 괴물을 상기시켜 줄 것이다.

진영에 돌아왔을 때 파이어하트는 지쳐 있었다. 그의 근육은 바람족과 함께한 지난 여정 때문에 아직도 피곤했다. 신더포 역 시 피곤해 보였다. 그녀는 하품을 꾹 참으며 브래큰포를 찾으러 갔다.

파이어하트는 쐐기풀 덤불 옆에서 신호를 보내는 그레이스트 라이프를 발견했다.

"여기, 내가 싱싱한 먹이를 좀 가져왔어."

그레이스트라이프가 죽은 쥐를 발톱으로 집어서 파이어하트에 게 쑥 내밀었다.

파이어하트는 쥐를 이빨로 받아 물고 그레이스트라이프 옆에 자리를 잡았다.

"오늘은 좀 어땠어?"

파이어하트는 입에 먹이를 가득 물고 웅얼거리며 물었다.

"어제보단 나아."

그레이스트라이프가 대답했다.

파이어하트가 걱정스럽게 그를 보았지만, 그레이스트라이프는 계속 말을 이었다.

"실은 즐거웠어. 브래큰포는 배우려는 의지가 대단해. 그건 확실해."

"신더포도 그래."

파이어하트는 다시 먹이를 씹기 시작했다.

"근데 뭐랄까……."

그레이스트라이프가 눈을 반짝이며 말을 이었다.

"내가 훈련병이 아니라 스승이라는 걸 자꾸 잊어버려."

"나도 그래."

파이어하트가 맞장구쳤다.

그들은 달이 뜰 때까지 혀를 나누다가 밤의 냉기에 밀려 거처로 들어갔다. 그레이스트라이프는 곧 잠들어 버렸지만 파이어하트는 이상하게도 정신이 말똥말똥했다. 새끼를 밴 암고양이의 모습이 계속 생각났다. 천둥족의 익숙한 냄새에 둘러싸여 있는데도, 그녀의 보드라운 냄새가 코끝에 희미하게 남아 있었다.

마침내 잠이 들었지만 꿈에서도 계속 똑같은 냄새가 났다. 그

는 꿈에서 새끼 고양이가 되어, 엄마 곁에 누워 있었다. 숲에 있
는 어떤 이끼보다 부드러운 잠자리에서 형제들과 함께 몸을 말고
있었다. 암고양이의 냄새도 여전히 남아 있었다.

파이어하트는 갑자기 꿈에서 깨어 눈을 번쩍 떴다. 그럼 그렇
지! 숲에서 보았던 그 암고양이는 바로…… 그의 누이였다!

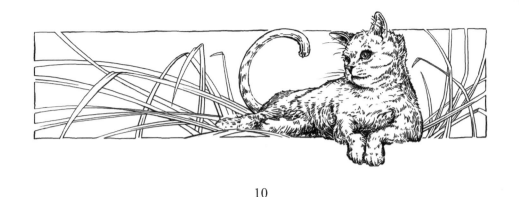

10

지워지지 않는 냄새

파이어하트는 새벽에 잠에서 깨어났다. 아직도 누이의 모습이 머릿속에 선명했다. 그는 거처를 빠져나왔다. 그날의 일과를 해나가다 보면 다른 데 신경 쓸 겨를이 없지 않을까, 하는 바람이었다. 서리가 내린 추운 아침이었다. 화이트스톰과 롱테일이 순찰을 나갈 준비를 하며 진영 입구에서 기다리고 있었다. 그들에게 걸어가던 마우스퍼가 파이어하트를 보고 반갑게 인사를 건넸다. 화이트스톰이 샌드포를 불렀다. 그녀는 순찰대가 진영을 떠나기 직전에 겨우 시간에 맞춰 거처에서 달려 나왔다. 파이어하트가 그동안 수없이 봐 왔던 아침 풍경이었다. 하지만 오늘만은 상쾌한 아침 숲으로 쏜살같이 달려가는 그들을 보면서도 함께하고 싶다는 마음이 들지 않았다.

그는 공터를 가로질러 걸어갔다. 신더포가 아직 일어나지 않았는지 궁금했다. 마침 브린들페이스가 좁은 보육실 입구에서 막 나오는 참이었다. 얼룩덜룩한 새끼 고양이 하나가 뒤를 따랐고, 그 뒤로 하나가 더 있었다. 앞선 고양이처럼 연회색에 짙은 반점이 있는 세 번째 새끼 고양이는 구르듯이 밖으로 나와 바닥에 픽 쓰러졌다.

브린들페이스가 세 번째 새끼 고양이의 목덜미를 살며시 물어 다시 일으켜 세웠다. 브린들페이스의 다정한 행동을 보자, 파이어하트는 지난밤 꿈이 다시 생각났다. 그의 어미도 아마 브린들페이스와 똑같이 해 주었을 것이다. 그는 브린들페이스의 네 번째 새끼가 태어나자마자 죽은 것을 알고 있었다. 그래서인지 그녀는 남아 있는 새끼들을 더욱더 애지중지 보살폈다.

파이어하트는 문득 여기 있는 다른 고양이들은 모두 종족 태생이라는 사실을 떠올리고 질투심이 일었다. 그는 가지지 못한 것을 모두가 가지고 있었다. 파이어하트는 종족에 대한 자신의 충성심을 언제나 자랑스럽게 여겼다. 종족 덕분에 애완 고양이는 꿈도 꾸지 못할 삶을 살게 되었다. 그는 천둥족을 지키기 위해서라면 목숨을 내놓을 수 있을 정도로 종족에 충성하고 있었다. 하지만 종족 고양이들 중 누구도 애완 고양이라는 그의 뿌리를 이해하거나 존중해 주지 않았다. 파이어하트는 어제 보았던 그 암고양이라면 자신을 이해해 주리라고 확신했다. 그는 암고양이와 자신이 어떤 기억을 공유하고 있을지 생각해 보면서, 가슴에 찌릿한 통증을 느꼈다.

뒤쪽에서 그레이스트라이프의 묵직한 발소리가 들려왔다. 파이어하트는 몸을 돌리고 고개를 쭉 뻗어 친구와 코를 비볐다. 그리고 물었다.

"오늘 신더포를 좀 데려가 줄 수 있어?"

그레이스트라이프가 의아한 표정으로 파이어하트를 보았다.

"왜?"

"아, 별건 아니고."

파이어하트는 최대한 아무렇지도 않은 척하며 대답했다.

"어제 뭘 봤는데, 확인 좀 해 보려고. 그런데 신더포랑 있을 때는 조심해야 해. 명령을 잘 안 듣는 편이거든. 한시라도 눈을 떼면 안 돼. 안 그러면 사방팔방으로 튈 테니까 말이야."

그레이스트라이프가 재미있다는 듯 수염을 씰룩였다.

"다루기 힘든 녀석인가 보네. 그래도 브래큰포한테는 도움이 될 거야. 그 녀석은 먼저 신중하게 생각한 다음이 아니면 어디로도 달려가지 않거든."

"고마워, 그레이스트라이프!"

그레이스트라이프가 어디로 가는지 물어볼 틈을 주지 않고 파이어하트는 진영 입구를 향해 달려갔다.

나무들 사이로 두발쟁이 영역이 눈에 들어오자, 파이어하트는 자세를 낮추었다. 그리고 입을 벌려 차가운 아침 공기를 들이마셨다. 천둥족 순찰대의 흔적은 없었고, 두발쟁이 냄새도 나지 않았다. 그는 긴장을 조금 늦추었다.

파이어하트는 암고양이가 넘어갔던 두발쟁이 울타리로 천천히 다가갔다. 울타리 밑에서 머뭇거리며 주변을 둘러보던 그는 다시 한 번 냄새를 맡아 보았다. 그리고 펄쩍 뛰어서 단번에 울타리 기둥에 올라앉았다. 두발쟁이들은 보이지 않았다. 빈 정원에는 향기가 짙은 식물들만 심겨져 있을 뿐이었다.

기둥 위에서는 몸이 너무 드러나 있어, 파이어하트는 불편한 기분이 들었다. 머리 위로 낮게 드리워진 나뭇가지가 눈에 띄었다. 비록 잎사귀는 없었지만 몸을 숨기기는 더 좋을 것 같았다. 그는 조용히 올라가서 거친 나무껍질에 몸을 납작 붙이고 기다렸다.

두발쟁이 집으로 들어가는 입구에서 흔들리는 고양이 문이 보였다. 그 역시 새끼 고양이 시절에 똑같이 생긴 문으로 드나들었었다. 그는 금방이라도 누이가 나타나지 않을까, 기대하며 그 문을 뚫어지게 쳐다보았다. 아침 하늘에 해가 천천히 떠오르고 있었지만 파이어하트는 추위를 느끼기 시작했다. 젖은 나뭇가지가 몸에서 온기를 빼앗아 가고 있었다. 아마도 누이가 곧 새끼를 낳을 예정이라 두발쟁이들이 안에 가두어 놓은 모양이었다. 파이어하트는 발을 핥으며, 다시 진영으로 돌아가야 할지 고민했다.

갑자기 시끄럽게 덜그럭거리는 소리가 들렸다. 파이어하트는 고개를 들었다. 고양이 문에서 나오는 누이가 보였다. 기대감에 등줄기에 난 털이 물결처럼 일렁였다. 그는 당장이라도 정원으로 뛰어내리고 싶은 것을 가까스로 참았다. 어제 그랬던 것처럼 누이를 놀라게 할 수도 있었다. 그는 이제 친근한 애완 고양이 냄새가 아니라, 숲에 사는 고양이의 냄새를 풍기고 있었다.

파이어하트는 누이가 정원 끄트머리까지 오기를 기다렸다가, 나뭇가지 끝으로 기어가 울타리로 미끄러져 내려왔다. 그리고 아래쪽 덤불로 조용히 뛰어내렸다. 암고양이 냄새를 맡으니 꿈속의 기억이 되살아났다.

어떻게 하면 놀래지 않고 관심을 끌 수 있을까? 그는 누이의 이름을 생각해 내려고 필사적으로 머릿속을 뒤졌다. 하지만 자신의 애완 고양이 시절 이름만 기억날 뿐이었다. 파이어하트는 덤불 속에서 나지막하게 외쳤다.

"나야. 러스티!"

암고양이가 죽은 듯 멈춰 서더니 주변을 둘러보았다. 파이어하트는 심호흡을 하고 덤불에서 나왔다.

암고양이는 두려움에 휩싸여 눈을 휘둥그레 떴다. 파이어하트는 자신의 모습이 어떻게 보일지 알고 있었다. 마르고 거친 데다 털가죽에는 숲의 냄새가 선명하리라. 암고양이가 목덜미 털을 세우고 사납게 쉭쉭거리기 시작했다. 파이어하트는 그녀의 용기에 깊은 인상을 받았다.

바로 그 순간 그녀의 이름이 떠올랐다.

"프린세스! 나야, 러스티. 네 오라비! 기억나?"

프린세스는 긴장을 늦추지 않았다. 눈앞에 있는 낯선 고양이가 어떻게 그 이름들을 아는지 어리둥절한 모양이었다. 파이어하트는 고분고분하게 자세를 낮추었다. 누이의 표정이 두려움에서 호기심으로 천천히 바뀌는 것을 보자 희망이 생겼다.

"러스티?"

프린세스가 눈을 크게 뜨고 주의 깊게 냄새를 맡았다. 파이어하트는 조심스럽게 앞으로 한 발짝 나아갔다. 프린세스는 움직이지 않고 그대로 있었다. 그는 조금씩 가까이 다가섰다. 쥐 하나만큼의 거리를 두고 다가갈 때까지 프린세스는 제자리를 지켰다.

"러스티 냄새가 아닌데."

"난 이제 두발쟁이들과 살지 않거든. 난 천둥족이랑 숲에서 살고 있어. 그래서 지금은 천둥족 냄새가 나는 거야."

파이어하트는 자신이 숲에서 그레이스트라이프를 만나기 전까지 종족에 대해 아무것도 몰랐다는 사실을 떠올렸다.

'프린세스는 종족에 대해서 한 번도 들어 본 적이 없을 거야.'

프린세스가 코를 앞으로 쭉 내밀더니, 주둥이로 조심스럽게 그의 뺨을 문질렀다.

"하지만 엄마 냄새가 아직 남아 있네."

그녀가 혼잣말을 하듯 중얼거렸다. 그 말에 파이어하트는 행복감에 젖어 들었다. 하지만 이윽고 그녀는 눈을 찌푸리고 한 걸음 물러나더니, 의심스럽다는 표정으로 귀를 납작 붙였다.

"여긴 왜 온 거야?"

"어제 숲에서 널 봤거든. 너랑 이야기하려고 다시 온 거야."

"왜?"

파이어하트는 놀라서 그녀를 바라보았다.

"왜냐하면 넌 내 누이니까."

프린세스는 잠시 말없이 그를 살폈다. 그리고 다행히도 경계하는 표정을 거두었다.

"너무 말랐네."

"애완 고양이보다는 말랐겠지. 하지만 종족, 아니 숲에 사는 고양이치고는 마른 게 아니야."

파이어하트가 대꾸했다.

"어젯밤에 꿈에서 네 냄새가 났어. 너랑 다른 형제들이랑……."

파이어하트는 잠시 말을 멈추었다.

"우리 엄마는 어디 있어?"

"예전 살던 곳에 있지."

"그러면 우리……."

프린세스는 그가 무엇을 물으려는지 알고 있었다.

"우리 형제들? 대부분 이 근처에 살아. 가끔씩 정원에서 만나."

잠시 침묵이 흘렀다. 파이어하트가 먼저 입을 열었다.

"엄마 바구니에 있던 부드러운 잠자리 기억하니?"

그는 애완 고양이에게나 어울리는 그런 부드러운 느낌을 자신이 그리워한다는 것에 죄책감을 느꼈다. 하지만 프린세스는 반색하며 가르랑거렸다.

"오, 그럼! 내 새끼들에게도 그런 게 있으면 좋겠어."

파이어하트는 불편한 마음이 사라졌다. 그런 따뜻한 기억을 부끄러움 없이 이야기할 수 있다는 것이 좋았다.

"이번이 처음 낳는 거야?"

프린세스가 고개를 끄덕였다. 그녀의 눈에 불안해하는 기색이 드러났다. 파이어하트는 연민을 느꼈다. 비록 나이가 같긴 했지만 그녀는 너무 어리고 순진해 보였다.

"괜찮을 거야."

그는 브린들페이스의 출산을 떠올리며 말했다.

"널 보니까 두발쟁이들이 잘 돌봐 주는 것 같네. 네 새끼들도 무사히 건강하게 태어날 거야."

프린세스가 가까이 다가와서 옆구리에 털을 비볐다. 파이어하트는 가슴이 벅차올랐다. 종족 고양이들이 언제나 느끼고 있을 그 감정을 그는 새끼 고양이 시절 이후 처음으로 느낄 수 있었다. 혈육끼리 느끼는 친밀감, 어디서 누구의 핏줄로 태어났는지에 따라 정해지는 공동의 유대감이 바로 그런 것이었다.

문득 파이어하트는 자신이 살고 있는 삶에 대해 누이에게도 알려 주고 싶어졌다.

"종족에 대해서 알아?"

프린세스는 얼떨떨한 표정으로 그를 보았다.

"아까 천둥족이란 말을 했잖아."

파이어하트는 고개를 끄덕였다.

"숲에는 모두 네 개의 종족이 있어."

파이어하트는 계속해서 말을 쏟아 냈다.

"종족 고양이들은 서로서로 돌봐 줘. 젊은 고양이들은 나이 든 고양이들을 위해서 사냥을 해. 전사들은 다른 종족들로부터 사냥터를 지키고. 나는 초록잎 우거진 계절 내내 전사가 되기 위해 훈련을 받았어. 지금은 내가 가르치는 훈련병도 있어."

누이의 어리벙벙한 표정을 보니, 방금 들은 이야기를 전혀 이해하지 못했다는 것을 알 수 있었다. 하지만 그녀는 초롱초롱한 눈으로 기쁘게 그의 이야기를 듣고 있었다.

"넌 정말 즐겁게 살고 있는 것 같네."

프린세스가 감탄하며 말했다.

그때 안에서 두발쟁이가 부르는 소리가 들렸다. 파이어하트는 즉시 가까운 덤불 아래로 몸을 숨겼다.

"난 이제 가야 돼."

프린세스가 말했다.

"내가 돌아가지 않으면 걱정할 거야. 먹여야 할 입들도 많고 말이야. 배 속에서 움직임이 느껴지거든."

프린세스가 온화한 눈으로 자신의 부른 배를 내려다보았다.

"그럼 가 봐. 나도 숲으로 돌아가야 해. 널 만나러 다시 올게."

"그래, 그럼 좋겠다!"

프린세스가 어깨 너머로 외쳤다. 그녀는 벌써 두발쟁이 보금자리를 향해 걸어가고 있었다.

"잘 가!"

"또 만나!"

누이는 시야에서 사라졌고, 고양이 문이 닫히는 소리가 들렸다.

정원이 잠잠해지자 파이어하트는 조심스럽게 덤불 속을 기어 울타리로 갔다. 그리고 울타리를 훌쩍 뛰어넘어 숲으로 달려갔다. 어린 시절의 향기들이 마음속에 밀려들더니, 갑자기 주변 숲에서 나는 어떤 냄새보다 더 생생하게 느껴졌다.

파이어하트는 골짜기 꼭대기에 멈춰 선 채 천둥족 진영을 내려다보았다. 아직 돌아갈 준비가 안 된 것 같았다. 새삼 모든 것이 다 낯설어 보일까 봐 걱정이 되었다.

'가서 사냥을 해야겠어.'

신더포는 그레이스트라이프와 좀 더 같이 있어도 괜찮을 것이다. 게다가 싱싱한 먹잇감을 잡아 가면 종족도 반길 것이다. 그는 돌아서서 다시 숲으로 향했다.

마침내 진영으로 돌아왔을 때, 파이어하트는 입에 들쥐와 산비둘기를 하나씩 물고 있었다. 해가 저물고 있었고, 종족 고양이들은 저녁 식사를 하려고 모여들고 있었다. 그레이스트라이프는 발 앞에 뚱뚱한 되새 한 마리를 놓고, 쐐기풀 덤불 옆에 혼자 앉아 있었다. 파이어하트는 공터를 가로질러 싱싱한 먹이 더미로 걸어가면서 친구에게 고갯짓을 했다.

높은 바위 아래에 앉아 있던 타이거클로가 그를 보고 눈을 찌푸렸다.

"신더포는 그레이스트라이프와 하루를 보내더군."

파이어하트가 잡아 온 먹잇감을 먹이 더미에 내려놓자, 타이거클로가 물었다.

"어디 있었지?"

파이어하트는 타이거클로의 시선을 마주 보았다.

"사냥하기에 좋은 날씨라 그냥 보내기가 아까워서요."

심장이 쿵쾅거렸다.

"잡을 수 있는 만큼 많이 잡는 게 종족에게도 좋잖아요."

타이거클로가 고개를 끄덕였다. 하지만 눈에는 의심의 빛이 역력했다.

"맞는 말이다. 하지만 우리에게는 전사도 필요해. 신더포의 훈련은 네 책임이다."

"알겠습니다, 타이거클로. 내일 훈련시킬게요."

파이어하트는 공손하게 고개를 숙이며 말했다.

"좋다."

부지도자는 고개를 돌려 진영을 둘러보았다. 파이어하트는 쥐 한 마리를 집어 물고 그레이스트라이프 곁으로 갔다.

"찾으려던 건 찾았어?"

그레이스트라이프가 무심히 물었다.

"응."

파이어하트는 친구의 눈에 어린 고통을 보며 슬픈 마음이 들었다.

"아직도 강족 전사를 생각하고 있는 거야?"

"생각하지 않으려고 노력 중이야."

그레이스트라이프가 소리 죽여 말했다.

"하지만 혼자 있을 때면 바크페이스의 예언이 자꾸 떠올라. 불필요한 죽음과…… 앞으로 닥칠 위험에 대한 예언 말이야."

"여기."

파이어하트는 말을 끊고 친구에게 쥐를 밀어 주었다.

"그 되새는 깃털이 반인 것 같네. 난 별로 배고프지 않은데, 바꿔 먹지 않을래?"

그레이스트라이프가 고맙다는 눈빛으로 파이어하트를 쳐다보았다. 두 친구는 먹이를 바꾸어서 먹기 시작했다.

파이어하트는 되새를 와작 깨물면서 공터를 훑어보았다. 훈련병의 거처 바깥에 있는 샌드포와 더스트포가 보였다. 더스트포는 토끼를 물어뜯는 데 여념이 없었다. 파이어하트와 샌드포의 눈이 마주쳤다. 그러자 그녀는 시선을 돌려 버렸다.

신더포는 파이어하트가 훈련병 시절에 먹이를 먹곤 했던 오래된 나무둥치 옆에 있었다. 그녀는 브래큰포에게 열심히 이야기를 하는 중이었다. 브래큰포는 이따금 고개를 끄덕이며 참새의 깃털을 뽑고 있었다. 남매지간인 어린 두 고양이가 함께 편안하게 있는 모습을 보니, 파이어하트는 다시 한 번 프린세스가 생각났다. 그러자 너무나 익숙했던 종족 고양이들의 모습이 처음으로 불편하게 느껴졌다. 진영으로 돌아오기 전에 그는 털에 남은 누이의 냄새를 주의 깊게 핥아 지워 냈다. 하지만 먼 지평선 너머로 해가 사라질 때까지도 누이의 냄새는 코끝에 희미하게 남아 있었다. 그는 그토록 그리워하던 친밀한 감정을 마침내 찾았다. 하지만 그 감정을 알게 되면서, 지금까지 마음속에 어렴풋하게만 있었던 외로움이라는 감정이 구체적으로 드러난 것이다. 프린세스와 그가 나누었던 뿌리 깊은 기억은 종족에 대한 충성심보다 더 강한 것일까?

11

물에 빠진 전사

"오늘도 날씨가 좋은데!"

파이어하트는 그레이스트라이프를 보며 기분 좋게 외쳤다. 희미한 아침 햇살에 자신의 불꽃색 털가죽이 타는 것처럼 느껴졌다. 요 며칠 날씨가 좋아서 그는 프린세스를 매일 만나러 갔다. 순찰이나 사냥, 훈련 사이사이에 빠져나가 그녀를 만날 수 있었다. 지금은 친구와 함께 모래 분지로 향하는 길을 걷고 있었다. 분지에서는 신더포와 브래큰포가 기다리고 있을 것이다.

"잎 없는 계절이 지날 때까지 쭉 이렇게 맑았으면 좋겠다."

그레이스트라이프가 말했다.

파이어하트는 두툼한 털을 가진 친구가 비를 얼마나 싫어하는지 잘 알았다. 그레이스트라이프의 털은 한번 젖으면 파이어하트의 짧은 털이 다 마른 뒤에도 한참이나 축축하게 들러붙어 있었기 때문이다.

두 전사는 분지 가장자리에 이르렀다. 바로 그때 신더포가 서리로 뒤덮인 잎사귀 더미로 달려들어, 사방으로 나뭇잎을 날려 보냈다. 그러고는 땅으로 떨어지는 나뭇잎을 잡으려고 펄쩍펄쩍 뛰었다.

파이어하트와 그레이스트라이프는 재미있다는 표정을 주고받았다.

"어쨌든 신더포는 몸이 다 풀렸겠네. 오늘의 과제를 수행할 수 있겠어."

그레이스트라이프가 말했다.

브래큰포가 벌떡 일어나 눈을 크게 뜨고 스승을 바라보았다.

"안녕하세요, 그레이스트라이프? 오늘의 과제는 뭔가요?"

"사냥이야."

그레이스트라이프가 분지로 내려가며 말했다. 파이어하트도 뒤따라 내려갔다.

"어디서요?"

신더포가 그들을 향해 달려오며 물었다.

"뭘 잡을 건데요?"

"해 드는 바위로 갈 거야."

파이어하트가 대답했다. 훈련병의 열정이 그에게도 전염되는 듯했다.

"거기서 뭐든 잡히는 대로 잡으면 돼."

"난 들쥐를 잡을 거예요."

신더포가 선언하듯 말했다.

"들쥐는 한 번도 먹어 본 적이 없거든요."

"오늘 우리가 잡는 건 모두 원로들에게 가져다 드려야 해."

179

그레이스트라이프가 주의를 주었다.

"하지만 예의 바르게 부탁하면 기꺼이 나눠 주실 거야."

"알겠어요."

신더포가 말했다.

"어느 길로 가야 돼요?"

신더포는 분지 한쪽 경사면을 올라가, 꼬리를 똑바로 쳐든 채 숲 속을 바라보았다.

"이쪽이야."

파이어하트가 반대편으로 뛰어오르며 말했다.

"네."

신더포는 경사를 뛰어 내려와, 분지를 가로질러 파이어하트의 옆으로 다가왔다. 나뭇잎들이 여기저기 흩날리고 있었다.

그레이스트라이프가 펄쩍 뛰어올라, 코로 날아드는 잎사귀 한 장을 낚아챘다. 그리고는 만족스럽게 가르랑거리며 땅에 내리꽂았다. 브래큰퍼가 그 모습을 빤히 쳐다보았다.

"어, 음, 사냥 기술을 연습할 기회를 놓치면 안 되는 거야."

그레이스트라이프가 황급히 둘러댔다.

네 고양이는 익숙한 냄새 흔적을 따라 해 드는 바위로 향했다. 탁 트인 지역으로 나왔을 때는 해가 나무 위로 올라와 있었다. 그들 앞에는 무른 땅 위로 경사진 바위 하나가 치솟아 있었다. 매끄러운 표면에 갈라진 틈들이 많은 바위였다. 숲 그늘에서 나온 고양이들은 바위를 보기 위해 눈을 잔뜩 찌푸려야 했다. 해가 비친 평평한 바위 표면이 눈부시게 환한 빛을 반사하고 있었기 때문이다.

"여기가 해 드는 바위야."

파이어하트가 눈을 깜박거리며 소개했다.

"가자!"

"우아, 느낌이 좋아요!"

신더포가 그를 따라 돌 비탈을 달려 올라가며 말했다. 파이어하트도 그녀의 말에 동의했다. 얼음처럼 차가운 숲 바닥을 달려 온 뒤라, 바위는 따뜻하고 편안하게 느껴졌다.

그들은 꼭대기에 올라서서 휴식을 취했다. 가파르게 깎인 바위 반대편은 숲으로 이어져 있었다. 파이어하트는 졸졸거리는 물소리에 귀를 기울였다. 강물은 고원 지대에서 떨어져 내려 강족 경계를 따라 흐르고 있었다. 강은 해 드는 바위에 닿았다가, 방향을 틀어 강족 영역 더 깊숙한 곳으로 흘러들었다. 물소리는 거의 들리지 않았다. 건조한 날씨 때문에 물이 마른 모양이었다.

파이어하트는 몸을 쭉 뻗고, 몸에 닿는 바위의 따뜻함과 털가죽을 감싸는 부드러운 햇살의 온기를 즐겼다. 그는 눈을 감았다. 수 세대에 걸쳐 천둥족 고양이들이 몸을 덥히기 위해 찾아온 이곳, 치열하게 싸워서 지켜 낸 이곳에 자신이 누워 있다는 사실에 마음이 뿌듯해졌다.

그레이스트라이프도 그의 옆에 엎드렸다.

"이리 와. 해가 났을 때 실컷 즐기라고. 앞으로는 춥고 축축한 날들이 한참이나 계속될 테니까."

훈련병들은 스승들 옆에 엎드려, 털 속으로 스며드는 온기를 느끼며 가르랑거렸다.

"여기가 레드테일이 죽은 곳인가요?"

브래큰포가 물었다.

"그래."

파이어하트가 조심스럽게 대답했다.

"그리고 타이거클로가 오크하트를 죽여서 복수를 해 준 곳이
고요?"

신더포가 물었다.

파이어하트는 그 싸움에 대한 레이븐포의 이야기가 떠올라 털
이 곤두섰다. 레이븐포는 오크하트의 죽음에 책임이 있는 것은
레드테일이고, 종족의 부지도자인 레드테일을 죽인 것은 타이거
클로라고 했다. 파이어하트는 골치 아픈 생각들은 떨쳐 내고 간
단하게 대답했다.

"여기가 그곳이야."

두 훈련병은 침묵에 잠긴 채 경이로운 눈빛으로 비탈을 내려다
보았다.

갑자기 어떤 소리가 들렸다. 파이어하트는 귀를 쫑긋 세웠다.

"쉿! 무슨 소리가 들리지 않아?"

"뭔가 긁는 소리 같아요."

브래큰포가 속삭였다.

"들쥐일 수도 있어."

그레이스트라이프가 말했다.

"어디서 소리가 나는지 알겠니?"

"저쪽이에요!"

신더포가 벌떡 일어나며 말했다. 긁는 소리가 더 세차게 들리는가 싶더니, 이내 사라져 버렸다.

"네 소리를 들었나 보다."

파이어하트가 지적했다.

신더포는 풀이 죽은 표정이었다. 브래큰포가 누이의 서투른 행동에 재미있다는 듯 가르랑거렸다.

"신경 쓰지 마."

그레이스트라이프가 말했다.

"이제 조심스럽게 천천히 움직여야 한다는 걸 배웠겠지. 들쥐일 경우에는 더 그래. 들쥐들은 엄청 빠르거든!"

"가만히 앉아서 귀를 기울이는 거야."

파이어하트가 충고해 주었다.

"이다음에 무슨 소리가 들리면, 어디서 나는 소리인지 알아보고 그쪽을 향해서 아주 천천히 움직이도록 해. 쥐는 네 털이 바스락거리는 소리까지 들을 수 있을 거야. 그러니까 네가 내는 소리는 그저 바람이 바위에 스치는 소리라고 생각하도록 만들어야 해."

고양이들은 그 자리에 가만히 있었다. 다시 긁는 소리가 들릴 때까지 아무도 움직이지 않았다. 마침내 파이어하트의 귀에 소리 하나가 포착되었다. 그는 귀를 쫑긋 세우고 일어나, 앞으로 살금살금 움직였다. 한 번에 한 발씩 소리 없이 내디디며, 바위 표면을 가로질러 나 있는 작은 틈의 끝에 다다랐다. 그는 걸음을 멈추었다. 긁어 대는 소리가 계속 들렸다. 파이어하트는 앞으로 달려

들어 갈라진 틈 안으로 앞발을 뻗었다. 그리고 그늘에 숨어 있던 통통한 들쥐 하나를 잡아채 환한 바위 위에 내던졌다. 들쥐는 떨어지며 비명을 질렀지만, 딱딱한 돌바닥에 부딪혀 기절해 버렸다. 파이어하트는 들쥐를 재빨리 해치웠다.

"우아!"

신더포가 감탄했다.

"나도 그렇게 하고 싶어요!"

"걱정 마. 이런 기회는 앞으로 얼마든지 있을 테니까. 일단 지금은 숲으로 돌아가자."

그레이스트라이프가 말했다.

"다른 건 안 잡고요?"

신더포가 대들듯 물었다.

"그 들쥐가 비명을 지르는 소리 들었지?"

파이어하트가 말했다.

신더포는 고개를 끄덕였다.

"그래, 이 주변에 있는 다른 생명체들도 모두 들었을 거야. 당분간은 다들 숨어 있겠지. 소리를 내기 전에 해치웠어야 했는데."

그레이스트라이프가 재미있다는 듯 수염을 씰룩거렸다.

"난 입 다물고 있으려고 했는데."

그가 가르랑거렸다.

파이어하트는 죽은 쥐를 입으로 물어 올렸다. 고양이들은 다 같이 비탈을 내려가 숲을 통과해 걸어갔다. 해가 가장 높이 뜬 시간이 가까워지고 있었지만, 해 드는 바위에서 온기를 느낀 뒤에 들어선 숲은 쌀쌀하기만 했다. 파이어하트는 강족 경계에서 생생한 냄새 표시를 감지했다. 그 너머로 땅은 내리막이 되어 강과 만났다.

잎사귀 하나가 브래큰포를 향해 팔랑팔랑 떨어졌다. 어린 고양이는 펄쩍 뛰어올라 두 발로 잎을 잡아챘다. 그러고는 만족스러운 표정으로 땅에 내려앉았다.

"잘했어!"

그레이스트라이프가 외쳤다.

"들쥐는 충분히 잡겠는데!"

브래큰포는 더욱 기쁜 표정을 지었다.

"잘 잡았어, 브래큰포!"

신더포가 오라비의 어깨를 코로 툭 치며 말했다. 그리고 고개를 돌려 나무가 울창한 비탈을 내려다보았다.

"오늘은 강이 잠잠하구나."

파이어하트가 들쥐를 입에 문 채 우물거리며 말했다.

"얼어 있으니까요."

신더포가 신이 나서 말했다.

"나무들 사이로 볼 수 있어요!"

파이어하트는 들쥐를 내려놓았다.

"얼었다고? 완전히?"

그는 수풀이 우거진 비탈을 내려다보았다. 고요한 강물이 하얗게 반짝이고 있었다. 신더포의 말이 맞을까? 파이어하트는 흥분되어 발이 간질거렸다. 그는 강이 꽁꽁 얼어붙은 모습은 한 번도 본 적이 없었다.

"내려가서 봐도 돼요?"

신더포가 물었다. 그러고는 대답도 기다리지 않고 냄새 표시를 넘어 달려갔다. 강족 영역 안으로 사라지는 작은 회색 고양이를 보자, 파이어하트의 흥분은 공포로 바뀌었다. 큰 소리로 부를 수도 없었다. 근처에 있을지도 모를 강족 순찰병의 주의를 끌고 싶지 않았던 것이다. 하지만 신더포를 데려와야만 했다. 파이어하트는 들쥐를 그 자리에 둔 채 정신없이 그녀를 뒤따라갔다. 그레이스트라이프와 브래큰포도 그 뒤를 바짝 쫓았다.

그들은 강가에서 신더포를 따라잡았다. 강물은 거의 꽁꽁 얼어붙어 있었다. 강의 양쪽으로 넓게 만들어진 얼음 띠 사이로 좁게 흐르는 빠르고 검은 물살만이 얼지 않고 남아 있었다. 파이어하트는 화이트클로가 떠올라 몸서리를 쳤다. 그만 되돌아가자고 말하려는 찰나에 그레이스트라이프가 귀를 쫑긋 세웠다.

"물쥐야."

회색 전사가 속삭였다. 아니나 다를까, 작은 물쥐 하나가 강기슭 가까이에서 얼음을 따라 날쌔게 움직이고 있었다.

파이어하트는 신더포와 브래큰포를 흘깃 보았다. 두 훈련병이 이 조그만 먹잇감을 잡으려고 할까 봐 걱정이었다. 하지만 훈련병들은 움직이지 않았다. 파이어하트는 마음을 놓았다. 하지만 그것도 잠시, 그레이스트라이프를 보고 가슴이 철렁 내려앉았다. 그는 사냥을 하는 듯 빠르게 얼음 위를 내달리고 있었다.

"돌아와!"

파이어하트가 외쳤다.

하지만 너무 늦었다. 그레이스트라이프가 밟고 있던 얼음이 끔찍한 소리를 내며 갈라지더니 깨져 버렸다. 그레이스트라이프는 깜짝 놀라 비명을 지르며 물속으로 빠져들었다. 미친 듯이 허우적거리던 그는 이내 차갑고 캄캄한 강물 속으로 사라져 버렸다.

브래큰포는 겁에 질려 멍하니 바라만 보았고, 신더포는 절박한 비명을 질렀다. 파이어하트는 그녀를 조용히 시키지 않았다. 그저 두려움으로 몸이 굳어 버린 채, 친구가 사라진 물속을 멍하니 바라볼 뿐이었다. 그레이스트라이프는 얼음 아래 갇힌 걸까? 파이어하트는 얼음 위로 올라섰다. 발밑이 차갑고 미끄러워서 달릴 수가 없었다. 그는 다시 기슭으로 뛰어올랐다. 공포에 사로잡혀 어쩔 줄 몰라 하고 있을 때, 한 줄기 안도의 빛이 스쳤다. 흠뻑 젖은 회색 머리가 저 멀리 물속에서 떠올랐던 것이다.

하지만 안도감도 잠시뿐, 그레이스트라이프는 강 하류로 떠내려가고 있었다. 그는 얼음장 같은 물에서 떠올랐다 잠겼다 하며 이리저리 흔들렸다. 발은 무력하게 허우적거리고 있었다. 본능적으로 헤엄을 쳐 보아도, 사나운 물살 때문에 아무 소용이 없었다. 파이어하트는 고사리를 마구 헤치며 기슭을 따라 달려갔지만, 그레이스트라이프는 점점 더 멀리 휩쓸려 갈 뿐이었다.

별안간 반대편 기슭에서 커다란 외침이 들렸다. 날씬한 은빛 얼룩 암고양이가 아래쪽 강기슭에서 얼음 위로 뛰어오르고 있었다. 그녀는 얼음판 위를 사뿐사뿐 걸어가더니, 그레이스트라이프보다 앞선 지점에서 강물로 미끄러져 들어갔다. 파이어하트는 물살을 거슬러 힘차게 헤엄치는 암고양이를 보며 감탄을 금치 못했다. 그녀는 얼음이 덮인 물속에서 당차게 발을 휘저으면서 자리를 잡고 있었다. 그레이스트라이프가 지나가는 순간, 은빛 고양이는 이빨로 그의 털을 움켜 물었다.

하지만 불행히도 그레이스트라이프의 무게를 이기지 못하고, 두 고양이 모두 물에 잠겨 버렸다. 겁에 질린 파이어하트는 강에 시선을 고정한 채 다시 달리기 시작했다. 어디쯤 흘러가고 있는지 알 수가 없었다. 그때 물 한가운데에서 은빛 줄무늬의 머리가 솟아올랐다. 은빛 얼룩 고양이는 그레이스트라이프를 끌고 물살을 거슬러 헤엄쳤다. 파이어하트는 그렇게 날씬한 고양이가 그레이스트라이프의 무게를 감당하면서 헤엄을 칠 수 있다는 사실이 믿기지 않았다. 은빛 얼룩 고양이는 파이어하트가 서 있는 쪽의 얼음을 앞발로 움켜잡았다. 그레이스트라이프를 이빨로 물고 있느라 불편하게 목을 길게 뺀 자세였다. 그녀는 미끄러지고 밀려나기를 반복하면서, 간신히 물 밖으로 몸을 끌어냈다. 그레이스트라이프는 물속에서 축 늘어진 채 물살에 이리저리 흔들렸지만, 암고양이는 계속해서 그를 단단히 붙잡고 있었다.

파이어하트는 얼음을 가로질러 달려가 그녀 옆에 멈춰 섰다. 그리고 말없이 앞으로 몸을 뻗어 이빨로 그레이스트라이프를 물었다. 두 고양이는 그레이스트라이프의 젖은 몸을 물 밖으로 끌어 올리고 안전한 기슭으로 옮겼다.

파이어하트는 친구가 숨을 쉬고 있는지 확인하기 위해 몸을 숙여 살펴보았다. 그레이스트라이프의 흠뻑 젖은 옆구리가 들썩이는 모습을 본 그는 한숨을 돌렸다. 안도감이 밀려와 정신이 아득해졌다. 그레이스트라이프는 캑캑거리며 기침을 하더니 강물을 뱉어 냈다. 그러고는 누워서 꼼짝도 하지 않았다.

"그레이스트라이프!"

파이어하트는 다급하게 친구를 불렀다.

"난 괜찮아."

그레이스트라이프가 쌕쌕거리며 대답했다. 가쁜 숨이긴 했지만, 안심이 되는 대답이었다.

파이어하트는 한숨을 내쉬며 바닥에 주저앉았다. 그리고 은빛 얼룩 고양이를 자세히 살펴보았다. 그녀는 강족 냄새를 풍기고 있었다. 헤엄치는 모습을 이미 본 터라 놀라운 일은 아니었다. 은빛 얼룩 고양이는 차가운 눈빛으로 그의 시선을 마주 보며, 몸을 털고 앉았다. 숨을 고르느라 옆구리가 들썩거렸다. 반짝이는 털에서 물이 흘러내려, 털가죽이 마치 오리 깃털로 덮인 듯 보였다.

그레이스트라이프가 고개를 돌려, 자신을 구해 준 고양이를 바라보았다.

"고마워."

그가 갈라지는 목소리로 말했다.

"이런 바보 같으니!"

은빛 얼룩 고양이가 귀를 납작 붙이며 쏘아붙였다.

"우리 영역에서 뭐 하는 거야?"

"물에 빠지기?"

그레이스트라이프가 대꾸했다.

189

은빛 얼룩 고양이는 귀를 휙 움직였다. 재미있어하는 눈빛이었다.

"너희 영역에서 빠질 수는 없는 거야?"

그레이스트라이프가 수염을 씰룩거렸다.

"아, 그러면 누가 날 구해 주겠어?"

그레이스트라이프가 잠긴 목소리로 대꾸했다.

그때 파이어하트의 뒤에서 작은 소리가 들렸다. 돌아보니 신더포가 기슭 위쪽에 있는 풀 옆에 웅크리고 있었다.

"브래큰포는 어디 있어?"

파이어하트가 물었다.

"오고 있어요."

신더포가 코로 가리키며 대답했다. 브래큰포는 기슭을 따라 그들을 향해 소심하게 기어 오고 있었다.

파이어하트는 한숨을 내쉬고 친구를 바라보았다.

"그레이스트라이프, 이제 여길 빠져나가야 돼."

"알아."

그레이스트라이프는 몸을 일으켜 은빛 얼룩 고양이를 바라보았다.

"정말 고마워."

그녀는 우아하게 고개를 숙였다. 그러고는 쉭쉭거렸다.

"서둘러! 어서 가!"

그녀는 어깨 너머를 돌아보았다.

"내가 천둥족 침입자를 구해 줬다는 걸 우리 아버지가 알면 날

갈기갈기 찢어서 새끼 고양이 잠자리로 만들어 버릴 거야!"

"그런데 왜 날 구해 준 거야?"

그레이스트라이프가 놀리듯 물었다.

은빛 얼룩 고양이는 눈을 피했다.

"본능이야. 어떤 고양이든 물에 빠져 죽게 둘 수는 없잖아. 이제 가 버리라고!"

파이어하트도 몸을 일으켰다.

"고마워. 이 털 뭉치 녀석이 빠져 죽었으면 너무 슬펐을 거야."

그는 그레이스트라이프를 쿡 찔렀다. 친구는 아직 털에서 얼음물을 털어 내지도 않은 채로 살갗까지 흠뻑 젖어 있었다.

"어서 진영으로 돌아가자. 이러다가 얼어 버리겠어!"

"알았어. 가자!"

그레이스트라이프가 말했다. 하지만 그는 파이어하트를 따라서 비탈을 올라가기 전에 암고양이를 다시 한 번 돌아보았다.

"이름이 뭐야? 난 그레이스트라이프야."

"실버스트림."

그녀는 대답한 뒤 다시 얼음 위로 올라가 좁은 물길을 건너 반대편으로 넘어갔다.

파이어하트와 그레이스트라이프는 훈련병들을 데리고 고사리를 헤치며 경계를 향해 갔다. 파이어하트는 그레이스트라이프가 여러 번 어깨 너머를 돌아보는 것을 눈치챘다.

신더포도 눈치를 챈 모양이었다. 작은 회색 고양이는 짓궂은 눈으로 그레이스트라이프를 올려다보며 말했다.

"정말 아름다운 강족 고양이였어요!"

그레이스트라이프가 그녀의 귀를 장난스럽게 쳤고, 그녀는 앞으로 달아나 버렸다.

"같이 가야지!"

파이어하트는 큰 소리로 주의를 주었다. 그들은 아직 강족 영역 안에 있었다. 그는 멈춰 서서 기다리고 있는 신더포를 엄한 표정으로 쳐다보았다. 그녀가 아니었다면 애초에 여기 오지 않았을 테고, 그레이스트라이프가 물에 빠져 죽을 뻔한 일도 없었을 것이다. 그는 흠뻑 젖은 친구를 바라보았다. 털에서 물을 최대한 털어 내긴 했지만, 몸에서는 여전히 물이 흘러내렸고 수염 끝에는 얼음이 얼기 시작했다.

파이어하트는 걸음을 재촉했다. 그러면서 옆에 있는 그레이스트라이프에게 물었다.

"괜찮아?"

"괘, 괘, 괜찮아!"

그레이스트라이프가 이빨을 덜덜거리며 대답했다.

"죄송해요."

신더포가 파이어하트 뒤로 다가오며 조용히 말했다.

그는 한숨을 쉬었다.

"네 잘못이 아니야."

하지만 걱정이 이만저만이 아니었다. 이 일을 종족에게 어떻게 설명해야 할까? 원로들에게 가져다줄 싱싱한 먹이도 없었다. 아까 잡았던 들쥐를 가지러 돌아가기에는 시간이 부족했다. 게다가 그레이스트라이프는 물에 흠뻑 젖어 있었다. 파이어하트는 가장 친한 친구를 잃을 뻔했다는 생각에 몸서리를 쳤다. 실버스트림이 마침 거기에 있다가 그를 구해 준 건 별족에게 감사할 일이었다.

"모래 분지 근처에 있는 시내에는 아직 물이 흘러요."

뒤에서 생각에 잠긴 채 걸어오던 브래큰포가 말했다.

"뭐라고?"

파이어하트는 어리둥절한 얼굴로 물었다.

어린 훈련병이 말을 이었다.

"다른 고양이들은 그레이스트라이프가 거기 빠졌다고 생각할 거예요."

"우리한테 물고기 잡는 법을 보여 주었다고 말하면 되잖아요."

신더포가 거들었다.

"그레이스트라이프가 이런 날씨에 일부러 발을 적셨다고 누가 믿어 줄지 모르겠다만."

파이어하트가 말했다.

"하지만 강족 고양이가 날 구했다는 걸 다른 고양이들이 알게 하고 싶지는 않아!"

그레이스트라이프가 성질을 부리며 말했다.

"게다가 우리가 또 강족 영역에 발을 들였다는 걸 알게 해선 안 된단 말이야."

파이어하트는 고개를 끄덕였다.

"서두르자. 남은 길은 달려가자고. 그러면 털이 좀 마를 거야."

그들은 강족 경계를 넘어, 해 드는 바위를 지나 달려갔다. 해가 나무 뒤로 가라앉기 시작할 무렵 그들은 진영 바깥쪽에 도착했다.

그레이스트라이프의 털은 조금 말라 있었다. 하지만 수염과 꼬리에는 여전히 물방울이 얼어붙어 매달려 있었다.

가시금작화 굴길로 앞장서서 들어간 파이어하트는 심장이 내려앉는 것 같았다. 타이거클로가 공터에 앉아서 그들이 나오는 걸 지켜보고 있었던 것이다.

부지도자는 날카로운 눈으로 파이어하트를 빤히 쳐다보았다.

"싱싱한 먹이는?"

그가 으르렁거리는 목소리로 물었다.

"오늘 이 두 훈련병에게 사냥하는 법을 가르친다고 했던 것 같은데. 그레이스트라이프, 너는 물에 빠진 생쥐 꼴을 하고 있구나. 그 정도로 젖으려면 강물에 빠져야 할 텐데."

타이거클로는 콧구멍을 벌름거렸다. 그러고는 몸을 쭉 일으켜 세웠다.

"설마 또 강족 영역에 갔었다고 말하려는 건 아니겠지?"

12
확신할 수 없는 진심

파이어하트가 고개를 들고 대답하려던 순간, 신더포가 선수를 쳤다.

"제 잘못이에요, 타이거클로."

신더포는 대담하게 얼룩무늬 전사를 올려다보았다.

"모래 분지 옆에 있는 얼어붙은 시내에서 사냥을 하고 있었어요. 깊은 웅덩이 옆 굽이진 곳이었는데, 거기도 얼어 있었어요. 제가 미끄러져서 그레이스트라이프가 구해 주러 왔는데, 얼음이 갈라지는 바람에 물에 빠진 거예요."

타이거클로가 그녀의 맑고 초롱초롱한 눈을 들여다보았다.

"물이 너무 깊어서 파이어하트가 와서 끌어내 줘야 했어요."

신더포가 덧붙였다.

파이어하트는 민망한 기분이 들었다. 그는 그레이스트라이프가 강물 속으로 사라지는 순간, 겁에 질려 꼼짝도 못 하고 서 있었던 것이다.

타이거클로는 고개를 끄덕이고는 그레이스트라이프를 바라보았다.

"얼어 죽기 전에 옐로팽에게 가 보는 게 좋겠다."

부지도자가 멀리 사라지자, 파이어하트는 안도의 한숨을 내쉬었다.

그레이스트라이프는 머뭇거리지 않았다. 집까지 먼 길을 달려왔지만 이빨은 여전히 덜덜거리고 있었다. 그는 옐로팽의 거처로 달려갔다. 브래큰포는 신더포를 흘깃 보더니 지친 꼬리를 축 늘어뜨린 채 훈련병의 거처로 걸어갔다.

파이어하트는 신더포를 바라보았다. 그리고 호기심 가득한 눈으로 물었다.

"넌 타이거클로가 조금도 무섭지 않니?"

"왜 그래야 하는데요?"

신더포가 대꾸했다.

"타이거클로는 위대한 전사잖아요. 저는 그를 존경해요."

'당연하지! 안 그럴 까닭이 있을까?'

파이어하트는 생각했다.

"거짓말도 아주 잘하던데."

그는 짐짓 스승처럼 행동하려고 애쓰며 엄하게 으르렁댔다.

"글쎄요, 거짓말은 되도록 안 하려고 하지만, 지금은 진실이 썩 도움이 되지 않을 것 같아서요."

파이어하트는 그녀의 말이 일리가 있다고 인정할 수밖에 없었다. 그는 고개를 설레설레 흔들었다.

"가서 몸 좀 녹이렴."

"네, 파이어하트!"

신더포는 고개를 꾸벅 숙이고 브랜큰포를 뒤따라 달려갔다.

파이어하트는 전사들의 거처로 걸어갔다. 그레이스트라이프가 젖은 이유에 대해 신더포가 너무 쉽게 거짓말을 한 것이 걱정스러웠다. 하지만 그건 선의의 거짓말이었고, 그녀가 정직한 고양이라는 건 의심할 수 없었다. 파이어하트는 레이븐포에 대해서도 생각해 보았다. 레이븐포 역시 나쁜 고양이가 아니었다. 레드테일을 죽인 게 타이거클로라는 그의 말은 그저 순간적으로 흥분해서 내뱉은 말 아니었을까? 파이어하트는 고개를 흔들어 미심쩍은 생각을 떨쳐 냈다. 파이어하트에게 그 이야기를 할 때, 레이븐포는 겁에 질린 상태였다. 그는 분명히 자신이 하는 이야기를 믿고 있었다. 사실이 아니라면 종족을 떠날 정도로 겁에 질릴 이유가 없지 않을까?

파이어하트는 싱싱한 먹이를 몇 점 골라서 쐐기풀 덤불 쪽으로 가져갔다. 그리고 자리를 잡고 앉아 생각에 잠긴 채 쥐를 물어뜯었다. 존경심이 깃든 목소리로 타이거클로에 대해 이야기하던 신더포가 걱정스러웠다. 오직 파이어하트 자신만이 천둥족 부지도자에게 눈에 보이는 것 이상의 무언가가 있다고 의심하고 있었다. 타이거클로를 대하는 블루스타의 태도는 확실히 변함이 없었다. 그녀는 언제나 그랬던 것처럼 똑같은 신뢰와 존중심을 가지고 타이거클로를 대했다. 파이어하트는 문득 좌절감을 느끼며 먹이를 덥석 물어뜯었다.

요란한 재채기 소리가 그의 생각을 방해했다. 고개를 들자, 그레이스트라이프가 다가오는 모습이 보였다.

"좀 어때?"

파이어하트가 물었다. 친구는 옐로팽의 약초 냄새를 풍기고 있었다.

그레이스트라이프가 털썩 주저앉아 기침을 해 댔다.

파이어하트는 통통한 개똥지빠귀와 들쥐를 친구 쪽으로 밀어주었다.

"네 몫을 남겨 뒀어."

"옐로팽이 진영 안에만 있으래. 오한이 들었대."

그레이스트라이프가 쉰 목소리로 말했다.

"놀랍지도 않지. 무슨 약초를 줬는데?"

"화란국화와 라벤더."

그레이스트라이프는 몸을 숙이고 개똥지빠귀를 먹기 시작했다.

"이거면 충분할 것 같아. 배가 별로 안 고파."

그가 웅얼거렸다.

파이어하트는 놀라서 친구를 바라보았다. 평소의 그라면 하지 않을 말이었다.

"정말이야? 먹이는 충분히 있어."

그레이스트라이프는 개똥지빠귀를 내려다볼 뿐, 아무 대꾸도 하지 않았다.

"정말이야?"

파이어하트는 다시 물었다.

"뭐?"

그레이스트라이프가 멍한 눈으로 파이어하트를 보았다. 그리고 웅얼거렸다.

"아, 응."

'열이 있나 봐.'

파이어하트는 고개를 저으며 생각했다. 그래도 어쨌든 친구는 여전히 여기 있었다. 강족 고양이 덕분에.

며칠이 지난 아침, 잠에서 깬 파이어하트는 잎 없는 계절의 첫 안개가 거처에 가득한 것을 발견했다. 밖으로 나오자, 공터 건너 편을 분간할 수 없을 정도로 안개가 가득했다. 그때 서둘러 다가오는 발소리가 들렸다. 안개 속에서 모습을 드러낸 건 마우스퍼 였다.

"타이거클로가 널 찾고 있어."

"네, 고마워요."

불안감이 엄습했다. 그는 어제 몰래 빠져나가 프린세스를 만나고 왔다. 타이거클로가 혹시 그 사실을 눈치챈 걸까?

"무슨 일이야?"

뒤에서 그레이스트라이프가 쌕쌕거리는 소리를 내며 물었다. 그는 파이어하트 옆에 와서 앉으며 재채기를 하고, 하품도 했다.

"타이거클로가 날 찾는대."

파이어하트는 친구를 바라보며 덧붙였다.

"넌 좀 더 자."

그는 그레이스트라이프의 건강이 걱정되기 시작했다. 지금쯤이면 회복되었어야 했다.

"어제는 푹 쉬었어?"

파이어하트가 물었다.

"기침하고 재채기하는 사이사이에 최대한 쉬긴 했지."

그레이스트라이프가 투덜거리듯 말했다.

"그러면 그때는 왜 잠자리에 있지 않았어? 그때 말이야, 내가⋯⋯."

파이어하트는 어제 오후에 프린세스를 만나고 온 것을 떠올리며 머뭇거렸다.

"내가 훈련에서 돌아왔을 때 말이야."

"너는 내가 저 안에서 조용하고 평화롭게 쉴 수 있을 거라고 생각하는 거야?"

그레이스트라이프가 고개를 돌려 거처를 가리켰다.

"전사들이 하루 종일 우르르 몰려왔다 나갔다 한단 말이야! 그래서 좀 더 조용한 곳을 찾아간 거야. 그뿐이야."

파이어하트는 그곳이 어디인지 물으려 했지만, 그레이스트라이프가 먼저 화제를 돌렸다.

"타이거클로가 널 왜 부른 걸까?"

파이어하트는 발이 따끔거렸다.

"가 봐야 알지."

안개 속에서, 높은 바위 아래에 앉아 있는 타이거클로와 화이트스톰의 윤곽을 간신히 볼 수 있었다. 파이어하트가 다가가자 그들은 하던 이야기를 멈추었다. 타이거클로가 그를 돌아보았다.

"이제 신더포와 브래큰포가 평가를 받을 때가 되었다."

"벌써요?"

파이어하트는 깜짝 놀라 물었다. 그들이 훈련을 시작한 지 얼마 되지 않았기 때문이다.

"블루스타가 훈련이 어떻게 되어 가는지 알고 싶어 한다. 또 그레이스트라이프가 아파서 브래큰포를 훈련시킬 수 없지 않느냐. 혹시 브래큰포가 뒤처지고 있다면, 블루스타가 알아야 다른 스승을 정해 줄 수 있지."

파이어하트는 짜증이 나서 꼬리를 씰룩거렸다. 그레이스트라이프는 당연히 곧 회복될 것이다. 그레이스트라이프의 첫 훈련병을 다른 고양이에게 넘기는 것은 부당한 일이었다.

"제가 브래큰포와 신더포를 매일 데리고 나가는데요."

파이어하트는 재빨리 말했다.

타이거클로가 화이트스톰을 흘깃 보더니 고개를 끄덕였다.

"그래, 하지만 넌 이번에 처음으로 훈련병을 맡았다. 네가 감당하기엔 일이 너무 많지. 그리고 천둥족에는 잘 훈련된 전사가 필요하다."

'그래요, 나도 알아요. 난 그저 애완 고양이고, 종족 태생의 전사가 아니죠.'

파이어하트는 씁쓸하게 생각했다. 억울함이 치밀어 올라 그저 발을 내려다보며 서 있었다. 아무도 그에게 브래큰포를 맡으라고 지시하지 않았지만, 그는 두 훈련병 모두에게 많은 노력을 쏟아붓고 있었다.

타이거클로가 말을 이었다.

"브래큰포와 신더포에게 사냥 임무를 주어라. 큰 소나무 숲에서 두발쟁이 영역까지 가면서 사냥을 하게 해라. 둘이 사냥하는 것을 잘 지켜보고 보고하도록. 둘이 얼마나 많은 먹이를 잡아 오는지 눈여겨보겠다."

화이트스톰이 덧붙였다.

"신더포가 열정만큼이나 기술도 좋다면, 오늘 밤에는 종족 전체가 배불리 먹을 수 있겠지. 영특한 훈련병이라고 들었는데."

"네, 맞아요."

파이어하트는 맞장구를 쳤다. 하지만 사실은 거의 듣고 있지 않았다. 타이거클로의 말에 가슴이 계속 두근거렸던 것이다.

'왜 또 날 두발쟁이 영역으로 보내는 거지?'

그가 훈련병 시절에 평가를 받을 때도 똑같은 경로를 거쳤었다. 그때 그는 어릴 적 친구와 만나 이야기를 나누었고, 그걸 목격한 타이거클로가 블루스타에게 보고했다. 지도자는 종족에 대한 파이어하트의 충성심을 의심했었다. 파이어하트는 등줄기에 난 털이 곤두서는 기분이었다. 프린세스를 만나는 일이 발각된 걸까? 그래서 타이거클로가 이런 방법으로 경고하는 걸까?

파이어하트는 고개를 돌리고 등을 빠르게 핥아, 곤두선 털을 반반하게 눕혔다. 그리고 다시 몸을 돌려 차분히 의견을 말했다.

"해 드는 바위도 기량을 시험해 보기에 좋은 장소 같은데요. 해가 들어 안개가 걷혔을지도 모르고요."

"안 돼."

타이거클로가 딱 잘라 말했다.

"새벽 순찰대가 해 드는 바위에서 강족 냄새를 맡았다고 보고했다. 강족이 거기서 다시 사냥을 시작했을지도 모른다."

그의 눈에 분노가 이글거렸고, 비죽거리는 입술 사이로 날카로운 이빨이 드러났다.

"거기서 훈련을 계속하기 전에 먼저 강족에게 경고를 해서 쫓아내야 한다. 지금은 큰 소나무 숲이 훨씬 안전하다."

화이트스톰이 고개를 끄덕였다. 새로운 소식을 들은 파이어하트는 불편한 기색으로 귀를 씰룩거렸다. 해 드는 바위에 강족이 나타나다니! 그레이스트라이프가 강에 빠졌을 때 적의 순찰대에게 발각되지 않은 것이 천만다행이었다.

"안개 문제는……."

타이거클로가 말을 이었다.

"어려운 조건에서 사냥을 하게 되면 평가도 더 흥미진진해질 거다."

"네, 타이거클로."

파이어하트는 두 전사에게 공손하게 머리를 숙였다.

"신더포와 브래큰포에게 알리고 바로 출발하겠습니다."

파이어하트가 훈련병들에게 평가에 대해 설명해 주자, 신더포는 꼬리를 높이 휘두르며 신이 나서 빙글빙글 돌았다.

"평가라니! 우리가 준비되었다고 생각하세요?"

"물론이지."

파이어하트는 의구심을 숨기며 대답했다.

"훈련도 열심히 했고, 배우는 것도 빠르니까."

"하지만 안개 때문에 사냥하기 힘들지 않을까요?"

브래큰포가 물었다.

"공기가 잠잠하니까 좋은 점도 있을 거다."

브래큰포는 생각에 잠긴 표정을 짓더니, 이내 눈을 반짝이며 말했다.

"먹잇감의 냄새를 맡기 어렵겠지만, 반대로 먹잇감이 우리 냄새를 맡기도 힘들겠네요."

"바로 그거야."

파이어하트가 대답했다.

"이제 가도 돼요?"

신더포가 물었다.

"가고 싶을 때 가면 돼."

파이어하트가 대답했다.

"하지만 서두르지 마. 이건 경주가 아니……."

파이어하트의 말은 신더포에게는 소용이 없었다. 신더포는 벌써 진영 입구를 향해 달려가고 있었다.

"해가 지기 전까지만 돌아오면 돼!"

파이어하트는 신더포의 뒤에 대고 소리쳤다.

브래큰포는 파이어하트를 흘깃 보고는 작게 한숨을 내쉬며 누이를 따라갔다.

파이어하트는 두 훈련병을 뒤따르며 큰 소나무 숲을 지났다.

얼어붙은 땅을 거쳐 소나무 숲을 지나자 숲 바닥에 켜켜이 깔린 솔잎이 이상하게 부드럽게 느껴졌다. 신더포의 흔적을 따라가던 그는 이윽고 열심히 숲을 걸어가는 그녀를 발견했다. 브래큰포의 냄새도 맡을 수 있었다. 둘의 흔적은 여기저기서 교차했다. 파이어하트는 훈련병들이 빨리 달려간 곳과 앉아 있던 곳, 심지어 함께 머물렀던 곳이 어디인지도 냄새로 알 수 있었다.

오래 지나지 않아 파이어하트는 신더포가 먹잇감을 처치한 자리를 발견했다. 그녀는 먹잇감을 물고 이동하는 모양이었다. 흔적을 따라가다 보니, 신더포의 냄새와 먹잇감의 냄새가 뒤섞여 있었다. 브래큰포가 개똥지빠귀를 잡은 자리도 찾아냈다. 사방에 깃털이 흩어져 있었다. 두 훈련병은 사냥을 잘하고 있었다. 짙게 풍겨 오는 싱싱한 먹이 냄새를 감지한 그는 확신할 수 있었다. 소나무 뿌리 위에 깔린 솔잎들을 파헤쳐 보니, 신더포가 나중에 가져가려고 숨겨 둔 먹잇감들이 있었다. 파이어하트는 그녀가 거둔 성과를 보며 뿌듯한 마음이 들었다. 신더포는 먹이를 아주 많이 잡았고, 지금은 두발쟁이 영역 뒤에 있는 떡갈나무 숲으로 향하고 있었다.

파이어하트는 계속 뒤를 쫓았다. 소나무 숲 끄트머리 바로 너머에서 브래큰포의 냄새가 났다. 냄새가 강하게 풍기는 것으로 보아 훈련병이 가까이 있는 모양이었다. 파이어하트는 살그머니 앞으로 다가가, 어린 떡갈나무 뒤에 숨어 엿보았다. 훈련병은 가시덤불 아래 그늘에 몸을 잘 숨긴 채 웅크리고 있었다. 그의 꼬리가 이리저리 썰룩거리는 것을 볼 수 있었다.

브래큰포는 나무뿌리 주변을 기어 다니고 있는 숲쥐에게 시선을 고정하고 있었다. 그는 서두르지 않았다.

'잘하고 있어.'

파이어하트는 브래큰포가 한 번에 한 발짝씩 앞으로 나아가는 모습을 지켜보았다. 발밑에 깔린 잎사귀에서도 거의 소리가 나지 않았다. 그는 쥐만큼이나 조용했고, 숲쥐는 아무것도 모른 채 먹이 사냥을 계속하고 있었다. 파이어하트는 자신이 처음 사냥 임무를 맡았던 때를 떠올리며, 숨을 죽이고 지켜보았다.

브래큰포는 쥐에게 점점 가까이 다가갔다. 잎사귀 위로 발을 내디딜 때마다 작게 바스락거리는 소리가 났지만, 숲의 다른 소리에 묻혀 거의 들리지 않았다. 파이어하트는 자신도 모르게 훈련병의 성공을 간절히 바라고 있었다. 브래큰포는 이제 숲쥐에게서 토끼 하나 정도 떨어진 거리에 있었다. 그의 몸은 숲 바닥에 납작하게 붙어 있었다. 그때 숲쥐가 날쌔게 뿌리로 기어 올라가더니, 주위를 둘러보았다. 숲쥐는 얼어붙은 듯 꼼짝도 하지 않았다. 무언가 잘못된 것을 느낀 것이다.

'지금이야!'

파이어하트는 속으로 외쳤다.

브래큰포가 펄쩍 뛰어올라 숲쥐를 덮치더니, 앞발로 꼼짝 못하게 움켜잡았다. 숲쥐는 반항할 틈도 없이 단번에 숨이 끊겼다.

브래큰포가 고개를 번쩍 들었다. 싱싱한 먹이 냄새를 들이켜는 어린 고양이의 얼굴에 만족스러운 표정이 어려 있었다. 브래큰포는 다시 나무 사이로 뛰어들었다. 파이어하트는 자신이 가르친 훈련병들에 대해 타이거클로에게 보고할 순간이 기다려졌다.

"저기요!"

뒤쪽에서 작게 들리는 목소리에 파이어하트는 깜짝 놀라 허공으로 펄쩍 뛰었다. 그는 휙 몸을 돌렸다.

"우리 잘하고 있어요?"

신더포가 고개를 한쪽으로 기우뚱한 채 그를 쳐다보고 있었다.

"그런 걸 물으면 안 되는 거야!"

파이어하트는 곤두선 털을 핥으며 말했다.

"나한테 말을 걸면 안 되는 거라고. 내가 널 평가하는 중이잖아, 기억나니?"

"앗! 죄송해요."

파이어하트는 한숨을 쉬었다. 그는 평가를 받을 때 감히 타이거클로에게 말을 걸 생각을 하지 못했었다. 물론 타이거클로가 레이븐포에게 했듯이 신더포에게 겁을 주어 복종하게 할 생각은 없었다. 하지만 때때로 신더포가 자신에게 좀 더 정중하게 대해 주어도 나쁠 것 같진 않았다. 이따금 그는 자신이 신더포의 스승이라는 것조차 헷갈렸다.

신더포가 잠깐 동안 바닥을 내려다보더니, 의아한 표정으로 그를 올려다보았다.

"스승님은 정말로 저기 두발쟁이 영역에서 태어났어요?"

전혀 예상치 못한 질문이었다. 그는 안절부절못하며 두발쟁이 울타리가 있는 쪽을 흘깃 보았다. 신더포와 브래큰포의 낯선 냄새를 맡고 프린세스가 오늘은 정원에서 나오지 않기를 빌면서.

"왜 그런 걸 묻지?"

파이어하트는 대답을 피하며 물었다.

"타이거클로가 그렇게 말했거든요. 그래서요."

순수한 호기심인 것 같았지만, 파이어하트는 타이거클로의 이름이 나오자 음흉한 위협을 느꼈다. 타이거클로는 신더포에게 또 무슨 이야기를 한 걸까?

"난 애완 고양이로 태어났어."

파이어하트는 단호하게 말했다.

"하지만 지금은 전사야. 내 삶은 종족과 함께하지. 예전의 삶도 나쁘진 않았어. 하지만 이젠 끝났고, 나는 그래서 기뻐."

"아, 알았어요."

신더포는 신경 쓰지 않는다는 듯 대꾸했다.

"나중에 만나요!"

그녀는 휙 돌아서서 나무들 사이로 사라졌다.

파이어하트는 숲에 홀로 남겨졌다. 두발쟁이 울타리를 빤히 쳐다보며 서 있는 그의 심장이 쿵쿵거렸다. 한 달 전만 해도, 예전의 삶이 끝나서 기쁘다는 말은 완전히 진심이었다. 하지만 지금은 확신이 서지 않았다. 최근에 그가 가장 행복했던 순간들은, 상냥한 애완 고양이 누이와 함께 추억을 나누며 보낸 시간들이었다. 그 사실을 잘 알고 있는 그는 털이 얼얼해지도록 아픈 기분이었다.

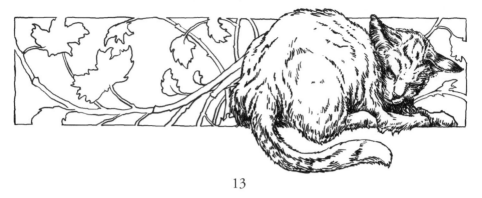

13

비밀스러운 만남

해가 숲 너머로 가라앉았다. 파이어하트는 신더포가 처음 잡은 먹잇감들을 묻어 둔 소나무 옆에서 기다렸다. 발소리가 들려 돌아보니, 신더포와 브래큰포가 그를 향해 걸어오고 있었다. 그들의 입에는 먹잇감이 매달려 있었다. 브래큰포가 잡은 먹잇감은 너무 커서 가까스로 물고 있었다. 파이어하트는 안도했다. 제아무리 타이거클로라 해도 두 훈련병이 이루어 낸 성과를 비난하지는 못하리라.

"나르는 걸 도와줄게."

파이어하트는 신더포가 숨겨 둔 먹잇감에 덮인 솔잎들을 털어 냈다. 그리고 이빨로 먹잇감을 집어 물고 진영을 향해 출발했다.

진영 공터로 들어섰을 때, 몇몇 고양이들은 벌써 먹이 더미에서 자기 몫을 가져가고 있었다. 잡아 온 먹잇감을 먹이 더미 근처에 내려놓는 사이에, 타이거클로가 걸어왔다. 그들이 돌아오기를 기다리고 있었던 모양이었다.

"이걸 전부 훈련병들이 직접 잡았나?"

타이거클로가 쌓아 둔 먹잇감들을 큰 발로 툭 건드리며 물었다.

"네, 그럼요."

파이어하트가 대답했다.

"좋다, 블루스타에게 가서 함께 먹이를 먹도록 하자. 우리는 이미 먹고 있었으니, 네 몫을 챙겨라."

신더포와 브래큰포가 동경 어린 눈빛으로 파이어하트를 바라보았다. 종족 지도자, 부지도자와 함께 먹이를 먹는 것은 특권이었다. 하지만 파이어하트는 그들처럼 흥분되지 않았다. 그는 블루스타에게 따로 보고하고 싶었다. 타이거클로와 함께 먹이를 먹는 것은 가장 피하고 싶은 일이었다.

"그나저나 혹시 그레이스트라이프를 보았느냐?"

타이거클로가 물었다.

파이어하트는 걱정스러운 마음이 들었다.

"감기가 나을 때까지 진영에 머물러야 하는데, 해가 가장 높이 뜬 뒤로는 그레이스트라이프를 보지 못했다."

친구는 또다시 조용한 곳을 찾아 사라진 걸까?

"못 봤어요. 어쩌면 옐로팽에게 갔을지도 몰라요."

"그럴지도."

타이거클로는 이렇게 대꾸하고는, 블루스타가 통통한 비둘기를 물어뜯고 있는 곳으로 걸어갔다.

파이어하트는 그레이스트라이프가 사라졌다는 사실에 점점 걱정이 커졌지만, 애써 그 걱정을 한쪽으로 밀어냈다. 그는 먹이 더미에서 작은 되새를 골라 왔다. 하지만 이내 들쥐를 골랐어야 했

다는 후회가 밀려왔다. 입 안 가득 깃털을 물고 어떻게 보고를 할
것인가?

"어서 오너라, 파이어하트."

파이어하트가 블루스타 앞으로 가서 앉자 그녀가 말했다. 그는
바닥에 되새를 내려놓았지만, 바로 먹지는 않기로 했다.

"타이거클로의 말로는 훈련병들이 사냥을 아주 잘했다던데."

블루스타의 눈빛은 호의적이었다. 그녀 옆에 똑바로 앉아 있는
타이거클로는 더 냉철한 눈빛으로 그를 쳐다보고 있었다. 그 눈
빛에 파이어하트는 꼬리가 움찔거렸다.

"네, 안개 속에서 사냥을 해 본 적이 없는데도, 둘 다 훌륭히 잘
해냈어요."

파이어하트가 말했다. 그리고 덧붙였다.

"브래큰포가 숲쥐를 잡는 모습을 지켜봤는데, 몰래 다가가는
기술이 아주 훌륭했어요."

"신더포는 어땠지?"

블루스타가 물었다.

파이어하트는 그녀의 눈에 매서운 빛이 드러난 것을 눈치챘다.
신더포의 자질에 대해 걱정하고 있었던 걸까?

"신더포의 사냥 기술도 발전하고 있어요. 의욕적인 건 확실해
요. 어떤 것도 두려워하지 않고요."

"그래서 무모해질 수도 있다는 생각은 들지 않느냐?"

블루스타가 물었다.

"신더포는 날쌔고 호기심도 많아요. 그래서 배우기도 잘해요.

그런 점이 신더포의 단점을 잘 보완해 줄 수 있을 거예요. 신더포는……."

파이어하트는 적당한 말을 생각해 내기 위해 애썼다.

"아주 열정적이거든요."

블루스타가 꼬리를 홱 휘둘렀다.

"열정이라……. 나는 바로 그 열정이 걱정스럽다."

블루스타는 타이거클로를 흘깃 보며 말했다.

"신더포를 훈련시킬 때는 신중한 지도가 필요할 것이다."

파이어하트는 땅속으로 곤두박질치는 기분이었다. 블루스타는 그의 훈련 방법이 흡족하지 않은 걸까?

블루스타의 눈빛이 부드러워졌다.

"신더포는 가르치기 힘든 훈련병이다. 하지만 확실히 훌륭한 사냥꾼으로 변하고 있어. 파이어하트, 네가 신더포를 아주 잘 가르쳤구나. 사실, 두 훈련병 모두 잘 가르쳤어."

파이어하트는 즉시 기분이 좋아졌다. 블루스타가 말을 이었다.

"시키지도 않았는데 네가 브래큰포의 훈련까지 맡았다고 들었다. 당분간 네가 계속 둘 다 훈련시켜 주어라."

타이거클로가 시선을 돌렸다. 하지만 파이어하트는 그의 눈에 스치는 분노를 놓치지 않았다.

"고맙습니다, 블루스타."

파이어하트가 말했다.

"사라졌던 네 친구가 돌아왔군."

타이거클로가 고개도 돌리지 않은 채 으르렁거리며 말했다.

파이어하트가 몸을 돌려 보니, 보육실 뒤쪽에서 나타나는 그레이스트라이프가 보였다.

"아마 조용히 쉬고 있었던 모양이에요. 아직 열이 나는 데다, 하루 종일 진영에 갇혀 있는 것도 쉬운 일은 아니니까요."

"쉽든 어렵든 몸을 회복하는 데 집중해야지."

타이거클로가 말했다.

"지금은 병에 걸려 진영에 틀어박혀 있을 때가 아니다. 오늘 아침에는 순찰 중에 마우스퍼가 기침을 했어. 별족이 이번 잎 없는 계절에는 초록기침병으로부터 우리를 지켜 주시기만을 바랄 뿐이야. 초록기침병 때문에 지난해에는 새끼 고양이 다섯을 잃었다."

블루스타도 침통하게 고개를 끄덕였다.

"이번 잎 없는 계절은 그렇게 길지도, 힘들지도 않기를 바라야지. 종족들에게는 이 계절을 나기가 언제나 쉽지 않았다."

블루스타는 잠시 생각에 잠기는 듯하더니, 파이어하트를 보며 말했다.

"그 되새를 가지고 가서 그레이스트라이프와 같이 먹어라. 그레이스트라이프도 자기 훈련병의 평가 결과가 궁금할 테니까."

"네, 블루스타. 고맙습니다."

파이어하트는 되새를 집어 물고 쐐기풀 덤불로 향했다. 그레이스트라이프는 커다란 숲쥐를 가지고 거기 앉아 있었다. 파이어하트가 도착했을 때는 벌써 숲쥐를 반쯤 먹어 치운 상태였다. 감기가 낫고 있는 모양이었다.

파이어하트는 친구 옆에 되새를 내려놓았다. 그레이스트라이프가 재채기를 했다.

"감기는 아직 안 나았어?"

파이어하트는 안타까워하며 물었다.

"아직."

그레이스트라이프가 입 안 가득 먹이를 우물거리며 대답했다.

"진영에 좀 더 머물러야 할 것 같아."

파이어하트는 친구의 목소리가 전보다 훨씬 더 명랑해졌다는 느낌을 받았다. 그레이스트라이프에게 뭔가 꿍꿍이가 있는 것 같았지만, 그 생각을 드러내지는 않을 셈이었다.

"브래큰포가 오늘 평가에서 정말 잘했어."

"그래?"

그레이스트라이프는 쥐를 한 입 더 베어 물었다.

"잘됐네."

"응, 아주 훌륭한 사냥꾼이야."

파이어하트도 되새를 먹기 시작했다. 긴 침묵 끝에 그는 다시 입을 열었다.

"그레이스트라이프, 지난 며칠 동안 진영 밖으로 나간 적 있어?"

그레이스트라이프가 씹는 것을 멈췄다.

"왜 묻는 거야?"

파이어하트는 불편한 기색으로 꼬리를 씰룩거렸다.

"지난밤에 내가 순찰에서 돌아왔을 때 너는 여기 없었어. 그리고 타이거클로도 오늘 해가 가장 높이 뜬 이후로 널 못 봤다고 그랬고."

"타이거클로가?"

그레이스트라이프가 걱정스러운 목소리로 물었다.

"타이거클로에게는 네가 조용히 쉴 만한 곳을 찾아갔거나, 아니면 옐로팽과 같이 있을 거라고 말했어."

파이어하트는 되새를 한 입 더 베어 물었다.

"내 말이 맞아?"

그는 깃털을 문 채 말했다. 그레이스트라이프가 그렇다고 대답해 주기를 간절히 바랐다. 친구가 자신에게 감추는 비밀이 있을 거라는 의심은 그만하고 싶었다.

하지만 그레이스트라이프는 파이어하트의 질문을 모른 척했다.

"잘 말해 줘서 고마워."

그레이스트라이프는 다시 먹이를 먹기 시작했다.

파이어하트는 궁금해서 몸이 달았지만, 더 이상 묻지 않았다. 그레이스트라이프가 일어나서 거처로 가겠다고 할 때까지도 파이어하트는 여전히 친구가 무슨 생각을 하고 있는지 짐작할 수 없었다.

"알았어, 난 여기 좀 더 있을게."

그레이스트라이프는 짧게 고갯짓을 하고 걸어가 버렸다. 파이어하트는 벌러덩 누워 몸을 죽 뻗고, 발톱으로 머리 위쪽 땅을 긁었다. 그리고 바닥에 등을 댄 채 한동안 생각에 잠겼다. 그러다 냄새에 생각이 미쳤다. 그레이스트라이프는 바로 직전에 몸을 구석구석 잘 닦은 것 같았다. 어떤 냄새를 숨기려고 했던 것일까? 파이어하트는 그레이스트라이프가 진영을 떠났다고 인정했다는 걸 깨달았다. 하지만 친구에게도 말하지 못할 곳이 어디일까? 별안간 한 가지 생각이 떠올랐다. 자신도 프린세스를 만나러 두발쟁이 영역에 가지 않았던가! 그 역시 진영으로 돌아오기 전에 몸을 샅샅이 닦아 냈고, 그 만남에 대해서는 그레이스트라이프에게 결코 이야기하지 않았다.

파이어하트는 몸을 홱 뒤집어 일어나 앉았다. 발톱 밑에 뭔가가 걸려 있었다. 그는 발을 들어 올리고 이빨로 작은 조각을 끄집어냈다. 그것은 버드나무 꽃가지였다. 오래되어 오그라들긴 했지만 틀림없었다. 이게 왜 여기 있는 걸까? 천둥족 영역의 숲에서는 버드나무가 자라지 않았다. 사실 파이어하트가 유일하게 버드나무를 본 장소는 강족 영역에 있는 강 근처였다. 파이어하트는 숨을 멈췄다. 심장이 쿵쾅거렸다. 이건 그레이스트라이프의 털에서 떨어진 걸까?

파이어하트는 전사들의 거처로 들어갔다. 그레이스트라이프는 벌써 잠들어 있었다. 파이어하트는 그 옆에 누워, 그레이스트라이프가 정말 강족 영역에 다시 갈 만큼 어리석은지 생각해 보았다. 화이트클로가 죽은 후, 레퍼드퍼는 풀어야 할 원한이 있다는 눈빛을 보였다. 파이어하트는 그레이스트라이프가 정확히 어디로, 왜 갔는지 알아내기로 결심했다.

파이어하트가 잠에서 깼을 때 거처는 축축하고 쌀쌀했다. 코를 한번 쿵쿵거리는 것만으로도 비가 오고 있다는 것을 알 수 있었다. 파이어하트는 하품을 하며 밖으로 나갔다. 그레이스트라이프를 걱정하느라 밤새 잠을 이루지 못했다. 강족 영역에 홀로 있는 친구의 모습을 생각하면 지금도 몸이 벌벌 떨렸다.

"춥지?"

러닝윈드의 목소리에 파이어하트는 깜짝 놀랐다. 뒤를 돌아보니, 늘씬한 얼룩무늬 전사가 거처에서 나오고 있었다.

"음, 네."

파이어하트가 대답했다.

"넌 괜찮아?"

러닝윈드가 다시 물었다.

"친구한테서 감기가 옮은 건 아니겠지? 마우스퍼는 오늘 아침에 계속 콧물을 흘리던데. 롱테일 말로는 스위프트포도 어제 훈련 내내 재채기를 했대."

파이어하트는 고개를 저었다.

"전 괜찮아요. 어제 훈련병을 평가하느라 좀 피곤한 것뿐이에요."

"아, 블루스타도 그렇게 생각하는 모양이더라고. 그래서 나한테 오늘 신더포와 브래큰포의 훈련을 도와주라고 했어. 그래도 괜찮겠어?"

"그럼요. 고맙습니다."

"그래, 그럼 이따 분지에서 만나자. 난 우선 뭘 좀 먹을게. 스위프트포가 감기에 걸렸으면 분지는 우리끼리만 쓰게 될 거야. 넌 배고프지 않아?"

파이어하트는 고개를 저었다. 러닝윈드는 어젯밤에 먹고 남은 싱싱한 먹잇감을 가지러 갔다.

파이어하트는 곧장 모래 분지로 가서 다른 고양이들이 오기를 기다렸다. 하지만 훈련에는 마음이 없었고, 머릿속에는 여전히 그레이스트라이프 생각뿐이었다. 그는 오늘 밤도 친구가 진영을 몰래 빠져나갈 거라 확신했다.

비바람이 분지 위에 드리운 앙상한 나뭇가지들을 흔들기 시작했을 때, 신더포와 브래큰포가 도착했다. 그 뒤를 러닝윈드가 따르고 있었다.

"오늘은 뭘 하죠?"

신더포가 분지 안으로 후닥닥 달려 내려오며 물었다. 파이어하트는 그녀를 멀뚱멀뚱 쳐다보았다. 뭘 할지 전혀 생각해 보지 않았던 것이다.

"사냥을 하나요?"

브래큰포가 기대에 찬 얼굴로 신더포를 따라 내려오며 물었다.

러닝윈드가 분지를 가로질러 그들에게 다가왔다.

"몰래 접근하는 기술을 연습하는 건 어때?"

러닝윈드가 제안했다.

"좋은 생각이에요."

파이어하트는 재빨리 동의했다.

"'토끼는 소리를 듣고, 쥐는 움직임을 느낀다' 훈련을 또 하려는 건 아니죠? 그건 이제 지겹다고요!"

신더포가 투덜거렸다.

러닝윈드가 그녀에게 조용히 하라는 눈짓을 보내고, 파이어하트를 돌아보았다.

파이어하트는 문득 러닝윈드가 자신이 시작하기를 기다리고 있다는 것을 깨달았다.

"어, 내가 토끼에게 접근하는 가장 좋은 방법을 보여 줄게."

파이어하트는 더듬거리며 말했다. 그리고 자세를 낮추고 앞으로 나아가기 시작했다. 빠르고 가볍게 움직여 분지 끝까지 간 그는 일어나서 뒤를 돌아보았다. 그런데 세 고양이 모두 의아한 표정으로 그를 쳐다보고 있었다.

"그렇게 해서 토끼를 속일 수 있겠어요?"

신더포가 수염을 씰룩거리며 말했다.

파이어하트는 잠시 어리둥절했다. 그러다 곧 깨달았다. 자신이 방금 보여 준 것은 새에게 접근하는 기술이었다는 사실을. 토끼였다면 덤불을 스치며 지나가는 소리를 듣고도 남았을 것이다.

파이어하트는 겸연쩍은 얼굴로 러닝윈드를 바라보았다. 얼룩무늬 전사는 얼굴을 찌푸렸다.

"내가 뒤쥐에게 접근하는 법을 보여 줄게."

파이어하트를 쳐다보던 신더포의 초롱초롱한 눈길이 러닝윈드에게로 향했다. 파이어하트는 한숨을 내쉬고 되돌아가 훈련을 지켜보았다.

해가 가장 높이 뜰 때까지도 파이어하트는 훈련에 집중하지 못했다. 그레이스트라이프가 진영에서 몰래 빠져나가는 모습이 자꾸만 머릿속에 그려지면서, 친구를 따라가고 싶은 마음이 간절해졌다. 결국 그는 초조함을 견디지 못하고 러닝윈드에게 다가가 나지막이 귓속말을 했다.

"배가 좀 아파요. 오늘 남은 시간 동안 훈련을 맡아 주시겠어요? 옐로팽에게 가서 적당한 약이 있는지 알아봐야겠어요."

"어쩐지 좀 산만해 보이더라. 그럼 넌 진영으로 돌아가. 나는 이 둘을 데리고 사냥을 나갈게."

"고마워요, 러닝윈드."

파이어하트는 러닝윈드가 너무 쉽게 믿어 주니 부끄러운 마음이 들었다.

파이어하트는 아픈 것처럼 보이려고 절룩거리며 분지를 가로질러 갔다. 나무 사이로 안전하게 몸을 숨기자마자, 그는 진영으로 달리기 시작했다. 그레이스트라이프는 어제 보육실 뒤쪽에서 나타났다. 파이어하트는 들키지 않고 진영을 빠져나갈 수 있는 가장 좋은 장소가 바로 그곳이라는 것을 경험으로 알고 있었다. 그곳은 옐로팽이 치료사였던 스파티드리프를 죽였다고 의심받았던 그날 몰래 빠져나갔던 곳이기도 했다.

파이어하트는 진영 바깥쪽을 돌아다니며 고사리 방벽 근처를 킁킁거려 보았다. 그레이스트라이프의 냄새가 났다. 파이어하트는 가슴이 철렁 내려앉았다. 그레이스트라이프는 이쪽 길로 진영을 빠져나간 것이 분명했다. 냄새로 판단하건대, 자주 지나다닌 모양이었다. 그래도 냄새가 오래된 것으로 보아 오늘은 오지 않은 것 같았다.

파이어하트는 가까운 나무 뒤에 웅크리고 앉아서 기다렸다. 하늘에 비구름이 밀려들면서 숲은 점점 더 어두워졌다. 그늘은 그를 완벽하게 숨겨 주었다. 게다가 바람도 그를 향해 불고 있어,

그레이스트라이프가 눈치채지 못할 게 확실했다. 죄책감과 긴장감 탓에 이제는 정말로 배가 아파 왔다. 그는 한편으로는 그레이스트라이프가 오지 않기를 바라면서도, 또 한편으로는 모습을 드러내어 그를 따라갈 수 있기를 바랐다.

파이어하트는 부스럭거리는 소리를 듣고 심장이 덜컹했다. 잎사귀 사이로 회색 코가 나왔다. 그레이스트라이프가 조심스럽게 주위를 살피는 동안 파이어하트는 고개를 푹 숙이고 있었다. 잠시 뒤, 회색 전사는 고사리 방벽을 뛰쳐나와 모래 분지를 향해 걸음을 옮기기 시작했다.

파이어하트의 가슴에 희망이 타올랐다. 아마도 그레이스트라이프는 감기가 좀 나아져서 훈련에 동참하기로 마음먹은 것이리라. 그는 뒤에서 안전거리를 유지하면서, 시각보다는 후각에 의존하여 친구를 쫓아갔다.

하지만 흔적이 모래 분지로 이어지는 길에서 벗어나면서, 파이어하트는 자신이 헛된 희망을 품었다는 사실을 깨달았다. 나무들 사이로 특징이 뚜렷한 회색 바위가 어렴풋이 나타나자, 무서운 일이 벌어질 것 같은 불길한 예감이 들었다. 해 드는 바위였다. 파이어하트는 귀를 쫑긋 세우고 입을 벌려, 적의 냄새가 나지 않는지 확인해 보았다. 숲의 가장자리에 다다르자, 어깨가 넓은 회색 고양이가 바위들을 지나 강족 영역 경계로 가는 모습이 얼핏 보였다. 그레이스트라이프가 어디로 향하고 있는지는 의심할 여지가 없었다.

친구가 시야에서 사라지자마자, 파이어하트는 앞으로 달려가 강으로 이어지는 비탈을 내려다보았다. 덤불이 흔들리는 것으로 보아 그레이스트라이프가 어디 있는지 짐작할 수 있었다. 지켜보고 있는 강족 전사가 없기를 바랄 뿐이었다.

파이어하트는 잎사귀를 헤치고 아래로 내려갔다. 강은 더 이상 얼어 있지 않았다. 강물이 기슭에 부딪혀 철썩이는 소리를 들을 수 있었다. 고사리 덤불 끝에 다다른 그는 걸음을 늦추고 탁 트인 물가를 내다보았다.

그레이스트라이프는 자갈 위에 앉아 있었다. 회색 전사는 귀를 쫑긋 세우고 주변을 둘러보고 있었다. 하지만 편안하게 늘어뜨린 어깨는 그가 먹잇감의 소리에 귀를 기울이는 게 아님을 알려 주고 있었다.

멀리서 낯선 고양이가 부르는 소리가 들렸다. 강족 순찰대일까? 파이어하트는 털이 곤두서고 본능적으로 근육이 긴장되었다. 하지만 그레이스트라이프는 움직이지 않았다. 그때 강 너머 고사리 덤불에서 바스락거리는 소리가 들렸다. 그레이스트라이프는 여전히 그 자리에 그대로 있었다. 마침내 건너편 강둑에서 얼굴 하나가 나타나자, 파이어하트는 숨을 참았다. 은빛 암고양이가 덤불에서 나와 강물 속으로 미끄러져 들어갔다. 파이어하트는 심장이 덜컹 내려앉는 기분이었다. 그 고양이는 실버스트림이었다. 친구를 구해 주었던 강족의 바로 그 고양이!

그녀는 강을 쉽게 헤엄쳐 건넜다. 그레이스트라이프는 자리에서 일어나 기쁘게 가르랑거리더니, 기대감에 차서 발로 조약돌들을 꾹꾹 눌렀다. 그녀가 강기슭 쪽으로 올라오자 그는 꼬리를 높이 치켜든 채 물가로 걸어갔다.

실버스트림이 털에서 물방울을 털어 내자, 두 고양이는 서로 부드럽게 코를 어루만졌다. 그레이스트라이프가 그녀의 턱을 따라 주둥이를 비볐고, 그녀는 행복하게 턱 끝을 들어 올렸다. 그러고 나서 실버스트림이 발끝으로 서서 날씬한 몸으로 그레이스트라이프의 몸을 휘감았다. 이번만은 그레이스트라이프도 몸이 젖는 것을 전혀 개의치 않는 것 같았다. 실버스트림이 젖은 털을 그에게 바짝 갖다 대자, 그는 파이어하트에게도 들릴 만큼 큰 소리로 가르랑거렸다.

14

부딪치는 감정

파이어하트의 목덜미 털이 두려움으로 곤두섰다. 그레이스트라이프는 어쩌면 이렇게 어리석은 걸까? 그는 다른 종족의 고양이를 만남으로써 전사의 규약을 모조리 어기고 있었다.

"그레이스트라이프!"

파이어하트는 덤불에서 뛰쳐나가며 외쳤다.

두 고양이가 몸을 돌려 그를 바라보았다. 실버스트림은 화가 나서 귀를 납작 붙였다. 그레이스트라이프는 놀란 표정으로 그를 빤히 쳐다보았다.

"내 뒤를 밟다니!"

파이어하트는 그의 말을 무시했다.

"대체 여기서 뭐 하는 거야? 이게 얼마나 위험한 짓인지 모르는 거야?"

실버스트림이 입을 열었다.

"괜찮아. 해가 지기 전까지는 순찰병이 오지 않을 거야."

"그걸 확신할 수 있어? 너희 종족의 모든 움직임을 네가 다 안

224

단 말이야?"

파이어하트가 으르렁댔다.

실버스트림이 턱을 치켜들었다.

"그래, 알아. 내 아버지가 크룩트스타거든. 강족 지도자."

파이어하트는 몸이 얼어붙었다.

"너 이게 뭐 하는 짓이야?"

그는 그레이스트라이프에게 쏘아붙였다.

"이것보다 나쁜 선택이 있을 거 같아?"

그레이스트라이프는 잠시 파이어하트의 시선을 마주했다. 그러고는 실버스트림에게 눈을 돌렸다.

"이만 가는 게 좋겠어."

실버스트림은 천천히 눈을 깜박이더니 그레이스트라이프의 뺨에 얼굴을 댔다. 그들은 잠시 동안 눈을 감고 가만히 있었다. 그 모습을 지켜보며 파이어하트는 마음이 불편했다. 실버스트림이 그레이스트라이프의 귀에 대고 뭔가 속삭였고, 이내 두 고양이는 서로 떨어졌다. 강족 암고양이는 고개를 들고 파이어하트의 눈을 도전적으로 바라보다가, 다시 강물로 뛰어들었다.

그레이스트라이프가 파이어하트의 옆으로 다가왔다. 두 친구는 아무 말 없이 강족 영역에서 나와 해 드는 바위를 지나갔다. 진영에 가까워지자 그레이스트라이프가 걸음을 늦췄다.

파이어하트 역시 속도를 줄였다.

"실버스트림을 더 이상 만나선 안 돼."

파이어하트가 말했다. 강족 영역에서 한참 멀어진 덕분에 불안감은 누그러들었지만, 그는 여전히 화가 나 있었다.

"그럴 수 없어."

그레이스트라이프가 쉰 목소리로 대꾸했다. 그러더니 옆구리를 들썩이며 기침을 했다.

"이해할 수가 없어."

파이어하트가 말했다.

"강족은 지금 천둥족에게 완전히 적대적이야. 화이트클로가 죽은 뒤에 레퍼드퍼가 뭐라고 말했는지 너도 들었잖아."

파이어하트는 말을 뱉고 나서 움찔했다. 친구가 괴로워할 것을 알았기 때문이다. 하지만 이제 와서 멈출 수는 없었다.

"저 강족 고양이가 믿을 만한지는 어떻게 알아?"

"넌 실버스트림을 몰라서 그래."

그레이스트라이프가 쏘아붙였다. 그는 걸음을 멈추고 주저앉았다. 눈이 고통으로 이글거렸다.

"그리고 나한테 화이트클로에 대해 상기시킬 필요는 없어. 실버스트림의 동료가 죽은 게 내 책임이라는 건 나도 안다고!"

파이어하트는 참을성 없이 콧방귀를 뀌었다. 화이트클로는 적의 전사이지, 그들의 동료가 아니었다! 하지만 그레이스트라이프는 무시하고 말을 이었다.

"실버스트림은 그 일이 사고였다는 걸 이해해 줬어. 골짜기에선 전투를 벌이면 안 되는 거야. 거기서는 어떤 고양이라도 떨어질 수 있었어!"

파이어하트는 그레이스트라이프 주변을 서성거렸다. 그레이스트라이프는 털에 묻은 실버스트림의 냄새를 핥아 내기 시작했다.

"실버스트림이 어떻게 생각하든 상관없어! 천둥족에 대한 네 충성심은 어떻게 된 거야? 실버스트림을 만나는 건 전사의 규약에 어긋나는 거잖아!"

파이어하트가 따져 물었다.

그레이스트라이프가 몸을 핥던 동작을 멈췄다.

"내가 그것도 모를 것 같아? 지금 내 충성심을 의심하는 거야?"

"그럼 달리 어떻게 생각할 수 있겠어? 종족에 거짓말을 하지 않고는 실버스트림을 만날 수 없잖아. 그리고 만약 우리가 강족과 전투를 벌이게 되면 어떻게 할 건데? 그것도 생각해 봤어?"

"넌 걱정이 지나치게 많아. 그렇게 되진 않을 거야. 이제 브로큰스타는 사라졌고 바람족도 돌아왔잖아. 종족들은 평화롭게 지낼 거야."

"강족은 그리 평화롭게 행동하지 않는 것 같던데."

파이어하트가 꼬집어 말했다.

"강족이 해 드는 바위에서 사냥하는 걸 너도 알잖아. 우리 영역에서 말이야."

"강족은 내가 태어나기도 전부터 그곳에서 사냥을 하곤 했어."

그레이스트라이프가 코웃음을 치며 말했다. 그리고 꼬리를 닦으려고 몸을 돌렸다.

파이어하트는 계속 서성거렸다. 그레이스트라이프는 자신이 무슨 일을 벌이고 있는지 깨닫지 못하는 것 같았다.

"좋아, 그럼 네가 강족 순찰대에게 잡히면 어떻게 해?"

"그런 일이 일어나지 않도록 실버스트림이 막아 줄 거야."

그레이스트라이프가 북슬북슬한 꼬리를 핥으며 대답했다.

"맙소사, 별족이시여! 넌 정말 조금도 걱정이 되지 않는 거야?"

파이어하트는 화가 치밀어 버럭 소리를 질렀다.

그레이스트라이프가 동작을 멈추고 친구를 쳐다보았다.

"넌 이해를 못 하는구나, 그렇지? 이건 틀림없이 별족이 정해준 운명이야. 봐, 실버스트림이 날 만나고 싶어 해. 화이트클로가 그렇게 죽었는데도 말이야. 우리는 생각도 똑같아. 마치 같은 종족에서 태어난 것 같아."

파이어하트는 더 이상 말다툼을 벌여 봤자 소용없다는 것을 깨달았다.

"서두르자. 네가 또 없어진 걸 들키기 전에 돌아가는 게 좋겠어."

그레이스트라이프가 일어섰다. 둘은 나란히 골짜기 꼭대기까지 올라가 진영을 내려다보았다. 파이어하트의 머릿속에 한 가지 생각이 맴돌았다. 그레이스트라이프는 어떻게 크룩트스타의 딸을 사랑하면서 동시에 천둥족에 대한 충성심도 지킬 수 있을까?

그는 그레이스트라이프를 흘깃 쳐다보았다. 그리고 진영으로 향하는 가파른 경사를 달려 내려갔다. 그들은 그레이스트라이프가 빠져나왔던 길을 통해 다시 진영으로 들어갔다. 파이어하트는 숨을 죽인 채 고사리 방벽을 비집고 나오면서, 이렇게 몰래 진영을 들락거리게 만든 그레이스트라이프에게 화가 났다. 보육실을 돌아서 걸어가던 그들은 화이트스톰이 다가오는 것을 보고 가슴이 철렁 내려앉았다.

"그레이스트라이프, 넌 여기 얼씬거릴 게 아니라 쉬어야지! 네 기침이 벌써 퍼지기 시작했단 말이다. 보육실에까지 옮기면 안 된다고!"

전사가 엄하게 말했다.

그레이스트라이프는 고개를 끄덕이고 전사들의 거처를 향해 걸어갔다.

"그리고 너."

화이트스톰이 고개를 돌렸다. 파이어하트는 불안감에 귀를 움찔거렸다.

"너는 훈련병들을 가르쳐야 하지 않느냐?"

"배가 아파서 옐로팽에게 약초를 받으러 왔어요."

파이어하트가 웅얼거리며 말했다.

"그래, 그럼 가서 받아 와라."

화이트스톰이 대꾸했다.

"그리고 약을 먹고 나면 좀 쓸모 있는 일을 하도록. 가서 싱싱한 먹이를 잡아 오든지. 잎 없는 계절에 젊은 전사가 진영에서 아무 일도 하지 않고 빈둥거리면 안 된단 말이다!"

"네, 화이트스톰."

파이어하트는 더 이상 질문을 받지 않아도 되는 것에 마음을 놓으며, 돌아서서 옐로팽의 거처로 달려갔다.

옐로팽은 약초들을 섞느라 분주했다. 그녀 앞에는 잎사귀를 모아 둔 무더기가 여러 개 있었다. 파이어하트는 잠시 말없이 서서 그녀를 지켜보았다. 그레이스트라이프와 다투고 나니 슬프고 진이 빠지는 기분이었다. 여기서 약초를 섞고 있는 것이 옐로팽이 아니라 스파티드리프였으면 좋았을 거라는 생각이 들었다.

옐로팽이 그를 흘깃 보았다.

"재료들이 떨어져 가고 있어. 다시 채우려면 도움이 필요할지도 모르겠구나."

파이어하트는 대답하지 않았다. 그는 그레이스트라이프에 대한 걱정을 털어놓아야 할지 생각해 보고 있었다.

"진영에 흰기침병이 도는 것 같구나."

옐로팽이 마른 잎사귀를 쿡 찌르면서 말했다.

"오늘 아침에도 둘이나 있었어."

"스위프트포요?"

파이어하트가 물었다.

나이 든 치료사는 고개를 저었다.

"스위프트포는 그냥 감기야. 흰기침병에 걸린 건 스페클테일의 새끼 고양이란다. 그리고 패치펠트. 당장은 상태가 심각하진 않다. 그래도 종족이 튼튼해지도록 노력할 필요가 있어. 잎 없는 계절에는 늘 초록기침병이 돌 위험이 있거든."

파이어하트는 그녀의 근심을 이해할 수 있었다. 초록기침병은 치명적이었다. 옐로팽이 다시 고개를 들었다.

"넌 무슨 일이냐?"

"아, 아니에요. 그냥 배가 아파서요. 하지만 바쁘시면 괜찮아요."

"많이 아프냐?"

"아니에요."

파이어하트는 옐로팽과 눈을 맞추지 못하고 대답했다.

"그럼 많이 아프면 다시 오너라."

치료사는 다시 약초를 섞기 시작했다. 자리를 뜨려고 돌아선 파이어하트에게 옐로팽이 외쳤다.

"그레이스트라이프에게 거처에 머물라고 해라, 알았지? 젊고 강인한 전사이니, 계속 쉬고 있었다면 지금쯤 기침이 나았을 거야."

파이어하트는 안절부절못하며 꼬리를 움찔거렸다. 그레이스트라이프가 진영 밖으로 나가는 걸 눈치챈 걸까? 그는 쿵쾅거리는 심장을 안고, 옐로팽이 무슨 말을 더 할까 싶어 기다렸다. 하지만 그녀는 다시 약초들을 보며 인상을 찌푸렸다. 그는 조용히 걸어 나왔다.

날이 어두워지고 있었다. 사냥할 수 있는 시간이 얼마 남지 않았다. 파이어하트는 진영에서 나와 재빨리 뒤쥐와 되새, 들쥐를 한 마리씩 잡았다. 하지만 진영으로 돌아가기가 망설여졌다. 제때 먹잇감을 가지고 돌아가지 않으면 화이트스톰이 뭐라고 하겠지만, 그보다 그레이스트라이프에 대한 걱정이 앞섰다. 파이어하트는 마음의 결정을 내렸다. 그레이스트라이프가 사리에 맞는 충고를 듣지 않는다 해도, 실버스트림은 들어줄 수도 있었다.

파이어하트는 잡은 먹이들을 나무뿌리 밑에 숨기고 나뭇잎으로 덮어 두었다. 그리고 오늘 들어 두 번째로 해 드는 바위로 향했다. 하루 종일 올 듯 말 듯하던 비가 드디어 내리기 시작했다. 강으로 이어지는 어둑한 비탈을 내려갈 무렵에는 빗줄기가 고사리를 연신 두드리는 소리가 났다.

빗속에서도 실버스트림의 냄새는 쉽게 찾을 수 있었다. 파이어하트는 냄새 흔적을 따라서, 그레이스트라이프와 실버스트림이 함께 있던 장소로 향했다. 그는 극도로 경계하면서 강가로 걸어갔다. 어두운 물살이 끊임없이 빠르게 흘러갔고, 파이어하트는 등골이 오싹해졌다. 헤엄쳐서 강을 건너고 싶지는 않았다. 그의 털은 강족 고양이들처럼 물에 젖는 걸 막아 주는 기름진 털이 아니었다. 게다가 잎 없는 계절은 몸을 적시기에 적당한 시기가 아니었다.

갑자기 파이어하트의 몸이 굳어졌다. 강족 전사들 냄새가 난 것이다!

그는 몸을 웅크리고 강 건너편을 바라보았다. 실버스트림이 길게 뻗은 버드나무 가지를 헤치며 나오고 있었다. 그녀의 뒤로 강족 고양이 둘이 보였다. 그중 하나는 어깨가 우람하고, 전투에서 찢긴 귀를 가진 전사였다. 전사가 미심쩍은 얼굴로 코를 킁킁대더니 주변을 둘러보았다.

파이어하트는 자신의 맥박이 빠르게 요동치는 소리를 들을 수 있었다. 강족의 전사가 그의 냄새를 맡은 것일까?

15
둘로 쪼개진 충성심

파이어하트는 조용히 고사리 덤불 속으로 물러났다. 강족 전사는 더 이상 코를 킁킁대지 않았지만, 여전히 주변을 살피고 있었다.

파이어하트는 웅크린 채로 돌아서서 살그머니 기어가기 시작했다. 뒤쪽에서 작게 첨벙거리는 소리가 났다. 고양이 하나가 물속으로 뛰어든 것이다. 파이어하트는 심장이 두근거렸다. 어깨 너머로 돌아보니, 은빛 머리가 까닥거리며 그를 향해 오고 있었다. 실버스트림이었다! 하지만 다른 둘은 어디 있는 걸까? 파이어하트는 입을 벌려 냄새를 맡으며 조심스럽게 주위를 둘러보았다. 근처에서 다른 고양이들의 냄새는 나지 않았다. 다른 곳으로 이동한 것이 분명했다. 그는 다부지게 헤엄치며 강을 건너오고 있는 실버스트림을 바라보았다. 잠깐 동안 파이어하트는 이것이 함정이고, 도망가야 하는 게 아닐지 의심해 보았다. 하지만 그레이스트라이프에 대한 걱정 때문에 그 자리를 뜰 수가 없었다.

은빛 암고양이가 기슭으로 올라와 조용히 속삭였다.

"파이어하트, 너 거기 있는 거 알아. 냄새가 난단 말이야! 괜찮아, 스톤퍼랑 셰이드포는 갔어."

파이어하트는 움직이지 않았다.

"파이어하트, 난 그레이스트라이프의 가장 친한 친구에게 해가 되는 행동은 하지 않아!"

그녀는 이제 짜증이 난 듯했다.

"맙소사, 별족이시여! 날 좀 믿으라고!"

파이어하트는 그제야 숨어 있던 곳에서 천천히 나왔다.

실버스트림이 꼬리를 씰룩거리며 그를 빤히 쳐다보았다.

"여기서 뭐 하는 거야?"

"널 찾고 있었어."

파이어하트는 속삭였다. 자신이 적의 영역에 와 있다는 것이 절실하게 느껴졌다.

실버스트림이 놀라서 귀를 휙 움직였다.

"그레이스트라이프는 괜찮은 거야? 기침이 더 심해졌어?"

파이어하트는 그녀가 걱정하는 것이 거슬렸다. 이 암고양이가 자신의 절친한 친구를 걱정하는 꼴을 보고 싶지 않았다.

"그 녀석은 괜찮아!"

화가 난 파이어하트는 조심해야 한다는 것도 잊고 으르렁댔다.

"하지만 너를 계속 만난다면 조만간 무슨 일이 생기겠지!"

실버스트림이 털을 곤두세웠다.

"그레이스트라이프에게 나쁜 일이 일어나게 두지 않을 거야!"

"오, 그러셔?"

파이어하트는 코웃음을 쳤다.

"네가 어떻게 그 녀석을 지켜 줄 건데?"

"난 종족 지도자의 딸이야."

실버스트림이 말했다.

"그렇다고 네가 아버지의 전사들을 마음대로 할 수 있어? 이제 겨우 훈련병에서 벗어났으면서!"

"너도 마찬가지잖아!"

실버스트림이 강하게 반발했다.

"그래, 맞아."

파이어하트가 인정했다.

"그래서 그러는 거야. 그레이스트라이프와 네가 만난다는 사실이 발각되었을 때, 내가 그 녀석을 보호해 줄 수 있을지 자신이 없어. 우리 종족도, 그리고 너희 종족도 틀림없이 분노할 거야."

실버스트림이 그를 쏘아보려 애썼다. 하지만 그녀의 눈동자는 격한 감정으로 흔들리고 있다.

"그를 만나지 않을 수는 없어."

실버스트림의 목소리는 잦아들어 거의 속삭임처럼 들렸다.

"난 그를 사랑해."

"하지만 우리 종족과 너희 종족은 이미 사이가 안 좋단 말이야!"

파이어하트는 어떤 연민도 느끼지 못할 만큼 화가 나 있었다.

"강족이 우리 영역에서 사냥하는 것도 알고 있어."

실버스트림의 눈에 다시 반항적인 빛이 돌아왔다.

"천둥족이 그 이유를 알게 되면, 우리가 거기서 사냥하는 걸 못

마땅하게 여기지 않을 거야!"

"이유가 뭔데?"

파이어하트가 쏘아붙이듯 물었다.

"우리 종족은 굶주리고 있어. 새끼 고양이들은 어미젖을 먹지 못해서 울고 있고, 원로들은 제대로 된 먹이가 없어서 죽어 가고 있단 말이야."

파이어하트는 깜짝 놀라 그녀를 빤히 쳐다보았다.

"하지만 너희에겐 강이 있잖아!"

강족 고양이들이 숲에서 나는 먹잇감은 물론이고 강에 있는 물고기까지 사냥할 수 있다는 것은 모두가 아는 사실이었다.

"물고기가 충분하지 않아. 두발쟁이들이 강 하류 쪽에 있는 우리 영역을 차지해 버렸거든. 초록잎 우거진 계절 내내 거기에 진을 치고, 물고기가 사라질 때까지 계속 머물렀어. 그들이 떠나고 나자 물고기는 거의 남지 않았어. 게다가 숲을 망쳐 놔서 숲에서도 먹이를 찾기가 힘들어졌어."

파이어하트는 화가 나 있는 가운데도 안타까운 마음이 들었다. 강족이 얼마나 심각한 상황인지 짐작할 수 있었다. 그들은 물고기를 풍족하게 먹는 것에 익숙해져 있었고, 초록잎 우거진 계절이 되면 늘 살이 통통하게 올랐다. 그 덕분에 잎 없는 계절의 혹독한 달들을 견딜 수 있었을 것이다. 그는 암고양이를 새삼스럽게 쳐다보았다. 그리고 그녀가 날씬한 정도가 아니라 깡말랐다는 사실을 깨달았다. 젖은 털이 들러붙은 몸에는 갈비뼈가 드러나 보였다. 문득 지난 모임에서 크룩트스타가 블루스타의 계획에 반감을 드러낸 이유를 이해할 수 있었다.

"그래서 너희는 바람족이 돌아오는 걸 원하지 않았구나!"

"토끼들은 황무지에 일 년 내내 돌아다니잖아."

실버스트림이 말했다.

"새끼 고양이들을 잃지 않고 잎 없는 계절을 나려면 토끼가 유일한 희망이었어."

그녀는 천천히 고개를 가로젓다가, 다시 파이어하트를 쳐다보았다.

"그레이스트라이프도 이런 사실을 다 알고 있어?"

파이어하트가 물었다.

실버스트림이 고개를 끄덕였다. 파이어하트는 곤혹스러운 얼굴로 그녀를 바라보았다. 하지만 이런 감정 때문에 전사의 규약을 잊을 수는 없었다. 친구 역시 마찬가지였다.

"너희 종족에게 무슨 문제가 있든지, 넌 그레이스트라이프를 그만 만나야 해."

"그럴 순 없어."

실버스트림이 턱을 치켜들며 대답했다. 그녀의 눈이 번득였다.

"우리 사랑이 무슨 해를 끼친다는 거야?"

파이어하트는 그녀를 똑바로 마주 보았다. 차가운 비가 두툼한 털가죽으로 스며들면서 등줄기가 오싹해졌다.

갑자기 실버스트림이 쉭쉭거리는 바람에 파이어하트는 깜짝 놀랐다.

"당장 떠나! 순찰대가 오고 있어."

파이어하트는 강 건너편에서 희미하게 바스락거리는 소리를 들을 수 있었다. 더 이상 머무르는 것은 의미도 없고 위험한 짓이었다. 바스락거리는 소리는 점점 더 커지고 있었다. 그는 작별 인사도 하지 않고, 젖은 고사리 덤불로 뛰어들어 진영을 향해 달렸다.

파이어하트는 먹잇감들을 숨겨 둔 떡갈나무를 향해 갔다. 도중에 두발쟁이가 지나간 냄새가 생생하게 났다. 그는 문득 프린세스가 떠올라 그 자리에 멈춰 섰다. 그리고 두발쟁이 영역에 갔다 올 시간이 있을지 따져 보았다. 프린세스가 새끼를 낳았는지 궁금했다. 하지만 프린세스는 지금쯤 두발쟁이 보금자리에서 편안한 잠자리에 들었을 것이다. 그리고 종족에게 싱싱한 먹이도 가져다주어야 했다. 파이어하트는 불편한 마음이 들었다. 둘로 쪼개진 충성심을 가지고 있는 것은 그레이스트라이프만이 아니었다.

수염 끝으로 빗물이 흘러내리기 시작했다. 파이어하트는 머리를 흔들어 빗방울을 털어 내고, 싱싱한 먹잇감을 숨겨 둔 곳으로 갔다.

그가 도착했을 때 진영은 잠잠했다. 고양이들은 각자의 거처에서 비를 피하고 있었다. 파이어하트는 진탕이 된 공터를 가로질러 먹이 더미로 가서, 잡아 온 먹잇감을 내려놓았다. 그리고 그중에서 자신의 몫을 챙겨 전사들의 거처로 걸어갔다. 오늘 밤은 밖에서 먹이를 먹을 수가 없었다.

그는 거처 안으로 머리를 들이밀었다. 다행히 그레이스트라이프는 자고 있었다. 실버스트림을 만나려고 숲을 내달리지 않는다면, 친구는 정말로 빨리 회복될지도 모른다.

"옐로팽이 아직 아무것도 먹지 못했다."

화이트스톰의 말소리가 어둠 속에서 들려왔다.

"계속 너무 바빴어. 네가 물고 있는 그 쥐를 가져다주면 좋아할 것 같구나."

파이어하트는 고개를 끄덕이고 다시 밖으로 나갔다. 옐로팽이 먹이를 먹지도 못할 만큼 바빴다는 건, 진영에 도는 질병이 더 심해졌다는 뜻이었다. 파이어하트는 공터를 가로질러 달려가다가, 잠깐 멈춰 서서 쥐 하나를 더 집어 물고 서둘러 옐로팽의 거처로 달려갔다.

치료사의 공터 언저리, 고사리 덤불 속 이끼 잠자리에 얼룩무늬 새끼 고양이가 누워 있었다. 옐로팽은 그 옆에 웅크린 채 약초를 먹으라고 설득하는 중이었다. 새끼 고양이는 애처롭게 코를 훌쩍거리면서, 눈물과 콧물을 흘리며 그녀를 쳐다보았다. 파이어하트는 이 고양이가 바로 흰기침병에 걸린 새끼 고양이일 거라 짐작했다.

파이어하트가 다가오는 소리를 들었는지, 옐로팽이 뒤를 돌아보았다.

"나한테 주려고 가져온 것이냐?"

파이어하트의 입에 매달린 쥐들을 보고 옐로팽이 물었다. 그는 고개를 끄덕이고, 먹이를 바닥에 내려놓았다.

"고맙다. 이왕 온 김에 이 녀석을 설득해서 약 좀 먹여 주겠니?"

옐로팽은 오래된 부상으로 뻣뻣한 몸을 움직여 쥐가 놓인 곳으로 갔다. 그리고 한 마리를 허겁지겁 먹기 시작했다.

파이어하트는 새끼 고양이에게 다가갔다. 새끼 고양이는 조그만 입을 벌려 고통스럽게 기침을 하더니, 헉헉거리며 그를 바라보았다. 파이어하트는 초록빛이 나는 작은 약초를 살살 밀어 주었다.

"전사가 되고 싶으면 이런 쓴 약도 잘 먹어야 해. 달바위로 여정을 떠나려면 이것보다 훨씬 더 쓴 것도 먹어야 하거든."

새끼 고양이는 반쯤 감긴 눈을 하고, 호기심 가득한 표정으로 그를 바라보았다.

"이 약은 연습이라고 생각해."

파이어하트가 격려해 주었다.

"전사가 되었을 때를 대비한 연습 말이야."

새끼 고양이가 다가오더니, 머뭇머뭇하면서 약초를 한 입 베어 물었다.

옐로팽이 그의 옆에 와서 섰다.

"잘하는구나."

옐로팽이 코로 신호를 보냈다. 파이어하트는 그녀가 자신과 이야기하고 싶어 한다는 것을 알아차렸다. 그는 옐로팽을 따라 그녀가 잠을 자는 키 큰 바위 아래로 갔다. 비는 아직도 내리고 있었다. 옐로팽의 헝클어진 회색 털은 흠뻑 젖어 있었고, 축축한 꼬리는 땅에 질질 끌렸다.

"블루스타가 흰기침병에 걸렸다."

옐로팽이 진지하게 말했다.

"하지만 흰기침병은 그렇게 심각한 건 아니잖아요, 그렇죠?"

240

옐로팽이 고개를 가로저었다.

"너무 빠르게 퍼져 버렸어. 게다가 증세가 심하구나."

지도자의 남은 목숨이 몇 개인지 기억나자, 파이어하트는 가슴이 조이는 듯 답답해졌다.

"병에 걸린 다른 고양이들에게 가까이 가지 말라고 경고했는데도, 블루스타가 직접 보고 싶어 하는 바람에……. 지금은 거처에 계신다. 프로스트퍼가 같이 있고."

두려움에 휩싸인 옐로팽의 눈을 보니, 그녀가 블루스타의 목숨에 관한 진실을 알고 있을지도 모른다는 생각이 들었다. 파이어하트는 자신이 블루스타의 비밀을 알고 있는 유일한 고양이라고 생각했었다. 나머지 종족 고양이들은 블루스타의 목숨이 네 개 남았다고 알고 있었지만, 치료사라면 이런 일에 대해 본능적으로 알고 있을지도 모른다.

블루스타가 이번에 목숨을 잃는다면, 그녀에겐 오직 단 하나의 목숨만이 남게 된다. 그것이 진실이었다.

16

천둥길의 비명 소리

밤새도록 내린 비는 아침까지 이어졌다. 하지만 해가 가장 높이 뜬 시간이 되자 구름이 걷히기 시작했다. 천둥족 고양이들이 지도자의 소식을 기다리는 동안 공터에는 침울한 기운이 감돌고 있었다.

파이어하트는 새벽부터 진영 방벽 근처에 있는 가시덤불에서 비를 피하고 있다가 밖으로 나왔다. 그리고 높은 바위 옆에 있는 블루스타의 거처로 향했다. 안에서는 아무 소리도 나지 않았다. 돌아서서 가던 그는 보육실로 먹이를 가져가는 윌로펠트와 마주쳤다. 윌로펠트는 뭔가를 묻는 듯 고개를 한쪽으로 갸우뚱했다.

파이어하트는 그녀가 블루스타의 소식을 궁금해한다는 것을 알 수 있었다.

"알려 드릴 게 없어요."

파이어하트는 어깨를 으쓱하며 말했다.

그날 그는 신더포와 브래큰포의 훈련을 하루 쉬었다. 훈련병들은 거처 밖에서 지루한 표정으로 어슬렁거리고 있었다. 파이어하트는 자신이 그들을 실망시켰다는 것을 알았지만, 블루스타가 아픈 동안에는 진영 안에 머물고 싶었다. 어쨌든 그의 결정을 비난할 타이거클로는 진영에 없었다. 새벽 순찰대를 이끌고 나갔기 때문이었다.

갑자기 블루스타의 거처에 드리워진 이끼가 움직이더니, 프로스트퍼가 뛰쳐나왔다. 그녀는 공터를 가로질러 옐로팽의 거처로 달려갔다. 그리고 얼마 안 있어 치료사와 함께 다시 나타났다.

프로스트퍼와 옐로팽이 이끼를 밀고 들어가자마자, 파이어하트는 블루스타의 거처로 달려갔다. 하지만 안으로 들어가지는 못하고, 거처 밖에서 걸음을 멈추고 앉았다. 심장이 마구 요동쳤다. 프로스트퍼가 밖을 내다보았다.

"무슨 일이에요?"

파이어하트는 떨리는 목소리로 물었다.

"초록기침병이야."

프로스트퍼가 눈을 감고 비통하게 말했다.

"입구를 계속 지켜 줘. 아무도 안에 들여보내면 안 돼."

프로스트퍼는 다시 안으로 들어갔다.

파이어하트는 충격에 휩싸여 꼼짝하지 않고 앉아 있었다. 초록기침병이라니! 블루스타는 또다시 목숨을 잃을 위기에 처해 있었다.

진영 밖에서 날카로운 비명이 들렸다. 파이어하트는 몸을 돌려 가시금작화 굴길 쪽을 바라보았다. 더스트포가 공터로 돌진해 들어오더니, 파이어하트 옆에 미끄러지듯 멈춰 섰다.

"타이거클로가 보내서 왔어."

그가 헐떡거리며 말했다.

"블루스타에게 전할 말이 있어."

"블루스타는 몸이 안 좋으셔. 아무도 못 들어가."

파이어하트의 대답을 들은 더스트포는 안달하며 꼬리를 획획 휘둘렀다.

"타이거클로가 천둥길에서 블루스타를 만나고 싶어 해. 아주 급한 일이야."

"무슨 일인데?"

더스트포가 그를 노려보았다.

"타이거클로가 찾는 건 블루스타야. 전사인 척하는 애완 고양이가 아니라!"

더스트포가 경멸하듯 내뱉었다.

파이어하트는 분노가 치솟는 걸 참지 못하고 발톱을 세웠다.

"블루스타는 진영을 떠날 수 없어."

파이어하트는 으르렁대며 말했다. 그리고 귀를 납작하게 붙이고 몸을 움직여 지도자의 거처로 들어가는 입구를 막아섰다.

"파이어하트 말이 맞다."

옐로팽의 거친 목소리가 뒤에서 들려왔다. 그녀는 블루스타의 거처에서 나오고 있었다.

더스트포는 치료사의 눈초리에 움츠러든 채, 그녀를 바라보며 항변하듯 말했다.

"타이거클로가 우리 영역에서 그림자족 전사들의 흔적을 발견

244

했어요! 그들이 우리 사냥터에 침입했다고요!"

파이어하트는 블루스타를 걱정하면서도, 화가 나서 입술이 말려 올라가는 것을 느꼈다. 그림자족이 감히 어떻게? 천둥족이 그렇게 도와줬건만!

하지만 옐로팽은 더스트포의 보고에는 관심이 없었다. 그녀는 다급한 눈빛으로 파이어하트를 바라보았다.

"파이어하트, 혹시 두발쟁이 영역에 개박하가 피어 있는 곳을 아느냐?"

"개박하요?"

"블루스타를 치료하는 데 필요하다."

옐로팽이 설명했다.

"내가 한동안 사용하지 않은 약초이긴 한데, 그래도 개박하가 있으면 도움이 될 것 같구나."

파이어하트는 이제 치료사의 말에 완전히 집중하고 있었다.

"잎사귀가 연하고, 냄새가 아주 유혹적인……."

"네, 어디서 찾아야 하는지 알아요!"

숲에서는 한 번도 본 적이 없지만, 그가 새끼 고양이 시절에 살던 두발쟁이 집에서는 개박하 밭에서 뒹굴곤 했다.

"좋아, 가지고 올 수 있는 만큼 많이 가져와라. 될 수 있는 대로 빨리."

"타이거클로는 어쩌고요?"

더스트포가 따지듯 물었다.

"지금 당장은 타이거클로가 알아서 해야 할 거다!"

245

옐로팽이 딱딱거렸다.

"뭘 알아서 해요?"

나무 그루터기 옆에서 그들을 지켜보고 있던 신더포가 성큼성큼 다가와 물었다. 파이어하트는 재빨리 꼬리질로 그녀에게 조용히 하라는 신호를 보냈다.

더스트포는 훈련병을 무시했다.

"그림자족이 지금 우리 영역에 있을지도 모른다고요!"

더스트포가 외쳤다.

신더포는 눈이 휘둥그레졌지만 입은 다물고 있었다.

옐로팽이 잠시 생각해 보더니 물었다.

"화이트스톰은 어디 있지?"

"샌드포와 마우스퍼를 데리고 해 드는 바위를 순찰 중이에요."

더스트포가 대답했다.

옐로팽이 고개를 끄덕였다.

"블루스타는 아프고 파이어하트는 개박하를 가지러 가야 하니, 진영 밖으로 전사를 더 내보내는 건 위험해. 그림자족이 우리 영역에 들어왔다면, 이곳을 공격하겠지. 전에도 그랬으니까."

파이어하트가 끼어들었다.

"제가 빨리 가서 개박하를 가져온 다음에, 타이거클로를 만나서 블루스타에게 전할 말을 듣고 올게요."

더스트포가 눈을 번득였다.

"하지만 타이거클로는 블루스타가 직접 흔적을 확인하길 바란단 말이야. 그림자족이 우리 쪽 천둥길에 먹이 찌꺼기를 남겨 놨다고!"

옐로팽이 으르렁거리며 그를 조용히 시켰다.

"블루스타가 직접 볼 필요는 없다. 부지도자의 말이면 충분해."

"타이거클로에게 블루스타가 가지 못한다고 전해 주기만 하면 되는 거지?"

파이어하트가 다시 나섰다.

"내가 개박하를 가져오고 나서 타이거클로에게 전해 줄게. 타이거클로는 어디 있어?"

"내가 갈 거야!"

더스트포가 쏘아붙이듯 말했다.

"네가 나보다 그 말을 더 잘 전할 수 있을 거라 생각하는 거야? 너는 전사고 나는 그저 훈련병이라서?"

파이어하트를 쏘아보는 더스트포의 시선에는 증오가 가득했다.

"파이어하트가 없는 동안 종족을 지킬 고양이가 필요하다!"

옐로팽이 말다툼을 들어 줄 시간 따위 없다는 듯 잘라 말했다.

"그 임무는 너에게 중요하지 않은 거냐? 자, 타이거클로는 어디 있지?"

"천둥길 위쪽에 있는 타 버린 물푸레나무 옆에 있어요."

더스트포가 부루퉁하게 대답했다.

"좋아. 이제 가라, 파이어하트! 서둘러!"

공터를 가로질러 질주하던 파이어하트는 자신을 뒤쫓아 달리는 작은 발소리를 들었다.

"파이어하트, 기다려요!"

"거처로 돌아가, 신더포."

그는 속도를 늦추지 않고 어깨 너머로 외쳤다.

"하지만 스승님이 개박하를 가져오는 동안, 제가 타이거클로에게 가서 이야기해 줄 수 있잖아요!"

파이어하트는 그 자리에 멈춰서 어린 훈련병을 마주 보았다.

"신더포, 그림자족 전사가 주변에 있을지도 모르니까 넌 진영에 머물러야 해."

신더포는 상처받은 표정이었지만, 파이어하트는 그녀의 감정까지 걱정할 겨를이 없었다.

"어서 거처로 돌아가."

파이어하트는 지체 없이 돌아서서 진영 밖으로 달려 나갔다.

그는 큰 소나무 숲을 지나, 덤불을 날쌔게 누비며 지나갔다. 덤불 너머에 두발쟁이 영역이 있었다. 예전에 살던 집의 울타리에 재빨리 올라가자, 친숙한 정원의 냄새가 콧속을 채웠다. 추억이 정신없이 밀려들면서, 파이어하트는 잠시 아득한 기분이 되었다. 정원에서 두발쟁이들이 장난감을 가지고 놀아 주던 화창한 오후가 생각났다. 두발쟁이들이 먹이 알갱이를 달그락거리며, 그의 애완 고양이 시절 이름을 부르는 소리가 들릴 것만 같았다. 바로 그때 초록기침병과 싸우고 있는 블루스타가 생각났다.

파이어하트는 정원으로 뛰어내렸다. 그리고 개박하가 자라고 있다고 기억하는 곳으로 달려갔다. 그는 입을 벌리고 숨을 깊게 들이마셨다가, 안도하며 숨을 내쉬었다. 그 유혹적인 냄새가 아직 여기 어딘가에 남아 있었다.

파이어하트는 줄지어 늘어선 정원 식물을 따라 걸어가며 코를 킁킁거렸다. 하지만 개박하는 보이지 않았고, 예전에 살던 두발쟁이 보금자리에 점점 더 가까워지고 있었다. 파이어하트의 걸음이 느려졌다. 어린 시절의 냄새와 개박하 냄새가 뒤섞여 그를 혼란스럽게 했다.

파이어하트는 머리를 흔들어 정신을 차리고, 개박하 냄새에 집중했다. 그는 밤새 내린 비 때문에 아직도 빗방울이 흘러내리고 있는 널따란 덤불 아래로 들어갔다. 그리고 그곳에서 잎이 연하고 향기로운 약초를 발견했다. 얼마 전 서리가 내린 탓에 죽은 잎사귀도 있었지만, 덤불이 가려 준 덕분에 옐로팽이 쓰기에 충분할 정도로 많은 양이 남아 있었다. 파이어하트는 잎사귀를 양껏 물어뜯었다. 약초 즙이 입 안으로 맛있게 스며들었지만, 씹지 않으려고 조심했다. 블루스타에게는 이 약초의 즙이 한 방울도 빠짐없이 필요할 것이라는 생각이 들었다.

파이어하트는 입 안 가득 약초를 물고 돌아서서 정원을 달렸다. 울타리를 풀쩍 뛰어넘고, 털에 걸리는 가시덤불 따위는 무시한 채 숲을 질주해 갔다. 가슴이 터질 것 같았지만, 약초를 놓치지 않으려고 입을 꽉 다문 채 코로만 숨을 쉬었다.

가시금작화 굴길에서 옐로팽이 그를 기다리고 있었다. 파이어하트는 그녀의 발치에 개박하를 내려놓고, 옆구리를 들썩이며 길게 숨을 들이마셨다. 옐로팽은 고마워하는 표정으로 잎사귀를 집어 물고, 황급히 블루스타의 거처로 향했다.

앉아서 숨을 고르던 파이어하트는 문득 근처에서 잔뜩 흥분한 신더포의 냄새가 난다는 것을 알아차렸다. 그는 주변 땅에서 나는 냄새를 맡아 보았다. 그림자족 전사들에 대해 경고했는데도 신더포가 진영을 떠났단 말인가?

파이어하트는 훈련병의 거처로 달려가 머리를 들이밀었다. 브래큰포가 혼자 자고 있었다.

"신더포는 어디 있지?"

브래큰포가 졸린 눈으로 고개를 들었다.

"뭐라고요?"

"신더포 말이야! 어디 있어?"

"모르겠는데요."

브래큰포가 어리둥절한 얼굴로 대답했다.

파이어하트는 머리를 빼내고 공터 주변을 둘러보았다. 프로스트퍼가 블루스타의 거처 밖을 서성이고 있었다. 그녀는 흥분해서 털이 헝클어져 있었다.

파이어하트는 뭘 해야 할지 생각해 보았다. 직접 신더포를 찾아볼 시간은 없었다. 다른 전사들에게 자신의 훈련병이 없어졌다고 말하고 싶지도 않았다.

'그레이스트라이프!'

퍼뜩 친구가 떠올랐다. 그레이스트라이프라면 그가 타이거클로를 찾으러 간 사이에 신더포를 찾아볼 수 있을 것이다. 파이어하트는 서둘러 전사들의 거처로 달려 들어갔다.

그레이스트라이프의 잠자리는 텅 비어 있었다. 파이어하트의 마음속에 분노가 치밀어 올랐다. 도움이 절실한 지금, 친구는 대체 어디에 있는 걸까? 물론 어디 있는지는 뻔히 짐작할 수 있었다! 파이어하트는 짜증스럽게 콧방귀를 뀌었다. 타이거클로를 만나 블루스타가 몸이 안 좋다는 이야기를 전할 때까지, 신더포는 스스로 알아서 앞가림을 해야 할 것이다.

파이어하트는 가시금작화 굴길을 빠져나가 천둥길로 향했다. 골짜기를 올라 숲으로 들어서는데, 공기 중에 감도는 신더포의 냄새가 느껴졌다. 이 길을 지나간 것이 분명했다. 그럼 그렇지! 신더포는 혼자서 타이거클로를 만나러 간 것이었다! 파이어하트는 걱정과 좌절감으로 털이 곤두섰다. 신더포는 왜 이렇게 어리석게 구는 걸까?

뱀바위를 지나자 천둥길 냄새가 나고 괴물들의 굉음이 들리기 시작했다.

별안간 숲 언저리에서 높고 날카로운 비명이 들려왔다. 파이어하트는 피가 얼어붙는 것 같았다. 꿈에서 들었던 바로 그 소리였다.

파이어하트는 나무를 헤치고 달려 나가, 천둥길 옆의 풀밭에 미끄러지듯 멈춰 섰다. 필사적으로 길가를 훑어보던 그는 물푸레나무를 발견했다. 번개에 맞아 새카맣게 탄 나무였다. 더스트포 말대로라면 타이거클로가 블루스타를 만나고 싶다고 한 장소가 바로 그곳일 것이다. 하지만 부지도자는 아직 멀리 떨어진 곳에서 물푸레나무를 향해 차분히 걸어오고 있었다.

파이어하트는 즉각 달려 나갔다. 갓길은 토끼가 겨우 지나다닐 정도로 폭이 아주 좁았지만, 파이어하트는 멈추지 않았다. 그는 달려가며 타이거클로를 불렀다.

"방금 그 비명 소리 들으셨어요?"

하지만 때마침 다가오는 괴물의 굉음 때문에 그의 말소리는 묻혀 버렸다.

파이어하트는 덜덜 떨면서 괴물이 지나가기를 기다렸다. 시끄러운 소리가 잦아들면 다시 타이거클로를 부를 작정이었다. 그때 물푸레나무 옆 좁은 풀밭에 놓인 어두운 형체가 보였다. 파이어하트는 가슴이 철렁 내려앉았다. 천둥길 옆에 미동도 없이 누워 있는 작은 몸. 그건 바로 신더포였다.

17
마지막 목숨

파이어하트는 겁에 질려 멍하니 앞을 바라보았다. 타이거클로가 먼저 다가가 축 늘어진 몸을 내려다보았다. 그의 건장한 어깨가 충격으로 굳어져 있었다. 파이어하트는 가까스로 다가갔다. 그리고 망설임 끝에 고개를 숙여 신더포에게 코를 가져다 댔다. 그녀에게서 천둥길 냄새가 났다. 뒷다리 하나가 피범벅이 되어 비틀려 있었다. 파이어하트는 몸이 너무 떨려서 서 있기조차 힘들었다. 그때 신더포의 옆구리가 움직였다. 아직 숨을 쉬고 있었다! 파이어하트는 안도감에 말을 잃은 채 타이거클로를 쳐다보았다.

"아직 살아 있다."

부지도자가 말했다. 그는 호박색 눈으로 파이어하트를 노려보았다.

"신더포가 여기서 뭘 하고 있었던 거지?"

"부지도자를 찾으러 왔습니다."

파이어하트가 작게 말했다.

"네가 신더포를 보냈다는 뜻이냐?"

파이어하트는 깜짝 놀라 눈을 크게 떴다. 타이거클로는 그가 그렇게 어리석을 거라 생각한단 말인가?

"저는 진영에 있으라고 했어요! 신더포가 혼자 온 거예요."

파이어하트는 반발했다. 하지만 속으로는 절망스럽게 생각했다.

'내 말을 듣게 하지 못한 탓이야.'

타이거클로가 콧방귀를 뀌었다.

"신더포를 데려가야겠다."

타이거클로가 몸을 숙여, 작고 뒤틀린 몸을 향해 입을 벌렸다. 하지만 파이어하트가 재빨리 고개를 숙여 훈련병의 목덜미를 물었다. 그는 최대한 조심스럽게 신더포를 숲으로 끌고 가기 시작했다. 신더포의 몸이 그의 앞발 사이에 축 늘어져 있었다.

다크스트라이프가 그들에게 다가왔다.

"뱀바위도 다시 확인해 봤습니다. 하지만 그림자족의 흔적은 없……."

그는 파이어하트의 입에 매달린 신더포를 보고 말을 멈추었다.

"무슨 일이에요?"

파이어하트는 타이거클로의 대답을 기다리지 않았다. 그는 신더포의 몸을 조심스럽게 문 채로 나무들 사이로 걸어 들어갔다. 이 사고는 막을 수도 있었다. 신더포가 그의 말을 따르도록 했더라면, 그가 더 좋은 스승이었다면, 이런 일은 일어나지 않았을 것이다. 이제 신더포는 상처 입은 채 피를 흘리고 있었다. 입에 매달린 그녀는 아무 소리도 내지 않았다. 파이어하트가 조심스럽게 집으로 데려가는 동안, 신더포의 뒷다리는 나뭇잎들 위에 희미한 자국을 남기고 있었다.

치료사의 공터에 옐로팽의 모습은 보이지 않았다. 흰기침병에
걸린 새끼 고양이 둘이 잠자리에 누워 곤히 잠들어 있었다. 파이
어하트는 신더포를 차가운 땅바닥에 내려놓고, 고사리 덤불 속을
맴돌면서 잠자리를 만들었다. 일을 마친 후, 신더포의 목덜미를
잡아 살며시 잠자리로 끌어당겼다.

"파이어하트?"

옐로팽이 공터에 나타났다. 타이거클로가 신더포에 대해 이야
기해 준 모양이었다. 파이어하트는 고사리 덤불에서 껑충 뛰어나
갔다.

"여기 있어요!"

치료사를 보자 안도감이 들며 온몸의 힘이 빠졌다.

"내가 살펴보마."

옐로팽이 파이어하트를 스치고 고사리 덤불로 들어가 신더포
를 살폈다. 파이어하트는 앉아서 기다렸다.

마침내 옐로팽이 덤불에서 나왔다.

"심하게 다쳤어."

옐로팽이 걱정으로 어두워진 눈빛으로 말했다.

"하지만 목숨은 구할 수 있을 것 같구나."

그것은 아주 작은 희망이었다. 마치 털가죽에 매달려 반짝이는
이슬 한 방울 같았다. 희망이 빛난다고 느낀 것도 잠시, 옐로팽이
말을 이었다.

"아무것도 약속할 순 없다."

옐로팽이 파이어하트의 눈을 들여다보며 중얼거렸다.

"블루스타는 상태가 아주 안 좋고, 나는 더 이상 할 수 있는 게 없구나. 이제는 별족이 그녀의 운명을 결정하도록 두는 수밖에 없어."

파이어하트는 감정이 격해져서 눈이 흐려졌다. 옐로팽의 얼굴을 쳐다보기도 힘들었다. 옐로팽이 다시 부드러운 목소리로 말을 이었다.

"가서 블루스타 곁을 지켜라. 아까부터 널 찾고 계신단다. 신더포는 내가 돌보마."

파이어하트는 멍하니 고개를 끄덕이고 돌아섰다. 블루스타는 그의 스승이었다. 무엇보다 그들 사이에는 첫 만남 뒤로 지속되어 온 특별한 유대감이 있었다. 하지만 그는 마음이 엇갈렸다. 신더포와도 함께 있어 줘야 하지 않을까?

고사리 굴길 끝에 어렴풋한 그림자가 보였다. 타이거클로가 옐로팽의 거처 입구에 앉아 있었다. 그는 평소처럼 고개를 높이 치켜들고 있었다. 파이어하트는 화가 나서 어깨가 굳어졌다. 이 대단한 전사는 왜 슬픈 기색이 하나도 없는 걸까? 어쨌든 신더포는 그를 찾으러 간 것이었다. 게다가 무엇 때문에? 그곳에서 그림자족의 흔적이라고는 찾을 수도 없었다! 파이어하트는 말 한마디 없이 타이거클로를 지나쳐서 블루스타의 거처로 향했다.

롱테일이 밖에서 보초를 서고 있었다. 그는 파이어하트가 이끼를 밀치고 안으로 들어가자 흘깃 곁눈질했지만, 가로막지는 않았다.

거처 안에는 어미 고양이들 중 하나인 골든플라워가 있었다. 그녀의 눈에 침울한 빛이 감돌았다. 파이어하트는 몸을 말고 누워 있는 블루스타를 바라보았다. 골든플라워가 몸을 기울여 마치 어미 고양이처럼 블루스타의 머리를 부드럽게 핥아 주고 있었다. 열을 식히려는 것이었다. 파이어하트는 신더포가 떠올라 가슴이 저릿했다. 지금쯤 프로스트퍼가 딸의 곁을 지키고 있을까?

"옐로팽이 개박하와 화란국화를 주고 갔어."

골든플라워가 파이어하트에게 조용히 말했다.

"지금은 지켜보면서 기다릴 수밖에 없구나."

그녀는 일어나서 주둥이로 파이어하트의 코를 부드럽게 비볐다.

"블루스타 곁에 있을 수 있지?"

파이어하트가 고개를 끄덕이자, 골든플라워는 살그머니 거처에서 나갔다.

파이어하트는 배를 바닥에 대고 앉아, 앞발을 쭉 뻗어 지도자의 얼굴에 가져다 댔다. 그리고 블루스타의 축 늘어진 몸에 눈을 고정한 채 꼼짝하지 않고 있었다. 블루스타는 이제 기침을 할 기운조차 없어 보였다. 어둠 속에서 얕고 거친 호흡 소리가 들렸다. 파이어하트는 불규칙하게 흔들리는 숨소리에 밤새도록 귀를 기울였다.

새벽이 오기 직전에 그녀의 호흡이 멈췄다. 깜빡 잠들 뻔했던 파이어하트는 주변이 고요하다는 것을 깨달았다. 바깥에서도 아무런 소리가 나지 않아, 주변은 쥐 죽은 듯이 조용했다. 마치 종족 전체가 숨을 죽이며 기다리고 있는 것 같았다.

블루스타는 미동도 하지 않았다. 파이어하트는 그녀가 지금 별족과 함께하며 남은 목숨을 준비하고 있다는 걸 알 수 있었다. 블루스타가 목숨을 잃는 것은 전에도 본 적이 있었다. 지도자의 몸을 감싸고 있는 듯한 으스스한 평온함에 파이어하트는 털이 쭈뼛쭈뼛 섰다. 하지만 그가 할 수 있는 일은 아무것도 없었다. 파이어하트는 그저 기다릴 뿐이었다.

갑자기 블루스타가 숨을 헐떡였다.

"파이어하트, 너냐?"

그녀가 갈라지는 목소리로 말했다.

"네, 블루스타. 저 여기 있습니다."

파이어하트가 대답했다.

"또 한 번 목숨을 잃었구나."

블루스타의 목소리는 힘이 없었지만, 파이어하트는 안도감이 들었다. 그는 골든플라워가 한 것처럼 몸을 앞으로 뻗어 그녀의 귀 사이를 핥아 주었다.

"한 번 더 목숨을 잃으면, 난 돌아올 수 없을 것이다."

파이어하트는 힘겹게 침을 삼켰다. 종족의 위대한 지도자를 잃는다고 생각하니 고통스러웠다. 그리고 스승이자 친구를 잃는다고 생각하니 더욱더 마음이 아팠다.

"좀 어떠세요? 옐로팽을 부를까요?"

블루스타가 천천히 고개를 저었다.

"열은 내렸다. 난 괜찮아. 그냥 좀 쉬면 될 것이다."

"다행이에요."

거처 안으로 빛이 새어 들기 시작했다. 파이어하트는 밤새 깨어 있었던 탓에 머리가 어질어질했다.

"너도 피곤하겠구나. 가서 눈 좀 붙여라."

블루스타가 말했다.

"네."

파이어하트는 몸을 일으켰다. 너무 오랫동안 엎드리고 있었더니 다리가 뻣뻣했다.

"뭐 필요한 건 없으세요?"

"아니, 옐로팽에게 가서 무슨 일이 일어났는지 말해 주면 된다. 곁을 지켜 줘서 고맙구나."

블루스타가 대답했다.

파이어하트는 뭐라고 말하고 싶었지만, 목에 걸려서 나오지 않았다. 나중에 이야기를 좀 더 나눌 시간이 있을 것이다. 그는 이끼를 걷고 밖으로 나왔다.

예상치 못하게 밝은 바깥 풍경에 파이어하트는 눈을 끔벅거렸다. 밤사이에 눈이 내린 것이다. 파이어하트는 경이롭게 그 광경을 바라보았다. 그는 한 번도 눈을 본 적이 없었다. 그의 두발쟁이 주인들은 날이 추워지면 밖에 나가지 못하도록 가두어 놓았다. 하지만 종족 원로들이 눈에 대해 이야기하는 걸 들은 적은 있었다.

다크스트라이프가 롱테일을 대신해 블루스타의 거처를 지키고 있었다. 파이어하트는 그에게 고갯짓으로 인사를 하고, 신기한 가루 속으로 발을 내디뎠다. 그것은 차갑고 축축했으며, 발밑에서 요란하게 뽀드득거렸다.

공터에 타이거클로가 서 있었다. 눈은 계속 내리고 있었고, 눈송이들이 얼룩무늬 전사의 두툼한 털에도 녹지 않고 내려앉았다. 파이어하트는 그가 명령하는 소리를 들을 수 있었다. 보육실 벽에 잎사귀를 덧대어 추위를 막으라는 명령이었다.

"그리고 먹이를 저장할 수 있는 구덩이를 파도록 해라."

천둥족 부지도자가 지시했다.

"구덩이 안에 눈을 깔고, 먹이를 다 채운 뒤에는 다시 눈을 덮어 놔라. 눈이 올 때는 눈도 잘 활용해야지."

전사들은 타이거클로의 명령에 따라 바쁘게 뛰어다녔다.

"마우스퍼! 롱테일! 사냥조를 짜라. 먹잇감들이 영원히 굴로 들어가 버리기 전에 최대한 많이 잡아야 한다!"

타이거클로가 공터를 걸어가고 있는 파이어하트를 발견했다.

"파이어하트, 기다려라."

그가 외쳤다.

"아, 너는 쉬어야겠지. 오늘 아침 사냥에 아무런 도움도 안 될 테니까."

파이어하트는 부지도자를 노려보았다. 적개심이 끓어올랐다.

"먼저 신더포가 어떤지 살펴볼 겁니다."

파이어하트는 으르렁거리듯 말했다.

타이거클로가 잠시 그를 바라보았다.

"블루스타는 어떻지?"

털을 헝클어 놓는 찬 바람처럼, 불신이 파이어하트의 마음을 흔들어 놓았다. 그는 블루스타가 자신의 남은 목숨에 대해 타이거클로에게 거짓말을 했다는 걸 알고 있었다.

"전 치료사가 아니잖아요. 잘 모르겠어요."

타이거클로는 짜증이 난 듯 코웃음을 치더니, 돌아서서 다시 명령을 내리러 가 버렸다. 파이어하트는 옐로팽의 거처로 갔다. 정신없이 바쁜 진영에서 벗어나자 마음이 좀 편안해졌다. 하지만 신더포가 어떤 상태일지 생각하다 보니 심장이 두근거리기 시작했다.

"옐로팽."

그는 치료사의 이름을 불렀다.

"쉿!"

옐로팽이 신더포의 잠자리에서 나타났다.

"겨우 잠이 들었어. 밤새 힘들게 보냈단다. 충격에서 회복될 때까지는 통증을 달래는 양귀비 씨앗을 줄 수가 없거든."

"살 수 있는 거죠?"

파이어하트는 안도감으로 다리가 풀리는 기분이었다.

"아직은 장담할 수 없다. 내상을 입은 데다, 뒷다리 하나는 심하게 부러졌어."

"하지만 나아지겠죠, 그렇죠?"

파이어하트는 애원하듯 말했다.

"새잎 돋는 계절에는 다시 훈련을 받을 수 있겠죠?"

옐로팽은 고개를 저었다. 그녀의 노란 눈에 안타까운 빛이 돌

261

았다.

"파이어하트, 무슨 일이 일어나도 신더포는 이제 전사가 될 수 없다."

파이어하트는 머리가 어질어질했다. 잠을 못 자서 어지러운 데다, 이 충격적인 소식이 마지막 남은 기운까지 앗아 가 버렸다. 신더포는 그에게 맡겨진 훈련병이었다. 임명식의 기억들이 잔인한 가시처럼 그를 찔러 댔다. 흥분하던 신더포, 엄마로서 뿌듯해하던 프로스트퍼…….

"프로스트퍼도 알아요?"

파이어하트는 허탈한 기분으로 물었다.

"그래, 새벽까지 여기 있었거든. 지금은 보육실로 돌아갔다. 보육실에도 돌봐 줘야 할 새끼 고양이들이 있으니까. 원로들에게 신더포를 간호해 달라고 부탁해야겠다. 계속 몸을 따뜻하게 해 줘야 하거든."

"제가 할게요."

파이어하트는 신더포가 잠들어 있는 곳으로 걸어가 안을 들여다보았다. 그녀는 자면서도 몸을 꿈틀거렸다. 피가 덕지덕지 묻은 옆구리도 들썩였다. 마치 잠을 자면서 전투를 치르는 것 같았다.

옐로팽이 파이어하트를 코로 부드럽게 밀었다.

"넌 잠을 자야 해. 신더포는 나한테 맡기렴."

파이어하트는 그 자리에서 움직이지 않았다.

"블루스타가 목숨을 하나 잃었어요."

파이어하트는 불쑥 말했다.

옐로팽은 잠시 눈을 끔벅이다가 별족을 향해 고개를 들었다. 말은 하지 않았지만, 파이어하트는 그녀의 눈에 어린 비통함을 볼 수 있었다.

"알고 계신 거죠?"

옐로팽이 고개를 내리고 그의 눈을 들여다보았다.

"이번이 블루스타의 마지막 목숨이란 사실 말이냐? 그래, 나도 알지. 치료사는 그런 걸 알 수 있으니까."

"다른 고양이들도 알 수 있을까요?"

파이어하트는 타이거클로를 떠올리며 물었다.

옐로팽이 눈을 찌푸렸다.

"아니, 마지막 목숨이라고 해서 전보다 약해지지는 않는단다."

파이어하트는 고마운 마음으로 그녀를 보았다.

"자, 푹 잘 수 있게 양귀비 씨앗을 줄까?"

파이어하트는 고개를 저었다. 한편으로는 양귀비 씨앗을 먹고 편하게 푹 자고 싶은 마음이 간절했다. 하지만 타이거클로 말처럼 그림자족이 영역을 침범했고 정말로 진영을 공격하려 한다면, 감각이 무뎌져서는 안 될 것이다. 진영을 지키기 위해 전투를 해야 할지도 모르니까.

그레이스트라이프는 전사들의 거처에 돌아와 있었다. 하지만 파이어하트는 말을 걸지 않았다. 친구가 또다시 사라진 것을 발견했을 때 느꼈던 분노가 뻐근하게 아픈 멍처럼 아직 남아 있다. 파이어하트는 조용히 잠자리로 가서 한 번 맴돈 뒤, 자리를 잡고 앉아 몸을 핥았다.

그레이스트라이프가 고개를 들었다.

"돌아왔네."

더 할 말이 있는 듯 날선 목소리였다.

파이어하트는 앞발을 핥다 멈추고, 그레이스트라이프를 노려보았다.

"실버스트림에게 날 만나지 말라고 경고했다면서?"

그레이스트라이프가 사납게 쉭쉭거렸다. 거처 반대편에서 졸고 있던 윌로펠트가 한쪽 눈을 떴다가 다시 감았다.

그레이스트라이프는 목소리를 낮췄다.

"넌 빠져, 알았어? 네가 어떻게 하든지, 뭐라고 하든지 난 실버스트림을 계속 만날 거니까."

그레이스트라이프가 쏘아붙였다.

파이어하트는 콧방귀를 뀌며 분노에 찬 눈빛으로 친구를 쏘아보았다. 실버스트림과 이야기를 나눈 것은 아주 오래전 일처럼 느껴져서, 그는 거의 잊고 있었다. 하지만 신더포가 사라져서 도움이 필요할 때 그레이스트라이프가 자리에 없었던 일은 잊지 않고 있었다. 파이어하트는 진흙이 묻은 앞발 위에 머리를 올리고 눈을 감아 버렸다. 신더포는 부상과 싸우는 중이었고, 블루스타는 마지막 목숨을 살고 있었다. 이런 상황에서 그레이스트라이프는 제멋대로 행동하고 있었다.

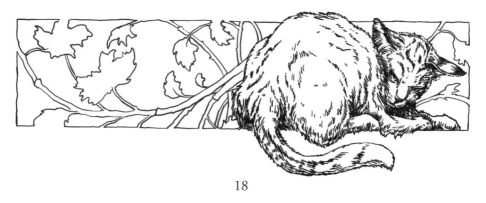

18

마음에 뿌리 내린 의혹

　다음 날 파이어하트가 잠에서 깨었을 때, 그레이스트라이프는 벌써 사라지고 없었다. 나뭇가지 사이로 비쳐 드는 빛을 보고 해가 가장 높이 뜬 시간이라는 것을 알 수 있었다. 파이어하트는 슬픔으로 지쳐 있는 몸을 일으켜 거처 밖으로 머리를 내밀었다. 아침 내내 눈이 내렸는지 바닥에 두껍게 쌓여 있었다. 거처 입구에도 눈이 쌓여 있었다. 파이어하트는 자신이 어깨 높이로 쌓인 하얀 벽 너머로 밖을 내다보고 있다는 것을 깨달았다.

　진영은 평소와 달리 고요했다. 윌로펠트와 하프테일은 공터 반대편에서 속닥거리고 있었고, 마우스퍼는 입에 토끼를 문 채 싱싱한 먹이 저장소를 향해 힘겹게 걸어가고 있었다. 그녀는 걸음을 멈추고 재채기를 한 뒤, 다시 앞으로 나아갔다.

　파이어하트는 한 발을 들어 눈 위에 올려놓았다. 처음에는 단단하게 느껴졌지만, 꾹 누르니 얇게 덮인 얼음막이 깨져 버렸다. 다리가 눈 더미에 푹 빠지는 바람에 그는 깜짝 놀랐다. 눈 속에 주둥이까지 처박고 있는 자신의 모습이 우스웠다. 머리를 털어

내고 턱을 들어 올리면서 앞으로 펄쩍 뛰었지만, 눈 속에 점점 더 깊이 빠질 뿐이었다. 그는 계속 몸부림쳤다. 눈에 빠져 죽을 것 같다는 불안감이 엄습했다. 그때 갑자기 발밑에 단단한 땅이 느껴졌다. 그는 공터 끄트머리까지 와 있었다. 그곳에 쌓인 눈은 쥐 하나 정도의 깊이밖에 되지 않았다. 파이어하트는 마음을 놓으며 뽀드득거리는 눈 위에 주저앉았다.

그때 그레이스트라이프가 눈을 헤치며 달려왔다. 그 모습을 보고 파이어하트는 신경이 곤두섰다. 두툼한 털가죽이 축축한 냉기를 막아 주어서인지, 회색 전사는 눈은 전혀 개의치 않는 것 같았다. 그레이스트라이프의 얼굴은 슬픔으로 그늘져 있었다.

"블루스타 소식 들었어?"

그레이스트라이프가 가까이 다가오며 물었다.

"초록기침병 때문에 목숨을 잃었대."

파이어하트는 귀를 휙 움직였다. 그는 지난밤에 친구에게 그 소식을 알려 줄 수도 있었다.

"나도 알아. 내가 곁을 지켰거든."

파이어하트는 굳은 목소리로 대답했다.

"왜 나한테 얘기해 주지 않았어?"

그레이스트라이프가 충격을 받은 듯 물었다.

"기억할지 모르겠지만, 넌 어젯밤에 나한테 그다지 호의적이지 않았어. 어쨌든 네가 전사의 규약을 어기고 다니지만 않아도, 자기 종족에게 무슨 일이 일어나고 있는지는 알 수 있을 거야."

그레이스트라이프는 불편한 기색으로 귀를 씰룩거렸다.

"방금 신더포를 보고 왔어. 그렇게 많이 다치다니 유감이야."

"좀 어때?"

"안 좋아 보였어. 그래도 옐로팽 말로는 회복되는 중이래."

파이어하트는 공터 건너편을 초조하게 바라보다가 자리에서 일어섰다. 훈련병을 직접 보고 싶었다.

그레이스트라이프가 말했다.

"지금은 자고 있어. 프로스트퍼가 같이 있고. 옐로팽은 다른 고양이가 와서 방해하지 않았으면 하더라고."

파이어하트는 자기도 모르게 움찔했다. 신더포가 천둥길에 간 것은 자신의 탓이라고, 프로스트퍼에게 어떻게 말해야 할까? 파이어하트는 본능적으로 그레이스트라이프를 보았다. 친구가 안심시켜 주기를 바라는 마음이었다. 하지만 그레이스트라이프는 이미 눈 덮인 공터를 가로질러 보육실 쪽으로 터벅터벅 걸어가고 있었다.

'실버스트림을 만나러 가는군.'

화가 난 파이어하트는 시야에서 사라지는 친구를 지켜보며 발톱을 세웠다.

스페클테일을 발견한 건, 그녀가 바로 앞에 멈춰 서고 나서였다. 그녀는 보육실에서 가장 나이가 많은 어미 고양이였다. 스페클테일의 새끼 고양이는 흰기침병에 걸려 있었다.

"타이거클로 안에 있니?"

스페클테일이 코로 전사들의 거처를 가리키며 물었다.

파이어하트는 고개를 가로저었다.

"보육실에 초록기침병이 퍼졌어. 브린들페이스의 새끼 고양이 둘이 아파."

"초록기침병이라고요?"

파이어하트는 깜짝 놀라 물었다. 분노는 어느새 사라졌다.

"죽을 수도 있나요?"

"그럴지도 몰라. 하지만 잎 없는 계절에는 늘 초록기침병이 돈 단다."

스페클테일이 친절하게 알려 주었다.

"분명히 우리가 할 수 있는 일이 있을 거예요!"

파이어하트는 항의하듯 말했다.

"옐로팽이 최선을 다해 돌볼 거야. 하지만 결국은 별족에게 달 려 있지."

스페클테일은 돌아서서 보육실로 걸어갔다. 파이어하트의 마음 에 새로운 분노가 치밀어 올랐다. 종족 고양이들은 이런 비극들 을 어떻게 견뎌 내는 걸까? 파이어하트는 당장 진영을 떠나고 싶 다는 생각에 사로잡혔다. 다른 고양이들은 기꺼이 들이마시는 이 침울한 공기를 벗어나고 싶었다.

파이어하트는 벌떡 일어났다. 그리고 눈 덮인 공터를 무작정 가로질러, 가시금작화 굴길을 지나 숲으로 나왔다. 그는 본능적으 로 모래 분지로 향하는 자신을 발견하고 깜짝 놀랐다. 자신이 그 곳에 있어야 한다는 생각, 신더포를 훈련시켜야 한다는 생각이 자꾸만 들어 견딜 수가 없었다. 분지를 피해 방향을 바꾸려는데, 화이트스톰과 브래큰포의 목소리가 들렸다. 파이어하트가 잠자고 있는 사이, 흰색 전사가 브래큰포를 훈련시키기 위해 데리고 나온 모양이었다. 블루스타가 또다시 목숨을 잃었는데, 왜 아무도 하던 일을 멈추고 애도하지 않는 걸까? 끓어오르는 분노와 싸우느라 목이 갑갑하게 조여들었다. 파이어하트는 진영에서 최대한 멀어지고 싶어서 계속 달려 나갔다.

마침내 그는 큰 소나무 숲 아래에 멈춰 섰다. 눈을 헤치고 달리느라 옆구리가 들썩거렸다. 그곳에 흐르는 정적이 그를 진정시켜 주었다. 새들조차 노래를 멈춘 상태였다. 온 세상에 홀로 존재하는 기분이었다.

파이어하트는 어디로 가고 있는지도 모른 채 계속 걸어갔다. 숲이 그를 달래 주었다. 걷는 동안 정신이 맑아졌다. 그는 신더포를 위해 아무것도 할 수 없었다. 그레이스트라이프에게는 그의 힘이 닿지 않았다. 하지만 초록기침병과 싸우는 옐로팽은 도울 수 있을지도 몰랐다. 그는 개박하를 더 가져올 작정이었다.

파이어하트는 애완 고양이 시절에 살던 옛집으로 발길을 돌렸다. 떡갈나무 숲에 있는 덤불을 통과한 파이어하트는 옛집 끄트머리에 있는 울타리 위로 뛰어올랐다. 쌓여 있던 눈이 부드러운 소리를 내며 아래쪽 정원으로 떨어졌다. 파이어하트는 정원을 내려다보았다. 고양이 발자국보다 더 작은 흔적이 보였다. 다람쥐가 나무 열매를 찾으러 나왔던 모양이었다.

파이어하트는 오래 지체하지 않고, 개박하 덤불에서 잎사귀를 넉넉하게 뜯어 입에 물었다. 할 수 있는 한 잎사귀를 많이 가져가고 싶었다. 이런 날씨가 계속되면 연한 잎사귀는 견뎌 내지 못할 것이다. 이번이 가져갈 수 있는 마지막 기회일지도 몰랐다.

파이어하트는 입 안 가득 잎사귀를 쑤셔 넣은 채, 새끼 고양이 시절에 드나들었던 고양이 문을 바라보았다. 자신의 주인이었던 두발쟁이들이 아직 이곳에 살고 있는지 궁금했다. 그들은 그에게 다정하게 대해 주었다. 그는 태어나서 처음 맞는 잎 없는 계절을 그들의 보금자리에서 애정을 듬뿍 받으며 보냈다. 잔혹하고 끔찍한 천둥길이나 초록기침병과는 거리가 먼, 따스하고 안전한 시절이었다.

'개박하 냄새가 머릿속에 들어간 게 틀림없어.'

파이어하트는 냉정하게 생각하고, 정원을 달려가 단번에 울타리로 뛰어올랐다. 그는 두발쟁이 집 생각을 하면서 마음이 많이 흔들렸고, 바로 그 사실이 그를 불안하게 만들었다. 정말로 안전하고 편안한 애완 고양이의 삶을 살고 싶은 걸까?

'당연히 아니지!'

파이어하트는 그 생각을 떨쳐 버렸다. 하지만 진영으로 돌아가는 게 아직은 썩 내키지 않았다.

문득 프린세스가 떠올랐다.

파이어하트는 숲 언저리를 따라 누이의 정원이 있는 두발쟁이집 쪽으로 달려갔다. 프린세스가 앉아 있던 울타리가 눈에 들어오자, 그는 눈을 파헤쳐 낙엽 아래에 개박하를 묻어 놓았다. 달려온 탓에 아직도 숨이 찼다. 파이어하트는 헐떡거리며 울타리에 뛰어올라, 프린세스를 불렀다. 그리고 다시 숲으로 돌아와 그녀가 나타나기를 기다렸다. 떡갈나무 아래를 쉴 새 없이 서성이려니,

눈 때문에 발이 시렸다.

'새끼를 낳고 있을지도 몰라. 아니면 안에 갇혀 있거나.'

오늘은 누이를 못 만날 것 같다고 생각한 순간, 친숙한 목소리가 들렸다. 고개를 들어 보니 프린세스가 울타리 위에 서 있었다. 파이어하트는 반가움에 몸이 떨렸다. 그녀의 배는 더 이상 불룩하지 않았다. 새끼를 낳은 것이 틀림없었다.

다가오는 누이의 냄새를 들이마시자, 마음이 따뜻해졌다.

"새끼를 낳았구나!"

프린세스가 파이어하트와 다정하게 코를 맞대었다.

"응."

그녀가 조용히 대답했다.

"아무 문제 없었어? 새끼 고양이들도 다 괜찮고?"

"다 잘됐어. 건강한 새끼 고양이 다섯을 낳았어."

프린세스가 기쁨으로 눈을 반짝이며 대답했다.

파이어하트는 누이의 머리를 핥아 주었다.

"이런 날씨에 날 만나러 올 거라곤 생각 못 했어."

"개박하를 찾으러 왔어. 진영에 초록기침병이 돌고 있거든."

프린세스의 눈이 걱정으로 흐려졌다.

"병에 걸린 고양이가 많아?"

"지금까지는 셋이 걸렸어."

파이어하트는 잠시 머뭇거리다가 슬픈 목소리로 말을 이었다.

"우리 지도자가 어젯밤에 또 목숨을 잃었어."

"무슨 소리야? '또'라니? 고양이에게 아홉 개의 목숨이 있다는 건 옛날이야기에나 나오는 일이라고 생각했는데."

"블루스타는 우리 종족의 지도자라서, 별족에게서 아홉 개의 목숨을 받았어."

파이어하트는 설명해 주었다.

프린세스가 놀란 얼굴로 그를 쳐다보았다.

"그럼 그 이야기가 사실이구나!"

"종족 지도자들만. 우리 같은 고양이들은 한 개밖에 없지. 너처럼. 신더포처럼……."

파이어하트의 목소리가 잦아들었다.

"신더포?"

프린세스는 그의 목소리에 담긴 슬픔을 눈치챈 듯했다.

파이어하트는 누이의 눈을 들여다보다가, 그를 괴롭히던 생각들을 쏟아 냈다.

"내 훈련병이야. 어젯밤에 천둥길에서 사고를 당했어."

상처 입고 피 흘리던 신더포의 몸을 발견했을 때를 떠올리자, 목소리가 갈라졌다.

"아주 심하게 다쳤어. 죽을지도 몰라. 살아남는다 해도 전사가 될 수는 없어."

프린세스가 그에게 다가와 코를 비볐다.

"지난번에 여기 와서 신더포에 대해 이야기할 때, 네 목소리에 애정이 넘쳤었는데. 유쾌하고 활기찬 고양이 같았어."

"그 사고는 일어나지 말았어야 했어."

파이어하트는 으르렁거렸다.

"내가 타이거클로를 만나러 가기로 되어 있었거든. 타이거클로가 블루스타를 불렀는데, 블루스타가 아파서 내가 대신 가기로 한 거야. 하지만 난 먼저 개박하를 모아야 했고, 신더포가 내 대신 갔어."

프린세스가 깜짝 놀란 표정을 짓자 파이어하트는 얼른 덧붙였다.

"나는 가지 말라고 말했어. 내가 좀 더 좋은 스승이었다면, 신더포가 내 말을 들었을 거야."

"넌 좋은 스승일 거야."

프린세스가 그를 달랬다. 하지만 파이어하트의 귀에는 그녀의 말이 들리지 않았다.

"왜 타이거클로가 그렇게 위험한 장소에서 블루스타를 만나려고 했는지 모르겠어! 그림자족이 우리 영역에 침입한 증거가 있다고 했는데, 내가 갔을 때 그림자족 냄새는 전혀 나지 않았거든!"

"함정이었을까?"

프린세스가 말했다.

파이어하트는 의구심 어린 누이의 눈을 들여다보다가 고개를 갸웃했다.

"타이거클로가 왜 신더포를 해치고 싶어 했겠어?"

"타이거클로가 만나자고 한 건 블루스타였다면서."

프린세스가 짚어 주었다.

파이어하트는 털이 쭈뼛 섰다. 누이의 말이 맞는 걸까? 타이거클로는 블루스타를 천둥길의 갓길 중에서도 가장 좁은 곳으로 불러냈다. 하지만 아무리 타이거클로라 해도, 설마 종족 지도자를 일부러 위험에 빠뜨리려 했을까? 파이어하트는 그 생각을 떨쳐 버렸다.

"나는 모, 모르겠어. 지금은 모든 것이 혼란스러워. 그레이스트 라이프도 나한테 말을 거의 안 해."

"왜?"

파이어하트는 어깨를 으쓱했다.

"설명하기는 너무 복잡해."

프린세스가 그의 옆으로 다가와 부드러운 털을 그의 몸에 맞 댔다.

"지금 난 종족에서 외톨이가 된 기분이야."

파이어하트는 우울하게 말을 이었다.

"다르다는 건 쉬운 일이 아니야."

"다르다고?"

프린세스가 어리둥절한 표정을 지었다.

"애완 고양이로 태어난 것 말이야. 다른 고양이들은 모두 종족 태생이니까."

"내 눈에 넌 꼭 종족 태생 고양이처럼 보이는데."

프린세스가 말했다.

파이어하트는 고마워하며 그녀에게 눈을 찡긋했다.

"하지만 네가 종족에서 행복하지 않다면, 언제든지 나랑 같이 가도 돼. 우리 주인들이 잘 돌봐 줄 거야. 내가 장담할 수 있어."

파이어하트는 예전처럼 애완 고양이의 삶을 사는 자신의 모습을 그려 보았다. 그것은 따뜻하고 안락하고 안전한 삶이었다. 하지만 그는 두발쟁이 정원에서 숲을 바라보며 밖으로 나가기를 꿈꾸었던 일을 잊을 수 없었다. 바람이 불어와 그의 빽빽한 털을 휘저어 놓고, 코끝에 쥐 냄새를 실어다 주었다. 파이어하트는 단호하게 고개를 저었다.

"고마워, 프린세스. 하지만 난 이제 종족에 속해 있어. 두발쟁이 보금자리에서는 행복할 수가 없어. 거기서는 숲의 냄새, 별 무리 아래에서 잠자는 것, 먹이를 직접 사냥하고 종족과 나누는 것, 그런 것들을 그리워하게 될 테니까."

누이의 눈이 반짝였다.

"그것도 참 좋은 삶인 것 같네."

프린세스는 수줍게 발을 내려다보았다.

"가끔씩 나도 숲을 바라보면서, 거기서 사는 건 어떤 느낌일지 궁금해하곤 해."

파이어하트는 가르랑거리며 일어섰다.

"그럼 이해한 거지?"

프린세스가 고개를 끄덕였다.

"이제 돌아가려고?"

"응, 개박하가 시들기 전에 옐로팽에게 가져다줘야 하거든."

프린세스가 머리를 앞으로 내밀어 주둥이를 그의 옆구리에 파묻었다.

"다음에 올 때는 새끼 고양이들이 많이 자라서 너도 만날 수 있을 거야."

파이어하트의 마음속에 흥분이 일었다.

"꼭 그랬으면 좋겠다!"

돌아서서 떠나는 그에게 프린세스가 외쳤다.

"몸 조심해! 다시는 널 잃고 싶지 않아."

"그런 일은 없을 거야."

파이어하트는 약속했다.

"잘 생각했다, 파이어하트."

화이트스톰이 말했다. 파이어하트가 입 안 가득 개박하를 물고 진영으로 돌아오는 모습을 본 것이었다.

파이어하트는 다시는 개박하를 구하러 가는 일이 없었으면 좋 겠다고 생각했지만, 어쨌든 집으로 돌아오는 내내 입에는 침이 고였다. 진영을 떠날 때보다 기분은 훨씬 좋아졌다. 누이도 무사 히 새끼를 낳았고, 그의 머리도 맑아진 기분이었다.

그가 옐로팽의 거처로 향하고 있을 때, 타이거클로가 옆에 나 타났다.

"개박하를 구해 왔나?"

커다란 얼룩무늬 전사가 의심스러운 눈초리를 보냈다.

"네가 어디 갔는지 궁금해하고 있었지. 그건 브래큰포를 시켜 서 옐로팽에게 가져다주도록 해라."

브래큰포는 근처에서 눈을 치우고 있었다.

"이리 와서 개박하를 옐로팽에게 가져다주어라."

타이거클로가 훈련병에게 지시했다.

브래큰포는 고개를 끄덕이고 단숨에 달려왔다.

파이어하트는 잎사귀 다발을 바닥에 내려놓고 말했다.

"신더포를 만나고 싶었는데요."

"나중에."

부지도자가 으르렁거렸다. 그는 브래큰포가 개박하를 물고 옐로팽의 거처로 향할 때까지 기다렸다. 그리고 파이어하트에게 다시 고개를 돌렸다.

"그레이스트라이프가 어딜 가는지 알고 싶다."

파이어하트는 털 밑이 후끈 달아오르는 기분이었다. 하지만 타이거클로의 시선을 똑바로 마주 보며 대답했다.

"저는 모릅니다."

타이거클로가 적대적이고 냉정한 눈빛으로 그를 쏘아보았다.

"그레이스트라이프를 보면 전해라. 당분간 쓰러진 떡갈나무에서 따로 지내야 한다고."

"옐로팽이 예전에 머물던 곳을 말하는 거예요?"

파이어하트는 쓰러진 떡갈나무를 휙 돌아보았다. 그곳은 옐로팽이 그림자족에서 추방당해 처음 천둥족 진영에 들어왔을 때 머물렀던 곳이었다. 나뭇가지들이 뒤엉켜 있는 그곳에는 스페클테일의 얼룩무늬 새끼 고양이가 있었다. 그 옆에는 스위프트포가 누워 있었다.

"흰기침병에 걸린 고양이들은 나을 때까지 그곳에서 격리되어 지내야 한다."

"하지만 그레이스트라이프는 그냥 감기에 걸린 거예요."

파이어하트가 반발했다.

"감기도 나쁘긴 마찬가지다. 그레이스트라이프는 쓰러진 떡갈나무에서 지내야 해!"

타이거클로가 거듭 말했다.

"초록기침병에 걸린 고양이들은 옐로팽과 함께 지낸다. 병이 번지는 걸 막아야 하니까."

부지도자의 눈이 인정사정없이 번득였다. 파이어하트는 그가 질병을 나약함의 상징으로 보는 것은 아닌지 궁금했다.

"종족을 위해서다."

타이거클로가 덧붙였다.

"알겠습니다. 그레이스트라이프에게 전할게요."

"그리고 블루스타에게 가까이 가지 않도록 해라."

"하지만 블루스타는 초록기침병이 다 나았는데요."

파이어하트가 반발했다.

"나도 알고 있다. 그래도 거처에서 아직 질병의 냄새가 난다. 내 전사들 중 누구라도 아프면 안 되는 상황이다. 강족 전사들의 냄새가 진영에 점점 가까워지고 있다는 화이트스톰의 보고가 있었다. 그리고 오늘은 그가 브래큰포를 훈련시켰다고 하더구나. 내일은 네가 브래큰포의 훈련을 맡도록 해라."

파이어하트는 고개를 끄덕였다.

"이제 가서 신더포를 봐도 될까요?"

타이거클로가 그를 바라보았다.

"옐로팽이 신더포를 초록기침병에 걸린 고양이들과 함께 뒀을

지도 몰라요."

파이어하트는 짜증스러운 기색을 언뜻 내비치며 덧붙였다.

"전염되지 않도록 주의할게요."

"알았다."

타이거클로는 승낙해 주고 성큼성큼 걸어갔다.

파이어하트는 공터 한가운데에서 브래큰포와 마주쳤다.

"옐로팽이 개박하를 보고 정말 고마워했어요."

브래큰포가 말했다.

"잘됐네."

파이어하트가 대답했다.

"그나저나 내일은 내가 새 잡는 법을 가르쳐 줄게. 나무에 오르는 법은 알고 있겠지?"

브래큰포는 신이 나서 수염을 씰룩거렸다.

"물론이죠! 모래 분지에서 뵐게요."

파이어하트는 고개를 끄덕이고 옐로팽의 거처로 갔다. 브린들페이스의 불쌍한 새끼 고양이들이 바로 앞에 보였다. 그들은 고사리로 만든 잠자리에서 기침을 해 대고 콧물과 눈물을 흘리며 누워 있었다.

옐로팽이 그를 반겨 주었다.

"개박하를 구해다 줘서 고맙구나. 그렇잖아도 필요하던 참이었어. 이제 패치펠트도 초록기침병에 걸렸거든."

옐로팽이 고사리 덤불에 있는 또 다른 잠자리를 코로 가리켰다. 그 안에서 나이 든 수고양이의 헝클어진 흑백 털이 보였다.

"신더포는 좀 어때요?"

파이어하트는 치료사를 돌아보며 물었다.

옐로팽이 한숨을 쉬었다.

"아까 정신을 차렸었어. 하지만 길지는 않았단다. 다리가 감염되었어. 별족에 맹세코, 내가 할 수 있는 건 다 해 봤단다. 이제 신더포 스스로 이겨 내야 돼."

파이어하트는 신더포의 잠자리를 들여다보았다. 작은 회색 고양이는 자면서 움찔거리고 있었다. 부상당한 다리는 한쪽으로 어색하게 뒤틀려 있었다. 파이어하트는 온몸이 떨렸다. 신더포가 이 싸움에서 질까 봐 갑자기 두려워진 것이다. 그는 용기를 북돋아 주는 말을 기대하며, 다시 옐로팽을 쳐다보았다. 하지만 치료사는 고개를 푹 숙인 채 지친 모습으로 앉아 있었다.

"스파티드리프라면 이 고양이들을 살릴 수 있었을까?"

옐로팽이 고개를 들어 그와 눈을 맞추며 뜻밖의 말을 했다.

파이어하트는 전율을 느꼈다. 아직도 이곳 공터에서 스파티드리프의 존재를 느낄 수 있었다. 강족과 전투를 치른 후 레이븐포의 어깨 부상을 솜씨 좋게 치료해 주던 모습, 천둥족 진영에 온 옐로팽을 어떻게 보살펴야 할지 세심하게 알려 주던 모습들이 떠올랐다. 파이어하트는 다시 옐로팽을 바라보았다. 그녀의 어깨가 무거워 보였다.

"스파티드리프도 똑같이 했을 거예요."

새끼 고양이들 중 하나가 소리를 지르자, 옐로팽이 벌떡 일어났다. 옐로팽이 지나갈 때, 파이어하트는 몸을 숙여 주둥이로 옆구리를 부드럽게 쓸어 주었다. 그녀는 고맙다는 듯 어깨를 씰룩거렸다. 파이어하트는 슬픔에 잠긴 채 고사리 굴길로 발길을 돌렸다.

프로스트퍼의 하얀 털가죽이 굴길 끝에 나타났다. 신더포를 보러 온 모양이었다. 파이어하트는 어미 고양이에게 다가가면서, 고개를 들어 그녀의 푸른 눈을 들여다보았다. 그 눈에 깃든 슬픔이 그의 가슴을 고통스럽게 비트는 것 같았다.

"프로스트퍼?"

파이어하트는 입을 열었다.

어미 고양이가 걸음을 멈췄다.

"저…… 죄송해요."

목소리가 덜덜 떨렸다.

프로스트퍼는 얼떨떨한 표정이었다.

"뭐가?"

"신더포가 천둥길에 가지 못하게 제가 막았어야 했는데."

프로스트퍼가 그를 바라보았다. 그녀의 얼굴에는 슬픔 외에는 아무것도 드러나지 않았다.

"네 탓이 아니야, 파이어하트."

그녀가 웅얼거렸다. 그리고 고개를 숙인 채 딸을 향해 걸어갔다.

그레이스트라이프가 어느새 돌아와 쐐기풀 덤불 옆에 앉아 들쥐를 우적우적 먹고 있었다.

파이어하트는 친구에게 걸어갔다.

"타이거클로가 너는 쓰러진 떡갈나무로 거처를 옮겨야 한대. 흰기침병이 있는 고양이들과 함께 지내래."

친구에 대해 물어보던 부지도자를 떠올리자, 다시금 화가 났다.

"그럴 필요 없어."

그레이스트라이프가 명랑하게 대답했다.

"이제 다 나았거든. 옐로팽이 오늘 아침에 아무 이상 없다는 진단을 내렸어."

파이어하트는 그레이스트라이프를 자세히 뜯어보았다. 눈빛은 확실히 다시 밝아졌고, 흐르던 콧물도 말라서 딱지처럼 보기 싫게 달라붙어 있었다. 여느 때 같았으면 그림자족 치료사인 러닝노즈처럼 보인다고 친구를 놀려 댔을 것이다. 하지만 지금은 그럴 기분이 아니었다. 파이어하트는 신경질적으로 쏘아붙였다.

"타이거클로가 네가 없어지는 걸 눈치챘어. 더 조심해야 돼. 얼마 동안이라도 실버스트림을 멀리하는 게 어때?"

그레이스트라이프는 먹이를 씹는 동작을 멈추고 파이어하트를 노려보았다.

"넌 네 일에나 신경 쓰지 그래?"

파이어하트는 눈을 감고 불만스럽게 그르렁거렸다. 언젠가는 친구를 납득시킬 수 있긴 할까? 사실 더 이상 신경도 쓰이지 않았다. 그레이스트라이프 역시 신더포에 대해 궁금해하지도 않는 것 같았다.

파이어하트는 꾸르륵거리는 소리에 자신이 배가 고프다는 것을 깨달았다. 먹이를 먹어야 할 때였다. 파이어하트는 싱싱한 먹이 더미에서 참새를 집어 물고, 혼자 먹으려고 한적한 구석으로 가져갔다. 그는 자리에 앉아서, 멀리 떨어진 두발쟁이 영역에 있는 프린세스와 갓 태어난 새끼 고양이들을 생각했다. 외롭고 불안했다. 파이어하트는 진영 건너편을 응시했다. 누이를 다시 만나고 싶은 생각이 간절했다.

19
얼어붙은 강

그 뒤로 며칠 동안 파이어하트는 누이를 보러 가고 싶은 충동을 애써 억눌렀다. 혈육과 함께하고 싶다는 열망은 기분을 불편하게 만들었다. 그는 눈 내린 숲에서 사냥을 하고, 먹이 저장고를 채우며 계속 바쁘게 움직였다.

오후 사냥은 아주 성공적이었다. 나무들 뒤로 해가 가라앉을 무렵, 파이어하트는 쥐 두 마리와 되새 한 마리를 물고 진영으로 돌아왔다. 그는 눈으로 만든 저장고에 쥐를 묻고, 되새는 저녁으로 먹으려고 챙겼다.

식사를 다 마쳤을 때 화이트스톰이 다가왔다.

"새벽 순찰에 샌드포를 데리고 나가도록 해라. 그림자족이 올빼미나무에 냄새를 남겼다."

"그림자족이요?"

파이어하트는 깜짝 놀라 물었다. 그림자족이 침입한 증거를 찾았다던 타이거클로의 말이 어쩌면 사실일지도 몰랐다.

"내일은 브래큰포를 훈련시키려고 했는데."

"그레이스트라이프는 이제 다 낫지 않았나? 브래큰포는 그레이스트라이프가 데려가면 될 것이다."

'그럼요!'

파이어하트는 속으로 쾌재를 불렀다. 훈련병을 가르치다 보면 그레이스트라이프도 실버스트림에게서 떨어질 수 있을 것이다. 하지만 그렇게 되면 자신은 샌드포와 순찰을 나가야 했다. 낭떠러지 옆에서 강족 전사와 싸울 때, 그가 끼어들자 샌드포가 사납게 쳐다보던 모습을 잊을 수가 없었다.

"저와 샌드포 둘이서만요?"

화이트스톰이 놀란 듯 그를 바라보았다.

"샌드포는 이제 전사나 다름없다. 그리고 네 앞가림은 네가 할 수 있을 테고."

화이트스톰은 파이어하트의 걱정을 오해했다. 그는 다른 고양이들의 공격을 두려워하는 것이 아니었다. 샌드포가 더스트포만큼이나 자신을 미워하는 것이 걱정스러웠다. 하지만 파이어하트는 화이트스톰의 오해를 군이 바로잡지는 않았다.

"샌드포도 알아요?"

"네가 말하려무나."

파이어하트는 귀를 씰룩거렸다. 샌드포가 자신과 함께 순찰을 나가는 일을 그다지 달가워하지 않을 것 같았다. 하지만 더 이상 아무 말도 하지 않았다.

화이트스톰은 짧게 고개를 끄덕이고 전사들의 거처로 향했다. 파이어하트는 한숨을 내쉬고 샌드포가 다른 훈련병들과 함께 앉아 있는 곳으로 걸어갔다.

"샌드포, 화이트스톰이 내일 새벽에 너랑 같이 순찰을 나가래."

파이어하트는 불편한 마음으로 말했다.

화를 내며 쉭쉭거리는 반응을 기다렸지만, 샌드포는 그저 그를 쳐다보며 짧게 대답했다.

"알았어."

샌드포의 반응에 옆에 있던 더스트포도 놀란 눈치였다.

"그, 그래. 그럼 동이 틀 때 만나자."

"알았어."

파이어하트는 샌드포가 적개심을 보이지 않았다는 좋은 소식을 그레이스트라이프와 나누기로 마음먹었다. 그걸 계기로 서로 다시 이야기를 하게 될 수도 있었다. 그레이스트라이프는 쐐기풀 덤불 옆에서 러닝윈드와 혀를 나누고 있었다.

"안녕, 파이어하트?"

파이어하트가 다가가자 러닝윈드가 인사를 건넸다.

"안녕하세요, 러닝윈드?"

파이어하트는 기대에 찬 눈으로 그레이스트라이프를 보았다. 하지만 그레이스트라이프는 고개를 돌리고 다른 곳을 보고 있었다. 파이어하트는 가슴이 쿵 내려앉았다. 그는 고개를 떨구고 잠자리로 돌아갔다. 어서 순찰을 나가서 진영에서 벗어나고 싶었다.

다음 날 새벽 거처 밖으로 나왔을 때, 파이어하트의 머리 위에서 하늘이 옅은 분홍빛으로 빛나고 있었다. 샌드포는 가시금작화 굴길 밖에서 그를 기다리고 있었다.

"어, 안녕?"

파이어하트는 조금 어색한 기분으로 인사했다.

"안녕?"

샌드포가 조용히 대답했다.

파이어하트는 자리를 잡고 앉았다.

"밤 순찰대가 돌아올 때까지 기다리자."

그들은 말없이 앉아 있었다. 이윽고 덤불이 바스락거리는 소리가 들렸다. 화이트스톰과 롱테일과 마우스퍼가 돌아오는 것을 알리는 소리였다.

"그림자족의 흔적은요?"

파이어하트가 물었다.

"확실히 그림자족 냄새가 났어."

화이트스톰이 침울하게 대답했다.

"근데 이상해. 항상 같은 냄새들이야. 그림자족이 매번 같은 전사들을 보내나 봐."

마우스퍼가 얼굴을 찌푸리며 말했다.

"너희 둘은 강족 경계를 확인하도록 해라."

화이트스톰이 말했다.

"그쪽을 순찰할 겨를이 없었거든. 조심해. 싸움을 먼저 시작하면 안 된다는 것도 명심하고. 그냥 우리 영역에서 또다시 사냥을 한 흔적이 있는지 찾아보기만 하면 돼."

"네, 화이트스톰."

파이어하트가 대답했다. 샌드포도 공손하게 고개를 끄덕였다.

파이어하트는 앞장서서 진영 골짜기를 오르기 시작했다.

"나무 네 그루에서 시작해서 큰 소나무 숲으로 이어지는 경계를 따라가자."

"좋아."

샌드포가 대답했다.

"눈이 왔을 때는 나무 네 그루에 가 본 적이 없어."

파이어하트는 샌드포의 목소리에 빈정대는 기색이 있는지 들어 보았지만, 그녀는 진심으로 말하는 것 같았다.

그들은 골짜기 꼭대기에 다다랐다.

"이제 어느 쪽이지?"

파이어하트는 그녀를 시험해 보기로 했다.

"내가 나무 네 그루로 가는 길도 모를 것 같아?"

샌드포가 발끈했다.

파이어하트는 스승처럼 행동한 것을 후회했다. 하지만 곧 샌드포의 눈에 명랑한 빛이 감돌고 있다는 걸 눈치챘다. 그녀는 아무 말 없이 숲을 달려갔고, 파이어하트는 그 뒤를 따라 뛰었다.

다시 다른 고양이와 숲을 달리니 기분이 좋았다. 그는 샌드포가 빠르다는 것을 인정해야 했다. 그녀는 한참을 앞서 나가, 쓰러진 나무를 뛰어넘어 사라져 버렸다.

파이어하트도 그녀를 뒤쫓아 단번에 나무를 뛰어넘었다. 반대편에 착지하는 순간, 뒤쪽에서 뭔가가 그를 쳤다. 파이어하트는 눈 속에서 미끄러져 나동그라졌다가 벌떡 일어났다.

샌드포가 수염을 씰룩거리며 그와 마주 서 있었다.

"깜짝 놀랐지?"

파이어하트는 화가 난 척 쉭쉭거리다가, 샌드포 위로 뛰어올랐다. 샌드포도 만만치 않게 힘이 셌지만, 덩치가 큰 그가 더 유리했다. 마침내 눈 속에서 그녀를 내리누르자 그녀가 반발했다.

"떨어져, 이 커다란 덩어리야!"

"알았어, 알았어."

파이어하트는 샌드포를 풀어 주며 말했다.

"하지만 먼저 시작한 건 너잖아!"

샌드포가 일어나 앉았다. 그녀의 주황색 털에 눈이 잔뜩 묻어 있었다.

"넌 눈보라에 갇혀 있다 온 것 같아!"

샌드포가 말했다.

"너도 그래."

둘은 털에서 눈송이들을 털어 냈다.

"서두르자. 이제 움직여야겠어."

파이어하트가 말했다.

그들은 나무 네 그루까지 나란히 달려갔다. 골짜기가 내려다보이는 언덕 꼭대기에 다다랐을 때, 하늘은 연한 파란색으로 바뀌어 있었다. 흐릿한 햇빛이 눈 덮인 분지를 밝혀 주었다. 잎사귀가 없는 떡갈나무 네 그루는 서리에 덮여 하얗게 반짝이며 그들 아래에 서 있었다.

샌드포가 눈을 크게 뜨고 내려다보았다. 파이어하트는 감동을 깨고 싶지 않아서, 그녀가 돌아설 때까지 기다려 주었다.

"눈이 모든 걸 이렇게 달라 보이게 할 줄은 몰랐어."

강족 경계를 따라가기 시작했을 때, 샌드포가 말했다. 파이어하트도 동의하며 고개를 끄덕였다.

그들은 아까보다는 느린 걸음으로 냄새 표시가 남겨진 경계선을 따라 말없이 이동했다. 둘은 경계 안쪽에서 혹시 강족의 생생한 냄새가 나지 않는지 주의를 기울였다. 파이어하트는 나무 몇 그루를 지날 때마다 멈춰 서서 천둥족의 냄새 표시를 새롭게 남겼다.

갑자기 샌드포가 그 자리에 멈춰 섰다.

"작고 싱싱한 먹이 좀 먹고 갈래?"

파이어하트는 고개를 끄덕였다. 훈련병은 사냥 자세로 몸을 웅크리더니, 눈을 헤치며 한 발 한 발 나아갔다. 파이어하트는 그녀의 시선을 좇다가, 가시덤불 아래에서 깡충깡충 뛰고 있는 어린 토끼를 발견했다. 샌드포는 재빨리 가시덤불로 뛰어들어 힘센 앞발로 토끼를 꼼짝 못 하게 눌렀다. 이어서 매끄러운 동작으로 단번에 사냥을 끝냈다.

파이어하트는 그녀에게 달려갔다.

"잘했어, 샌드포!"

샌드포는 기뻐하는 얼굴이었다. 그녀는 따뜻한 먹잇감을 바닥에 내려놓았다.

"같이 먹을까?"

"고마워!"

"순찰을 할 때 가장 좋은 점이 바로 이거야."

샌드포가 먹이를 우물거리며 말했다.

"뭐?"

"잡은 걸 먹을 수 있잖아. 종족에게 가져가지 않고 말이야."

샌드포가 대답했다.

"사냥 임무를 수행할 때는 얼마나 굶주렸는지 몰라!"

파이어하트는 재미있어하며 가르랑거렸다.

다시 출발한 그들은 해 드는 바위를 빙 둘러 숲으로 들어서는 길을 따라갔다. 강족 경계에 가까운 길이었다. 강 위쪽에 있는 고사리로 덮인 비탈 꼭대기에 도착했을 때, 파이어하트는 그곳에서 그레이스트라이프를 발견하지 않기를 별족에게 빌었다.

"저기 봐!"

샌드포가 갑자기 소리쳤다. 그녀의 몸이 흥분으로 굳어 있었다.

"강이…… 꽁꽁 얼었어."

파이어하트는 그레이스트라이프가 물에 빠지기 전에 신더포가 똑같이 말했던 게 떠올라 가슴이 철렁했다.

"절대 내려가지 않을 거야!"

파이어하트는 단호하게 말했다.

"그럴 필요 없어. 여기서도 잘 보이는걸. 돌아가서 종족에게 알리자."

"왜?"

파이어하트는 샌드포가 언 강을 보고 왜 그렇게 흥분하는지 이해할 수 없었다.

"우리 전사들이 이제 강을 건너갈 수 있잖아!"

샌드포가 말했다.

"강족 영역에 들어가서, 우리 영역에서 훔쳐 간 먹이를 도로 빼앗아 와야지."

파이어하트는 등줄기가 서늘해지는 것을 느꼈다. 그레이스트라이프는 어떻게 생각할까? 파이어하트 자신은 굶주리는 강족과의 싸움에 뛰어들 수 있을까?

샌드포가 조바심을 내며 그의 주위를 맴돌았다.

"안 갈 거야?"

"가자."

파이어하트는 무거운 마음으로 대답했다.

샌드포는 진영으로 돌아가기 위해 다시 숲으로 달려 들어갔다. 파이어하트도 그녀를 쫓아 뛰어갔다.

샌드포는 파이어하트보다 앞서서 가시금작화 굴길로 돌진했다. 공터에 미끄러지듯 멈춰 선 두 고양이를 타이거클로가 흘깃 쳐다보았다.

파이어하트는 뒤에서 나는 시끄러운 소리를 들었다. 그레이스트라이프가 브래큰포와 함께 진영 입구로 들어오고 있었다.

높은 바위 아래에서 블루스타의 목소리가 들렸다.

"파이어하트, 샌드포, 순찰은 어떻게 되었느냐?"

블루스타는 평소와 같은 모습으로 턱을 높이 든 채 꼬리로 앞발을 감싸고 앉아 있었다. 그 모습을 본 파이어하트는 마음이 놓였다.

샌드포가 높은 바위를 향해 뛰어갔다.

"강이 얼었어요. 지금 당장이라도 건널 수 있어요!"

블루스타는 생각에 잠긴 얼굴로 훈련병을 바라보았다. 파이어하트는 천둥족 지도자의 눈이 번득이는 것을 보고 움찔했다.

"고맙다, 샌드포."

블루스타가 말했다.

파이어하트는 샌드포의 귀에 대고 속삭였다.

"자, 다른 고양이들한테도 말해 주자."

그는 블루스타가 얼어붙은 강에 대해 선임 전사들과 의논할 거라 짐작했다.

샌드포도 그 의도를 알아차리고, 그를 따라 공터 가운데로 들어섰다.

"오늘은 정말 대단한 날이었어!"

샌드포가 말했다.

파이어하트는 고개만 끄덕이고 초조하게 그레이스트라이프를 바라보았다.

"둘이 재미있었나 봐!"

더스트포가 훈련병 거처에서 나타났다.

"강족 고양이를 또 물에 빠뜨려 죽이기라도 했나?"

더스트포가 파이어하트를 보며 이죽거렸다. 그러고는 기대하는 표정으로 샌드포를 쳐다보았다. 여느 때처럼 샌드포가 맞장구쳐 주기를 기다리는 것이었다. 하지만 샌드포는 듣고 있지 않았다.

맞장구 대신 그녀는 숨도 쉬지 않고 말했다.

"강이 꽁꽁 얼어 있는 걸 봤어! 블루스타가 강족을 습격할 계획을 세울 거야!"

파이어하트는 더스트포의 얼굴에 나타난 짜증스러운 표정에 작은 만족감을 느꼈다.

바로 그때 높은 바위에서 지도자의 외침이 들렸다. 천둥족 고양이들은 공터로 모여들었다. 해는 이제 가장 높은 지점에 다다랐다. 가장 높다고 해 봤자, 지금처럼 잎 없는 계절에는 나무 정수리보다 조금 높이 뜨는 정도였다.

"샌드포와 파이어하트가 좋은 소식을 가져왔습니다. 강이 얼어붙었습니다. 우리는 이번 기회를 살려서 강족 사냥터를 습격하고, 우리 먹이를 훔치는 일을 멈추도록 할 것입니다. 우리 전사들이 강족 순찰병을 추적해서, 오래도록 잊지 못할 경고를 해 줄 것입니다!"

파이어하트는 강족이 굶주리고 있다는 실버스트림의 이야기가 떠올라, 몸을 움츠렸다. 주변에 있는 다른 고양이들은 목소리를 높여 열정적으로 소리쳤다. 파이어하트는 최근 몇 달 동안 종족이 이렇게까지 열광하는 모습은 보지 못했다.

"타이거클로!"

블루스타가 시끄러운 함성 소리 위로 외쳤다.

"우리 전사들이 강족을 습격할 만큼 건강한가?"

타이거클로가 고개를 끄덕였다.

"좋아."

블루스타가 꼬리를 높이 쳐들었다.

"해가 지면 출발한다!"

종족이 환호성을 질렀다. 파이어하트는 발이 따끔거렸다. 블루스타도 같이 가려는 걸까? 설마 경계를 습격하는 일에 마지막 목숨을 걸진 않겠지?

파이어하트는 어깨 너머로 그레이스트라이프를 쳐다보았다. 그는 꼬리 끝을 신경질적으로 씰룩거리며 높은 바위를 노려보고 있었다. 함성이 잦아들자 그레이스트라이프가 큰 소리로 말했다.

"오늘은 날이 좀 따뜻해진 것 같습니다. 얼음이 녹으면 건너기에 너무 위험합니다."

파이어하트는 숨을 멈췄다. 다른 고양이들은 의아한 표정으로 그레이스트라이프를 돌아보았다.

타이거클로 역시 뭔가를 살피는 듯한 눈빛으로 그레이스트라이프를 응시했다.

"넌 평소에 전투를 두려워한 적이 없지 않느냐?"

타이거클로가 천천히 말했다.

다크스트라이프도 목을 길게 빼고 거들었다.

"맞아, 그레이스트라이프. 그 지저분한 강족 고양이들이 무서운 건 아니겠지?"

종족이 대답을 기다리는 동안 그레이스트라이프는 안절부절못하고 있었다.

"겁먹었나 보네!"

샌드포 옆에 있던 더스트포가 조롱하듯 말했다.

파이어하트는 화가 나서 꼬리를 휙휙 움직였지만, 가까스로 마음을 진정시키고 가벼운 농담을 던지듯 말했다.

"그럼요, 발을 적시는 게 무섭겠죠! 이 추운 계절에 얼음물에 빠져 고생했잖아요. 다시는 그러고 싶지 않은 거죠."

종족 고양이들 사이에 흐르던 긴장이 풀어지면서, 우습다는 듯 가르랑거리는 소리가 들려왔다. 그레이스트라이프는 귀를 납작 붙인 채 바닥을 내려다보고 있었다. 오직 타이거클로만이 미심쩍은 표정을 거두지 않았다.

블루스타는 웅성거리는 소리가 잦아들기를 기다렸다.

"습격에 대해서는 선임 전사들과 의논해야겠습니다."

블루스타는 높은 바위에서 뛰어내렸다. 그리고 며칠 전까지만 해도 목숨을 건 사투를 벌였다는 사실을 믿기 힘들 정도로 가뿐히 바닥에 내려섰다. 타이거클로와 화이트스톰, 윌로펠트가 지도자의 거처로 따라 들어갔다. 나머지 고양이들은 삼삼오오 모여 공격에 대해 이야기했다.

"나한테 창피를 준 것에 대해 내가 고마워할 거라 생각해?"

파이어하트의 귓가에 그레이스트라이프의 화난 목소리가 들렸다.

"천만에."

파이어하트가 쏘아붙였다.

"하지만 적어도 내가 널 여전히 감싸 주는 것에 대해 고마운 마음은 가질 수 있잖아?"

파이어하트는 분노로 털을 세운 채 공터 끝으로 걸어가 버렸다.

샌드포가 그에게 달려왔다.

"강족 고양이들에게 알려 줄 때가 되었어. 내키는 대로 우리 영역에 들어와서 사냥하는 건 있을 수 없는 일이라는 걸 말이야."

그녀가 눈을 빛내며 말했다.

"응, 그런 것 같아."

파이어하트는 건성으로 대답했다. 그는 그레이스트라이프에게서 눈을 뗄 수가 없었다. 단지 그의 상상일까, 아니면 회색 전사가 정말로 보육실 쪽으로 조금씩 움직이고 있는 걸까? 그레이스트라이프는 천둥족의 습격을 실버스트림에게 알리기 위해 진영을 몰래 빠져나가려는 걸까?

파이어하트는 천천히 일어나서 보육실 쪽으로 걸어가기 시작했다. 그레이스트라이프가 다가오는 파이어하트를 노려보았다. 하지만 둘 중 누가 말을 꺼내기도 전에, 높은 바위에서 블루스타가 외치는 소리가 다시 들렸다. 파이어하트는 그 자리에 멈춰 섰지만, 그레이스트라이프에게서 눈을 떼지는 않았다.

"윌로펠트가 그레이스트라이프의 의견에 동의했습니다."

블루스타가 발표했다.

"얼음이 녹고 있습니다."

그레이스트라이프가 턱을 치켜들고 분노한 눈빛으로 파이어하트를 쏘아봤다. 하지만 파이어하트는 개의치 않았다. 블루스타가 습격을 취소하려는 것이었다! 이제 그레이스트라이프는 종족과 실버스트림, 둘 중 하나를 선택할 필요가 없었다. 파이어하트 역시 이미 고통받고 있는 종족을 습격하는 일에 가담할 필요가 없었다.

하지만 블루스타의 말은 거기서 끝나지 않았다.

"그래서 우리는 지금 당장 공격할 것입니다!"

파이어하트는 흘깃 곁눈질을 했다. 의기양양하던 그레이스트라이프의 얼굴은 공포로 뒤덮여 있었다.

블루스타가 말을 이었다.

"진영을 보호할 전사들을 남기고 갈 겁니다. 그림자족이 공격해 올 가능성도 염두에 두어야 합니다. 전사 다섯이 습격을 하고, 나는 여기 남을 겁니다."

'다행이야.'

파이어하트는 생각했다. 블루스타는 어쨌든 마지막 목숨까지 걸 생각은 아니었던 것이다.

"타이거클로가 습격대를 이끌고 다크스트라이프, 윌로펠트, 롱테일이 함께 갈 겁니다. 그러면 한 자리가 남습니다."

"제가 가도 될까요?"

파이어하트는 불쑥 나섰다. 굶주린 강족 고양이들을 공격할 생각을 하면 마음이 무거웠지만, 그가 나서야지만 그레이스트라이프가 선택해야 하는 상황을 피할 수 있었다.

"고맙다, 파이어하트. 습격대에 합류하여라."

블루스타는 자신이 훈련시킨 전사가 열성적으로 나서 주어 무척 흡족한 것 같았다. 타이거클로는 그리 달갑지 않아 보였다. 그는 눈을 찌푸린 채 미심쩍은 시선을 숨기지 않고 파이어하트를 바라보았다.

"지체할 시간이 없다."

블루스타가 외쳤다.

"따뜻한 바람 냄새가 풍기고 있다. 이동하는 동안 타이거클로가 계획을 알려 줄 것이다. 자, 출발하라!"

다크스트라이프와 롱테일, 윌로펠트가 타이거클로를 따라 질주했다. 가시금작화 굴길을 쏜살같이 달려가는 그들을 파이어하트도 뒤쫓았다. 습격대는 골짜기를 올라가 강족 영역을 향해 달려갔다.

잎 없는 계절의 낮은 해가 숲으로 내려앉을 무렵, 그들은 해 드는 바위를 지나 경계 지역에 다다랐다. 파이어하트는 공기 냄새를 맡아 보았다. 그레이스트라이프와 윌로펠트의 말이 맞았다. 그는 따뜻한 바람을 느낄 수 있었다. 그리고 나무 꼭대기에는 비구름이 밀려들고 있었다.

파이어하트는 강으로 이어지는 비탈을 달려 내려가면서 마음이 불편했다. 귓가에는 실버스트림의 절박한 말이 아직도 쟁쟁했다. 그는 연민의 감정들을 밀어내려 안간힘을 썼다.

천둥족 전사들은 고사리 덤불에서 나와 강 가장자리에 미끄러지듯 멈췄다. 그들 앞에 펼쳐진 광경을 보고, 파이어하트는 안도한 나머지 힘이 다 빠져 버렸다. 파이어하트와 샌드포가 보았던 반짝이는 얼음판은 이제 다 부서져서, 차갑고 시커먼 물이 되어 세차게 흘러가고 있었다.

20

잃어버린 우정

타이거클로가 전사들을 돌아보았다. 그의 눈에 낭패감이 깃들어 있었다.

"다음 기회를 기다려야겠다."

습격대는 돌아서서 터덜터덜 진영으로 향하기 시작했다. 파이어하트는 별족에게 말없이 감사 기도를 드렸지만, 목구멍에는 씁쓸한 맛이 돌았다. 자신이 과연 습격을 감행할 수 있었을지 확신이 서지 않았다. 믿을 수 없는 건 그레이스트라이프만이 아니었다. 이젠 그 자신조차 믿을 수 없었다.

파이어하트는 진영으로 돌아가는 내내 침묵했다. 타이거클로가 이따금 건장한 갈색 어깨 너머로 그를 휙 쳐다보았다. 돌아가는 길은 느린 여정이었다. 마침내 골짜기 꼭대기에 도착했을 때는 잎 없는 계절의 짧은 햇빛이 이미 희미해지고 있었다. 파이어하트는 다른 전사들이 먼저 내려가기를 기다렸다. 그가 가시금작화 굴길을 빠져나왔을 때, 타이거클로는 벌써 실망한 천둥족 고양이들에게 강물이 녹았다는 것을 설명하고 있었다.

파이어하트는 공터 가장자리를 빙 돌아가며 그레이스트라이프를 찾았다. 친구가 몰래 나갔는지 알아야 했다. 본능적으로 그는 보육실 쪽으로 향했다. 뒤엉킨 고사리 덤불에 가까이 가자 익숙한 목소리가 들렸다.

"파이어하트!"

파이어하트는 한 줄기 희망을 느꼈다. 어쩌면 그레이스트라이프는 그가 습격대의 마지막 자리를 채워 준 것에 고마워하는 것이 아닐까? 그는 친구의 목소리를 따라 보육실 뒤쪽 그늘 속으로 들어갔다.

어둠 속에서 나직하게 소리를 냈지만, 그레이스트라이프는 어디에도 보이지 않았다. 별안간 무언가가 쿵 소리를 내며 그의 옆구리에 부딪쳤다. 파이어하트는 바짝 경계한 채 몸을 획 돌렸다. 목덜미 털이 곤두선 채 서 있는 그레이스트라이프가 어둠 속에서 희미하게 보였다.

그레이스트라이프는 다시 덤벼들었다. 파이어하트는 제때 몸을 숙여, 그레이스트라이프가 귀에다 휘두르는 넓적한 발을 피했다.

"뭐 하는 짓이야?"

파이어하트는 씩씩거리며 물었다.

그레이스트라이프가 귀를 납작 붙이고 소리쳤다.

"넌 날 믿지 않았어! 내가 천둥족을 배신할 거라 생각했지!"

그레이스트라이프가 다시 발을 휘둘렀다. 이번에는 파이어하트의 귀 끝에 맞았다.

파이어하트는 온몸에 고통과 분노가 치솟았다.

"네가 선택해야 하는 상황이 되지 않도록 도와주었을 뿐이야!"

파이어하트는 쏘아붙였다.

"지금 네 충성심이 어디를 향해 있는지 확신할 수 없는 게 사실이긴 하지만."

그레이스트라이프가 몸을 날려 그를 뒤로 자빠뜨렸다. 두 고양이는 발톱을 세우고 몸싸움을 벌였다.

"내 선택은 내가 해!"

그레이스트라이프가 으르렁댔다.

파이어하트는 몸부림치며 벗어나, 그레이스트라이프의 등에 올라탔다.

"널 지켜 주려고 했던 거야."

"날 지켜 줄 필요 없다고!"

분노에 눈이 먼 파이어하트는 그레이스트라이프의 털가죽에 발톱을 찔러 넣었다. 그때 그레이스트라이프가 몸을 휙 뒤집었고, 둘은 보육실 뒤쪽에서 함께 굴러 나갔다.

젊은 전사 둘이 엉겨 붙은 채 다가오자, 공터에 있던 고양이들은 펄쩍 뛰어 비켜섰다. 그레이스트라이프가 앞다리를 물었다. 파이어하트는 격분해서 소리를 질렀다. 그는 발톱을 세워 그레이스트라이프의 눈 위쪽을 할퀴었다. 그레이스트라이프는 아래쪽으로 달려들어 이빨을 그의 뒷다리에 박으며 응수했다.

"당장 멈춰라!"

블루스타의 단호한 외침에 파이어하트와 그레이스트라이프는 그대로 얼어붙어 버렸다. 파이어하트는 그레이스트라이프를 놓아주고, 고통스럽게 발을 질질 끌며 옆으로 움직였다. 그레이스트라이프는 털을 곤두세운 채 물러났다. 파이어하트는 곁눈으로 타이거클로를 흘끗 보았다. 얼룩무늬 전사는 간신히 기쁨을 억누른 채 비웃듯이 이빨을 드러내고 있었다.

"파이어하트, 당장 내 거처로 오너라!"

블루스타의 푸른 눈이 불꽃처럼 번득였다.

"그레이스트라이프, 거처로 돌아가서 대기해라!"

나머지 고양이들은 어둠 속으로 사라졌다. 파이어하트는 블루스타를 따라 절룩거리며 거처로 들어갔다. 그는 지칠 대로 지치고 혼란스러운 기분으로 땅만 내려다보고 있었다.

블루스타는 잠시 동안 믿기지 않는다는 듯 파이어하트를 바라보았다. 이윽고 그녀가 노기 어린 목소리로 물었다.

"도대체 어떻게 된 일이냐?"

파이어하트는 고개를 저었다. 아무리 화가 나도 친구의 비밀을 밝힐 수는 없었다.

블루스타는 눈을 감고 깊은 숨을 들이쉬었다.

"지금 진영에 긴장감이 감돌고 있다는 걸 알지만, 너희 둘이 싸우는 모습을 보리라고는 생각 못 했다. 다쳤느냐?"

파이어하트는 귀와 뒷다리가 따가웠지만, 어깨를 으쓱하며 웅얼거렸다.

"아닙니다."

"나한테 무슨 일인지 말해 줄 수 있느냐?"

파이어하트는 최대한 흔들림 없이 블루스타의 시선을 마주 보왔다.

"블루스타, 죄송합니다. 설명할 수가 없어요."

'적어도 그건 사실이에요.'

그는 속으로 생각했다.

"잘 알았다."

블루스타가 마침내 입을 열었다.

"너희 둘이서 알아서 해결해라. 종족은 어려운 시기에 맞닥뜨렸다. 나는 이런 식의 내부 분열은 용납하지 않을 것이다. 알아들었느냐?"

"네, 블루스타."

파이어하트가 대답했다.

"가도 될까요?"

블루스타가 고개를 끄덕이자, 파이어하트는 돌아서서 살며시 거처를 빠져나왔다. 그는 옛 스승을 실망시켰다는 것을 알았다. 하지만 비밀을 털어놓을 수는 없었다. 지난번에 레이븐포의 말을 듣고 타이거클로를 고발했을 때도, 블루스타는 그를 믿어 주지 않았다. 설령 이번에는 믿어 준다 해도, 그건 가장 친한 친구를 배신하는 일이 될 것이다.

파이어하트는 공터를 가로질러 전사들의 거처로 들어갔다. 걱정으로 속이 울렁거릴 지경이었다. 그는 그레이스트라이프 옆에 있는 자신의 잠자리에 들어가 몸을 공처럼 단단하게 말았다. 그리고 그레이스트라이프의 긴장된 몸을 느끼며 꼼짝하지 않고 누워 있다가 마침내 잠이 들었다.

파이어하트는 다음 날 아침 일찍 깨어났다. 해는 아직 뜨지 않았고 공터는 텅 비어 있었다. 그는 신더포를 보고 싶어서 옐로팽의 거처로 향했다.

옐로팽은 브린들페이스의 아픈 새끼 고양이들 옆에서 몸을 말고 잠들어 있었다. 그들은 눈을 감은 채 잠자리에서 조용히 꿈틀댔다. 옐로팽은 큰 소리로 코를 골고 있었다. 파이어하트는 그녀를 깨우지 않으려고 신더포의 잠자리로 살금살금 기어가 안을 들여다보았다.

작은 회색 고양이도 잠들어 있었다. 털에 묻어 있던 피는 보이지 않았다. 파이어하트는 신더포가 직접 닦아 낸 것인지, 아니면 옐로팽이 닦아 준 것인지 궁금했다. 그는 신더포 옆에 웅크리고 앉아, 그녀가 숨 쉬는 모습을 지켜보았다. 옆구리가 솟아올랐다 가라앉는 모습을 보니 마음이 좀 편해졌다. 지난번 왔을 때보다 그녀는 훨씬 안정되어 보였다.

새벽빛이 고사리 사이로 스며들 때까지 파이어하트는 신더포와 함께 있었다. 이제 종족이 막 깨어나 움직이는 소리가 들렸다. 파이어하트는 자리에서 일어났다. 그리고 신더포에게로 몸을 숙여, 코로 옆구리를 살며시 쓸어 주었다.

그가 떠나려고 돌아섰을 때, 옐로팽이 몸을 뻗으며 눈을 떴다.

"파이어하트?"

"신더포를 보러 왔어요."

그가 속삭였다.

"신더포는 나아지고 있어."

305

옐로팽이 몸을 일으키며 말했다.

파이어하트는 안도했다.

"고맙습니다, 옐로팽."

공터로 나왔을 때, 타이거클로가 전사와 훈련병 무리에게 무언가를 지시하고 있었다. 그는 파이어하트가 나타난 걸 곧바로 알아보았다.

"드디어 나타나셨군."

타이거클로가 비꼬듯 말했다.

"그레이스트라이프도 블루스타와 이야기를 나누다 방금 왔다."

파이어하트는 친구를 흘깃 보았지만, 그레이스트라이프는 바닥만 내려다보고 있었다. 다른 전사들이 잠자코 지켜보는 가운데 파이어하트는 황급히 샌드포 옆에 자리를 잡고 앉았다.

"해빙기에는 숲에 먹잇감이 우글거릴 것이다."

타이거클로가 말했다.

"동굴에 숨어 있다 나온 거라 몹시 굶주려 있을 것이다. 이때가 먹이를 최대한 많이 잡을 수 있는 좋은 기회다."

"하지만 눈으로 만든 저장고에 아직도 먹이가 많은걸요."

더스트포가 말했다.

"그건 곧 까마귀 밥이 될 것이다."

타이거클로가 말했다.

"사냥할 수 있는 기회는 하나도 놓치지 말아야 한다. 잎 없는 계절이 계속되면 먹잇감들은 다시 사라지기 시작할 거고, 남아 있는 것들은 너무 말라 먹을 게 없을 테니까."

전사들은 공감하며 고개를 끄덕였다.

타이거클로가 옆은 얼룩무늬 전사에게 눈을 돌렸다.

"롱테일, 사냥조를 조직해라."

롱테일이 고개를 끄덕이자, 타이거클로는 일어나서 블루스타의 거처로 걸어갔다. 파이어하트는 그가 이끼 사이로 사라지는 모습을 지켜보았다. 지도자와 부지도자가 자신과 그레이스트라이프의 싸움에 대해 이야기를 나눌지 궁금했다.

롱테일의 목소리가 생각에 빠져 있던 파이어하트를 불러냈다.

"파이어하트! 너와 샌드포는 마우스퍼와 같이 가. 그레이스트라이프는 화이트스톰과 브래큰포와 가면 되고. 너희 둘을 같은 조에 넣지 않는 게 좋겠지."

우스워서 가르랑거리는 소리가 여기저기서 들려왔다. 파이어하트는 화가 나서 눈을 찌푸렸다. 그는 롱테일의 귀에 남은 흉터를 보면서 위안을 삼았다. 그것은 파이어하트가 진영에 온 첫날, 그를 조롱하던 롱테일에게 안겨 준 상처였다.

"어젯밤엔 아주 잘 싸우던데?"

마우스퍼가 장난기 어린 눈으로 말했다.

"강족과의 전투를 놓쳐서 아쉬웠는데, 전투 못지않더라고."

"맞아! 잘했어, 파이어하트. 애완 고양이치고는 말이야."

더스트포가 옆에서 거들었다.

파이어하트는 이를 갈고, 발톱을 오므렸다 세웠다 하며 바닥을 쏘아보았다.

두 사냥조는 함께 진영을 떠났다. 골짜기를 빠져나가기 위해 줄지어 섰을 때, 파이어하트는 하늘을 올려다보았다. 어젯밤 밀려들던 비구름이 해를 가렸고, 발밑의 눈은 질척하게 변하고 있었다.

마우스퍼는 샌드포와 파이어하트를 데리고 큰 소나무 숲을 지났다.

"샌드포는 내가 데려갈게."

갈색 전사가 파이어하트에게 말했다.

"넌 혼자 사냥할 수 있지? 해가 가장 높이 뜬 시간에 진영에서 만나."

파이어하트는 혼자 있을 수 있다는 생각에 안도감이 들었다. 그는 나무들 사이로 성큼성큼 걸어갔다. 아직도 그레이스트라이프와 자신이 그렇게 격렬하게 싸웠다는 사실을 믿기가 힘들었다. 오랜 친구가 곁에 없다고 생각하니 외롭고 허전했다. 비록 지금은 그 친구가 알아보기도 힘들 정도로 변해 버렸지만 말이다. 그와 다시 친구가 될 수 있을지조차 의문이었다.

발밑에서 부드러운 잎사귀의 감촉이 느껴졌다. 그제야 그는 자신이 먼 길을 헤매다가 떡갈나무 숲까지 왔음을 깨달았다. 숲 바로 뒤에는 두발쟁이 영역이 있었다. 순간 프린세스가 떠올랐다. 발길 닿는 대로 걷다 보니 누이의 보금자리에 이르게 된 데는 이유가 있지 않을까?

파이어하트는 곧장 울타리로 다가가서 나지막하게 누이를 불렀다. 그리고 다시 숲으로 뛰어들어 누이가 나타나기를 기다렸다.

오래 기다릴 필요도 없었다. 울타리를 긁는 소리가 나더니, 누이의 특유한 냄새가 났다. 파이어하트가 그녀를 만나러 뛰어 나가려는 순간, 익숙하지 않은 냄새가 났다.

고사리가 바스락거리더니 프린세스가 나타났다. 그녀의 입에는 조그만 흰색 새끼 고양이가 물려 있었다. 파이어하트가 다가가자, 그녀는 이빨 사이에 털 뭉치를 문 채 다정하게 인사를 했다.

새끼 고양이는 아주 작았다. 파이어하트는 새끼 고양이가 앞으로도 한 달은 더 젖을 먹어야 할 거라 짐작했다. 프린세스는 발로 진흙을 치우고 잎사귀 위에 새끼 고양이를 살포시 내려놓았다. 그리고 옆에 앉아 두툼한 꼬리로 감싸 주었다.

파이어하트는 감정이 북받쳤다. 이 고양이는 그의 혈육이고, 그와 마찬가지로 애완 고양이로 태어났다! 그는 조용히 프린세스에게 걸어가 코를 비비며 인사했다. 그리고 몸을 숙여 새끼 고양이 냄새를 맡았다. 따뜻한 냄새와 함께, 낯설지만 어쩐지 익숙한 우유 냄새가 났다. 파이어하트가 머리를 다정하게 핥아 주자, 새끼 고양이는 가냘프게 울면서 분홍빛 입을 열어 조그만 이빨을 드러냈다.

프린세스가 초롱초롱한 눈으로 파이어하트를 바라보았다.

"널 위해서 데려온 거야, 파이어하트."

그녀가 부드럽게 말했다.

"이 새끼 고양이를 종족으로 데리고 가. 크면 네 새로운 훈련병이 될 수 있게 말이야."

21
같은 뿌리를 가진 고양이

파이어하트는 조그만 새끼 고양이를 뚫어지게 바라보았다.

"난 생각도 못 했는데……."

파이어하트는 시선을 들어 말없이 누이를 쳐다보았다.

"나머지 새끼 고양이들이 어디서 살지는 내 주인이 정할 거야."

프린세스가 말을 이었다.

"하지만 가장 먼저 태어난 이 녀석의 미래는 내가 정해 주고 싶어."

그녀는 턱을 당당히 쳐들었다.

"부디 영웅으로 키워 줘. 너처럼!"

그토록 오랫동안 파이어하트를 잡아끌며, 마음 붙이지 못하게 만들던 외로움이 서서히 사라지기 시작했다. 그는 새끼 고양이에게 숲에서 사는 방식을 알려 주고, 울창한 고사리 덤불을 헤치며 함께 사냥을 하는 모습을 상상해 보았다. 또 종족 고양이들 사이에 있는 하얀 새끼 고양이를 떠올려 보았다. 마침내 천둥족에도 애완 고양이로 태어난 자신과 같은 뿌리를 가진 고양이가 생기는 것이다.

"훈련병이 당한 사고 때문에 네가 얼마나 속상했는지 알아. 혈육인 고양이가 새 훈련병이 되면 그렇게 외롭지 않을 거라 생각했어."

프린세스가 목을 쭉 뻗어 파이어하트의 옆구리에 코를 댔다.

"종족의 방식을 모두 이해하진 못하지만, 네가 들려주는 이야기를 들어 보니 내 아들이 종족 고양이로 자란다면 나로서도 영광일 거라 생각해."

파이어하트의 마음속에서 가장 먼저 타올랐던 행복감이 어느 정도 진정되면서, 그는 천둥족 고양이들을 떠올렸다. 그들에게는 전사 고양이들이 절실하게 필요했다. 신더포는 이제 전사가 될 수 없었다. 게다가 초록기침병이 블루스타의 목숨뿐 아니라 더 많은 생명을 앗아 간다면? 천둥족은 이 새끼 고양이가 정말로 절실할지도 모른다.

불현듯 털에 매달리는 빗방울이 느껴졌다. 새끼 고양이에겐 당장 비를 피할 곳이 필요했다. 튼튼해 보이긴 했지만, 추위와 궂은 날씨를 오래 견디기에는 아직 너무 작았다.

"내가 데려갈게. 넌 천둥족에게 엄청난 선물을 준 거야. 내가 종족에서 가장 훌륭한 전사로 훈련시킬게!"

파이어하트는 고개를 숙여 인사하고, 새끼 고양이의 목덜미를 물어 들어 올렸다.

프린세스의 눈이 고마움과 자부심으로 빛났다.

"고마워, 파이어하트."

그녀가 가르랑거렸다.

"누가 알겠어? 이 녀석이 어쩌면 지도자가 되어서 아홉 개의 목숨을 받을지!"

파이어하트는 믿음과 희망을 주는 그녀의 얼굴을 다정하게 바라보았다. 누이는 정말 그런 일이 일어날 수 있을 거라 믿는 걸까? 그때 언뜻 스치는 의구심이 그의 마음을 아프게 찔렀다. 이조그만 새끼 고양이를 초록기침병이 돌고 있는 진영으로 데려가도 되는 걸까? 새잎 돋는 계절까지도 버티지 못한다면 어쩌지? 하지만 주둥이 아래 느껴지는 새끼 고양이의 포근한 냄새가 그의 마음을 달래 주었다. 새끼 고양이는 살아남을 것이다. 그와 피를 나눈 튼튼한 고양이니까. 파이어하트는 심호흡을 했다. 서둘러야 했다. 새끼 고양이의 몸이 벌써 식고 있었다. 그는 프린세스에게 작별 인사를 하고, 덤불로 달려갔다.

새끼 고양이는 생각보다 더 무거웠다. 그의 입에 매달린 새끼 고양이는 앞다리에 쿵쿵 부딪힐 때마다 조그맣게 비명을 질러 댔다. 골짜기 꼭대기에 도착할 무렵 파이어하트는 목이 뻐근해졌다. 그는 빠르게 녹고 있는 눈에 미끄러지지 않게 주의하면서, 한 발씩 조심스럽게 진영을 향해 내려갔다.

입구에 다다른 파이어하트는 머뭇거렸다. 처음으로 그는 이 새끼 고양이에 대해 종족에게 어떻게 설명할지 궁리해 보았다. 자신이 그동안 애완 고양이 누이를 만나 왔다고 인정하는 수밖에 없었다. 하지만 이제 와서 사실을 털어놓아도 될까? 새끼 고양이가 덜덜 떨고 있는 게 느껴졌다. 파이어하트는 어깨를 똑바로 펴고 가시금작화 굴길을 통과했다. 새끼 고양이는 가시가 털에 걸리자 귀청이 터질 듯한 비명을 질렀다. 파이어하트가 공터로 들어서자, 놀란 시선들이 그를 향해 꽂혔다.

사냥조는 둘 다 돌아와 있었다. 마우스퍼와 화이트스톰, 샌드포와 브래큰포가 모두 공터에 있었고, 그레이스트라이프만 보이지 않았다. 종족 고양이들은 시끄러운 소리와 익숙하지 않은 냄새에 이끌리듯 하나씩 하나씩 거처에서 나왔다. 아무도 소리를 내지 않았다. 그들은 파이어하트를 마치 낯선 고양이를 보듯 적대적이고 당혹스러운 눈으로 응시했다.

파이어하트는 새끼 고양이를 입에 그대로 문 채, 천천히 공터 가운데로 걸어갔다. 그리고 미심쩍어하는 눈초리들을 마주 보았다. 입이 바짝바짝 마르기 시작했다.

'나는 왜 종족이 숲에서 태어나지도 않은 이 새끼 고양이를 받아 줄 거라 생각했을까?'

옐로팽의 거처에서 블루스타가 나타나자, 파이어하트의 마음에 안도감이 밀려들었다. 하지만 그를 본 블루스타는 놀라서 눈을 휘둥그렇게 떴다.

"이건 뭐지?"

블루스타가 다그치듯 물었다.

불길한 예감이 등줄기를 훑고 지나갔다. 그는 새끼 고양이를 앞발 사이에 내려놓고, 꼬리로 따뜻하게 덮어 주었다.

"이 고양이는 제 누이가 낳은 첫 번째 새끼예요."

"누이라니!"

타이거클로가 미심쩍은 눈으로 그를 보았다.

"누이가 있다고? 어디에?"

스페클테일이 소리쳤다.

"당연히 저 녀석이 태어난 곳과 같은 곳이겠죠. 두발쟁이 영역!"

롱테일이 넌더리가 난다는 듯 외쳤다.

"그게 사실이냐?"

블루스타가 눈을 더 크게 뜨며 말했다.

"네, 누이가 종족으로 데려가 달라고 저에게 부탁했어요."

파이어하트는 솔직히 말했다.

"왜 그런 거지?"

블루스타가 위협적일 정도로 차분하게 물었다.

파이어하트는 안절부절못하며 더듬거렸다.

"제가 누이에게 종족 생활에 대해서 이야기했거든요. 얼마나 좋은지……."

블루스타의 의심스러운 눈초리에 그의 목소리가 잦아들었다.

"언제부터 두발쟁이 영역을 오간 거지?"

"오래되지 않았어요. 잎 없는 계절이 시작된 직후부터였어요. 하지만 누이를 보러 간 것뿐이에요. 천둥족에 대한 충성심은 변함없어요."

"충성심이라고?"

다크스트라이프의 고함이 공터에 울려 퍼졌다.

"그런데 애완 고양이를 여기 데려온 거야?"

"종족에 애완 고양이는 하나면 충분하지 않나?"

314

원로들 중 하나가 갈라지는 소리로 말했다.

"애완 고양이는 꼭 다른 애완 고양이를 찾아서 데려오지!"

더스트포가 화난 목소리로 으르렁댔다. 그리고 샌드포 쪽으로 몸을 돌려, 그녀를 코로 쿡 찔렀다. 샌드포는 불편한 눈빛으로 파이어하트를 흘깃 보더니, 발만 내려다볼 뿐이었다.

"왜 여기로 데려온 것이냐?"

타이거클로가 으르렁댔다.

"우리에게는 전사가 필요하니까요……."

파이어하트가 말을 하는 동안 조그만 새끼 고양이가 그의 배 아래에서 꼼지락거렸다. 그는 자신의 말이 얼마나 우스꽝스럽게 들릴지 깨달았다. 고양이들은 경멸 섞인 고함을 쳤다. 그는 고개를 푹 숙였다.

모욕적인 말들이 수그러들자, 러닝윈드가 목소리를 높였다.

"이 새끼 고양이가 아니더라도 우린 이미 걱정거리가 넘쳐 납니다."

"그저 짐만 될 거예요. 훈련을 시작하려면 적어도 다섯 달은 있어야 해요."

마우스퍼가 맞장구쳤다.

화이트스톰이 고개를 끄덕였다.

"이 애완 고양이를 여기 데려오면 안 되는 거였다, 파이어하트. 종족 생활을 하기엔 너무 연약해."

파이어하트는 털을 곤두세웠다.

"저도 애완 고양이로 태어났어요. 제가 연약한가요?"

파이어하트는 자신이 애완 고양이에 대한 종족의 편견을 조금씩 허물고 있다고 생각했다. 하지만 그건 잘못된 생각이었다. 모여 있는 고양이들 중에서 우호적인 시선은 단 하나도 찾아볼 수 없었다.

그때 화이트스톰 뒤에서 누군가의 목소리가 들려왔다.

"파이어하트의 피가 흐른다면, 이 녀석도 훌륭한 종족 고양이가 될 거예요."

파이어하트는 안도감이 온몸으로 밀려드는 것을 느꼈다. 그레이스트라이프의 목소리였다! 파이어하트의 가슴에 짧게나마 희망의 불꽃이 타올랐다. 화이트스톰이 한쪽으로 비켜서자, 다른 고양이들이 회색 전사를 보기 위해 고개를 돌렸다. 그레이스트라이프는 크고 차분한 눈으로 둥그렇게 모여 있는 고양이들과 일일이 시선을 맞추었다.

"그레이스트라이프, 네가 친구를 위해 목소리를 내다니 놀랍네. 어젯밤에는 파이어하트를 찢어 놓으려고 했잖아!"

롱테일이 비아냥거렸다.

그레이스트라이프는 롱테일에게 눈을 부릅떴다. 다크스트라이프도 그를 도발하는 데 끼어들었다.

"그래, 그레이스트라이프! 파이어하트에게 천둥족이 될 만한 피가 흐르는지 네가 어떻게 안다는 거야? 어젯밤에 다리를 물어뜯었을 때 그 피 맛을 본 거야?"

블루스타가 앞으로 나섰다. 그녀의 푸른 눈이 근심으로 어두워져 있었다.

"파이어하트, 난 네가 누이를 만나는 게 종족에 대한 불충을 의미한다고는 생각하지 않는다. 하지만 왜 누이의 새끼를 데려오겠다고 한 것이냐? 넌 이런 결정을 할 권한이 없다. 네가 한 행동은 종족 전체에 영향을 끼치는 행동이다."

파이어하트는 그레이스트라이프를 바라보았다. 친구가 좀 더 도와주기를 바랐지만, 그레이스트라이프는 그와 눈을 마주치려들지 않았다. 파이어하트는 목을 길게 빼고 주변을 돌아보았지만, 모두가 그에게서 눈을 돌려 버렸다. 파이어하트는 두려워지기 시작했다. 프린세스의 새끼를 데려오는 바람에, 종족 안에서 그의 위치까지 위험해진 걸까?

블루스타가 다시 입을 열었다.

"타이거클로, 어떻게 생각하나?"

"제가 어떻게 생각하느냐고요?"

파이어하트는 만족감이 깃든 부지도자의 거만한 목소리에 가슴이 철렁했다.

"파이어하트가 당장 저걸 없애 버려야 한다고 생각합니다."

"골든플라워?"

"새잎 돋는 계절이 올 때까지 살아남기에는 확실히 너무 작아 보여요."

황갈색 어미 고양이가 말했다.

"내일 아침 해가 뜰 때쯤이면 초록기침병에 걸릴걸요!"

마우스퍼가 거들었다.

"아니면 다음 눈이 올 때까지 우리 싱싱한 먹이를 먹어 치우다가 감기에 걸려 죽어 버리겠죠!"

러닝윈드가 쏘아붙였다.

블루스타가 고개를 숙였다.

"그만하면 됐습니다. 이 문제에 대해서는 생각을 좀 더 해 봐야겠습니다."

블루스타는 거처로 걸어가서 안으로 사라져 버렸다.

나머지 고양이들도 험악한 말들을 중얼거리면서 공터를 빠져나갔다.

파이어하트는 후줄근한 새끼 고양이를 들어 올려 전사들의 거처로 데리고 갔다. 새끼 고양이는 덜덜 떨면서 애처롭게 울고 있었다. 파이어하트는 조그만 고양이를 자신의 몸으로 감싸 안고 눈을 감았다. 하지만 종족의 적대적인 얼굴들이 머릿속에 맴돌아 그는 두려움에 사로잡혔다. 예전에는 그저 자신이 외롭다고 생각했지만, 지금은 종족 전체가 그와의 관계를 끊어 버린 것 같았다.

그레이스트라이프가 거처로 들어와 잠자리에 누웠다. 파이어하트는 초조한 기분으로 그를 흘깃 보았다. 그레이스트라이프는 그를 편들어 준 유일한 고양이였다. 파이어하트는 친구에게 고맙다는 말을 하고 싶었다. 새끼 고양이가 야옹거리는 소리만 들리는 어색한 침묵이 흐른 끝에, 파이어하트가 웅얼거렸다.

"내 편을 들어 줘서 고마워."

그레이스트라이프가 어깨를 으쓱했다.

"그거야 뭐. 나 말고는 아무도 안 그랬을 테니까."

그레이스트라이프는 고개를 돌려 꼬리를 핥기 시작했다.

318

새끼 고양이는 계속 가냘프게 울었고, 울음소리도 점점 커졌다. 몇몇 전사들이 비를 피하려고 거처로 들어왔다. 윌로펠트는 파이어하트와 새끼 고양이를 휙 쳐다보았지만 아무 말도 하지 않았다.

"그 입 좀 다물게 할 수 없어?"

잠자리에서 이끼를 쑤석거리던 다크스트라이프가 투덜댔다.

파이어하트는 절박하게 새끼 고양이를 핥아 주었다. 몹시 배가 고픈 게 틀림없었다. 거처 벽에서 바스락거리는 소리가 들려와 파이어하트는 고개를 들었다. 프로스트퍼였다. 그녀는 파이어하트의 잠자리로 다가와 비참한 새끼 고양이를 내려다보았다. 갑자기 그녀가 고개를 숙이더니 새끼 고양이의 보드라운 털을 킁킁거리며 살폈다.

"보육실로 가는 게 좋겠어. 브린들페이스의 젖이 남으니까, 내가 먹여 달라고 부탁해 볼게."

파이어하트는 놀란 얼굴로 어미 고양이를 바라보았다.

프로스트퍼가 따뜻한 눈으로 그를 마주 보았다.

"네가 내 새끼들을 그림자족에게서 구해 준 일을 아직 잊지 않고 있어."

파이어하트는 새끼 고양이를 물고 프로스트퍼를 따라 전사들의 거처에서 나왔다. 비는 더 거세게 내리고 있었다. 그들은 서둘러 보육실로 갔다. 프로스트퍼가 비좁은 보육실 입구로 사라졌고, 파이어하트도 뒤따라 들어갔다. 그는 가시덤불 안쪽에서 잠시 멈춰 서서 어두움에 익숙해질 때까지 눈을 깜박였다.

브린들페이스는 어둡고 건조한 곳에서 건강한 새끼 고양이 둘을 감싸 안고 있었다. 그녀는 파이어하트와 그의 입에 매달린 새끼 고양이를 미심쩍은 듯 차례로 바라보았다.

프로스트퍼가 파이어하트에게 속삭였다.

"브린들페이스의 새끼 고양이 하나가 어젯밤에 죽었어."

파이어하트는 옐로팽 옆에서 꿈틀거리던 아픈 새끼 고양이들을 떠올렸다. 그는 비통한 기분으로, 그중 어느 고양이가 목숨을 잃은 건지 생각해 보았다. 그는 프린세스의 새끼 고양이를 내려놓고 브린들페이스를 보았다.

"정말 안타까워요."

어미 고양이가 그에게 눈을 끔벅했다. 그녀의 눈에 슬픔이 그대로 드러났다.

"브린들페이스."

프로스트퍼가 말을 꺼냈다.

"네가 얼마나 고통스러운지 알아. 하지만 이 새끼 고양이가 굶주리고 있어. 넌 젖이 있고. 이 고양이를 좀 먹여 줄래?"

브린들페이스는 눈을 꼭 감은 채 고개를 흔들었다. 마치 그곳에 있는 파이어하트의 존재를 부정하려는 것 같았다.

프로스트퍼가 머리를 앞으로 뻗어 브린들페이스의 뺨에 주둥이를 살며시 댔다.

"이 새끼 고양이가 네 아들을 대신하지 못한다는 거 알아. 하지만 이 고양이는 네 온기와 보살핌이 필요해."

파이어하트는 초조하게 기다렸다. 새끼 고양이의 울음소리가 점점 더 커졌다. 브린들페이스의 젖 냄새를 맡은 새끼 고양이는 무작정 그녀의 보드라운 배를 향해 꿈틀대며 기어가기 시작했다. 그리고 다른 두 새끼 고양이 사이로 머리를 디밀었다. 브린들페이스는 젖 냄새를 따라 꿈틀거리며 다가오는 새끼 고양이를 내려다보았다. 그녀는 배에 달라붙어 젖을 빨기 시작하는 새끼 고양이를 물리치지 않고 지켜보았다. 파이어하트는 안도감과 고마움으로 가슴이 뻐근해졌다. 브린들페이스의 눈빛이 부드러워졌다. 하얀 새끼 고양이는 그녀의 부른 배를 조그만 발로 문지르며 가르랑거리기 시작했다.

프로스트퍼가 고개를 끄덕였다.

"고마워, 브린들페이스. 네가 새끼 고양이를 돌봐 줄 거라고 블루스타에게 말해도 될까?"

"그래."

브린들페이스가 하얀 새끼 고양이에게서 눈을 떼지 않고 조용히 대답했다. 그녀는 뒷발로 새끼 고양이를 더 가까이 당겼다.

파이어하트는 머리를 숙여 그녀의 어깨에 코를 댔다.

"고마워요. 제가 매일 싱싱한 먹잇감을 더 가져다줄게요. 약속해요."

"난 블루스타에게 가서 말할게."

프로스트퍼가 말했다.

파이어하트는 하얀 어미 고양이의 친절에 감동했다.

"고마워요."

"어떤 새끼 고양이도 굶어서는 안 돼. 종족 태생이든 아니든."

프로스트퍼는 돌아서서 고사리 덤불을 밀치고 나갔다.

"이제 가 봐도 돼."

브린들페이스가 파이어하트에게 말했다.

"네 새끼 고양이는 나랑 안전하게 있을 거야."

파이어하트는 고개를 끄덕이고, 프로스트퍼를 따라 빗속으로 나왔다. 거처로 돌아갈까 생각해 보았지만, 블루스타가 새끼 고양이를 어떻게 하기로 결정했는지 알기 전까지는 어차피 잠을 이룰 수 없을 것 같았다.

공터 주변을 서성거리는 사이, 그의 털은 젖어서 군데군데 엉겨 붙었다. 프로스트퍼가 블루스타의 거처에서 나와 서둘러 보육실로 돌아가는 모습이 보였다.

윌로펠트가 저녁 순찰대를 이끌고 진영에서 나갈 준비를 하고 있을 때, 블루스타가 드디어 거처에서 나왔다. 파이어하트는 그 자리에 멈췄다. 심장이 너무 빨리 뛰고 다리가 후들거렸다. 블루스타는 높은 바위로 뛰어올라 익숙한 소집 명령을 내렸다.

"제 힘으로 먹이를 잡을 수 있는 나이가 된 모든 고양이들은 여기 높은 바위 아래로 와서 종족 회의에 참석하십시오!"

윌로펠트가 이끄는 순찰대가 진영 입구에서 방향을 돌려 높은 바위 쪽으로 걸어갔다. 나머지 고양이들도 비가 오는 것을 불평하며 보송보송한 잠자리에서 일어나기 시작했다. 타이거클로는 단호한 얼굴로 바위로 뛰어올라, 블루스타 옆자리에 섰다.

'새끼 고양이를 돌려 보낼 생각인가 봐.'

파이어하트는 호흡이 가빠지기 시작했다. 머릿속에 암울한 생각들이 밀려들었다.

'블루스타가 타이거클로에게 새끼 고양이를 숲에 버리라고 하면 어쩌지? 그럼 살아남지 못할 텐데. 맙소사, 별족이시여! 프린세스에겐 뭐라고 말해야 하지?'

다들 자리를 잡았을 때 블루스타가 말했다.

"천둥족의 고양이들이여, 우리에게 전사가 필요하다는 것은 아무도 부정할 수 없을 것입니다. 우리는 초록기침병으로 이미 어린 고양이 하나를 잃었습니다. 그리고 새잎 돋는 계절까지는 아직도 여러 달이 남아 있습니다. 신더포는 심각한 부상을 입었고, 결코 전사가 되지 못할 겁니다. 그레이스트라이프가 지적했듯이⋯⋯."

파이어하트는 근처에서 더스트포가 속삭이는 소리를 들었다.

"그레이스트라이프는 요즘에 애완 고양이가 되어 간다니까!"

파이어하트는 재빨리 고개를 돌렸지만, 그가 미처 입을 열기 전에 원로 하나가 더스트포에게 주의를 주었다.

"그레이스트라이프가 지적했듯이⋯⋯."

블루스타가 되풀이해 말했다.

"이 애완 고양이에겐 파이어하트의 피가 흐릅니다. 이 새끼 고양이가 훌륭한 전사가 될 가능성은 충분합니다."

몇몇이 파이어하트를 흘깃 쳐다보았다. 그는 블루스타의 칭찬을 간신히 알아들을 수 있었다. 희망이 솟는 동시에 아찔한 기분이 들었다.

블루스타는 잠시 말을 멈추고 앞에 있는 고양이들을 살폈다.

"나는 이 새끼 고양이를 천둥족에 받아들이기로 결정했습니다."

아무도 소리를 내지 않았다. 파이어하트는 목청껏 별족에게 감사드리고 싶었지만, 잠자코 있었다. 대신 처음으로 깊이 숨을 들이쉬었다. 그의 혈육이 천둥족의 일원이 된 것이다!

"브린들페이스가 새끼 고양이를 돌봐 주기로 했습니다."

블루스타가 말을 이었다.

"그리고 파이어하트는 그녀에게 먹이를 가져다주는 임무를 맡을 것입니다."

종족 지도자가 파이어하트와 눈을 맞추었다. 하지만 그는 지도자의 표정을 읽을 수 없었다.

"마지막으로, 새끼 고양이에게 이름이 있어야 합니다. 그는 클라우드킷으로 불릴 것입니다."

"임명식도 할 건가요?"

마우스퍼가 무리 속에서 외쳤다.

파이어하트는 간절한 마음으로 높은 바위를 올려다보았다. 종족이 그를 공식적으로 받아들였을 때 그에게 주어졌던 특권이 누이의 새끼 고양이에게도 허락될까?

블루스타가 냉정한 눈으로 마우스퍼를 내려다보았다.

"임명식은 없을 것입니다."

22

구름을 뚫고 나온 달

다음 보름달이 뜰 때까지 이어지는 날들은 파이어하트가 느끼기에 더디게만 흘렀다. 마지막 모임이 열린 지도 벌써 한참이 지난 것 같았다. 지난번 보름달에는 비구름이 달을 가려서, 종족들은 나무 네 그루에서의 모임을 갖지 못했다. 한편 해 드는 바위에서 강족 전사들의 냄새를 맡았다는 순찰대의 보고는 계속되었다. 그림자족의 냄새도 올빼미나무 옆에서 다시 발견되었다.

파이어하트는 사냥이나 순찰을 하지 않을 때면 시간을 쪼개어 클라우드킷과 신더포와 브래큰포 사이를 오갔다. 그레이스트라이프는 브래큰포의 스승 역할을 다시 시작했다. 하지만 곧 어린 훈련병이 뭘 할지 모르고 스승 없이 방치되는 일이 생기기 시작했다. 파이어하트가 그레이스트라이프는 어디 갔는지 물으면, 브래큰포의 대답은 한결같았다.

"사냥하러 가셨어요."

"왜 같이 가지 않았어?"

파이어하트가 물었다.

"내일은 같이 갈 수 있다고 그랬어요."

파이어하트는 그레이스트라이프의 고집스러운 행동에 분노가 치밀었지만, 애써 떨쳐 버렸다. 그는 그레이스트라이프가 분별력을 찾게 만드는 일은 단념했다. 클라우드킷을 진영으로 데려온 그날 이후로 그들은 거의 말을 하지 않았다. 하지만 그레이스트라이프가 없어질 때마다 파이어하트는 브래큰포를 데리고 나가려고 노력했다. 타이거클로는 브래큰포의 대답을 듣고 그렇게 호락호락 넘어가지 않을 테니, 훈련병이 그의 눈에 띄지 않게 하려는 것이었다.

마침내 구름 없는 하늘에 보름달이 나타났다. 파이어하트는 사냥에서 일찍 돌아왔다. 그는 쓰러진 떡갈나무를 지나 걸어갔다. 스페클테일의 새끼 고양이들과 스위프트포는 이제 회복되어, 그곳에는 아무도 없었다. 파이어하트는 잡아 온 먹잇감을 먹이 더미에 내려놓고, 신더포를 만나러 옐로팽의 거처로 향했다. 지금은 초록기침병의 위협조차 진영에서 사라지고 없었다. 오직 신더포만이 치료사와 함께 남아 있을 뿐이었다.

굴길을 지나던 파이어하트는 앞쪽 공터에 있는 작은 회색 암고양이를 발견했다. 신더포는 옐로팽이 약초를 준비하는 것을 돕고 있었다. 신더포가 마른 잎사귀를 입에 물고 힘겹게 절룩거리며 갈라진 바위 쪽으로 가는 모습을 보자, 파이어하트는 마음이 아팠다.

"파이어하트!"

신더포가 약초를 내려놓고, 굴길에서 나오는 그를 반겼다.

"이 구역질 나는 것들 때문에 스승님 냄새를 겨우 맡았어요!"

"그 구역질 나는 것들이 네 다리를 낫게 해 준 거야!"

옐로팽이 으르렁거렸다.

"에이, 그럼 좀 더 썼어야죠."

신더포가 되받아쳤다.

파이어하트는 그녀의 장난기 어린 눈을 보고 마음이 놓였다.

"이것 보세요!"

그녀가 뒤틀린 뒷다리를 씰룩거렸다.

"몸을 닦을 때 발톱이 잘 닿지 않아요."

"다리를 풀어 주는 운동을 더 시켜야겠구나."

옐로팽이 말했다.

"고맙지만 사양하겠습니다!"

신더포가 황급히 말했다.

"진짜 아프단 말이에요."

"원래 아픈 거야. 그게 효과가 있다는 뜻이니까."

나이 든 치료사는 파이어하트를 돌아보았다.

"어쩌면 네가 더 잘 설득시킬 수도 있겠구나. 운동을 하라고 말이야. 난 숲에 가서 나래지치를 좀 가져와야겠어."

"해 볼게요."

파이어하트는 그를 지나쳐 가는 옐로팽에게 약속했다.

"제대로 하고 있으면 금방 알 수 있을 거야. 앓는 소리를 낼 테니까!"

치료사가 어깨 너머로 외쳤다.

신더포가 절뚝거리며 파이어하트에게 다가와 코를 맞댔다.

"절 보러 와 줘서 고마워요."

신더포는 아픈 다리를 몸 아래로 밀어 넣느라 얼굴을 찌푸리며 자리에 앉았다.

"널 보러 오는 건 언제나 즐겁거든."

파이어하트가 가르랑거렸다.

"같이 훈련하던 시간이 그리워."

그는 말을 뱉어 놓고 곧 후회했다.

신더포의 눈에 아쉬운 빛이 서렸다.

"저도요. 언제 다시 훈련을 시작할 수 있을까요?"

파이어하트는 무너져 내리는 심정으로 신더포를 빤히 쳐다보았다. 옐로팽이 아직 그녀에게 전사가 될 수 없을 거란 말을 하지 않은 게 틀림없었다.

"운동을 하면 도움이 될지도 모르지."

파이어하트는 얼버무리며 대답을 피했다.

"알았어요. 하지만 조금만 할 거예요."

신더포는 옆으로 누워 고통으로 얼굴이 일그러질 때까지 다리를 쭉 뻗었다. 그리고 이를 악문 채 다리를 앞뒤로 천천히 움직였다.

"정말 잘하고 있어."

파이어하트는 바위처럼 가슴을 짓누르는 슬픔을 숨기며 말했다.

신더포는 다리를 내리고 잠시 가만히 있다가 몸을 일으켰다. 파이어하트는 말없이 그 모습을 지켜보았다. 그녀가 고개를 내저었다.

"난 절대로 전사가 될 수 없을 거예요, 그렇죠?"

파이어하트는 거짓말을 할 수 없었다.

"그래, 정말 미안해."

파이어하트는 작은 소리로 말하고, 주둥이를 뻗어 신더포의 머리를 핥아 주었다. 신더포는 긴 한숨을 쉬더니 다시 앉았다.

"나도 알고 있었어요. 이따금 숲에서 브래큰포와 사냥을 하는 꿈을 꿔요. 깨어나 보면 다리에 느껴지는 통증이 다시는 사냥할 수 없다는 걸 일깨워 줘요. 견디기가 너무 힘들어요. 그래서 그냥 그런 척할 수밖에 없는 거예요. 어쩌면 언젠가는 다시 사냥할 수 있을 거라고."

파이어하트는 신더포가 이렇게 기운이 빠져 있는 모습을 보고 있을 수가 없었다.

"내가 널 숲에 다시 데려갈게."

그가 약속했다.

"숲에서 가장 나이 많고 가장 느린 쥐를 찾는 거야. 너한테 이길 가능성이 없는 놈으로 말이야."

신더포가 그를 보고 고마워하며 가르랑거렸다.

파이어하트도 가르랑거렸다. 하지만 사고 이후로 계속 그를 괴롭히던 의문이 남아 있었다.

"신더포, 괴물이 널 들이받았을 때 무슨 일이 일어났는지 기억 나니? 타이거클로가 거기 있었어?"

신더포는 얼떨떨한 표정이었다.

"잘 모, 모르겠어요."

파이어하트는 아픈 기억에서 뒷걸음치는 그녀의 모습을 보며 죄책감을 느꼈다.

"전 타 버린 물푸레나무로 곧장 갔어요. 더스트포가 타이거클로가 있을 거라고 한 곳으로요. 거기에 그 괴물이 있었고…… 잘 기억이 나지 않아요."

"거기 갓길이 얼마나 좁은지 알지 못했구나. 넌 천둥길로 곧장 달려간 거야."

파이어하트는 천천히 고개를 저었다.

'타이거클로는 기다리고 있겠다던 장소에 왜 있지 않았지?'

생각이 거기에 미치자, 갑자기 화가 치밀어 올랐다.

'타이거클로가 있었다면 신더포가 달려나가는 걸 막을 수도 있었을 거야!'

프린세스의 말이 머릿속에 불길하게 울렸다.

'함정이었을까?'

그는 타이거클로의 모습을 상상해 보았다. 나무들 사이에 숨어서, 바람이 불어오는 방향에 웅크리고 앉아 갓길을 바라보며 기다리고 있는…….

"클라우드킷은 어때요?"

신더포의 질문에 그의 상상은 중단되었다. 그녀는 화제를 바꾸고 싶어 하는 것이 분명했다.

파이어하트는 기꺼이 신더포의 생각을 따랐다. 게다가 프린세스의 아들에 대한 이야기를 하려니 더욱 반가웠다.

"매일 자라고 있어."

파이어하트는 뿌듯하게 말했다.

"나도 보고 싶어요. 언제쯤 데리고 와서 만나게 해 줄 거예요?"

"브린들페이스가 허락해 주면 바로."

파이어하트가 대답했다.

"지금은 브린들페이스가 시야에서 벗어나게 두질 않아."

"브린들페이스가 클라우드킷을 잘 보살펴 주나 봐요."

"자기가 낳은 다른 새끼들이랑 똑같이 대해 줘. 정말 다행이지. 별족에게 감사할 일이야. 솔직히 나는 브린들페이스가 클라우드 킷을 잘 보살펴 줄지 확신이 없었어. 그녀의 다른 새끼 고양이들과 전혀 다르게 생겼거든."

클라우드킷의 눈처럼 하얗고 보드라운 털가죽은 숲의 색을 띤 다른 고양이들의 짧고 얼룩덜룩한 털과 어울리지 않았다. 파이어하트조차 그 사실은 부정할 수 없었다.

"그래도 보육실 친구들이랑 잘 지내고 있어……."

파이어하트의 목소리가 잦아들었다. 그는 불안감에 땅만 뚫어져라 내려다보았다.

"왜 그러세요?"

신더포가 부드럽게 물었다.

파이어하트는 어깨를 으쓱했다.

"그냥…… 몇몇 고양이들이 클라우드킷을 보는 시선이 지긋지긋해. 멍청하거나 쓸모없다는 듯이 보거든."

"클라우드킷도 그런 시선을 알고 있어요?"

파이어하트는 고개를 저었다.

"그럼 걱정하지 마세요."

"클라우드킷은 자기가 애완 고양이로 태어났다는 것도 몰라. 아마도 자기가 다른 종족에서 왔다고 짐작하는 것 같아. 하지만 계속 그렇게 언짢은 표정으로 보면, 자기한테 뭔가 문제가 있다고 생각하겠지."

파이어하트는 짜증스럽게 발을 내려다보았다.

"뭔가 문제가 있다고요?"

신더포가 놀라서 물었다.

"스승님도 애완 고양이로 태어났고, 아무 문제도 없잖아요! 클라우드킷이 자기 출생을 알게 될 즈음엔 애완 고양이도 여느 종족 태생 전사 못지않게 훌륭한 전사가 될 수 있다는 걸 직접 증명해 보일 거예요. 스승님이 그런 것처럼 말이에요."

"클라우드킷이 준비도 되기 전에 누군가 말해 버리면 어쩌지?"

"스승님을 닮았다면 태어날 때부터 준비되어 있을 거예요!"

"넌 언제 이렇게 똑똑해진 거지?"

파이어하트는 훈련병의 명민함에 적잖이 놀랐다.

신더포가 호들갑스럽게 신음 소리를 내며 등으로 굴렀다.

"고통이 그렇게 만들었어요!"

파이어하트는 발로 그녀의 배를 쿡 찔렀다. 신더포는 우는소리를 내며 다시 옆으로 누웠다.

"정말이에요. 제가 요즘 누구랑 어울리고 있는지 보라고요!"

파이어하트는 어리둥절해져서 고개를 갸우뚱했다.

"옐로팽이잖아요! 스승님도 참."

신더포가 놀리듯 말했다.

"옐로팽은 정말 영리한 고양이예요. 많이 배우고 있어요."

신더포는 자리에서 일어나 앉았다.

"옐로팽이 오늘 밤에 모임이 있다고 하던데, 스승님도 가세요?"

"나도 몰라."

파이어하트는 솔직히 말했다.

"이따가 블루스타에게 물어봐야지. 지금 난 종족에서 별 인기가 없으니까."

"괜찮아질 거예요."

신더포가 장담하며 그의 어깨를 쿡 찔렀다.

"그럼 어서 가서 모임에 갈 수 있는지 알아봐야 되는 거 아니에요? 곧 떠날 텐데요."

"네 말이 맞아. 옐로팽이 돌아올 때까지 혼자 있어도 괜찮겠어? 싱싱한 먹이 좀 가져다줄까?"

"전 괜찮아요."

신더포가 그를 안심시켰다.

"옐로팽이 먹이를 가져다줄 거예요. 항상 그러거든요. 부상이 다 나을 즈음엔 저는 종족에서 가장 뚱뚱한 고양이가 되어 있을 거예요."

파이어하트는 자신이 가르치던 훈련병이 기운을 차리는 것을 보니 가슴이 터질 듯 행복했다. 계속 머물면서 같이 있어 주고 싶었지만, 신더포의 말이 옳았다. 모임에 참석할 수 있는지 알아봐야 했다.

"내일 보자, 그럼. 모임에 갔다 오면 여러 소식이 넘쳐 날 거야."

"그거 다 듣고 싶어요!"

신더포가 말했다.

"블루스타한테 꼭 가고 싶다고 말해요! 서둘러요!"

"간다, 가."

파이어하트는 몸을 일으켰다.

"안녕, 신더포."

"안녕히 가세요!"

파이어하트는 공터 가장자리에 서서 블루스타를 찾아 두리번거렸다. 그녀는 거처 밖에서 윌로펠트와 이야기를 나누고 있었다. 윌로펠트가 자리를 뜨려고 막 일어날 때, 파이어하트는 그들에게 다가갔다. 늘씬한 회색 전사는 파이어하트에게 고갯짓을 하고 사라졌다.

블루스타는 무슨 말을 하려는지 안다는 눈빛으로 파이어하트를 바라보았다.

"모임에 가고 싶은 거겠지?"

파이어하트가 대꾸하려고 입을 뗐지만, 블루스타가 가로막았다.

"모든 전사들이 오늘 밤 모임에 가고 싶어 한다. 하지만 다 데려갈 수는 없어."

파이어하트는 실망했다.

"바람족을 다시 한 번 만나고 싶어요. 그레이스트라이프와 제가 집으로 데려다준 뒤로 어떻게 지내고 있는지 궁금해서요."

블루스타가 눈을 찌푸렸다.

"네가 바람족을 위해 한 일을 굳이 다시 상기시킬 필요는 없다."

블루스타의 근엄한 목소리에 파이어하트는 움찔했다.

"하지만 네가 걱정하는 것도 당연하지. 너와 그레이스트라이프
는 오늘 밤 모임에 가도 좋다."

"고맙습니다, 블루스타."

"흥미로운 모임이 될 거야. 강족과 그림자족이 해명할 일이 많
을 테니까."

파이어하트는 불안감에 귀가 씰룩거렸지만, 한편으로는 흥분
을 억누를 수 없었다. 틀림없이 블루스타는 천둥족 영역을 침입
한 크룩트스타와 나이트스타에게 이의를 제기할 것이다. 그는 블
루스타에게 공손하게 고개를 숙이고 걸어 나왔다.

싱싱한 먹이 더미에서 브린들페이스에게 줄 들쥐 두 마리를 챙
기고 있을 때, 진영으로 터덜터덜 걸어 들어오는 옐로팽이 보였
다. 그녀의 발은 진흙투성이였고, 입에는 통통하고 울퉁불퉁한 뿌
리가 가득 물려 있었다. 나래지치를 찾는 데 성공한 것이 틀림없
었다.

파이어하트는 싱싱한 먹이를 보육실로 가져갔다. 브린들페이스
는 보육실 안에서 클라우드킷에게 젖을 먹이고 있었다. 다른 새
끼 고양이들은 얼마 전 어미의 젖을 뗐다. 얼마 안 있어 클라우드
킷도 생애 처음으로 싱싱한 먹이를 맛보게 될 것이다.

파이어하트가 들어서자, 브린들페이스가 고개를 들었다. 그녀
는 근심으로 그늘진 눈빛이었다.

"방금 옐로팽을 불러 달라고 했어."

파이어하트는 깜짝 놀랐다.

"클라우드킷에게 무슨 문제라도 생겼나요?"

"미열이 있어."

클라우드킷이 젖을 빠는 걸 멈추고 계속 몸을 꿈틀거리자, 브린들페이스가 몸을 숙여 머리를 핥아 주었다.

"별일 아닐 거야. 하지만 옐로팽에게 보이고 싶어. 혹시 모르니까⋯⋯."

파이어하트는 브린들페이스가 최근에 새끼를 잃었다는 사실을 떠올렸다. 그리고 그녀가 그 일 때문에 지나치게 조심스러운 것이기를 바랐다. 하지만 클라우드킷은 정말로 어딘가 불편해 보였다.

"모임이 끝나고 다시 올게요."

보육실에서 나간 파이어하트는 자기가 먹을 걸 찾기 위해 싱싱한 먹이 더미로 향했다. 브린들페이스가 전해 준 소식 때문에 입맛이 없었지만, 오늘 밤 나무 네 그루로 가기 전에 뭔가를 먹어야 했다.

롱테일과 더스트포가 벌써 먹이 더미 옆에 있었다. 파이어하트는 앉아서 그들이 떠나기를 기다렸다.

"오늘은 애완 고양이 녀석이 안 보이네."

롱테일이 말했다.

파이어하트는 롱테일의 비열한 말투에 짜증이 났다.

"자기가 얼마나 바보 같아 보이는지 깨닫고 보육실에 숨어 있

336

기로 했나 봐요!"

더스트포가 말했다.

"그 녀석이 처음 사냥을 나갈 때 꼭 옆에서 보고 싶어. 그 허연 솜털이 날리면 멀리 있는 먹잇감도 다 알아챌 거야."

롱테일이 비웃었다.

"녀석을 먼지버섯으로 착각할 수도 있죠!"

더스트포가 파이어하트를 곁눈질하면서 수염을 실룩거렸다.

파이어하트는 귀를 납작 붙이고 시선을 돌렸다. 옐로팽이 화란 국화를 입에 물고 황급히 보육실로 가고 있었다. 불행하게도 롱테일과 더스트포도 그 모습을 보았다.

"애완 고양이가 오한이 들었나 보군. 이거 놀라운데!"

롱테일이 말했다.

"골든플라워 말이 맞았다니까. 잎 없는 계절을 버티지 못할 거라고 했잖아!"

얼룩무늬 전사는 돌아서서 파이어하트를 노려보며 반응을 기다렸다. 하지만 파이어하트는 그를 모른 척하고 싱싱한 먹이 더미로 걸어갔다. 그는 끝도 없는 심술에 진이 빠져서, 개똥지빠귀 하나를 가지고 자리를 떴다.

그레이스트라이프가 쐐기풀 덤불 옆에서 러닝윈드와 먹이를 먹고 있었다.

"안녕? 사냥은 잘했어?"

러닝윈드가 파이어하트에게 인사를 건넸다.

"네."

그레이스트라이프는 고개를 들지 않았다. 파이어하트는 그에게 말했다.

"블루스타가 너도 모임에 갈 수 있대."

"알아."

그레이스트라이프가 계속 먹이를 씹으며 대답했다.

"모임에 갈 거예요?"

파이어하트가 러닝윈드를 향해 물었다.

"당연하지! 이번 모임은 절대로 놓칠 수 없다니까!"

파이어하트는 계속 걸어가다가 공터 가장자리에서 조용한 장소를 발견했다. 롱테일의 말이 머릿속에 맴돌았다. 언젠가는 종족이 그 작고 하얀 새끼 고양이를 받아들여 줄까? 파이어하트는 눈을 감고 몸을 핥기 시작했다.

옆구리를 핥으려고 돌던 그는 수염에 뭔가가 스치는 것을 느꼈다. 눈을 떠 보니 샌드포가 곁에 서 있었다. 그녀의 주황빛 털가죽이 달빛 아래서 은색으로 반짝였다.

"친구가 있으면 좋을 것 같아서."

샌드포는 옆에 앉아 파이어하트의 등을 달래듯이 길게 핥아 주기 시작했다.

파이어하트는 반쯤 감은 눈 사이로 얼핏 더스트포를 보았다. 그는 훈련병의 거처 밖에서 놀라움과 부러움을 감추지 못한 채 빤히 쳐다보고 있었다. 샌드포의 몸짓에 놀란 것은 더스트포뿐만이 아니었다. 파이어하트는 사납고 젊은 암고양이에게 이런 다정한 모습이 있을 거라고는 상상도 하지 못했다. 하지만 그녀의 따뜻함이 반가웠고, 의심하지도 않을 작정이었다.

"너도 모임에 가니?"

그의 질문에 샌드포가 동작을 잠시 멈췄다.

"응. 너는?"

"나도. 블루스타가 크룩트스타와 나이트스타에게 우리 영역을 침범한 일에 대해 따질 건가 봐."

그는 샌드포의 대답을 기다렸지만, 그녀는 어두워지는 하늘만 올려다보고 있었다.

"나도 전사의 자격으로 가면 좋을 텐데."

샌드포가 중얼거렸다. 파이어하트는 긴장했다. 하지만 이번만 은 그녀의 말에서 어떤 질투나 냉소도 묻어나지 않았다.

파이어하트는 겸연쩍은 기분이었다. 그는 샌드포보다 늦게 훈 련을 시작했지만, 벌써 전사가 된 지 두 달이 넘었다.

"오래 걸리지 않을 거야. 얼마 안 있으면 블루스타가 너한테 전 사의 이름을 줄 거야."

파이어하트는 샌드포의 용기를 북돋아 주려고 애썼다.

"왜 이렇게 오래 걸리는 걸까?"

샌드포가 옅은 초록빛 눈으로 파이어하트를 쳐다보며 물었다.

"잘 모르겠어."

파이어하트는 솔직히 말했다.

"블루스타가 아팠잖아. 그리고 강족과 그림자족이 계속 문제를 일으키고 있고. 아마 다른 일들로 정신이 없을 거야."

"그래서 그 어느 때보다 더 전사가 필요하잖아!"

샌드포가 말했다.

파이어하트는 그녀가 안쓰러워 가슴이 저릿했다.

"그러니까 블루스타는 기다리고 있는 거 아닐까? 적당한 때를 말이야."

별로 도움이 안 되는 말이라는 것을 알았지만, 그가 생각해 낼 수 있는 것은 이 정도밖에 없었다.

"어쩌면 새잎 돋는 계절에는……."

샌드포가 한숨을 지었다.

"넌 언제 새 훈련병을 맡을 것 같아?"

"블루스타가 아직 아무 말도 안 했는걸."

"아마 클라우드킷이 좀 더 자라면 네 훈련병이 될 거야."

"그러면 좋겠지."

파이어하트는 공터 건너편 보육실을 바라보았다. 옐로팽이 클라우드킷의 치료를 마쳤는지 궁금했다.

"그때까지 녀석이 살아남는다면."

"당연히 살아남지!"

샌드포가 자신 있게 말했다.

"하지만 지금 열이 있어."

파이어하트는 걱정으로 어깨를 축 늘어뜨렸다.

"새끼 고양이들은 다 열이 나기 마련이야!"

샌드포가 말했다.

"털이 두툼하니까 금방 회복될 거야. 그 털이 잎 없는 계절에는 유용할 거야. 눈 속에서 사냥하기에 딱 좋잖아. 클라우드킷이 다가오는 걸 먹잇감은 절대로 못 알아볼걸? 게다가 롱테일처럼 성긴 털가죽을 가진 고양이보다 두 배는 더 오래 밖에 머물 수 있을 거야."

파이어하트는 가르랑거렸다. 긴장이 풀리고 있었다. 샌드포가 다시 그의 기운을 북돋아 준 것이다. 그는 일어나서 그녀의 머리를 기분 좋게 핥아 주었다.

"가자! 블루스타가 모임에 갈 고양이들을 부르고 있어."

둘은 진영 입구에 있는 다른 고양이들에게 합류했다. 그들은 결의에 찬 모습으로 침묵하고 있었다.

블루스타는 꼬리를 획 휘둘러 고양이들에게 신호를 보낸 다음, 앞장서서 가시금작화 굴길을 통과해 골짜기를 빠져나갔다. 그들은 차가운 달빛을 받아 반짝이는 숲을 달려, 나무 네 그루로 향했다. 파이어하트의 입에서는 구름처럼 입김이 피어올랐다. 발밑에 느껴지는 숲 바닥은 꽁꽁 얼어 있었다.

나무 네 그루가 내려다보이는 언덕에 도착한 블루스타는 평소와 달리 멈추지 않고 곧장 공터로 달려 내려갔다. 파이어하트가 종족에 합류한 뒤로 이런 일은 처음이었다. 지도자는 항상 잠시 멈춰 서서 모임에 참석할 준비를 했던 것이다. 비탈을 내려가는 지도자를 따라 다른 고양이들도 묵묵히 걸음을 옮겼다.

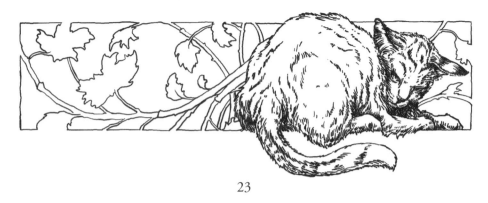

23

별족의 분노

강족과 그림자족은 아직 도착하지 않았지만, 바람족은 벌써 와 있었다. 톨스타는 블루스타를 보자 정중하게 고개를 끄덕이며 인사했다.

파이어하트는 원위스커를 발견하고 그를 향해 걸어갔다.

"안녕!"

골짜기에서 함께 싸운 작은 갈색 얼룩무늬 전사를 마지막으로 본 지도 벌써 두 달이 넘었다. 오랜만에 파이어하트는 화이트클로의 죽음이 떠올랐다. 흐르는 강물 아래로 사라져 버린 강족 전사를 떠올리자, 익숙한 두려움에 털이 쭈뼛 섰다.

"그레이스트라이프는 어디 있어? 별일 없는 거지?"

원위스커가 물었다.

파이어하트는 바람족 전사의 눈에 어린 걱정을 읽을 수 있었다. 그 역시 화이트클로의 죽음에 대해 생각하고 있었던 것이다.

"괜찮아. 저쪽에 다른 고양이들과 함께 있어."

파이어하트는 바람족 어미 고양이를 떠올렸다. 새끼 고양이를 데려갈 때 그가 도와주었던 고양이였다.

"모닝플라워는 어떻게 지내?"

"집에 돌아와서 만족해하고 있어. 새끼 고양이도 이제 쑥쑥 자라고 있고."

원위스커가 대답했다.

파이어하트는 기뻐하며 가르랑거렸다.

"종족 전체가 다 잘 지내고 있어."

원위스커가 덧붙였다. 그는 재미있어하는 눈빛으로 파이어하트를 바라보았다.

"토끼를 다시 먹을 수 있어서 얼마나 좋은지 몰라! 평생 다시는 시궁쥐 맛을 안 보고 싶어!"

파이어하트는 밤공기에서 새로운 냄새를 감지했다. 강족이 오고 있었다. 그림자족 냄새도 났다. 그는 분지 가장자리를 둘러싼 언덕배기를 훑어보았다. 아니나 다를까, 강족 고양이들이 한편에서 줄지어 내려오고 있었다. 반대편 언덕 꼭대기에서는 그림자족 고양이들이 내려올 준비를 하고 있었다. 달빛을 받아 그들의 털이 반짝였다. 무리의 선두에는 늘씬한 모습의 나이트스타가 서 있었다.

"드디어 나타났군."

원위스커가 으르렁댔다. 그 역시 그림자족 고양이들을 알아본 것이다.

"오늘 밤은 기다리고 있기에는 너무 춥네."

파이어하트는 고개를 끄덕였다. 그는 공터로 들어서는 강족 고양이 무리에서 실버스트림을 찾고 있었다. 은빛 암고양이를 어렵지 않게 알아볼 수 있었다. 그녀는 비탈 아래쪽에 미끄러지듯 멈췄다가 아버지의 뒤를 따라갔다. 크룩스타는 다른 종족의 전사들과 서먹서먹한 인사를 주고받는 중이었다.

파이어하트는 점점 늘어나는 고양이들 사이에서 그레이스트라이프를 찾아 초조하게 두리번거렸다. 오늘 밤 친구가 대담하게 실버스트림과 이야기를 나눌지 궁금했다. 지금 회색 전사는 실버스트림에게서 등을 돌리고, 바람족 전사와 이야기를 나누고 있었다.

파이어하트는 그레이스트라이프를 유심히 살피느라 데드풋이 다가오는 소리도 듣지 못했다.

"안녕, 파이어하트?"

바람족 부지도자가 인사했다.

"어떻게 지내?"

파이어하트도 돌아보며 인사했다.

"안녕하세요? 전 잘 지내요."

데드풋이 고개를 끄덕였다.

"잘됐군."

데드풋은 절뚝이며 자리를 떠났다.

원위스커가 파이어하트를 다정하게 쿡 찔렀다.

"영광스러운 일이야!"

파이어하트는 은근히 자부심을 느꼈다.

거대한 바위 위에서 블루스타의 외침이 들렸다. 파이어하트는 놀란 채 돌아서서 바위를 올려다보았다. 평소에 지도자들은 이렇게 빨리 회의를 소집하지 않았다. 크룩트스타와 나이트스타는 가깝게 붙어 서 있었다. 블루스타는 톨스타 옆에서 고양이들이 모여들기를 기다리고 있었다. 파이어하트는 불현듯 모임에서 바람족 지도자를 본 것은 이번이 처음이라는 사실을 깨달았다.

파이어하트와 원위스커는 다른 고양이들을 따라 바위 아래쪽에 자리를 잡았다. 파이어하트는 기대에 차서 고개를 들었다. 블루스타가 먼저 톨스타와 바람족이 돌아온 것을 환영할 거라 예상했지만, 천둥족 지도자는 그런 인사말에 시간을 허비할 기분이 아닌 것 같았다.

"강족이 해 드는 바위에서 사냥을 하고 있습니다."

블루스타가 분개한 목소리로 입을 열었다.

"우리 순찰대가 강족 전사들의 냄새를 수차례 감지했습니다. 크룩트스타, 해 드는 바위는 천둥족의 영역인 걸 모르시오?"

크룩트스타는 블루스타의 시선을 침착하게 맞받았다.

"최근에 천둥족으로부터 우리 영역을 지키기 위해 싸우다가, 우리 전사 하나가 죽었다는 걸 잊었소?"

"애초에 당신네 영역은 지킬 필요가 없었소. 우리 전사들은 거기서 사냥을 하던 게 아니라, 바람족을 찾은 뒤에 집으로 돌아오는 중이었소. 그 일은 우리 모두가 합의한 임무 아니었소? 전사의 규약에 따르면 그들은 공격을 받으면 안 되는 거였단 말이오."

블루스타가 응수했다.

"지금 전사의 규약을 들먹이는 거요? 그럼 그날 이후로 우리 영역을 염탐하고 있는 천둥족 전사는 어떻게 된 거요?"

크룩트스타가 되받아쳤다.

블루스타는 당황했다.

"전사라니? 그 전사를 본 적이 있소?"

"아직 보진 못했소. 하지만 그의 냄새가 그렇게 자주 발견되니, 조만간 볼 수 있을 테지."

크룩트스타가 쉭쉭거렸다.

깜짝 놀란 파이어하트는 그레이스트라이프에게 고개를 휙 돌렸다. 크룩트스타의 영역에서 발견되는 흔적이 누구의 것인지, 그는 너무나 잘 알고 있었다. 강족 전사들 중 누군가 오늘 밤 그의 냄새를 알아채지 않을까?

그레이스트라이프는 꼼짝하지 않고 앉아, 거대한 바위에 올라 있는 지도자들에게서 눈을 떼지 않았다.

타이거클로가 낮게 으르렁거리는 소리가 들려왔다.

"지난달에 우리 영역에서 그림자족과 강족의 냄새를 맡았습니다. 전사 하나가 아니라 온전한 순찰대였고, 항상 같은 고양이들이었습니다."

그림자족 지도자의 눈이 분노로 타올랐다.

"그림자족은 천둥족 영역에 간 적이 없소. 천둥족 전사들은 자기 종족이 아닌 고양이들의 냄새는 구분하지 못하는 게 틀림없군. 당신들은 떠돌이 고양이들의 냄새를 맡은 거요. 그들은 우리 영역에서도 먹이를 훔치고 있소!"

타이거클로가 믿을 수 없다는 듯이 코웃음을 치자, 나이트스타가 그를 노려보았다.

"그림자족의 말을 의심하는 건가, 타이거클로?"

타이거클로도 지지 않고 나이트스타를 쏘아보았다. 모여 있던 고양이들이 불안하게 웅성거렸다.

"그럴 줄 알았어!"

타이거클로가 으르렁거렸다.

"강족과 그림자족이 연합해서 우리에게 맞서는 거야!"

"우리? 우리라니 무슨 뜻이지?"

크룩트스타가 외쳤다.

"이제 보니 천둥족과 바람족이 동맹을 맺은 것 같은데? 그래서 바람족을 그렇게 데려오고 싶어 했던 거 아닌가? 바람족을 이용해서 나머지 종족을 침략하려고?"

톨스타가 털을 곤두세웠다.

"우리는 그래서 돌아온 것이 아닙니다. 그리고 그건 당신도 알지 않습니까? 우리 바람족은 지난 몇 달 동안 우리 사냥터에서 벗어나지 않았습니다."

"그러면 왜 우리 영역에서 낯선 전사들의 냄새가 나는 거요?"

크룩트스타가 으르렁댔다.

"그들은 바람족이 아니오!"

톨스타가 쉭쉭댔다.

"그들은 나이트스타 말대로 떠돌이 고양이들이오."

"떠돌이 고양이들이란 건 우리 영역을 침략하기 위한 편리한 핑계일 뿐입니다. 아닙니까?"

블루스타가 말했다. 그녀는 강족과 그림자족 지도자를 노려보았다. 아슬아슬한 긴장감이 흘렀다.

크룩트스타가 목덜미 털을 세웠고, 나이트스타는 등을 말았다. 파이어하트는 타이거클로가 거대한 바위를 향해 성큼성큼 걸어가는 모습을 보았다. 온몸의 근육이 팽팽하게 긴장되어 있었다. 지도자들은 정말 모임에서 싸움을 벌이려는 걸까?

바로 그때 어둠이 골짜기를 덮쳤다. 암흑 속에 잠겨 버린 고양이들은 모두 말을 잃었다. 파이어하트는 벌벌 떨며 위를 올려다보았다. 구름이 보름달을 덮어 빛을 완전히 가리고 있었다.

"별족이 어둠을 내렸다!"

파이어하트는 천둥족 원로 하프테일의 목소리를 알아챘다.

그림자족 치료사가 동의하며 외쳤다.

"별족이 노하였습니다. 모임은 평화롭게 열려야 하는 것입니다."

"러닝노즈의 말이 맞습니다!"

이번에는 옐로팽이었다.

"우리끼리 싸우고 있어서는 안 됩니다. 특히 잎 없는 계절에는 말입니다. 무엇보다 종족들의 안전을 걱정해야 합니다!"

겁에 질린 침묵 속에 그녀의 목소리가 메아리쳤다.

"우리는 별족에게 귀 기울여야만 합니다."

24

서늘한 암시

희미한 윤곽으로만 보이는 톨스타가 거대한 바위 꼭대기에서 목청을 높였다.

"이 모임은 끝났습니다. 별족의 뜻입니다."

고양이 무리가 웅성거리며 동의했다. 공기 중에는 두려움과 적개심이 가득했다.

"천둥족은 나를 따르십시오."

파이어하트는 블루스타를 간신히 알아볼 수 있었다. 그녀는 거대한 바위에서 뛰어내려 공터 가장자리로 향했다. 파이어하트는 다른 고양이들을 헤치고 나가 서둘러 그녀를 따라갔다. 지도자 옆에서 타이거클로의 우람한 윤곽이 드러났다. 두 전사의 뒤로 모여드는 다른 천둥족 고양이들의 희미한 모습도 보였다. 집으로 향하는 비탈을 침통하게 오르는 동안 아무도 입을 열지 않았다. 파이어하트는 어깨 너머를 돌아보았다. 다른 종족들도 돌아가고 있었다. 비탈 꼭대기에 다다랐을 때, 나무 네 그루 주변에는 아무도 남아 있지 않았다.

종족은 익숙한 냄새로 이어진 길을 따라 조용히 숲을 달려갔다. 파이어하트는 뒤쪽에 있는 그레이스트라이프를 발견하고 걸음을 늦췄다. 이제 종족들 사이의 긴장감이 얼마나 고조되었는지 두 눈으로 확인했으니, 어쩌면 그레이스트라이프도 실버스트림에 대해 이야기할 준비가 되었을지 모른다. 게다가 그의 냄새가 강족 영역에서 발각되었다! 그레이스트라이프는 비밀스러운 만남 때문에 그 자신은 물론이고 종족까지도 위험에 몰아넣고 있었다.

파이어하트가 적당한 말을 찾고 있는데, 그레이스트라이프가 먼저 말을 꺼냈다.

"네가 무슨 말을 하려는지 알아. 그리고 난 실버스트림을 계속 만날 거야!"

"넌 쥐 대가리 같은 바보야!"

파이어하트가 쏘아붙였다.

"그 냄새가 너라는 게 곧 밝혀질 거야. 블루스타도 짐작할 테고, 강족의 몇몇 고양이들이 네 냄새를 알아채겠지. 타이거클로는 벌써 짐작했을 거야!"

그레이스트라이프는 초조한 눈으로 파이어하트를 보았다.

"정말 그렇게 생각해?"

"나도 몰라."

파이어하트는 솔직히 말했다. 그레이스트라이프의 목소리에서 두려움이 느껴져 그나마 마음이 놓였다. 그동안 그레이스트라이프는 종족에게 들키면 어떤 일이 벌어질지 전혀 모른다는 듯이 행동해 왔다.

"하지만 타이거클로가 일단 생각하기 시작하면……."

"알았어, 알았다고!"

그레이스트라이프가 대꾸했다. 그는 잠시 침묵에 빠졌다.

"우리가 나무 네 그루에서만 만나겠다고 약속하면 어때? 그렇게 하면 우리 냄새를 감지하기 힘들 거야. 난 강족 영역으로 가지 않아도 되고 말이야. 그러면 날 내버려 둘래?"

파이어하트는 가슴이 철렁 내려앉았다. 그레이스트라이프는 실버스트림을 쉽사리 포기하지 않을 작정이었다. 파이어하트는 고개를 끄덕였다. 적대적인 종족의 영역에 몰래 들어가 그녀를 만나는 것보다는 이 방법이 나을 테니까.

"만족해?"

그레이스트라이프의 눈이 어둠 속에서 번득였지만, 목소리는 떨리고 있었다. 잃어버린 우정에 대한 안타까움과 친구에 대한 연민이 파이어하트의 가슴에 아프게 밀려들었다. 그는 그레이스트라이프의 옆구리에 코를 비비려고 머리를 앞으로 뻗었다. 그러나 그레이스트라이프는 파이어하트를 혼자 남겨 둔 채, 앞으로 달려가 버렸다.

모임에서 돌아온 고양이들은 지쳐 있었지만, 블루스타는 진영에 도착하자마자 회의를 소집했다. 고양이들 대부분은 깨어 있었다. 모임이 평소보다 짧았고, 갑자기 덮친 구름이 진영에 남아 있던 고양이들마저 놀라게 했기 때문이었다.

블루스타와 타이거클로가 높은 바위에 자리를 잡는 동안 파이어하트는 황급히 보육실로 갔다. 클라우드킷의 상태가 궁금했던 것이다. 그는 보육실 입구로 머리를 들이밀었다. 안쪽은 칠흑같이 어둡고 따뜻했다.

"안녕, 파이어하트?"

브린들페이스가 속삭였다. 어둠 속에서 희미한 그림자가 움직였다.

"클라우드킷은 훨씬 나아졌어. 옐로팽이 화란국화를 줬거든. 그냥 오한이 들었던 거였어."

어미 고양이는 안심한 목소리였다.

"모임에서 무슨 일이 있었던 거야?"

"별족이 구름으로 달을 가렸어요. 블루스타가 회의를 소집했어요. 갈 수 있어요?"

파이어하트는 브린들페이스가 새끼 고양이들을 킁킁거리며 살피는 소리를 들을 수 있었다.

"응, 갈 수 있어."

그녀가 마침내 대답했다.

"얘들은 당분간 자고 있을 거야."

파이어하트는 보육실에서 머리를 빼냈다. 둘은 함께 공터에 모인 고양이들에게 걸어갔다. 파이어하트는 자신을 스치는 털을 느꼈다. 신더포가 눈을 크게 뜨고 걱정스러운 눈빛으로 그를 올려다보고 있었다.

블루스타는 이제 막 회의를 시작한 참이었다.

"가장 큰 위협은 강족과 그림자족입니다. 우리는 이들 두 종족이 연합하여 우리에게 맞설 가능성에 대비해야 합니다."

충격을 받은 고양이들이 웅성거리는 소리가 물결처럼 퍼져 나 갔다.

"그들이 정말로 힘을 합쳤다고 생각하는 건가요?"

옐로팽이 물었다.

"강족에게는 먹이를 얻을 수 있는 최고의 사냥터가 있어요. 그 들이 그곳을 그림자족과 나누려고 할 것 같지는 않은데요."

파이어하트는 실버스트림이 해 준 말이 생각났다. 두발쟁이들 이 쳐들어온 뒤로 강족이 굶주리고 있다는 것이었다. 그러나 그 는 하고 싶은 말을 참았다. 블루스타가 그 이야기를 어디서 들었 는지 궁금해할까 봐 두려웠기 때문이다.

"하지만 그들은 연합에 대해 부정하지 않았습니다."

타이거클로가 지적했다.

블루스타가 고개를 끄덕였다.

"진실이 무엇이든 우리는 만반의 준비를 갖추어야 합니다. 오 늘 밤부터 각 순찰대는 고양이 넷으로 구성하고, 그중 최소한 셋 은 전사로 채워야 합니다. 순찰도 더 자주 나갈 겁니다. 밤마다 두 번, 낮에는 한 번, 새벽과 저녁에도 한 번씩 순찰합니다. 강족 과 그림자족이 우리 영역을 넘보는 것을 반드시 중단시켜야 합니 다. 그들이 우리의 말을 무시하기로 했으니, 우리는 싸울 준비를 해야 합니다."

종족 고양이들은 큰 함성으로 동의했다. 파이어하트도 함께 소 리쳤지만, 한편으로는 이렇게 노골적인 적개심이 그레이스트라이프에게 어떻게 비춰질지 걱정스러웠다. 그는 다른 고양이들을 둘러보았다. 다들 눈을 빛내고 있었지만, 그레이스트라이프만은 그렇지 않았다. 회색 전사는 고개를 푹 숙인 채 공터 끄트머리의 어둠 속에 앉아 있었다.

함성이 잦아들자 블루스타가 다시 입을 열었다.

"첫 번째 순찰대는 새벽이 되기 전에 출발할 겁니다."

말을 마친 그녀는 높은 바위에서 뛰어내렸다. 타이거클로가 그 뒤를 따라갔고, 나머지 고양이들은 삼삼오오 무리를 지어 나뉘었다. 파이어하트는 전사들의 거처로 걸어가면서, 그들이 걱정스럽게 말하는 소리를 들을 수 있었다.

잠자리로 들어간 파이어하트는 발로 이끼를 짓이겨 편안하게 만들었다. 골짜기 꼭대기에서 올빼미 한 마리가 울고 있었다. 잠이 올 것 같지 않았다. 모임에서 터져 나온 고발들과 비난들을 생각하느라 그의 머리는 바쁘게 돌아갔다. 그는 강족의 분노를 이해할 수 있었다. 그들은 자신들의 영역에서 천둥족 고양이의 냄새를 맡았고, 두발쟁이들의 침입으로 먹이가 사라져 굶주리고 있었다.

하지만 그림자족은 어떤가? 그림자족은 전보다 수가 줄었다. 천둥족의 도움을 받아 독재자였던 전 지도자와 그 일당을 쫓아낸 결과였다. 브로큰스타는 지도자가 되기 위해 자신의 아버지인 래기드스타까지 죽였다고 인정했다. 브로큰스타의 잔인한 통치로 망가진 종족을 복구할 수 있을 때까지 그림자족은 누구의 방해도 받지 않고 평화롭게 지냈다. 그림자족은 먹여야 할 입도 줄었는데, 굳이 다른 종족의 사냥터를 습격할 이유가 있을까?

이런 생각들로 골머리를 앓는 동안, 화이트스톰과 다크스트라이프가 거처로 들어왔다. 화이트스톰은 잠자리로 가기 전에 파이어하트 옆에 잠시 멈췄다.

"내일 해가 가장 높이 뜬 시간에 샌드포, 마우스퍼와 함께 내 순찰대에 합류해라."

"네, 화이트스톰."

파이어하트는 대답을 하고 발 위에 턱을 올려놓았다. 이제 잠을 자야 했다. 종족을 위해 그는 싸움에 대비해야 했다.

다음 날 아침, 달을 가렸던 구름이 걷혔다. 파이어하트는 등에 닿는 햇살의 희미한 온기를 즐기며 공터에서 몸을 닦고 있었다. 그때 맞은편 보육실 입구에서 클라우드킷이 밝고 행복한 얼굴로 뛰쳐나왔다.

파이어하트는 클라우드킷이 그렇게 빨리 나은 것에 대해 별족에게 감사드렸다. 금방 회복될 거라던 샌드포의 말이 맞았다. 그는 롱테일이나 더스트포도 이 광경을 보고 있는지 주변을 둘러보았지만, 공터는 텅 비어 있었다.

파이어하트는 공터를 건너 보육실로 갔다.

"안녕, 클라우드킷? 좀 좋아졌니?"

"네."

클라우드킷이 대답하고는 조그만 입으로 제 꼬리를 잡으려고 뱅글뱅글 돌기 시작했다. 그의 털에 달라붙어 있던 작은 이끼 뭉치가 떨어져 바닥을 굴러갔다. 클라우드킷은 펄쩍 뛰어들며 이끼를 발로 쳐서 허공으로 날렸다. 이끼는 파이어하트의 옆으로 떨어졌다.

파이어하트가 이끼 뭉치를 다시 쳐서 새끼 고양이 쪽으로 보내자, 클라우드킷은 껑충 뛰어올라 이빨로 잡았다.

"잘하는데!"

파이어하트는 감탄했다. 그는 한 발로 이끼 뭉치를 공중에 높이 올려, 공터 건너편으로 날려 보냈다.

클라우드킷은 이끼를 쫓아 달려가서, 그것을 잡았다. 그러고는 등으로 구르며 앞발로 이끼 뭉치를 높이 던지더니, 뒷다리로 멀리 차 버렸다. 이끼는 보육실 옆에 떨어졌다. 클라우드킷은 재빨리 몸을 움직여 이끼를 따라 돌진했다. 그리고 몸을 웅크렸다. 뒷다리와 궁둥이가 공중에서 단단히 모아졌다.

파이어하트는 덤벼들 준비를 하는 새끼 고양이를 지켜보았다. 갑자기 그의 털이 곤두섰다. 짙은 색의 긴 다리 하나가 보육실 뒤쪽에서 이끼 뭉치를 향해 다가오고 있었던 것이다.

"클라우드킷, 기다려!"

파이어하트는 급히 외쳤다. 떠돌이 고양이들의 무시무시한 모습이 아직도 머릿속에 생생했다.

클라우드킷은 앉아서 당황한 표정으로 주변을 둘러보았다.

타이거클로가 이빨 사이에 이끼 뭉치를 물고 새끼 고양이 뒤에서 나타났다. 그는 이끼 뭉치를 새끼 고양이의 복슬복슬한 하얀 발 옆에 떨어뜨렸다.

"조심해라. 소중한 장난감을 잃어버리고 싶지 않으면."

타이거클로는 말을 하면서도 클라우드킷의 머리 너머로 파이어하트를 노려보고 있었다.

파이어하트는 몸이 벌벌 떨렸다. 타이거클로의 말이 무슨 뜻일까? 언뜻 이끼 뭉치에 대해 말한 것처럼 보였지만, 실은 클라우드킷을 언급하는 게 아니었을까? 파이어하트의 머릿속에 천둥길 옆에서 부상을 입고 웅크리고 있던 신더포의 모습이 휙 스쳐 지나갔다. 타이거클로의 말은 신더포를 가리키는 것 같기도 했다. 천둥족의 부지도자가 신더포의 사고에 어떻게든 책임이 있는 것은 아닌지, 다시 한 번 의구심이 일었다. 그러자 파이어하트의 가슴에 서늘한 두려움이 스며들었다.

25
의문스러운 증거

"클라우드킷!"

브린들페이스의 목소리가 보육실 안에서 들려왔다. 타이거클
로는 돌아서서 가 버렸다. 클라우드킷은 마지막으로 이끼 뭉치를
밀어 보더니 보육실 입구로 달려갔다.

"잘 가요, 파이어하트!"

파이어하트는 하늘을 올려다보았다. 해가 거의 꼭대기에 올라
있었다. 순찰을 나갈 시간이었다. 그는 배가 고팠지만 아직 모아
놓은 먹잇감이 없었다. 아마 순찰을 하는 동안 뭔가를 발견할 수
도 있을 것이다. 그는 서둘러 공터를 가로질러 가시금작화 굴길
로 나갔다. 얼어붙은 잎사귀들이 발밑에서 바작바작 소리를 냈다.

샌드포와 마우스퍼는 벌써 비탈 아래쪽에서 기다리고 있었다.
파이어하트는 꼬리를 들어 인사했다. 샌드포를 만나니 갑자기 기
분이 좋아졌다.

"안녕?"

샌드포가 인사했다. 마우스퍼는 그에게 고개를 까닥였다.

화이트스톰도 가시금작화 굴길에서 나타났다.

"새벽 순찰대는 아직 안 돌아왔나?"

"안 보이는데요."

마우스퍼가 대답했다. 하지만 그사이 위쪽 덤불이 바스락거리는 소리가 들렸다. 곧이어 윌로펠트와 러닝윈드, 다크스트라이프와 더스트포가 덤불에서 나왔다.

"우리가 강족 경계를 순찰했어요. 사냥의 흔적은 없었어요. 그 지역은 블루스타의 순찰대가 오후에 다시 확인할 거예요."

윌로펠트가 보고했다.

"좋아, 우리는 그럼 그림자족 경계를 맡겠다."

화이트스톰이 대답했다.

"그림자족도 강족처럼 분별력 있게 행동했으면 좋겠네요. 어젯밤 이후로는 우리가 대비할 거라는 걸 알고 있겠죠."

다크스트라이프가 말했다.

"나도 그러길 바란다."

화이트스톰이 으르렁대며 자신의 순찰대를 향해 돌아섰다.

"준비되었나?"

파이어하트는 고개를 끄덕였다. 화이트스톰은 꼬리 끝을 휙 움직이고는 고사리 덤불로 뛰어들었다.

파이어하트는 마우스퍼와 화이트스톰을 따라갔다. 그들은 빠른 속도를 유지하면서 골짜기를 빠져나왔다. 샌드포는 파이어하트 바로 뒤에 있었다. 그는 바위를 오르는 그녀의 따스한 숨결을 느낄 수 있었다.

순찰대가 미처 뱀바위에 도착하기도 전에 파이어하트는 불길하고 익숙한 냄새를 맡았다. 다른 고양이들에게 주의를 주려고 입을 열었지만, 마우스퍼가 먼저 말했다.

"그림자족이다!"

네 고양이는 걸음을 멈추고 코를 찌르는 악취를 맡아 보았다.

"벌써 침입했다니 믿을 수가 없어!"

샌드포가 말했다.

파이어하트는 그녀의 등줄기를 따라 털이 떨리고 있는 것을 눈치챘다.

"최근에 남겨진 냄새다."

화이트스톰의 눈이 분노로 번득였다.

"나이트스타가 그림자족의 명예를 세워 주길 바랐건만! 천둥길 너머에서 오는 찬 바람이 모든 그림자족 고양이의 가슴에 휘몰아치는 모양이군."

파이어하트는 돌아서서 빽빽한 고사리 덤불로 들어갔다. 그리고 잎사귀들을 문질러, 남아 있는 냄새를 맡아 보았다. 틀림없는 그림자족 냄새였다. 그것도 아주 익숙한 냄새. 파이어하트는 걸음을 멈췄다. 전에 마주친 적이 있는 그림자족 전사의 냄새였다. 하지만 그게 누구일까?

파이어하트는 냄새를 계속 맡으며 앞으로 나아갔다. 이번에는 또 다른 냄새가 났다. 파이어하트는 아래를 내려다보았다. 고사리 줄기 사이에 토끼 뼈 한 무더기가 놓여 있었다. 종족 고양이들은 보통 먹이를 먹은 후 뼈를 묻어 준다. 그들이 빼앗은 생명을 존중하는 뜻이었다. 불현듯 파이어하트는 이것이 무엇을 의미하는지 깨달았다. 그는 토끼 뼈들을 입에 물고 고사리를 헤치며 돌아갔다. 그리고 화이트스톰의 발치에 내려놓았다.

화이트스톰은 분노하며 뼈를 노려보았다.

"적들이 우리 땅에서 사냥하고 있다는 사실을 알리려고 일부러 남겨 둔 거야! 블루스타에게 즉각 이 사실을 보고해야겠다."

"블루스타가 그림자족에게 맞설 전사들을 보낼까요?"

파이어하트가 물었다. 그는 화이트스톰이 이렇게 화가 난 모습은 본 적이 없었다.

"당연히 그래야지!"

흰색 전사가 으르렁거렸다.

"할 수 있다면 내가 앞장설 것이다. 나이트스타가 우리의 신의를 저버리다니! 그를 응징해야 마땅하다는 건 별족도 아실 거야."

"블루스타!"

화이트스톰은 진영 공터 한가운데에 토끼 뼈를 내던졌다.

"블루스타는 벌써 순찰을 떠났는데."

타이거클로가 어둠 속에서 나오며 말했다.

하프테일과 프로스트퍼가 무슨 일인지 궁금해서 거처에서 서둘러 나왔다.

화이트스톰은 여전히 씩씩거리며 타이거클로를 바라보았다.

"이걸 좀 보시오!"

그것이 무슨 의미인지 타이거클로에게 말해 줄 필요도 없었다.

냄새가 모든 것을 말해 주고 있었다. 그의 눈이 분노로 불타오르기 시작했다.

파이어하트는 공터 언저리에서 머뭇거리며, 두 전사를 지켜보았다. 토끼 뼈는 확실히 불길한 증거였다. 하지만 그 증거를 발견하면서 그의 머릿속에는 분노가 아닌 의문들이 꽉 들어찼다. 그림자족이 천둥족의 도움을 받아 그들의 잔인한 지도자를 쫓아낸 지 이제 겨우 세 달이 지났다. 그때의 그 종족이 어떻게 벌써 천둥족과 전쟁을 치를 준비가 되었을까?

타이거클로는 그런 의심은 하지 않는 것이 분명했다. 그는 이미 다크스트라이프와 러닝윈드를 부르고 있었다.

"윌로펠트와 마우스퍼도 우리와 함께 간다! 그림자족 순찰대를 찾아서 앞으로 우리 영역에 얼씬도 못 하도록 잊지 못할 상처를 남겨 주겠다."

"저도 가도 돼요?"

샌드포가 물었다. 화이트스톰의 뒤에서 흥분한 채 서성이던 그녀는 이제 가만히 서서 반짝이는 눈으로 스승을 바라보았다.

"이번에는 아니다."

화이트스톰이 말했다.

샌드포의 얼굴에 언뜻 실망감이 스쳤다.

"그럼 파이어하트는요? 뼈를 발견한 건 파이어하트인데요."

타이거클로가 목덜미 털을 세우고 눈을 찌푸렸다.

"파이어하트는 여기 남아서 블루스타가 도착하면 상황을 알리도록 한다."

"블루스타가 돌아오기 전에 떠나려고요?"

파이어하트가 물었다.

"당연하지. 이 문제는 당장 해결해야 한다!"

타이거클로가 화이트스톰에게 돌아서서 꼬리를 홱 움직였다. 파이어하트는 진영에서 달려 나가는 두 전사를 지켜보았다. 다크스트라이프와 윌로펠트, 러닝윈드와 마우스퍼가 그 뒤를 바짝 쫓고 있었다. 언 땅을 쿵쾅쿵쾅 달려 골짜기를 향해 가는 그들의 발소리가 들렸다.

파이어하트는 문득 진영이 너무 비어 있다는 사실을 깨달았다. 프로스트퍼와 하프테일이 앞으로 나와 토끼 뼈 냄새를 맡기 시작하자, 파이어하트가 물었다.

"블루스타는 누구와 함께 갔어요?"

프로스트퍼가 고개를 들었다.

"그레이스트라이프와 롱테일, 그리고 스위프트포."

서늘한 바람이 파이어하트의 털을 헝클어 놓았다. 그는 이 오싹한 느낌이 바람 때문이기를 바랐다. 진영에 남아 있는 전사는 파이어하트 혼자였다.

"훈련병의 거처에 가서 더스트포가 있는지 좀 확인해 줄래?"

파이어하트는 샌드포에게 부탁했다.

샌드포는 고개를 끄덕이고, 재빨리 공터를 가로질러 가서 거처 안으로 머리를 쑥 들이밀었다.

"있어. 브래큰포랑 자고 있어."

샌드포가 머리를 빼내며 외쳤다.

옐로팽이 그녀의 거처에서 걸어 나오는 모습이 보였다. 파이어하트는 나이 든 치료사의 친숙한 모습에 긴장이 조금 풀렸다. 그는 옐로팽에게 인사할 준비를 했다. 하지만 그때, 공기 냄새를 맡던 옐로팽의 눈에 두려움이 서렸다. 그녀는 뻣뻣한 발걸음으로 천천히 토끼 뼈에 다가가서, 킁킁거리며 하나하나 신중하게 냄새를 맡아 보았다.

파이어하트는 그 모습을 지켜보았다. 옐로팽이 왜 오래된 뼈에 그렇게 관심을 보이는지 궁금했다.

마침내 그녀가 고개를 들어 파이어하트의 눈을 마주 보았다.

"브로큰스타야!"

옐로팽의 목소리에는 두려움이 가득했다.

"브로큰스타라고요?"

파이어하트는 깜짝 놀라 되물었다. 그때 그는 깨달았다. 고사리 덤불에서 나던 냄새가 왜 그렇게 익숙했는지를. 그 냄새는 브로큰스타의 것이었다!

"확실해요? 타이거클로는 벌써 그림자족을 공격하러 떠났어요."

파이어하트는 다급하게 말했다.

"그림자족은 이 일과 관련이 없어!"

옐로팽이 외쳤다.

"이건 브로큰스타와 그의 옛 전사 패거리야. 내가 그림자족의 치료사였잖니. 그놈들이 태어날 때부터 같이 있었어. 내 냄새만큼이나 그들의 냄새를 잘 안단 말이야."

옐로팽이 잠시 말을 멈췄다.

"타이거클로를 찾아서 막아야 해. 그림자족을 공격하면 끔찍한 실수를 저지르는 거야!"

파이어하트의 귀에 피가 솟구치는 소리가 들렸다. 정신이 아득해졌다. 그는 무엇을 해야 한단 말인가?

"하지만 진영에 남은 전사가 저 하나밖에 없어요!"

그는 헐떡거리며 옐로팽에게 말했다.

"제가 없는 동안 브로큰스타가 진영을 공격하면 어떻게 해요? 전에도 그랬잖아요. 토끼 뼈는 함정으로 놔둔 걸지도 몰라요. 우리 진영이 무방비 상태가 되도록 말이에요."

"타이거클로가 도착하기 전에 가서……."

옐로팽이 애원하듯 말했지만 파이어하트는 고개를 가로저었다.

"전 떠날 수 없어요."

"그럼 내가 가마!"

옐로팽이 쉭쉭거렸다.

"아니, 제가 갈게요!"

샌드포가 말했다.

파이어하트는 옐로팽과 샌드포를 번갈아 보았다. 그는 어느 쪽도 보낼 수 없었다. 진영을 지키기 위해선 그들처럼 강인하고 잘 훈련된 고양이들이 필요했다. 하지만 옐로팽의 말도 맞았다. 무고한 피를 흘리게 둘 수는 없었다. 침략자는 브로큰스타였다. 천둥족은 그림자족과 싸울 이유가 없었다. 다른 누군가를 보내야 했다. 파이어하트는 눈을 감고 골똘히 생각했다. 답은 금방 나왔다.

"브래큰포!"

파이어하트는 눈을 뜨고 큰 소리로 훈련병의 이름을 불렀다.

브래큰포가 거처에서 나와 파이어하트에게 걸어왔다.

"무슨 일이에요?"

그가 잠을 깨려고 눈을 끔벅이며 물었다.

"긴급한 임무가 있어."

파이어하트가 말했다.

브래큰포는 몸을 흔들어 털고 당당한 자세로 섰다.

"네, 파이어하트."

"타이거클로가 그림자족을 습격하러 갔어. 네가 반드시 타이거클로를 찾아서 멈추게 해야 돼. 우리 영역에 침입한 건 브로큰스타였다고 전해!"

브래큰포가 깜짝 놀라 눈을 휘둥그렇게 떴지만, 파이어하트는 말을 계속했다.

"천둥길을 건너야 할지도 몰라. 네가 아직 훈련이 되지 않은 건 나도 알아……."

신더포의 망가진 몸이 파이어하트의 머릿속을 휙 스쳤지만, 애써 밀쳐 냈다. 그는 브래큰포의 눈을 차분히 들여다보았다.

"타이거클로를 반드시 찾아야 돼. 그렇지 않으면 이유도 없이 종족들 사이에 전쟁이 일어날 거야!"

브래큰포가 고개를 끄덕였다. 눈동자는 침착하고 결연했다.

"반드시 찾을게요."

얼룩무늬 훈련병이 약속했다.

"별족이 함께하시기를."

파이어하트는 코를 쭉 뻗어 브래큰포의 옆구리를 쓸어 주었다.

브래큰포는 즉시 돌아서서 가시금작화 굴길을 전속력으로 달려 나갔다. 파이어하트는 침착해지려고 안간힘을 쓰며, 훈련병이 사라지는 모습을 지켜보았다. 신더포…… 천둥길……. 그 장면이 계속 머릿속에 맴돌았다. 파이어하트는 그 모습을 떨쳐 내려고 머리를 흔들었다. 지금은 걱정할 시간이 없었다. 만약 브로큰스타가 천둥족 영역에 들어왔다면, 진영은 공격에 대비해야 했다.

"무슨 일이야?"

더스트포가 훈련병의 거처에서 나타났다. 파이어하트는 그를 흘깃 보고 나서 공터 앞쪽으로 달려가 높은 바위로 재빨리 올라갔다. 후들거리는 다리 아래로 공터가 한참 멀어 보였다.

파이어하트는 마른침을 꿀꺽 삼키고, 격식에 맞춰 외치기 시작했다.

"제 힘으로 먹이를 잡을 수 있는 나이가 된……."

말을 다 하려니 시간이 너무 오래 걸렸다!

"진영이 위험합니다! 당장 나오세요!"

그는 다급하게 소리쳤다.

원로들과 어미 고양이들이 거처에서 서둘러 나왔다. 새끼 고양이들도 뒤따라 나왔다. 그들은 높은 바위 위에 있는 파이어하트를 보고 어리둥절한 얼굴이었다. 신더포가 고사리 굴길에서 절룩절룩 걸어 나와, 환하고 굳건한 눈길로 파이어하트를 올려다보았다. 신더포를 보자, 발밑에서 흔들거리던 진영이 갑자기 멈추는 것 같았다.

"무슨 일이야?"

천둥족에서 가장 나이가 많은 원로, 원아이가 다그쳤다.

"네가 뭔데 그 위에 올라가 있는 거야?"

파이어하트는 머뭇거리지 않았다.

"브로큰스타가 돌아왔습니다. 지금 천둥족 영역 안에 들어와 있을지도 모릅니다. 천둥족의 다른 전사들은 모두 진영 밖에 나가 있습니다. 브로큰스타의 공격에 대비해 우리는 준비가 되어 있어야 합니다. 새끼 고양이들과 원로들은 보육실 안에 머무르세요. 나머지는 싸울 준비를 해야……."

진영 입구에서 울려 퍼지는 사나운 함성이 파이어하트의 연설을 가로막았다. 날렵한 진갈색 얼룩무늬에 헝클어진 털, 귀가 찢어진 고양이가 진영 안으로 걸어 들어왔다. 치켜든 꼬리는 부러진 나뭇가지처럼 가운데가 구부러져 있었다.

"브로큰스타!"

파이어하트는 숨이 멎을 듯 놀라며 본능적으로 발톱을 세웠다. 몸에 난 털 하나하나가 꼿꼿이 섰다.

브로큰스타의 뒤로 지저분한 전사 넷이 증오 어린 눈을 번득이며 어슬렁거리고 있었다.

"그러니까 네가 유일하게 남은 전사란 말이지!"

브로큰스타가 입술을 뒤로 죽 당겨 으르렁대며 말했다.

"생각보다 싱겁겠는걸?"

26

치료사의 비밀

옐로팽과 더스트포와 샌드포가 즉시 앞으로 돌진해 방어진을 쳤다. 어미 고양이들이 그 뒤에 늘어섰다. 파이어하트는 그들과 같이 서려고 절뚝절뚝 걷는 신더포를 발견했다. 하지만 그녀가 가까이 다가가자, 더스트포가 화를 내며 쫓아 버렸다. 신더포는 귀를 납작 붙인 채 서툴게 움직여 옐로팽의 거처로 돌아갔다.

원로들은 새끼 고양이들을 보육실로 밀어 넣고, 그 뒤를 따라 들어갔다. 브린들페이스가 클라우드킷을 입으로 물어 올려 마지막으로 들여보냈다. 그녀는 가시에 찔리는 것도 아랑곳하지 않고 발로 가시덤불을 홱 잡아당겨 입구를 가린 다음, 돌아서서 공터에 있는 다른 고양이들에게 걸어갔다.

파이어하트는 높은 바위에서 뛰어내려 옐로팽의 옆으로 뛰어갔다. 그는 등을 동그랗게 말고 브로큰스타에게 외쳤다.

"우리가 지난번 싸웠을 때 당신이 졌지. 이번에도 마찬가지일 거야!"

"절대 그럴 순 없지! 네가 내 종족을 빼앗아 갔을지는 몰라도,

날 죽일 수는 없어. 너보다 목숨이 많거든!"

브로큰스타가 되받아쳤다.

"천둥족 하나의 목숨이 당신의 열 목숨과 맞먹지!"

파이어하트가 으르렁거렸다. 그가 전사의 고함을 내지르자, 공터에는 폭발하듯 전투가 벌어졌다.

파이어하트는 곧장 브로큰스타에게 달려들어, 발톱으로 그를 움켜잡았다. 그림자족의 전임 지도자는 추방자의 삶을 혹독하게 산 것 같았다. 파이어하트는 진갈색 얼룩 고양이의 지저분한 털 밑으로 드러난 갈비뼈를 느낄 수 있었다. 그러나 브로큰스타는 여전히 강했다. 그는 몸을 돌려 파이어하트의 뒷다리에 이빨을 찔러 넣었다. 파이어하트는 분노에 차서 울부짖으면서도 적을 놓아주지 않았다. 브로큰스타는 언 땅을 발로 할퀴면서 앞으로 꿈틀거렸다. 떠돌이 전사가 몸을 빼내려고 가죽이 찢어지도록 몸부림치자, 파이어하트의 발톱이 그의 앙상한 옆구리를 죽 긁으며 미끄러졌다. 파이어하트는 다시 달려들었지만, 다른 누군가의 발톱이 뒷다리를 붙잡았다. 어깨 너머로 돌아보니, 클로페이스가 조롱하는 눈으로 노려보고 있었다.

파이어하트는 뒤돌아 그를 바라보았다. 믿을 수가 없었다. 이 고양이를 다시 보리라고는 전혀 생각지 못한 것이다. 그는 어느새 브로큰스타를 까맣게 잊어버렸다. 클로페이스는 바로 여섯 달 전에 스파티드리프를 죽인 고양이였다. 그는 천둥족 치료사를 잔인하게 죽이고, 브로큰스타가 프로스트퍼의 새끼들을 훔쳐 가도록 도왔다. 파이어하트의 귀에 분노가 고동쳐 울렸다. 그는 깡마른 갈색 수고양이 위로 몸을 던지면서, 얼핏 삼색얼룩 털을 본 듯했다. 스파티드리프의 달콤한 냄새도 코에 와 닿았다. 그는 스파티드리프의 영혼이 곁에 있는 것을 느꼈다. 그녀의 죽음에 대한 복수를 하려는 그를 도와주러 온 것이다.

파이어하트는 클로페이스에게 붙들린 다리를 빼내면서, 털가죽이 찢기는 고통도 거의 느끼지 못한 채 그에게 몸을 날렸다. 클로페이스는 뒷다리로 버티고 서서 넓적한 앞발을 마구 휘둘렀다. 가시처럼 날카로운 발톱이 파이어하트의 귀 뒤를 할퀴었다. 파이어하트는 온몸을 훑고 지나는 불같은 고통으로 비틀거렸다. 클로페이스가 순식간에 그에게 올라타 바닥에 꼼짝 못 하게 누르고, 목덜미에 이빨을 찔러 넣었다.

파이어하트는 극도의 통증을 느끼며 비명을 질렀다.

"도와주세요, 스파티드리프! 난 못 하겠어요!"

갑자기 등에 실려 있던 무게가 떨어져 나갔다. 파이어하트는 벌떡 일어나 휙 돌아보았다. 그레이스트라이프였다! 회색 전사는 공포에 휩싸인 눈으로 미동도 없이 서 있었다. 축 늘어진 클로페이스의 몸이 그의 입에 매달려 있었다. 그레이스트라이프가 입을 벌리자, 클로페이스는 죽은 채로 바닥에 툭 떨어졌다.

파이어하트는 친구에게 다가갔다.

"그가 스파티드리프를 죽였어, 그레이스트라이프!"

하지만 지금은 그런 것을 따질 때가 아니었다.

"블루스타도 같이 왔어?"

파이어하트는 다급하게 물었다.

그레이스트라이프가 고개를 저었다.

"블루스타가 타이거클로를 데려오라고 날 보냈어. 우리가 뼈를 발견했거든. 블루스타가 브로큰스타의 냄새를 알아차리고, 그가 떠돌이 고양이들을 이끌고 침입한 거라고 짐작했어."

근처에서 쉭쉭거리는 소리가 들리더니, 고양이 둘이 파이어하트에게 쿵 부딪쳐 왔다. 그는 펄쩍 뛰어 비켜났다. 프로스트퍼가 다른 고양이와 싸우고 있었다. 어미 고양이는 별족의 모든 힘과 함께 싸우고 있었다. 침입자들은 그녀의 새끼들을 훔쳐 간 바로 그 고양이들이었다. 격투를 벌이는 그녀의 눈이 증오로 번득였다. 파이어하트는 가만히 물러나 있었다. 프로스트퍼는 도움이 필요하지 않았다. 잠시 뒤 떠돌이 전사는 비명을 지르며 진영 밖으로 달아났다.

프로스트퍼가 그를 뒤쫓으려 했지만, 파이어하트가 그녀를 불러 세웠다.

"그만하면 혼쭐이 났을 거예요!"

어미 고양이는 고사리 방벽에서 미끄러지듯 멈추며 돌아섰다. 옆구리를 들썩이는 그녀의 하얀 털에는 적의 피가 묻어 있었다.

또 다른 떠돌이 전사가 비명을 지르며 파이어하트를 지나쳐, 진영 방벽으로 향했다. 더스트포는 그 얼룩덜룩한 고양이를 한 번 더 사납게 물고 나서, 허둥지둥 도망치게 놔두었다.

'브로큰스타와 전사 하나만 남았어.'

파이어하트는 생각했다.

샌드포가 남은 떠돌이 고양이를 바닥에 눌러 제압했다. 수고양이는 그녀 밑에서 꼼짝 않고 누워 있었다.

'조심해!'

파이어하트는 자신이 적에게 즐겨 쓰는 속임수를 떠올리며 걱정했다. 그것은 적이 이겼다고 생각하고 방심하게 만드는 작전이었다. 그러나 샌드포는 속지 않았다. 수고양이가 벌떡 일어났을 때, 그녀는 이미 준비되어 있었다. 샌드포는 펄쩍 뛰어 그를 떼어버리고, 다시 달려들었다. 그리고 발톱으로 그를 움켜잡아 확 뒤집어 뒷다리로 배를 할퀴었다. 그가 새끼 고양이처럼 끽끽거리는 소리를 내자 샌드포는 그를 풀어 주었다. 떠돌이 고양이는 계속 울부짖으며 진영 입구를 찢고 나가 버렸다.

'브로큰스타는 어디 있지?'

파이어하트는 불안해하며 몸을 획 돌려 진영을 훑어보았다. 설마 보육실에 들어간 건 아니겠지? 그가 막 보육실로 뛰어들려는 순간, 옐로팽의 거처에서 처참하게 울부짖는 소리가 들려왔다. 파이어하트는 고사리 굴길을 서둘러 달려갔다. 신더포! 그는 최악의 상황을 생각하며 옐로팽의 거처로 뛰어 들어갔다. 그러나 바닥에 쓰러져 있는 건 브로큰스타였다. 그는 털 무더기처럼 아무렇게나 누워 있었다. 나이 든 치료사가 옆에서 그를 내려다보고 있었다.

브로큰스타의 눈은 피투성이가 되어 감겨 있었다. 그는 옆구리를 한번 들썩이더니 이내 움직임을 멈췄다. 파이어하트는 미동도 없는 떠돌이 전사의 몸을 보며, 브로큰스타가 목숨을 잃고 있다는 것을 알 수 있었다.

옐로팽의 발톱은 붉게 번들거리고 있었다. 얼굴은 일그러져 있었고, 눈동자는 게슴츠레했다.

갑자기 브로큰스타가 헉하는 소리를 내더니, 다시 숨을 쉬기 시작했다. 파이어하트는 옐로팽이 달려들어 또 한 번 물어 죽이기를 기다렸지만, 그녀는 머뭇거렸다. 브로큰스타는 일어나지 않았다.

파이어하트는 치료사의 옆으로 달려갔다.

"이번이 마지막 목숨이에요? 어서 끝내 버리지 그래요?"

그가 재촉했다.

"브로큰스타는 자기 아버지를 죽였잖아요. 당신도 내쫓았고, 그것도 모자라 죽이려고 했고요."

"마지막 목숨이 아니다. 만약 그렇다고 해도 난 죽일 수 없어."

파이어하트는 그녀의 말을 믿을 수가 없었다. 브로큰스타라는 이름만 들어도 항상 분노해서 털을 곤두세우던 그녀가 아닌가.

"왜요? 브로큰스타를 죽이면 별족도 당신을 명예롭게 대우해 줄 거예요."

옐로팽이 브로큰스타에게서 눈을 떼고 파이어하트를 바라보았다. 그녀의 눈은 고통과 슬픔으로 흐려져 있었다.

"브로큰스타는 내 아들이란다."

파이어하트는 발밑의 땅이 요동치는 기분이었다.

"하지만 치료사는 새끼를 낳지 못하게 되어 있잖아요."

파이어하트는 불쑥 말했다.

"알아, 나도 이렇게 될 줄은 몰랐단다. 하지만 어쩌다 래기드스타와 사랑에 빠졌지."

그녀는 슬픔으로 목이 잠겨 있었다.

문득 파이어하트는 브로큰스타가 그림자족 진영에서 쫓겨났을 때의 전투를 돌이켜 보았다. 브로큰스타가 도망가기 직전에 옐로팽에게 자신이 아버지를 죽였다고 말하자, 옐로팽은 충격에서 헤어 나오지 못했었다. 파이어하트는 이제야 그 이유를 이해할 수 있었다.

"난 한배에 새끼 고양이 셋을 낳았어."

옐로팽이 말을 이었다.

"그중에 브로큰스타만 살아남았지. 그래서 그림자족 어미 고양이에게 아들로 키워 달라고 부탁했단다. 난 새끼 둘을 잃은 것이 전사의 규약을 어긴 것에 대한 별족의 벌이라고 생각했어. 하지만 내 생각이 틀렸다. 내 벌은 새끼 둘이 죽은 게 아니었어. 브로큰스타가 살아남은 것이 벌이었던 거야!"

옐로팽은 피가 흐르는 브로큰스타의 몸을 넌더리를 내며 바라보았다.

"그리고 이제 난 녀석을 죽일 수 없어. 별족이 바라는 그대로, 내 운명을 받아들여야 해."

옐로팽이 비틀거렸다. 파이어하트는 그녀가 쓰러질 것 같다고 생각했다. 그는 옐로팽의 옆구리에 몸을 바짝 대고 부축해 주면서 속삭였다.

"브로큰스타도 그 사실을 알아요?"

옐로팽이 고개를 저었다.

그때 브로큰스타가 비참하게 울부짖기 시작했다.

"앞이 보이지 않아!"

파이어하트는 떠돌이 고양이의 눈이 회복될 수 없을 정도로 심하게 할퀴어졌다는 걸 깨닫고 오싹한 기분이 들었다.

파이어하트는 조심스럽게 그에게 다가갔다. 브로큰스타는 가만히 누워 있었다. 파이어하트가 앞발로 찌르자, 브로큰스타는 다시 신음했다.

"죽이지 마."

브로큰스타가 흐느꼈다.

파이어하트는 두려움에 떠는 전사의 모습을 보고 혐오감을 느끼며 뒤로 물러났다.

옐로팽이 숨을 깊이 들이쉬었다.

"내가 맡으마."

그녀는 다친 아들에게 걸어갔다. 그리고 목덜미 털을 잡아 패치펠트가 떠난 잠자리로 끌고 갔다.

파이어하트는 그녀를 내버려 두었다. 그는 신더포가 괜찮은지 알고 싶었다. 옐로팽이 잠을 자는 갈라진 바위 안쪽에서 어두운 형체가 움직이는 게 보였다.

"신더포?"

그가 부르자, 신더포가 머리를 내밀었다.

"괜찮니?"

"떠돌이 고양이들은 갔어요?"

그녀가 속닥거렸다.

"응, 브로큰스타만 빼고. 그는 아주 심하게 다쳤어. 옐로팽이 돌보고 있어."

신더포가 충격을 받았을 거라 생각했지만, 그녀는 그저 천천히 고개를 흔들면서 땅을 내려다볼 뿐이었다.

"괜찮은 거야?"

파이어하트는 거듭 물었다.

"나도 스승님 옆에서 같이 싸웠어야 했는데."

신더포가 수치심에 먹먹해진 목소리로 말했다.

"그랬다간 죽었을지도 몰라!"

"더스트포도 그렇게 말했어요. 가서 새끼 고양이들과 숨어 있으라고."

작은 고양이의 눈에는 절망이 가득했다.

"하지만 싸우다 죽어도 상관없었을 거예요. 이런 상태로 내가 무슨 쓸모가 있겠어요? 난 그냥 천둥족의 짐일 뿐이에요."

파이어하트는 그녀가 너무 측은해서, 가시에 찔린 것처럼 마음이 아팠다. 위로가 될 만한 말을 찾아보았지만, 그가 뭐라 말하기도 전에 옐로팽의 거친 목소리가 고사리 덤불 뒤에서 들려왔다.

"신더포, 거미줄 좀 갖다줘. 빨리!"

신더포는 즉시 돌아서서 바위 안쪽으로 사라졌다. 그리고 잠시 뒤, 한 발에 거미줄을 휘감고 나타났다. 그녀는 절룩거리는 다리로 서툴지만 최대한 빠르게 옐로팽이 있는 곳으로 기어 올라갔다. 그리고 잠자리 안으로 거미줄을 밀어 주었다.

"이제 나래지치 뿌리를 가져오너라."

옐로팽이 명령했다.

신더포가 갈라진 바위로 절뚝절뚝 돌아가는 사이, 파이어하트는 돌아서서 자리를 떠났다. 여기서는 더 이상 그가 할 수 있는 일이 없었다. 나머지 종족의 상태가 어떤지 살펴봐야 했다.

진영 공터에는 거의 아무런 움직임도 없었다. 파이어하트는 곧장 더스트포에게 다가갔다.

"옐로팽이 브로큰스타의 부상을 돌보고 있어. 신더포가 돕는 중이고."

더스트포가 믿을 수 없다는 듯 헉 소리를 냈지만, 그는 모른 척했다.

"가서 브로큰스타를 감시해 줘."

더스트포는 고사리 굴길 안쪽으로 사라졌다.

파이어하트는 그레이스트라이프에게 걸어갔다. 회색 전사는 아직도 클로페이스의 시체를 빤히 바라보고 있었다.

"네가 내 목숨을 구해 줬어. 고마워."

파이어하트가 말했다.

그레이스트라이프가 눈을 들어 파이어하트를 보았다.

"널 위해서는 내 목숨도 내놓았을 거야."

그는 간단하게 대답했다.

친구가 돌아서서 걸어가는 모습을 지켜보며, 파이어하트는 목이 메여 왔다. 결국 그들의 우정은 끝난 것이 아니었다.

가시금작화 굴길을 지나는 발소리가 그의 생각을 중단시켰다. 블루스타가 진영으로 황급히 돌진해 들어왔다. 롱테일과 스위프트포가 뒤를 따르고 있었다. 파이어하트는 종족 지도자의 모습에 마음이 놓여 어깨를 축 늘어뜨렸다. 블루스타는 눈을 크게 뜨고 피가 흩뿌려진 공터를 둘러보다가, 클로페이스의 시체에 눈길이 머물렀다.

"브로큰스타가 공격했느냐?"

파이어하트는 고개를 끄덕였다.

"그는 죽었느냐?"

"옐로팽과 함께 있습니다."

급격히 피로가 몰려오는 바람에 파이어하트는 가까스로 대답했다.

"부상을 당했습니다. 눈이……."

"다른 떠돌이 전사들은?"

"다 쫓아냈습니다."

"우리 쪽에서 심하게 다친 고양이는?"

블루스타가 공터를 다시 한 번 둘러보면서 조곤조곤 물었다. 고양이들이 고개를 저었다.

"좋다. 샌드포, 스위프트포, 이 시신을 진영에서 가지고 나가서 땅에 묻어라. 원로들은 가지 않아도 됩니다. 떠돌이에게는 별족의 의식에 따라 묻히는 영광을 누릴 자격이 없으니까."

스위프트포와 샌드포가 클로페이스의 시신을 굴길 쪽으로 끌고 가기 시작했다.

"원로들은 무사한가?"

블루스타가 물었다.

"보육실에 있습니다."

파이어하트가 대답했다. 그가 말하는 사이에 보육실에서 바스락거리는 소리가 들리더니, 하프테일이 나타났다. 다른 원로들과 새끼 고양이들도 뒤따라 나왔다. 파이어하트는 클라우드킷이 구르듯이 나와 신나게 공터를 가로질러 브린들페이스에게 가는 모습을 볼 수 있었다. 브린들페이스는 그를 가볍게 핥아 주며 반겼다. 클라우드킷은 몸을 돌려, 굴길로 사라지는 클로페이스의 시체를 바라보았다.

"죽은 거예요? 가서 봐도 돼요?"

클라우드킷이 호기심 가득한 얼굴로 물었다.

"쉿!"

브린들페이스가 꼬리로 그를 감싸며 속삭였다.

"타이거클로는 어디 있지?"

블루스타가 물었다.

"그림자족을 습격하기 위해 전사들을 데리고 나갔어요. 우리 순찰대가 뼈를 발견했는데, 거기서 그림자족 냄새가 났거든요. 그래서 타이거클로가 공격을 결심했어요. 뒤이어 옐로팽이 뼈에서 브로큰스타의 냄새를 알아차렸고, 타이거클로를 막으려고 제가 브래큰포를 보냈어요."

파이어하트가 설명했다.

"브래큰포?"

블루스타가 눈을 가늘게 뜨며 물었다.

"천둥길을 건너야 할 수도 있는데?"

"진영에 남아 있는 전사가 저 하나뿐이었어요. 보낼 만한 다른 고양이가 없었습니다."

블루스타가 고개를 끄덕였다. 걱정스러워하던 그녀의 눈빛이 이해한다는 표정으로 바뀌었다.

"진영을 무방비 상태로 남겨 두지 않았구나. 잘했다, 파이어하트. 브로큰스타는 우리 전사들을 유인해 모두 진영을 떠나게 할 속셈이었던 것 같구나. 우리도 뼈를 발견했거든."

"그레이스트라이프가 말해 주었어요."

파이어하트는 친구를 찾아 주변을 둘러보았지만, 그레이스트라이프는 어디론가 사라지고 없었다.

"브로큰스타의 치료가 끝나는 대로 옐로팽을 나에게 보내라."

블루스타가 지시했다.

가시금작화 굴길에서 발소리가 들리자 그녀는 귀를 쫑긋 세웠다. 타이거클로가 진영으로 달려 들어왔다. 화이트스톰과 나머지 습격조도 뒤따라왔다. 파이어하트는 목을 길게 빼고 전사들을 살피다가, 바로 뒤에서 브래큰포를 발견했다. 어린 훈련병은 지쳐 보였지만 다친 곳은 없었다. 파이어하트는 조용히 안도의 한숨을 내쉬었다.

"그림자족을 습격하기 전에 브래큰포를 만났소?"

블루스타가 부지도자에게 걸어가며 물었다.

"우리는 그림자족 영역에 발도 들이지 않았습니다. 막 천둥길을 건너려고 할 때 만났습니다."

타이거클로의 눈이 찌푸려졌다.

"지금 클로페이스를 묻고 있는 겁니까?"

블루스타가 고개를 끄덕였다.

"그럼 브래큰포의 말이 맞았군요. 그게 다 브로큰스타의 짓이었어요."

부지도자가 말했다.

"브로큰스타도 죽었습니까?"

"아닐세. 옐로팽이 부상을 살피고 있네."

"설마요!"

마우스퍼가 소리쳤다. 그리고 곁에 있는 러닝윈드와 눈빛을 주고받았다.

타이거클로의 얼굴이 어두워졌다.

"부상을 살핀다고요? 그를 죽여야 합니다. 그를 회복시키는 데 시간을 낭비할 게 아니라요."

타이거클로가 으르렁거렸다.

"그건 옐로팽의 말을 들어 본 후에 다시 논의하지."

블루스타가 차분하게 말했다.

"지금 의논하면 됩니다, 블루스타."

옐로팽이 공터로 들어오며 말했다. 그녀는 기진맥진한 채 고개를 푹 수그리고 있었다.

"브로큰스타를 혼자 놔둔 것이오?"

타이거클로가 호박색 눈을 번득이며 으르렁댔다.

옐로팽이 고개를 들어 타이거클로를 바라보았다.

"더스트포가 지키고 있어요. 그리고 양귀비 씨앗을 먹였으니

382

당분간은 깨지 않을 거예요. 브로큰스타는 이제 앞이 안 보여요, 타이거클로. 도망친다 하더라도 아마 일주일 안에 굶어 죽을 겁니다. 여우나 까마귀 떼가 먼저 죽이지 않는다면 말이에요."

"그러면 더 쉽겠군요. 우리가 직접 죽일 필요 없이, 숲이 알아서 하게 둡시다."

타이거클로가 으르렁거렸다.

옐로팽은 블루스타에게 고개를 돌렸다.

"그냥 죽게 놔둘 수는 없어요."

"왜 안 됩니까?"

파이어하트는 숨을 죽이고, 지도자가 옐로팽과 타이거클로를 번갈아 쳐다보는 모습을 지켜보았다. 옐로팽이 브로큰스타가 그녀의 아들이라는 사실을 말할지 궁금했다.

"우리가 그렇게 하면, 브로큰스타보다 나을 게 없는 겁니다."

옐로팽이 차분히 말했다.

타이거클로가 화를 내며 꼬리를 휙 휘둘렀다.

그때 화이트스톰이 나서서 사려 깊은 목소리로 말했다.

"브로큰스타를 보살피는 건 우리 종족에게 부담이 될 겁니다. 하지만 옐로팽이 맞습니다. 우리가 그를 숲으로 쫓아 보내거나 냉혹하게 죽인다면, 우리가 그와 다를 바 없다는 것을 별족이 아실 겁니다."

원아이가 앞으로 나서서 쉰 목소리로 말했다.

"블루스타, 전에도 가끔씩 여러 달 동안 포로를 잡아 둔 적이 있었습니다. 이번에도 할 수 있어요."

파이어하트는 옐로팽이 처음 진영에 왔을 때를 떠올렸다. 그때 그녀도 포로의 신분이었다. 그는 치료사가 블루스타에게 그 일을 상기시켜 주기를 기다렸지만, 그녀는 아무 말도 하지 않았다.

"그러니까 정말 이 떠돌이를 우리 진영 안에 둘 수 있다고 생각하는 겁니까?"

타이거클로가 분노가 이글거리는 눈으로 지도자에게 도전했다.

고통스럽지만, 파이어하트 역시 타이거클로의 말에 동의하지 않을 수 없었다. 브로큰스타를 죽인다고 생각하니 간담이 서늘했고, 옐로팽에게 그것이 어떤 의미일지도 누구보다 잘 알았다. 그러나 시력을 잃었다고 해도 브로큰스타는 여전히 두려운 적이었다. 진영에 그를 두는 것은 종족의 모든 고양이들에게 어렵고 위험한 일이었다.

"그가 정말로 앞을 보지 못합니까?"

블루스타가 옐로팽에게 물었다.

"네, 그렇습니다."

"다른 부상도 입었습니까?"

이번에는 파이어하트가 대답했다.

"제가 꽤 심하게 할퀴었습니다."

그는 솔직히 말하고 나서 옐로팽의 눈치를 보았다. 나이 든 암고양이가 아들을 다치게 한 것을 용서한다는 듯 고개를 끄덕여 주자, 한시름 놓이는 기분이었다.

"상처가 나으려면 얼마나 걸립니까?"

블루스타가 다시 물었다.

"한 달 정도입니다."

옐로팽이 답했다.

"그러면 그때까지 그를 보살펴도 좋습니다. 그 뒤에는 다시 의논해 보겠습니다. 그리고 지금부터 그는 브로큰스타가 아닌, 브로큰테일로 불릴 것입니다. 별족이 그에게 준 목숨들을 빼앗을 수는 없지만, 이 고양이는 더 이상 종족의 지도자가 아니니까요."

블루스타가 질문하듯 타이거클로를 보았다. 그는 꼬리를 씰룩거렸지만 아무 말도 하지 않았다.

"결정되었습니다. 그는 이곳에 머무를 것입니다."

27

위험한 포로

파이어하트는 다리를 절룩거리며 쐐기풀 덤불로 걸어가 상처를 핥기 시작했다. 그는 다른 고양이들이 모두 치료받은 뒤에 옐로팽에게 갈 작정이었다.

희미한 저녁 햇살이 공터 전체에 긴 그림자를 드리웠다.

더스트포는 롱테일과 보초 임무를 교대했다. 타이거클로는 다치지 않은 습격조를 데리고 싱싱한 먹이를 사냥하러 나갔다. 파이어하트의 배에서 꾸르륵거리는 소리가 났다. 그는 발소리에 고개를 들었다. 샌드포와 스위프트포가 클로페이스를 묻어 주고 돌아오는 소리였다.

두 고양이는 블루스타에게 걸어갔다. 지도자는 높은 바위 밑에 화이트스톰과 함께 앉아 있었다. 파이어하트는 일어나 그들에게 걸어가면서, 꼬리를 휙 움직여 더스트포를 불렀다. 나무 그루터기 옆에서 상처를 핥고 있던 더스트포는 미심쩍은 얼굴이었지만, 힘겹게 몸을 일으켜 그를 따라왔다.

"클로페이스를 묻어 주었어요."

샌드포가 말했다.

"고맙구나."

블루스타는 스위프트포를 바로 보며 말했다.

"이제 가도 좋다."

흑백 얼룩 훈련병은 고개를 숙여 인사하고 거처로 향했다.

파이어하트는 더스트포에게 더 가까이 오라는 신호를 보냈다. 얼룩무늬 훈련병은 눈을 가늘게 뜨고 앞으로 걸어 나와 샌드포 옆에 섰다.

"블루스타."

파이어하트는 머뭇거리며 말을 꺼냈다.

"샌드포와 더스트포는 브로큰테일이 공격해 왔을 때 전사들처럼 싸웠습니다. 이들의 힘과 용기가 아니었으면 진영을 지키기가 훨씬 더 힘들었을 겁니다."

더스트포가 눈을 휘둥그렇게 떴고, 샌드포는 바닥만 내려다보았다.

화이트스톰이 가르랑거리는 소리를 냈다.

"부끄러워하다니, 너답지 않구나."

그가 자신의 훈련병에게 말했다.

샌드포는 안절부절못하며 귀를 씰룩였다.

"파이어하트가 우리 종족을 구했습니다."

그녀가 불쑥 말했다.

"진영에 위험을 알리고 브로큰테일의 공격에 대비시킨 것이 바로 파이어하트였습니다."

이번에는 파이어하트가 쑥스러워할 차례였다. 때마침 타이거클로와 사냥조가 싱싱한 먹이를 넉넉하게 물고 진영에 들어서자, 그는 마음이 놓였다.

블루스타는 타이거클로에게 고갯짓을 한 뒤 더스트포와 샌드포를 마주 보았다.

"천둥족에 이렇게 훌륭한 전사들이 있다니 뿌듯하구나. 너희 둘 다 전사의 이름을 받을 때가 되었다. 해가 지고 있으니 우선 임명식을 하고 나서 먹이를 먹도록 하자."

샌드포와 더스트포는 신이 나서 서로를 쳐다보았다. 파이어하트도 턱을 치켜들고 가르랑거렸다. 블루스타가 종족을 소집하자, 전사의 거처에서 그레이스트라이프가 나타났다. 파이어하트는 그가 진영을 떠나지 않았다는 사실에 기분이 더 좋아졌다.

종족 고양이들이 공터에 모여들었다. 원로들과 어미 고양이들은 훈련병들과 함께 앉았고, 한쪽에는 새끼 고양이들이 있었다. 파이어하트는 다른 쪽에서 전사들과 같이 기다렸다. 그는 브린들페이스 곁에 편하게 자리 잡고 앉은 클라우드킷을 힐끗 보았다. 새끼 고양이의 눈은 흥분으로 반짝이고 있었다. 파이어하트는 종족 전사들과 앉아 있는 자신의 모습을 혈육인 새끼 고양이가 본다는 사실에 자부심을 느꼈다. 블루스타는 공터 한가운데에 샌드포, 더스트포와 함께 서 있었다. 지평선에서 둥그런 해의 마지막 곡선이 분홍빛으로 반짝였다. 해가 가라앉아 어두워지는 하늘에 별이 박히는 동안 종족은 말없이 기다렸다.

블루스타가 고개를 들어 별 무리에서 가장 밝은 별을 가만히 올려다보았다.

"나, 천둥족의 지도자 블루스타는 나의 선조 전사들에게 이 두 훈련병을 굽어살펴 주시기를 청합니다. 이들은 선조들의 고귀한 규약을 이해하기 위해 열심히 훈련을 받았으니, 이제 이 두 훈련병을 당신들의 뒤를 따를 전사로 임명합니다."

블루스타는 앞에 있는 두 젊은 고양이를 내려다보았다.

"샌드포, 더스트포, 너희는 전사의 규약을 지키고, 목숨을 걸고 종족을 보호하며 방어할 것을 맹세하느냐?"

샌드포가 눈을 빛내며 블루스타를 마주 보고 대답했다.

"맹세합니다."

더스트포도 낮고 힘찬 목소리로 똑같이 대답했다.

"맹세합니다."

"이제 별족의 권한으로 너희에게 전사의 이름을 내린다. 샌드포, 이 순간부터 너는 샌드스톰으로 불릴 것이다. 별족은 너의 용기와 기백을 존중할 것이다. 그리고 우리는 너를 천둥족의 정식 전사로 기꺼이 맞이할 것이다."

블루스타가 앞으로 걸어 나와, 고개를 숙인 샌드스톰의 머리 위에 주둥이를 올렸다.

샌드스톰은 공손하게 블루스타의 어깨를 핥고는 돌아서서 화이트스톰을 향해 걸어갔다. 그녀는 스승에게 자랑스러운 눈빛을 보내며 그의 옆자리에 전사들과 함께 앉았다.

블루스타는 진갈색 얼룩 고양이에게 눈을 돌렸다.

"더스트포, 이 순간부터 너는 더스트펠트로 불릴 것이다. 별족

은 너의 용맹과 정직을 존중할 것이다. 그리고 우리는 너를 천둥
족의 정식 전사로 기꺼이 맞이할 것이다."

블루스타가 더스트펠트의 머리에 주둥이를 댔고, 그 역시 지도
자의 어깨를 예의 바르게 핥은 뒤에 다른 전사들에게 향했다.

종족 고양이들은 목청을 높여 찬사를 보냈다. 자욱한 입김이
밤공기 속에 구름처럼 피어올랐다. 그들은 하나가 되어 새로운
전사들의 이름을 연호했다.

"샌드스톰! 더스트펠트! 샌드스톰! 더스트펠트!"

"우리 선조들의 전통에 따라 샌드스톰과 더스트펠트는 새벽까
지 불침번을 서면서, 우리가 자는 동안 침묵하며 진영을 지켜야
한다."

블루스타가 목소리를 높여 말을 이었다.

"하지만 밤샘을 시작하기 전에 종족이 함께 식사를 할 것입니
다. 오늘은 긴 하루였습니다. 우리는 떠돌이들에게 맞서 진영을
지켜 낸 고양이들을 자랑스럽게 여겨야 마땅합니다. 파이어하트,
별족을 대신해 너의 용기에 감사를 표한다. 너는 훌륭한 전사이
다. 나는 네가 우리 종족의 일원인 것이 자랑스럽다."

고양이들이 다시 술렁이기 시작했다. 종족을 둘러보던 파이어
하트의 목에서 가르랑거리는 소리가 터져 나왔다. 오직 타이거클
로와 더스트펠트만이 그에게 적대적인 시선을 보내고 있었다. 하
지만 이번만큼은 그도 그 시선에 아랑곳하지 않았다. 블루스타가
그를 칭찬해 주었고, 그것으로 충분했다.

고양이들이 하나씩 앞으로 나와, 타이거클로의 사냥조가 잡아

온 싱싱한 먹이를 조금씩 가져갔다.

파이어하트는 샌드스톰에게 걸어가 행복한 얼굴로 말했다.

"오늘 밤은 우리 둘 다 전사의 자격으로 같이 먹을 수 있겠네."

그는 얼른 덧붙였다.

"물론 네가 괜찮다면 말이야."

샌드스톰이 그에게 가르랑거리는 소리를 냈다. 파이어하트의 마음에 기쁨이 샘솟았다.

"내 것도 좀 가져다줘. 배고파 죽겠어."

싱싱한 먹이 더미로 달려가는 파이어하트에게 샌드스톰이 소리쳤다.

파이어하트는 샌드스톰에게 줄 쥐를 집어 물었다. 잎 없는 계절이 한창인데도 먹음직스럽게 살이 통통히 오른 쥐였다. 자기 몫으로 푸른박새도 한 마리 골라 샌드스톰에게 가려고 돌아선 순간, 심장이 쿵 내려앉았다. 더스트펠트와 화이트스톰과 다크스트라이프가 그녀와 함께 있었던 것이다. 샌드스톰과 단둘이서 먹으리라 기대했던 자신이 어리석게 느껴졌다. 지금은 종족 전체가 축하하며 함께 먹이를 나누는 시간이었다.

생각이 거기에 미치자 파이어하트는 신더포가 떠올랐다. 주변을 살피던 그는 임명식에서 신더포를 보지 못했다는 것을 깨달았다. 아직도 옐로팽의 공터에 있는 것이 틀림없었다. 그는 샌드스톰에게 성큼성큼 다가가 싱싱한 먹이를 곁에 놓아주며 말했다.

"잠시 다녀올게. 신더포에게 먹을 것 좀 갖다주려고."

"그래."

샌드스톰이 어깨를 으쓱했다.

파이어하트는 싱싱한 먹이 더미에서 들쥐를 골라 재빨리 공터를 가로질러 갔다. 그는 거처에 앉아 있는 옐로팽을 보고 깜짝 놀랐다. 그녀는 분명히 임명식에 참석했었다. 임명식이 끝나자마자 곧바로 돌아온 것이 틀림없었다.

파이어하트가 다가가자 옐로팽이 말했다.

"내 몫으로 가져온 건 아니겠지? 난 벌써 먹었거든."

파이어하트는 들쥐를 바닥에 내려놓고 대답했다.

"신더포에게 주려고 가져온 거예요. 임명식에 오지 않았던데, 배고프지 않을까 해서요."

"내가 쥐를 좀 줬지만, 그것도 주면 좋겠지."

파이어하트는 고사리 그늘에 가려진 공터를 둘러보았다. 패치펠트가 쓰던 잠자리의 줄기 사이로 브로큰테일의 갈색 털이 간신히 보였다. 전사는 움직임 없이 누워 있었다.

"아직 잠들어 있다."

옐로팽이 무뚝뚝하게 말했다. 어미 고양이가 아닌 치료사의 목소리였다. 파이어하트는 마음이 놓였다. 그는 천둥족을 향한 옐로팽의 충성심을 의심하지 않았다. 파이어하트는 들쥐를 물고 신더포의 잠자리로 갔다.

"신더포."

그는 고사리 덤불을 향해 조용히 말했다.

회색 고양이는 몸을 뒤척이더니 일어나 앉았다.

"파이어하트."

파이어하트는 잎사귀를 헤치고 들어가, 곁에 자리를 잡고 앉았다. 그리고 그녀의 발치에 들쥐를 내려놓았다.

"먹어. 옐로팽만 널 살찌우려는 게 아니란다."

"고맙습니다."

그러나 신더포는 들쥐를 그대로 발치에 둔 채 냄새도 맡아 보지 않았다.

"아직도 전투에 대해 생각하고 있는 거야?"

파이어하트는 조용히 물었다.

신더포가 어깨를 움츠렸다.

"전 그냥 짐일 뿐이에요, 그렇죠?"

신더포가 동그랗고 슬픈 눈으로 파이어하트를 바라보았다.

"누가 짐이야?"

옐로팽의 으르렁거리는 소리가 그들의 대화를 방해했다. 나이든 치료사는 잠자리 안으로 머리를 쑥 들이밀었다.

"신더포가 없었다면 내가 오늘 하루를 어떻게 버텨 냈을지 모르겠구나."

옐로팽은 노란 눈으로 신더포를 따뜻하게 바라보았다.

"심지어 오늘 아침에는 약초 섞는 일도 했다니까!"

신더포는 수줍게 눈을 내리깔았다. 그리고 고개를 숙여 들쥐를 한 입 먹었다.

"내가 좀 더 데리고 있어야 할 것 같다. 날마다 더 도움이 되거든. 게다가 얘랑 같이 있는 게 익숙해지고 있어."

신더포가 장난기 어린 눈으로 나이 든 치료사를 올려다보았다.

"귀가 잘 안 들려서 제가 수다를 떨어도 참을 만하니 그런 거겠죠!"

옐로팽은 어린 고양이에게 심술궂게 화를 내는 척했다. 신더포가 파이어하트에게 덧붙였다.

"뭐, 옐로팽은 늘 저런 말씀을 해요."

파이어하트는 이 두 고양이가 서로 가까워진 것에 자신도 모르게 질투심을 느꼈다. 그는 종족 안에서 자신이 옐로팽의 유일한 친구라고 생각해 왔다. 하지만 이제 보니 그녀에게는 또 다른 친구가 생긴 듯했다. 그래도 신더포에게 머물 곳이 생겨 다행이었다. 전사가 되는 훈련을 받지 못한다면 훈련병의 거처에서도 소외감을 느낄 수밖에 없을 것이다.

파이어하트는 자리에서 일어났다. 이제 샌드스톰에게 돌아갈 시간이었다.

"브로큰테일과 함께 있어도 괜찮겠어요?"

옐로팽이 자신만만한 표정으로 그를 쳐다보았다.

"우리 둘이 충분히 감당할 수 있을 것 같은데. 그렇지 않니, 신더포?"

"감히 말썽을 부리지 못할 거예요. 그리고 롱테일도 있고요."

신더포가 자신 있게 맞장구쳤다.

옐로팽이 고개를 숙이고 신더포의 잠자리에서 걸어 나갔다. 파이어하트도 그녀를 뒤따라 나갔다.

"잘 있어, 신더포!"

"안녕히 가세요. 그리고 먹이도 고맙습니다."

"그래."

그는 신더포에게 대답해 주고, 옐로팽을 돌아보았다.

"혹시 목에 물린 상처에 쓸 만한 약초가 있을까요?"

옐로팽이 그의 상처를 자세히 들여다보았다.

"심해 보이는구나."

"브로큰테일한테 당한 거예요."

파이어하트는 솔직히 털어놓았다.

옐로팽이 고개를 끄덕거렸다.

"기다려 봐라."

그녀는 재빨리 거처로 들어가더니 잎사귀에 싼 약초 다발을 물고 돌아왔다.

"직접 할 수 있겠지? 그냥 씹어서 즙을 상처에 문지르면 된다. 따갑긴 하겠지만 용맹한 전사가 견디지 못할 일은 없지!"

"고맙습니다, 옐로팽."

파이어하트는 이빨로 약초 다발을 집어 물었다.

옐로팽이 그를 굴길 입구까지 바래다주었다.

"와 줘서 고맙구나."

옐로팽이 신더포의 잠자리를 흘깃 보며 말했다.

"신더포가 오늘 기운이 쭉 빠진 것 같았거든. 전투가 있고 나서 기분이 안 좋았는데 임명식까지 있었으니."

파이어하트는 그녀의 말을 이해하고 고개를 끄덕였다. 그는 마지막으로 브로큰테일이 누워 있는 곳을 경계하는 눈초리로 휙 돌아보았다.

"정말 괜찮겠어요?"

파이어하트는 약초 다발을 문 채 다시 물었다.

"앞을 못 보잖아."

옐로팽이 대꾸했다. 그리고 한숨을 내쉬더니 좀 더 밝은 목소리로 덧붙였다.

"그리고 나도 그렇게까지 늙진 않았다고!"

다음 날 아침 잠에서 깬 파이어하트는 거처 벽으로 새어 들어오는 눈부시게 하얀 빛을 발견했다. 밤사이 다시 눈이 내린 모양이었다. 다행히 상처는 더 이상 아프지 않았다. 옐로팽의 말대로 약초는 정말 따가웠다. 그래도 푹 자고 나니 한결 나아진 기분이었다.

파이어하트는 샌드스톰과 더스트펠트가 밤샘 보초를 잘했는지 궁금했다. 눈 속에서 견디려면 몹시 추웠을 것이다. 그는 자리에서 일어나 앞다리를 쭉 뻗고 등을 동그랗게 말았다. 꼬리도 머리 위로 말아 올렸다. 천둥족의 새로운 전사 둘이 거처 반대편 끝에서 깊은 잠에 빠져 있었다. 화이트스톰이 새벽 순찰을 나가는 길에 둘을 들여보낸 듯했다.

파이어하트는 눈 덮인 공터로 걸어 나갔다. 프로스트퍼의 하얀 털가죽이 보육실 언저리를 지나는 모습이 언뜻 보였다. 몸을 좀 펴려고 밖으로 나온 모양이었다. 공터 중심에는 눈이 쌓이지 않은 곳이 두 군데 있었다. 샌드스톰과 더스트펠트가 밤새 머물렀던 자리였다. 파이어하트는 생각만 해도 몸이 덜덜 떨렸지만, 한

편으로는 전사가 된 첫날 밤에 느꼈던 설레는 기분이 떠올라 그
들이 부럽기도 했다. 그는 마음이 훈훈해졌다. 제아무리 단단하게
얼어붙은 서릿발도 춥지 않을 것 같았다.

하늘에는 눈을 잔뜩 머금은 구름이 짙게 덮여 있었다. 눈은 조
용히 부드럽게 계속 내리고 있었다. 파이어하트는 오늘은 사냥을
많이 해야 한다는 것을 깨달았다. 눈이 더 많이 쌓이기 전에 먹이
를 저장해 두어야 했다.

높은 바위에서 블루스타가 부르는 소리가 들렸다. 고양이들은
거처에서 나와, 조심조심 눈 위를 걸어 지도자에게 모여들었다.
파이어하트는 눈이 쌓이지 않은 자리 중 하나에 앉았다. 그곳에
서 샌드스톰의 냄새가 났다. 맞은편에는 그레이스트라이프가 피
곤한 모습으로 앉아 있었다. 파이어하트는 그가 간밤에 몰래 진
영을 빠져나가 실버스트림에게 떠돌이 고양이들에 대해 이야기
해 주었는지 궁금했다.

블루스타가 말을 시작했다.

"나는 진영에 브로큰테일이 있다는 것을 모두에게 알리려고 합
니다."

아무도 소리를 내지 않았다. 그들은 이미 알고 있었다. 소문은
숲에 불이 번지듯 삽시간에 번져 나갔다.

"그는 앞이 보이지 않기 때문에 해를 끼치지 않을 겁니다."

몇몇 고양이들이 마음에 안 든다는 듯 콧방귀를 뀌었다. 블루
스타는 그들의 불안을 이해한다는 뜻으로 고개를 끄덕였다.

"나 역시 여러분만큼이나 우리 종족의 안전을 염려하고 있습니

다. 하지만 별족이 보고 있습니다. 그가 죽을 것을 뻔히 알면서도 숲으로 돌려보낼 수는 없습니다. 그의 상처가 나을 때까지 옐로팽이 돌봐 줄 겁니다. 다 낫고 나면 이 일에 대해서는 다시 의논하겠습니다."

블루스타는 아래쪽을 빙 둘러보며 무리에서 나오는 목소리에 귀를 기울였다. 아무도 말을 하지 않자, 그는 높은 바위에서 뛰어내렸다. 고양이들이 흩어지자, 파이어하트는 지도자가 자신을 향해 오고 있다는 것을 알아챘다.

"파이어하트, 한 가지 걱정되는 점이 있다. 넌 아직도 그레이스트라이프와 화해하지 않은 것 같구나. 너희가 먹이를 함께 먹는 걸 본 지가 한참이 되었다. 내가 전에 말하지 않았느냐. 같은 종족 고양이들끼리 싸우는 건 있을 수 없는 일이다. 오늘 둘이 함께 사냥을 나가거라."

파이어하트는 고개를 끄덕였다.

"네, 블루스타."

나쁘지 않은 명령이었다. 어제의 일도 있고 하니, 그레이스트라이프도 좋아할 거라는 희망적인 생각이 들었다. 블루스타가 자리를 뜨자, 파이어하트는 그레이스트라이프가 다시 사라지지 않았기를 바라며 공터를 살폈다. 다행히 그는 보육실 입구에서 눈을 치우고 있었다.

"그레이스트라이프."

파이어하트가 그를 불렀다. 그레이스트라이프는 하던 일을 계속했다. 파이어하트는 그에게 재빨리 다가갔다.

"오늘 아침에 같이 사냥하지 않을래?"

그레이스트라이프가 차가운 눈으로 그를 마주 보았다.

"내가 다시 사라지지 않게 하려고 그러는 거야?"

파이어하트는 깜짝 놀랐다.

"아, 아니, 난 그냥…… 어제…… 클로페이스를……."

"천둥족 고양이라면 누구를 위해서든 난 똑같이 했을 거야. 그게 바로 종족의 충성심이라는 거지."

그레이스트라이프는 분노한 목소리로 거칠게 대꾸하고는 눈을 치우러 돌아섰다.

파이어하트의 희망은 곤두박질쳤다. 친구의 신뢰를 영원히 잃은 것일까? 그는 꼬리를 축 늘어뜨리고 눈 속을 터덜터덜 걸으며 진영 입구로 향했다. 그리고 어깨 너머로 외쳤다.

"사실은 블루스타가 오늘 아침에 너와 사냥을 나가라고 했어. 그러니까 왜 같이 안 갔는지는 블루스타에게 네가 직접 설명해."

"오, 이제 알겠네. 블루스타를 기쁘게 해 주려는 거였구나. 늘 그랬던 것처럼 말이야!"

그레이스트라이프가 쉭쉭거렸다.

파이어하트는 되받아칠 기세로 뒤를 휙 돌아보았다가, 멈칫했다. 그레이스트라이프가 넓은 어깨에서 눈을 털어 내며 공터를 건너 그를 향해 오고 있었다.

"가자."

그레이스트라이프가 앞장서서 가시금작화 굴길을 지나갔다.

눈 덮인 바위들 때문에 골짜기를 오르기는 쉽지 않았다. 마침내 꼭대기에 도착하자, 얼음으로 뒤덮인 숲이 눈앞에 펼쳐졌다. 그레이스트라이프는 단호한 얼굴로 곧장 달려 나갔다. 파이어하트는 그 뒤를 따랐다. 그는 떡갈나무 뿌리 주변에서 쥐를 추적했고, 그레이스트라이프는 굴에서 나온 어리석은 토끼를 쫓아 돌진했다. 맹렬히 달려가던 그레이스트라이프는 토끼를 향해 달려들어 단숨에 끝내 버렸다. 파이어하트는 자리에 앉아서 그레이스트라이프가 돌아오는 모습을 지켜보았다. 회색 전사는 파이어하트의 발치에 토끼를 떨어뜨렸다.

"이 정도면 새끼 고양이 한둘은 먹일 수 있을 거야."

그레이스트라이프가 툴툴대듯 말했다.

"넌 나한테 아무것도 증명할 필요 없어."

파이어하트가 말했다.

"그래?"

그레이스트라이프가 씁쓸하게 대꾸했다. 그리고 차갑고 화난 눈초리로 파이어하트를 노려보았다.

"그렇다면 날 믿는 것처럼 행동을 해 보라고."

그는 파이어하트가 대답도 하기 전에 돌아서서 가 버렸다.

그들은 해가 가장 높이 떠오를 무렵까지 사냥을 했다. 그레이스트라이프가 좀 더 많이 잡기는 했지만, 둘 다 성과가 좋았다. 둘은 싱싱한 먹이를 입에 묵직하게 물고 진영으로 돌아왔다. 공터에 들어선 그들은 잡아 온 먹이를 늘 두는 곳에 내려놓았다. 그 자리는 여태껏 비어 있었다.

파이어하트는 다시 사냥을 나가야 할지 고민스러웠다. 이제 눈이 더 많이 내리고 있는 데다 골짜기 사이로 차가운 바람이 불기 시작했다. 파이어하트가 어두워지는 하늘을 살피고 있을 때, 보육실 근처에서 브린들페이스의 걱정스런 말소리가 들렸다. 그는 무슨 일인지 알아보려고 재빨리 달려갔다.

"왜 그래요?"

"혹시 클라우드킷 못 봤어?"

브린들페이스가 물었다.

파이어하트는 고개를 저었다.

"없어졌어요?"

브린들페이스의 불안이 느껴지면서 그 역시 발이 따끔거리는 기분이었다.

"응, 다른 새끼 고양이들도 함께 없어졌어. 아주 잠깐 눈을 붙였는데, 일어나 보니 어디에도 없는 거야! 밖에 나가기에는 너무 추운데. 얼어 죽을지도 몰라!"

어미 고양이는 발을 동동 굴렀다.

두려움이 파이어하트의 온몸을 휩쓸고 지나갔다. 지난번, 어린 고양이가 진영에서 사라졌을 때가 떠올랐다. 그 고양이는 바로 신더포였다.

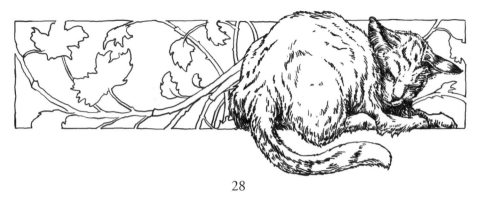

28

눈 속에 파묻힌 고양이들

"제가 찾아올게요."

파이어하트는 약속했다. 그는 무의식적으로 두리번거리며 그레이스트라이프를 찾았다. 바람이 거세지고 눈도 더 두껍게 쌓이고 있었다. 이런 날씨에 혼자 새끼 고양이들을 찾아 나서고 싶지는 않았다. 파이어하트는 서둘러 전사들의 거처로 가서 안을 들여다보았다. 하지만 그레이스트라이프는 보이지 않았다.

샌드스톰이 막 일어나는 참이었다.

"무슨 일이야?"

거처를 두리번거리는 그를 보고 샌드스톰이 물었다.

"브린들페이스의 새끼 고양이들이 없어졌어."

"클라우드킷도?"

샌드스톰은 잠이 확 깬 듯 허둥지둥 일어났다.

"응! 그레이스트라이프와 같이 진영 밖을 찾아보려고 그랬는데, 여기 없네."

파이어하트는 숨도 쉬지 않고 말을 쏟아 냈다. 화가 치밀었다.

그레이스트라이프는 또다시 사라졌다. 파이어하트가 그를 믿지 않는다고 비난해 놓고, 그 직후에 없어지다니!

"내가 같이 갈게."

샌드스톰이 제안했다.

파이어하트는 눈을 끔벅끔벅했다.

"고마워."

그는 진심으로 기뻐하며 말했다.

"서두르자. 떠나기 전에 블루스타에게 먼저 알려야 해."

"더스트펠트가 말하면 돼. 아직도 눈이 와?"

"응, 게다가 점점 더 많이 내리고 있어. 서둘러야겠어."

파이어하트는 자고 있는 더스트펠트를 흘깃 보았다.

"네가 깨워서 말해 줘. 난 브린들페이스에게 우리가 간다고 말할게. 입구에서 만나자."

파이어하트는 다시 보육실로 달려갔다. 브린들페이스는 아직도 킁킁거리며 냄새를 찾아다니고 있었다.

"무슨 흔적이라도 있어요?"

"아니, 아무것도 없어."

브린들페이스의 목소리가 떨렸다.

"프로스트퍼가 블루스타에게 알리러 갔어!"

"너무 걱정하지 마세요. 제가 찾으러 나갈 거예요. 샌드스톰도 같이요. 우리가 꼭 찾아올게요."

파이어하트는 그녀를 안심시켰다.

브린들페이스는 고개를 끄덕이고 다시 흔적을 찾기 시작했다.

파이어하트와 샌드스톰은 가시금작화 굴길에 동시에 도착해서 급히 숲으로 달려 나갔다. 진영 밖에서 부는 바람은 더 매섭게 느껴졌다. 파이어하트는 눈보라에 맞서 눈을 가늘게 뜨고 어깨를 움츠렸다.

"눈이 계속 쌓이고 있어서 냄새를 맡기가 힘들겠어. 숲까지 올라갔는지 먼저 확인해 보자."

"알았어."

"넌 저쪽을 맡아 줘."

파이어하트가 코로 가리키며 말했다.

"난 반대쪽으로 갈게. 여기서 다시 만나자. 너무 오래 끌지는 말고."

샌드스톰이 자리를 떴다. 파이어하트는 쓰러진 나무를 뛰어넘어, 종족이 가장 자주 다니는 길을 따라갔다. 골짜기 경사면은 아침에 왔을 때보다 눈이 더 두껍게 덮여 있었다. 게다가 지금은 눈이 얼어붙어 미끄러운 곳도 있었다. 파이어하트는 걸음을 멈추고 고개를 들어 입을 벌려 보았다. 하지만 새끼 고양이들의 냄새는 찾을 수 없었다. 발자국을 찾아보았지만 허사였다. 새끼 고양이들의 흔적은 모조리 눈으로 덮여 버린 것 같았다.

비탈 아래쪽을 따라가 봤지만, 사라진 새끼 고양이들은 물론이고 아무런 흔적도 찾지 못했다. 바람이 세차게 불어와 파이어하트는 귀가 떨어져 나갈 지경이었다. 이런 날씨에는 어떤 새끼 고양이도 살아남을 수 없었다. 게다가 얼마 안 있으면 해가 지기 시작할 것이다. 밤이 되기 전에 그들을 찾아야만 했다.

파이어하트는 진영 입구로 돌아갔다. 샌드스톰이 그를 기다리고 있었다. 그녀의 털에 눈이 소복이 쌓여 있었다. 그녀는 파이어하트가 오는 것을 보고 눈을 털어 냈다.

"뭐라도 찾았어?"

파이어하트가 물었다.

"아니, 아무것도."

"그렇게 멀리 가지는 못했을 거야. 어서, 이쪽으로 가 보자."

파이어하트는 모래 분지로 향했다.

샌드스톰이 그 뒤를 힘겹게 따라왔다. 눈이 점점 깊어져서, 걸을 때마다 배까지 푹푹 빠졌다.

모래 분지는 텅 비어 있었다.

"바깥 날씨가 얼마나 안 좋은지 블루스타도 알고 있을까?"

샌드스톰이 바람에 맞서 목소리를 높이며 말했다.

"알 거야."

파이어하트가 소리쳤다.

"돌아가서 도움을 청하자. 우리만으로는 안 되겠어."

샌드스톰이 말했다.

파이어하트는 덜덜 떨고 있는 그녀를 돌아보았다. 새끼 고양이들만 얼어 죽을 수 있는 것이 아니었다. 샌드스톰의 말이 옳았다.

"그래, 우리끼리는 안 되겠어."

진영을 향해 돌아서던 파이어하트는 바람결에 작은 비명 소리를 들었다.

"저 소리 들었어?"

그가 외쳤다.

샌드스톰이 멈칫하더니, 맹렬한 기세로 코를 킁킁거리기 시작했다. 갑자기 그녀가 고개를 들었다.

"저쪽이야!"

샌드스톰이 쓰러진 나무를 코로 가리켰다.

파이어하트는 그쪽으로 얼른 달려갔다. 샌드스톰이 바짝 뒤를 따랐다. 비명은 점점 더 커져서, 이제 여러 개의 목소리를 알아들을 수 있었다. 그는 나무 몸통 위로 얼른 올라가 반대편을 내려다보았다. 눈 속에 새끼 고양이 둘이 옹송그리고 있었다. 안도감을 느낀 것도 잠시, 파이어하트는 클라우드킷이 없다는 사실을 깨달았다.

"클라우드킷은 어디 있지?"

그는 소리를 질렀다.

"사냥하러 갔어요."

새끼 고양이 하나가 끽끽거리며 말했다. 추위와 두려움으로 목소리가 덜덜 떨렸지만, 어쩐지 반항하는 기색이 묻어 있었다.

파이어하트는 고개를 들고, 눈발 사이로 앞을 내다보며 외쳤다.

"클라우드킷!"

"파이어하트, 저기 봐!"

샌드스톰은 나무 몸통 꼭대기에 올라가 있었다. 파이어하트는 샌드드톰이 가리키는 방향을 휙 돌아보았다. 흠뻑 젖어 후줄근해진 하얀 몸체가 눈을 가까스로 뚫고 그들을 향해 걸어오고 있었다. 클라우드킷이었다! 조그만 새끼 고양이는 걸음걸음마다 높이뛰기를 하듯 힘겹게 걷고 있었다. 눈은 새끼 고양이의 키만큼 높이 쌓여 있었다. 하지만 클라우드킷은 멈추지 않고 계속 걸어 오고 있었다. 그의 입에는 눈으로 덮인 작은 들쥐 하나가 물려 있었다.

파이어하트의 마음에 안도감과 분노가 동시에 밀려들었다. 그는 샌드스톰을 다른 새끼 고양이들과 남겨 둔 채, 재빨리 눈을 뚫고 가 클라우드킷의 목덜미를 물어 올렸다. 클라우드킷은 반항하며 낑낑거렸지만, 입에 문 들쥐는 놓지 않았다.

샌드스톰이 새끼 고양이들을 밀며 그를 향해 걸어왔다. 새끼 고양이들은 비틀거리며 넘어지기 일쑤였다. 깊은 눈 속에 귀까지 파묻혔지만, 샌드스톰은 그들을 계속 밀고 갔다.

클라우드킷이 버둥거리자, 파이어하트는 그를 다시 눈 속에 내려놓았다. 클라우드킷은 포획물을 자랑스럽게 물고 파이어하트를 올려다보았다. 파이어하트는 감탄할 수밖에 없었다. 눈과 바람에도 불구하고 클라우드킷은 난생 처음 먹이를 잡았던 것이다!

"거기서 기다려."

그는 명령을 내리고 얼른 샌드스톰에게 돌아갔다. 그는 애처롭게 울고 있는 작은 암고양이를 물어 올리고, 다른 새끼 고양이는 코로 밀며 앞으로 나아갔다.

흠뻑 젖은 무리는 힘겹게 진영으로 돌아왔다. 브린들페이스가 가시금작화 굴길 밖에서 기다리고 있었다. 그 옆에는 블루스타가 몰아치는 눈보라 때문에 눈을 가늘게 뜨고 서 있었다. 그들은 파이어하트 일행을 발견하자마자 앞으로 달려 나와 거들어 주었다.

블루스타는 클라우드킷을 물어 올렸고, 브린들페이스는 다른 새끼 고양이를 붙잡았다. 그들은 안전한 진영으로 뛰어 들어갔다. 파이어하트와 샌드스톰도 서둘러 그 뒤를 쫓아갔다.

공터에 들어서자 그들은 꽁꽁 언 새끼 고양이들을 바닥에 내려 놓았다. 파이어하트는 털에서 눈을 털어 내고 클라우드킷을 내려 다보았다. 그는 여전히 고집스럽게 먹잇감을 물고 있었다.

블루스타가 눈을 부릅뜨고 새끼 고양이 셋을 바라보았다.

"무슨 생각으로 밖에 나간 것이냐? 새끼 고양이가 사냥하는 것은 전사의 규약에 어긋난다는 것을 알 텐데!"

브린들페이스의 새끼 고양이 둘은 지도자의 화난 눈초리에 움츠러들었다. 하지만 클라우드킷은 파란 눈을 동그랗게 뜨고 그녀의 시선을 마주 보았다. 그리고 들쥐를 내려놓고 말했다.

"종족에게 싱싱한 먹이가 필요하잖아요. 그래서 우리가 잡아 오기로 한 거예요."

파이어하트는 그의 대담함에 몸을 움찔했다.

"누가 그런 생각을 한 거냐?"

블루스타가 다그쳤다.

"저요."

클라우드킷이 여전히 고개를 꼿꼿이 든 채 말했다.

블루스타는 당돌한 새끼 고양이를 뚫어져라 쳐다보며 소리쳤다.

"밖에서 얼어 죽을 수도 있었단 말이다!"

클라우드킷은 노기 어린 그녀의 목소리에 깜짝 놀라 몸을 웅크렸다.

"우리는 종족을 위해서 그런 거였어요."

클라우드킷이 변명하듯 말했다.

파이어하트는 블루스타가 어떤 처분을 내릴지 기다리며, 숨을 죽이고 있었다. 클라우드킷은 전사의 규약을 어겼다. 블루스타는 클라우드킷을 받아 주기로 한 결정을 뒤집을지도 모른다.

블루스타가 천천히 입을 열었다.

"네 의도는…… 좋았다. 하지만 그건 어리석은 짓이었어."

파이어하트는 한 줄기 희망을 보았다. 하지만 그때 클라우드킷이 다시 목소리를 높였다.

"그래도 제가 먹이를 잡아 왔어요."

"나도 안다."

블루스타가 냉정하게 대답했다. 그녀는 새끼 고양이 셋을 번갈아 바라보았다.

"너희 셋을 어떻게 할지는 너희 어미에게 맡기마. 하지만 다시는 이런 짓을 하지 말아야 한다. 알겠느냐?"

파이어하트는 클라우드킷이 다른 둘과 함께 고개를 끄덕이자 조금 마음이 놓였다.

"클라우드킷, 네가 잡은 건 먹이 더미에 가져다 두어도 좋다. 그리고 너희 셋 다 곧장 보육실로 가서 몸을 말리도록 해라."

파이어하트는 깜짝 놀랐다. 방금 천둥족 지도자는 마치 어미 고양이처럼 말을 했다.

브린들페이스의 새끼 고양이들이 비틀거리며 보육실로 향했고, 브린들페이스도 뒤를 따랐다. 클라우드킷은 그가 잡은 들쥐를 물고 싱싱한 먹이 더미를 향해 총총 걸어갔다. 파이어하트는 자랑스럽게 고개를 젖힌 그 모습이 걱정스러웠다. 하지만 그 모습을 지켜보던 블루스타의 눈에는 감탄하는 빛이 언뜻 스친 것 같았다.

"둘 다 잘해 주었다."

블루스타가 샌드스톰과 파이어하트에게 시선을 돌리며 말했다.

"롱테일을 보내서 다른 수색조를 불러들여야겠다. 너희도 거처로 돌아가서 몸을 녹이도록 해라."

"네, 블루스타."

파이어하트는 샌드스톰과 함께 자리를 뜨려고 돌아섰다. 하지만 그때 블루스타가 다시 그를 불러 세웠다.

"파이어하트, 너와 이야기를 좀 해야겠다."

블루스타의 목소리가 파이어하트를 불안하게 만들었다. 아무래도 너무 빨리 마음을 놓은 것 같았다.

"클라우드킷은 오늘 훌륭한 사냥 기술을 보여 주었다."

블루스타가 말을 시작했다.

"하지만 전사의 규약에 순종하는 법을 배우지 않는다면, 세상모든 기술도 소용이 없다. 지금은 클라우드킷 자신의 안전이 문제지만, 나중에는 종족 전체의 안위가 걸린 문제가 될 것이다."

파이어하트는 바닥을 내려다보았다. 블루스타의 말이 맞긴 했지만, 그녀가 어린 고양이에게 너무 많은 것을 바란다는 생각을 지울 수가 없었다. 클라우드킷은 아직 많이 어렸고, 종족과 함께 지낸 지도 얼마 되지 않았다. 파이어하트는 그레이스트라이프를 떠올리며 억울한 마음이 들었다. 종족 태생인 그레이스트라이프는 부끄러움도 모른 채 전사의 규약을 어기고 있지 않은가. 파이어하트는 고개를 들어 종족 지도자를 바라보았다.

"네, 블루스타. 클라우드킷이 잘 배우도록 하겠습니다."

"좋아."

블루스타는 만족한 목소리로 대답하고는 돌아서서 거처로 걸어갔다.

파이어하트는 전사들의 거처로 향했지만, 더 이상 추위는 느껴지지 않았다. 블루스타의 말이 그를 활활 타오르게 만든 것이다. 그는 거처 안으로 들어가 자리를 잡고 몸을 핥기 시작했다. 그는 오후 내내 잠자리에 머물면서, 그레이스트라이프와 클라우드킷에 대해 곱씹었다. 그는 블루스타가 옳다는 것을 알았다. 그 하얀 새끼 고양이의 눈에 드러난 자부심과 반항심을 보면, 파이어하트 자신도 녀석이 정말 종족 생활에 적응할 수 있을지 의심스러웠다.

저녁이 다가오면서 배가 고파진 파이어하트는 거처에서 나왔다. 그는 싱싱한 먹이 더미에서 개똥지빠귀를 집어 쐐기풀 덤불 옆에 앉았다. 이제 날은 어두워졌고, 눈은 잦아들었다. 어둠에 눈이 익숙해지자, 진영 입구가 뚜렷하게 보였다.

파이어하트는 그레이스트라이프의 모습을 한눈에 알아보았다. 그는 먹이를 물고 싱싱한 먹이 더미로 걸어가고 있었다. 어쩌면 회색 전사는 사냥을 하고 있었던 걸지도 모른다.

그레이스트라이프는 잡아 온 먹이를 대부분 먹이 더미에 내려놓았다. 그리고 큰 쥐 한 마리를 자기 몫으로 들고, 진영 방벽 근처의 가려진 자리로 갔다. 파이어하트의 짧은 희망은 사라졌다. 다른 곳에 정신이 팔려 있는 듯한 그레이스트라이프의 표정은 파이어하트의 의심이 맞았다는 것을 말해 주고 있었다. 그레이스트라이프는 실버스트림과 함께 있었던 것이다.

파이어하트는 일어나서 거처로 들어갔다. 그는 어렵지 않게 깊은 잠에 빠져들었다. 자는 동안 그는 다시 꿈을 꾸었다.

주변에 펼쳐진 눈 덮인 숲이 차가운 달빛을 받아 하얗게 빛나고 있었다. 파이어하트는 삐죽삐죽 높게 솟은 바위 위에 서 있었다. 그의 곁에는 정식 전사가 된 클라우드킷이 두툼한 흰색 털가죽을 바람에 흩날리며 서 있었다. 발밑에 있는 돌에서는 서리가 반짝거렸다.

"저기 봐!"

파이어하트가 클라우드킷에게 소리쳤다. 숲쥐 하나가 얼어붙은 나무뿌리 주변을 총총 지나가고 있었다. 클라우드킷은 그의 시선을 따라가다가, 바위에서 조용히 뛰어 숲 바닥으로 내려왔다. 파이어하트는 흰색 수고양이가 먹잇감을 향해 살금살금 다가가는 모습을 지켜보았다. 그때 갑자기 너무나 익숙하고 따뜻한 냄새가 나서, 파이어하트는 몸이 떨렸다. 귓가에 느껴지는 따뜻한 숨결에 그는 고개를 휙 돌렸다. 스파티드리프가 그의 곁에 서 있었다.

그녀의 눈부신 털가죽이 달빛에 환하게 빛났다. 그녀는 보드라운 분홍색 코를 그에게 맞대고 속삭였다.

"파이어하트, 너에게 별족의 경고를 전해 주러 왔어."

그녀의 목소리는 음울했고, 눈빛은 타 들어갈 듯이 그의 눈에 꽂혔다.

"전투가 가까워지고 있어, 파이어하트. 네가 믿을 수 없는 전사를 조심해."

쥐가 찍찍거리는 소리에 파이어하트는 놀라서 주변을 둘러보았다. 클라우드킷이 쥐를 잡은 모양이었다. 다시 스파티드리프를 돌아보았지만, 그녀는 사라지고 없었다.

깜짝 놀라 잠에서 깬 파이어하트는 옆에 있는 잠자리를 돌아보았다. 그레이스트라이프는 굵은 꼬리 아래에 코를 밀어 넣고 깊은 잠에 빠져 있었다. 스파티드리프의 말이 파이어하트의 머릿속에 울렸다.

"네가 믿을 수 없는 전사를 조심해!"

그는 몸이 후들후들 떨렸다. 숲의 혹독한 추위가 아직까지 털에 들러붙어 있는 것 같았다. 스파티드리프의 달콤한 향기도 코끝에 남아 있었다. 그레이스트라이프가 몸을 뒤척이며 잠꼬대를 하는 바람에 파이어하트는 몸을 움찔했다. 다시 잠들 수 없을 것 같았지만, 잠자리에 그대로 머물면서 친구가 자는 모습을 지켜보았다. 거처 벽 사이로 새벽빛이 비치기 시작했다.

29
믿을 수 없는 전사

거처 안이 점점 밝아지자, 윌로펠트가 잠에서 깼다. 파이어하트
는 그녀가 기지개를 켜고 거처를 나서는 모습을 지켜보았다. 그
는 자고 있는 그레이스트라이프를 마지막으로 휙 쳐다보고, 윌로
펠트를 뒤따라 나갔다.

"눈이 그쳤네요."

눈에 갇힌 진영을 감싸고 있는 유령 같은 침묵을 깨고 싶은 마
음이 간절했다. 그의 목소리가 공터에 메아리쳤다. 윌로펠트는 고
개를 끄덕였다.

바스락거리는 소리와 함께 타이거클로와 러닝윈드의 냄새가
나더니, 그들이 거처에서 나왔다. 둘은 윌로펠트 옆에 자리를 잡
고 몸을 핥았다.

'새벽 순찰 나갈 준비를 하는구나.'

파이어하트는 순찰에 함께 가겠다고 나서야 할지 고민했다. 숲
을 둘러보고 싶기도 했지만, 한편으로는 뒤에 남아서 그레이스트
라이프를 지켜보고 싶은 마음도 있었다. 스파티드리프의 말이 아

직도 마음을 무겁게 짓누르고 있었다. '믿을 수 없는 전사'가 그레이스트라이프라는 생각을 떨칠 수가 없었다. 그레이스트라이프는 실버스트림 때문에 종족에 대한 자신의 충성심이 변하는 일은 없을 거라고 주장했지만, 어떻게 그럴 수 있겠는가? 실버스트림과 만나는 것 자체가 전사의 규약을 어기는 일인데!

갑자기 타이거클로가 무슨 냄새를 맡은 듯 고개를 들었다. 파이어하트는 긴장해서 귀를 쫑긋 세웠다. 멀리서 눈을 밟으며 빠르게 다가오는 발소리가 들렸다. 바람이 바람족의 냄새를 실어 왔다. 발소리는 점점 커졌다. 전사들은 긴장해서 뻣뻣하게 굳어졌다. 고양이 하나가 가시금작화 굴길을 지나 그들을 향해 돌진해 왔다. 타이거클로가 등을 동그랗게 말고 으르렁거렸다. 공터로 달려든 건 원위스커였다.

바람족 전사는 두려움이 가득한 눈으로 그들 앞에 미끄러지듯 멈춰 섰다.

"그림자족과 강족이……."

그가 헐떡거리며 말했다.

"우리 진영을 공격하고 있어요! 우리가 수적으로 열세라서 필사적으로 싸우고 있어요. 이번에는 톨스타도 순순히 물러나지 않을 작정이에요. 천둥족이 도와주지 않으면 우리 종족은 전멸할 거예요!"

블루스타가 거처에서 나왔다. 모든 눈이 원위스커에게서 그녀에게로 쏠렸다.

"들었다."

천둥족 지도자는 높은 바위에 올라가지 않고 그 자리에서 소집 명령을 외쳐 종족을 불러 모았다. 고양이들이 아침 햇살 아래 속속 모여들었다. 공터에는 원위스커의 겁에 질린 냄새가 가득했다.

블루스타는 종족이 모이자마자 말을 시작했다.

"시간이 없습니다. 우리가 염려했던 대로 그림자족과 강족이 연합했고, 지금 바람족 진영을 공격하고 있습니다. 우리가 바람족을 도와야 합니다."

블루스타는 잠시 말을 멈추고, 자신을 향하고 있는 불안한 얼굴들을 둘러보았다. 원위스커는 희망을 건 표정으로 옆에서 잠자코 듣고 있었다.

파이어하트는 섬뜩한 기분이었다. 그는 떠돌이 고양이들의 소행이 발각된 뒤로, 나이트스타는 믿을 수 있겠다고 생각했었다. 그러나 그림자족 지도자는 전사의 규약을 깨고, 강족과 연합하여 바람족을 또다시 쫓아내려 하고 있었다.

"하지만 잎 없는 계절이라 우리도 여력이 없어요!"

패치펠트가 반발했다.

"우리는 이미 바람족을 위해서 위험을 무릅쓴 적이 있어요. 이번에는 자기들이 알아서 하도록 두자고요."

원로들과 어미 고양이들 사이에서 동의하는 소리가 터져 나왔다. 타이거클로가 블루스타 옆으로 나서며 대답했다.

"조심하는 게 당연합니다, 패치펠트. 하지만 그림자족과 강족이 연합했다면, 우리가 공격당하는 것도 시간문제입니다. 나중에 우리만 남아서 싸우는 것보다는 지금 바람족과 함께 싸우는 편이 낫습니다!"

블루스타는 눈을 감고 꼬리를 쳐들었다. 타이거클로의 말에 동의한다는 표시였다.

옐로팽이 앞으로 나와서 조용히 지도자에게 말했다.

"블루스타는 진영에 남아 있는 게 좋을 겁니다. 열은 내렸지만 아직 완전히 회복된 상태가 아닙니다."

두 고양이는 서로 눈빛을 주고받았다. 파이어하트는 그것이 무슨 뜻인지 깨닫고 가슴이 철렁했다. 블루스타는 이번이 마지막 아홉 번째 목숨이었다. 종족을 위해서라도 그녀가 마지막 목숨을 걸 수는 없었다.

블루스타가 가볍게 고개를 끄덕였다.

"타이거클로, 공격조와 지원조를 편성해 주게. 최대한 빨리 도착해야 하네!"

"네, 블루스타."

타이거클로가 전사들을 향해 섰다.

"화이트스톰이 지원조를 맡고, 내가 공격조를 맡아서 먼저 간다. 다크스트라이프, 마우스퍼, 롱테일, 더스트펠트, 파이어하트는 나와 함께 간다."

파이어하트는 타이거클로가 자신의 이름을 부르자 온몸에 전율이 흘렀다. 선발대에 합류하게 된 것이다!

"너!"

타이거클로가 원위스커를 불렀다.

"이름이 뭐지?"

바람족 전사는 타이거클로의 목소리에 깜짝 놀란 듯했다.

파이어하트가 그를 대신해서 대답해 주었다.

"윈위스커예요."

타이거클로는 파이어하트를 보는 둥 마는 둥 하며 고개를 까딱했다.

"윈위스커, 너는 나와 함께 간다. 그리고 나머지 천둥족 전사들은 화이트스톰과 함께 간다. 브래큰포, 너도."

타이거클로가 말했다.

"모두 준비되었나?"

타이거클로가 외쳤다. 전사들은 일제히 고개를 들고 전투의 함성을 내질렀다. 타이거클로가 가시금작화 굴길로 돌진하자, 전사들은 그를 따라 달려갔다.

그들은 골짜기를 올라가서 숲으로 들어섰다. 그들이 향하는 곳은 나무 네 그루와 그 너머에 있는 고원 지대였다. 파이어하트는 나무들을 헤치고 달리면서, 어깨 너머를 휙 돌아보았다. 그레이스트라이프가 무리 뒤쪽에서 어두운 얼굴로 멍하니 앞을 바라보고 있었다. 파이어하트는 실버스트림이 전투에 참여했을지 궁금했다. 친구를 생각하니 마음이 아팠다. 하지만 그는 이번만큼은 망설임 없이 싸울 각오가 되어 있었다. 그가 바람족을 집으로 데려온 이상, 그들에 대한 책임감을 느낄 수밖에 없었다. 어떤 종족이든 바람족을 다시 몰아내도록 두고 보지는 않을 작정이었다.

스파티드리프의 향기가 다시 한 번 코를 가득 메웠다. 파이어하트는 털이 쭈뼛 섰다.

"믿을 수 없는 전사를 조심해!"

이 전투는 여러모로 어려운 전투가 될 것이다. 그레이스트라이프는 충성심을 증명할 수밖에 없을 것이다.

눈은 그쳤지만, 쌓여 있는 눈 더미를 뚫고 가기가 힘들었다. 눈 위에는 살얼음이 끼어 있었지만, 전사들의 체중 때문에 얼음이 깨지면서 부드러운 눈 속으로 발이 푹푹 빠졌다.

"타이거클로!"

월로펠트가 부르는 소리가 뒤에서 들렸다. 부지도자는 가던 길을 멈추고 돌아보았다.

"추격당하고 있어요!"

월로펠트가 외쳤다.

파이어하트는 놀라서 몸이 부르르 떨렸다. 함정에 빠진 것일까? 전사들은 경계하며 조용히 뒷걸음치기 시작했다. 눈의 무게를 견디지 못한 나뭇가지가 위에서 툭 부러지는 바람에 브래큰포가 펄쩍 뛰었다.

"기다려라!"

타이거클로가 말했다.

고양이들은 높이 쌓인 눈 속에 몸을 웅크렸다. 파이어하트는 그들을 향해 다가오는 발소리를 들을 수 있었다. 작은 발들이 사뿐사뿐 조심스럽게 살얼음판 위를 내딛는 소리였다. 파이어하트는 누구의 발소리인지 짐작하고 가슴이 철렁 내려앉았다. 아니나 다를까, 브린들페이스의 새끼 고양이 둘과 클라우드킷이 나무 뒤에서 모습을 드러냈다.

타이거클로가 그들 앞에 뒷다리로 버티고 서자, 새끼 고양이들은 겁에 질려 울음을 터뜨렸다. 전사는 그들을 알아보고, 치켜들었던 앞발을 내렸다.

"여기서 뭘 하는 거냐?"

타이거클로가 버럭 소리쳤다.

"우리도 전투에 참여하고 싶어요."

클라우드킷의 말에 파이어하트는 몸을 움찔했다.

"파이어하트!"

타이거클로가 소리쳤다.

파이어하트는 얼른 앞으로 나섰다.

"네가 이 녀석을 종족에 끌어들였으니, 네가 알아서 처리해라!"

타이거클로가 고함을 질렀다.

파이어하트는 타이거클로의 이글거리는 눈을 바라보았다. 부지도자는 그에게 선택을 강요하고 있었다. 파이어하트는 공격조에 가담해서 종족을 위해 싸우거나, 아니면 자신의 애완 고양이 혈육을 돌보아야 했다. 모든 전사들이 침묵 속에서 파이어하트의 대답을 기다리고 있었다.

파이어하트는 당연히 종족을 위해 싸워야 했지만, 그렇다고 누이의 새끼를 버려 둘 수는 없었다. 누군가는 클라우드킷과 다른 새끼 고양이들을 진영으로 안전하게 데려다주어야 했다. 하지만 어떤 전사가 전투에 참여하지 않고 그들을 데려다줄까?

"브래큰포."

파이어하트는 그레이스트라이프의 훈련병을 불렀다.

"이 녀석들을 진영에 데려다줘."

파이어하트는 그레이스트라이프가 반발할 거라 생각했다. 그러나 회색 전사는 그저 잠자코 있었다.

브래큰포의 꼬리가 축 처지는 걸 보고 파이어하트는 죄책감을 느꼈다.

"너는 앞으로 싸울 기회가 많을 거야."

"하지만 파이어하트, 언젠가는 우리가 나란히 싸울 거라고 그랬잖아요!"

클라우드킷이 발끈하는 소리가 숲에 울려 퍼졌다. 타이거클로가 파이어하트에게 조소 어린 눈초리를 보냈다. 조그만 새끼 고양이의 외침에 웃음소리가 번지자, 파이어하트는 불편한 기분에 털이 곤두섰다. 하지만 곤란한 내색을 감추고 말했다.

"언젠가는 그럴 거야. 하지만 오늘은 아니야!"

클라우드킷의 어깨가 축 처졌다. 그는 브래큰포를 따라 진영으로 돌아가는 다른 새끼 고양이들을 마지못해 쫓아갔다. 파이어하트는 안도의 한숨을 내쉬었다.

"이거 놀라운걸. 파이어하트 네가 이번 전투에 그렇게나 열성적일 줄은 미처 몰랐는데?"

타이거클로가 비꼬듯 말했다.

파이어하트는 타이거클로를 빤히 쳐다보았다. 화가 나서 피가 거꾸로 솟는 것 같았다.

"당신도 나만큼 싸울 의지가 있다면 좋을 텐데요! 그러면 우리를 여기 붙잡아 두는 대신, 지금쯤 공격 명령을 외치고 있었을걸요. 지금도 바람족 전사들은 죽어 가고 있다고요!"

파이어하트가 되받아쳤다.

타이거클로가 혐오하는 눈빛으로 그를 쏘아보았다. 그리고 고개를 젖혀 큰 소리로 울부짖고는 바람족 진영을 향해 달려가기 시작했다. 파이어하트와 다른 전사들도 그를 따라 나무 네 그루를 지나서 고원으로 이어지는 가파른 비탈을 올랐다. 질주하는 그들의 발소리는 눈에 묻혀 들리지 않았다.

꼭대기에 다다랐을 때, 파이어하트는 귀가 홱 뒤집히도록 휘몰아치는 바람을 맞았다. 가시금작화마저 눈 속에 숨어 버린 바람족의 사냥터는 그 어느 때보다 황량해 보였다.

"파이어하트! 바람족 진영으로 가는 길은 알고 있지? 네가 앞장서라!"

타이거클로가 바람 소리 위로 목소리를 높여 외치고는, 파이어하트가 앞서가도록 걸음을 늦췄다. 파이어하트는 부지도자가 원위스커에게 안내를 맡기지 않는 이유가 궁금했다. 그를 믿지 못하는 것일까? 파이어하트는 무슨 도움이라도 주지 않을까, 하는 기대로 그레이스트라이프를 돌아보았다. 하지만 고개를 푹 숙인 채 두툼한 털을 뒤흔드는 바람에 맞서 몸을 잔뜩 웅크리고 있는 회색 전사는 딱히 도움이 될 것 같지 않았다. 파이어하트는 별족을 올려다보며, 부디 자신을 인도해 달라고 기도했다.

눈이 덮여 있었지만 놀랍게도 그는 지형을 알아볼 수 있었다. 전에 보았던 오소리 굴과, 그레이스트라이프가 멀리 내다보려고 올라갔던 바위가 있었다. 그는 그레이스트라이프와 함께 왔던 기억을 더듬으며, 움푹 들어간 분지가 나올 때까지 계속 걸어갔다.

마침내 파이어하트는 분지 가장자리에 멈춰 서서 외쳤다.

"저 아래예요!"

아주 잠깐 동안 바람이 잦아들었다. 아래쪽에서 치열한 전투의 함성이 들렸다. 비명과 울부짖음 속에서 고양이들이 서로 사납게 싸우고 있었다.

30
우정이라는 이름으로

타이거클로는 바람 소리를 뚫고 전사들을 향해 맹렬하게 포효했다.

"화이트스톰, 내가 소리칠 때까지 기다리게! 원위스커, 진영 입구까지 우리를 안내해라! 나머지는 우리가 알아서 하겠다."

원위스커가 눈 덮인 덤불을 향해 비탈을 달려 내려가기 시작했다. 타이거클로는 그를 따라 쏜살같이 내려갔다. 다크스트라이프도 그 뒤를 바짝 쫓았다. 파이어하트는 그들의 뒤를 따라서 바람족 진영으로 이어지는 좁은 굴길을 통과했다. 가시금작화는 그가 기억하는 것처럼 촘촘하고 날카로웠다. 그레이스트라이프와 다른 전사들은 비탈 꼭대기에 남아 있었다. 첫 공격을 퍼붓고 나면, 그들이 나서서 다시 밀어붙일 계획이었다.

파이어하트는 진영 공터에 펼쳐진 광경에 미끄러지듯 멈춰 섰다. 지난번 그가 바람족의 냄새 흔적을 찾으려고 왔을 때, 이곳은 휑하고 적막했다. 하지만 지금은 비명을 지르며 싸우는 고양이들이 공터에 득시글거렸다. 원위스커의 말이 맞았다. 바람족 고양이들은 수적으로 너무 열세였다. 그림자족과 강족에서는 아직 전투에 뛰어들지 않고 공터 언저리에서 대기하는 전사들도 있었다. 그러나 바람족은 남는 전사가 하나도 없었다. 훈련병과 원로, 전사와 어미 고양이 가릴 것 없이 종족 전체가 싸우고 있었다.

파이어하트는 그림자족 전사와 몸싸움을 벌이고 있는 모닝플라워를 발견했다. 바람족 어미 고양이는 지치고 겁에 질린 것 같았다. 곤두선 털은 들쑥날쑥하게 뜯겨 나가 있었다. 모닝플라워는 민첩하게 돌아서서 공격자를 할퀴었지만, 상대편은 훨씬 덩치가 컸다. 그녀는 묵직한 한 방에 땅바닥에 나동그라졌다.

파이어하트는 고함을 지르며 덤벼들어, 그림자족 수고양이의 어깨에 곧바로 내려앉았다. 갑작스런 공격에 놀란 전사가 몸을 돌리며 그를 떨어뜨리려고 했지만, 그는 딱 들러붙어 있었다. 파이어하트가 수고양이를 바닥으로 내동댕이치자, 모닝플라워가 발톱으로 할퀴었다. 그림자족 전사는 비명을 지르며 몸을 빼냈다. 그러고는 뾰족뾰족한 진영 방벽을 비집고 뛰쳐나갔다. 모닝플라워는 파이어하트에게 고마워하는 눈빛을 보내고, 다시 전투에 뛰어들었다.

파이어하트는 코에서 핏방울을 털어 내며 주변을 둘러보았다. 대기하고 있던 그림자족과 강족 전사들이 싸움에 가세하고 있었다. 천둥족이 도착하면서 잠시 숫자가 맞는 듯했지만, 이제는 지원이 필요할 때였다. 타이거클로의 외침이 울려 퍼지자, 곧이어 화이트스톰이 공터로 돌진해 왔다. 그레이스트라이프와 러닝윈드가 뒤를 바짝 따르고 있었고, 나머지 천둥족 전사들도 모두 합류했다.

파이어하트는 발을 걸어 강족 전사 하나를 넘어뜨리고, 다른 발로 꽉 눌렀다. 그런 다음 그 수고양이를 굴려서 뒷발로 배를 세게 걷어찼다. 강족 고양이는 멀리 나가떨어져 바람족 전사와 쿵 부딪쳤다. 갑자기 들이받힌 바람족 전사가 놀라서 고개를 돌렸다. 파이어하트는 원위스커의 얼굴을 알아볼 수 있었다. 원위스커는 뒷발로 서더니, 단 한순간도 멈칫하지 않고 강족 수고양이를 공격했다. 원위스커의 눈에서 불이 번쩍하는 것을 본 파이어하트는 마무리를 맡기고 자리를 떠날 수 있었다.

익숙한 비명 소리가 파이어하트의 주의를 끌었다. 그레이스트라이프가 그림자족의 회색 고양이와 싸우는 중이었다. 그 전사는 그림자족에서 브로큰스타를 쫓아내려고 싸울 때 그들을 도왔던 웻풋이었다. 두 전사의 실력은 막상막하였다. 그레이스트라이프는 뒷다리로 웻풋을 날려 버리고, 휙 돌아서서 공격할 만한 다른 전사를 찾았다. 강족 고양이가 그레이스트라이프 바로 뒤에 있었다. 전투의 소음 위로, 파이어하트의 귓가에 피가 고동치는 소리가 울렸다. 그레이스트라이프가 실버스트림의 동료 전사를 공격할까?

그레이스트라이프가 공중으로 뛰어올랐다. 파이어하트는 숨을 죽였다. 하지만 그레이스트라이프는 강족 고양이에게 덤벼드는 대신, 그를 건너뛰어 또 다른 그림자족 전사의 등에 내려앉았다.

파이어하트는 타이거클로가 부르는 소리를 들었다. 고개를 돌리자, 공터 반대쪽 끝에 있는 타이거클로가 보였다. 그곳에서는 모든 종족의 고양이들이 한데 뒤엉켜 격렬한 전투를 벌이고 있었다.

천둥족 부지도자에게 달려가던 그는 누군가 뒷다리를 붙잡고 끌어 내리는 것을 느꼈다. 레퍼드퍼였다.

"너!"

강족 부지도자가 외쳤다. 그들은 화이트클로가 죽은 그 골짜기에서 만난 적이 있었다.

파이어하트는 그녀를 밀쳐 내고, 등을 바닥에 대고 몸을 휙 뒤집었다. 하지만 취약한 배가 노출되었다는 것을 뒤늦게 깨달았다. 레퍼드퍼는 짧은 순간도 놓치지 않았다. 그녀는 뒷다리로 서서 온 힘을 다해 파이어하트를 내리 덮쳤다. 어찌나 세게 덤벼들었는지, 가시처럼 날카로운 발톱이 배에 꽂히기 전에 그녀가 일으킨 바람에 먼저 쓰러질 정도였다. 파이어하트는 극심한 고통에 비명을 질렀다. 눈을 돌리던 그는 공터 한쪽에서 무표정하게 자신을 지켜보고 있는 타이거클로를 발견했다.

"타이거클로, 도와주세요!"

파이어하트가 울부짖었다.

그러나 타이거클로는 움직이지 않았다. 그는 레퍼드퍼가 파이어하트를 찌르고 또 찌르는 모습을 그저 바라만 보고 있었다.

순수한 분노가 파이어하트에게 다시 힘을 주었다. 그는 고통을 참고 뒷다리를 당겨 레퍼드퍼의 배를 힘껏 걷어찼다. 그의 발길질에 레퍼드퍼는 공터 건너편으로 휙 나가떨어졌다. 파이어하트는 부지도자의 얼굴에 스치는 놀란 표정을 놓치지 않았다. 그는 가까스로 일어나 타이거클로를 노려보았다. 통증과 함께 분노가 부글부글 끓어올랐다. 타이거클로는 증오를 고스란히 드러낸 채 그의 시선을 마주하다가, 다시 전투 속으로 뛰어들었다.

뒷통수로 날아든 한 방에 파이어하트는 균형을 잃었다. 휘청거리며 고개를 돌리자 스톤퍼가 서 있었다. 강족 전사는 다시 한 방을 날릴 태세였다. 파이어하트는 슬쩍 몸을 피하면서 스톤퍼를 화이트스톰에게 곧장 떠밀었다. 화이트스톰은 스톤퍼의 목덜미를 꽉 붙잡았다. 파이어하트도 달려들어 도우려고 했지만, 누군가의 발톱이 몸을 쿡 찔렀다. 몸을 돌리니 얼핏 은색 털이 보였다. 실버스트림이었다.

실버스트림은 극도의 흥분 상태로 얼굴을 일그러뜨리며 그를 향해 앞다리를 들고 섰다. 피가 그녀의 눈으로 흘러들고 있었다. 파이어하트를 알아보지 못하는 것 같았다. 그녀가 한 발을 들어 올리자 긴 발톱이 번득였다. 파이어하트가 마음을 다잡으며 눈을 꼭 감는 순간, 귀에 익은 고함 소리가 들렸다.

"실버스트림, 안 돼!"

'그레이스트라이프!'

파이어하트는 속으로 생각했다.

실버스트림이 머뭇거리며 머리를 흔들었다. 마침내 파이어하트를 알아본 그녀는 깜짝 놀라 아무 소리도 내지 못했다. 그녀는 앞발을 내리고 다시 네 발로 땅에 내려섰다. 두 눈이 충격으로 휘둥그레져 있었다.

파이어하트는 본능적으로 반응했다. 그의 피에는 전투의 욕구가 불타오르고 있었다. 그는 두 번 생각하지 않고 강족 암고양이의 등으로 올라타, 바닥에 내리꽂았다. 어깨에 치명상을 입히려는 순간에도 실버스트림은 저항하지 않았다. 하지만 고개를 들었을 때, 파이어하트는 그레이스트라이프의 눈이 그를 뚫어져라 보고 있다는 걸 깨달았다. 회색 전사는 전장의 끄트머리에서 두려움이 가득한 눈으로 지켜보고 있었다.

고통과 불신이 가득한 친구의 눈을 보자 파이어하트는 정신이 번쩍 들었다. 그는 동작을 멈추고 발톱을 감추었다. 그가 느슨하게 놓아주자, 실버스트림은 가시금작화 덤불 속으로 사라졌다. 파이어하트는 여전히 충격에 빠진 채 그녀를 쫓아 달려가는 그레이스트라이프를 멍하니 바라보았다.

아직도 누군가 자신을 지켜보고 있는 기분이 들었다. 주변을 둘러보던 그는 공터 반대편에 있는 다크스트라이프와 눈이 마주쳤다. 파이어하트는 움찔했다. 그레이스트라이프 때문에 자신이 결국 적의 전사를 놓아준 것이다! 다크스트라이프는 어디까지 보았을까? 바로 그때 러닝윈드가 도움을 청하는 소리가 들렸다. 얼룩무늬 전사는 그림자족의 지도자인 나이트스타와 필사적으로 격투를 벌이고 있었다. 파이어하트는 러닝윈드의 옆구리 쪽으로 돌진해 갔다. 그리고 생각할 겨를도 없이 단숨에 뛰어올라 나이트스타를 뒤에서 잡았다. 파이어하트가 뒤로 잡아당겨 발톱을 털 속 깊숙이 찔러 넣자, 검은 전사는 분노의 울부짖음을 내질렀다. 불과 몇 달 전에 그는 이 전사와 어깨를 나란히 하고 싸워 브로큰스타를 쫓아냈었다. 이제 그는 전임 그림자족 지도자에게 그랬던 것처럼, 나이트스타의 어깨에 사납게 이빨을 찔러 넣었다.

나이트스타는 비명을 지르며 몸을 비틀었다. 파이어하트는 그를 놓치지 않기 위해 간신히 버텼다. 나이트스타가 지도자의 자리에 거저 오른 것이 아니라는 생각이 들었다. 나이트스타는 몸부림치다가 파이어하트에게서 빠져나왔지만, 러닝윈드가 기다리고 있었다. 그가 나이트스타에게 덤벼들었고, 둘은 뒤엉켜서 얼어붙은 공터를 굴러다녔다. 파이어하트는 그들이 엎치락뒤치락하는 모습을 지켜보며 적당한 기회를 살폈다. 마침내 그는 펄쩍 뛰어 나이트스타의 등에 정확히 올라탔다. 이번에는 빠져나가지 못하도록 더 단단히 붙잡았다. 러닝윈드 역시 나이트스타를 잡고 있었다. 그들이 함께 할퀴고 물어뜯으니, 그림자족 지도자는 결국 큰 소리로 비명을 지르고 말았다. 그들은 발톱을 감추지 않은 채 뒤로 물러나며 나이트스타를 놓아주었다.

나이트스타는 벌떡 일어나 몸을 돌렸다. 눈에는 여전히 분노가 어려 있었지만, 그림자족 지도자는 자신이 패배했다는 걸 알고 있었다. 그는 뒤로 물러나며 눈으로 황급히 자신의 전사들을 찾았다. 남아 있는 전사들 역시 다른 천둥족 전사들의 공격을 받고 고통스러워하고 있었다. 나이트스타는 후퇴 명령을 내렸다. 즉시 그림자족 전사들이 싸움을 멈추고, 진영을 둘러싼 가시금작화 덤불 속으로 뒷걸음쳐서 달아났다. 이제 강족 전사들만이 남아 천둥족과 바람족의 공격에 맞서야 했다.

파이어하트는 잠시 멈춰 숨을 고르고, 눈을 깜빡여 피를 떨어냈다. 화이트스톰이 레퍼드퍼와 몸싸움을 벌이고 있었다. 그 옆에는 마우스퍼가 있었다. 샌드스톰은 덩치가 두 배는 되어 보이는 강족 전사와 싸우고 있었다. 하지만 강족 전사는 샌드스톰의 속도를 따라오지 못했다. 그녀는 강족 전사가 어쩔 줄 몰라 할 때까지 주변을 빙빙 돌다가 재빨리 물기를 반복했다.

더스트펠트는 잿빛이 도는 검정색 수고양이와 싸우고 있었다. 파이어하트는 그가 고원에서 토끼를 쫓던 강족 전사 블랙클로라는 것을 알아보았다. 더스트펠트는 주눅 들지 않고 고집스럽게 맞섰다. 전사가 된 지 얼마 안 되었지만, 그는 한 방씩 맞을 때마다 똑같이 되갚아 주었다. 그에게는 도움이 필요 없어 보였다. 파이어하트는 자신이 도와준다고 해도 더스트펠트가 고마워하지 않을 거라 생각했다.

크룩트스타는 어디 있을까? 파이어하트는 공터를 돌아다니며 강족 지도자를 찾았다. 그를 찾기는 어렵지 않았다. 그림자족이 도망가 버려서 공터는 그리 붐비지 않았다. 파이어하트는 곧 턱이 일그러진 얼룩 고양이를 발견했다. 그는 몸을 낮게 웅크린 채 타이거클로와 마주하고 있었다. 두 전사는 서로를 노려보며 사납게 꼬리를 흔들었다. 파이어하트는 둘 중 누가 먼저 움직이는지 기다리면서 피가 들끓는 기분이었다. 먼저 뛰어오른 것은 크룩트스타였지만, 타이거클로는 민첩하게 한쪽으로 피했고 크룩트스타의 공격은 빗나가 버렸다. 이번에는 타이거클로가 정확히 크룩트스타의 등에 올라탔다. 천둥족 전사는 강족 지도자를 긴 발톱으로 움켜잡았고, 크룩트스타는 그의 밑에 힘없이 깔렸다. 파이어하트는 숨도 쉬지 않고 그들을 지켜보았다. 타이거클로가 이빨을 드러내고 달려들어 크룩트스타의 목을 깊숙이 물었다.

파이어하트는 깜짝 놀랐다. 타이거클로가 강족 지도자를 죽인 걸까? 크룩트스타의 고통스러운 비명이 들려오는 것을 보니, 목 뼈까지 물지는 못한 듯했다. 하지만 그것은 승리를 알리는 신호 였다. 타이거클로는 적을 놓아주었고, 크룩트스타는 소리를 지르 며 진영 입구로 달려갔다. 크룩트스타의 꼬리가 시야에서 사라지 자, 강족 전사들도 싸움을 멈추고 뒤따라 뛰어갔다.

바람족 진영은 순식간에 고요해졌다. 가시금작화 위로 부는 바 람 소리만 들릴 뿐이었다. 파이어하트는 주변을 둘러보았다. 천둥 족 전사들도 많이 다치고 지쳐 있었지만, 바람족 고양이들은 훨 씬 더 심각했다. 하나같이 피를 흘리고 있었고, 언 땅 위에 누워 서 꼼짝하지 않는 고양이도 있었다. 바람족 치료사인 바크페이스 는 한시도 헛되이 보내지 않으려고 동분서주하며 고양이들의 부 상을 살폈다.

톨스타가 타이거클로에게 절룩거리며 걸어왔다. 뺨에서 피가 흘러내리고 있었다. 바람족 지도자를 지켜보던 파이어하트는 몇 달 전에 꾸었던 꿈이 기억났다. 꿈에서 톨스타는 환한 불을 등지 고 서 있었다. 마치 그들을 구하기 위해 별족이 보내 준 전사인 것 같았다. 스파티드리프는 '불이 종족을 구하리라'고 예언했다. 하지만 지칠 대로 지쳐서 기진맥진해 있는 바람족 고양이들을 바 라보고 있자니, 그는 꿈이 자신을 잘못 이끌어 준 것은 아닌지 의 구심이 생겼다. 이런 고양이들이 어떻게 별족의 약속대로 종족을 구해 줄 불이란 말인가? 게다가 천둥족이 오히려 바람족을 구해 주지 않았는가. 그것도 두 번씩이나.

톨스타는 타이거클로에게 조용히 무언가를 말하고 있었다. 그들이 무슨 이야기를 나누는지는 들리지 않았다. 톨스타가 고개를 숙이는 것으로 보아 감사 인사를 하는 것 같았다. 타이거클로는 자세를 꼿꼿이 하고 턱을 치켜든 채 감사 인사를 받았다. 파이어하트는 타이거클로의 오만함에 섬뜩한 기분이 들었다. 그는 레퍼드퍼가 그를 공격했을 때 타이거클로가 옆에 서서 지켜보기만 했던 것을 결코 잊지 못할 것이다.

"여기."

파이어하트는 퍼뜩 정신을 차렸다. 약초를 입에 물고 온 윌로펠트가 조용히 말을 건네고 있었다. 파이어하트는 고맙다고 가르랑거렸다. 윌로펠트가 약초에서 짜낸 즙을 어깨에 난 상처에 떨어뜨려 주었다. 물린 상처에 즙이 들어가자 따끔거렸지만, 그 냄새는 스파티드리프와 함께했던 또 다른 시간으로 그를 곧장 데려갔다. 스파티드리프는 여러 달 전에 그에게 똑같은 약을 주며 옐로팽을 치료해 주라고 했었다. 약초 냄새가 서서히 퍼지면서, 파이어하트는 전날 밤 꾸었던 꿈도 기억이 났다.

"전사를 조심해……."

스파티드리프가 그에게 경고해 주었다.

전사를 조심하라고?

진실이 차디찬 바람처럼 파이어하트의 마음에 밀려들었다. 그가 조심해야 할 전사는 그레이스트라이프가 아니었다. 바로 타이거클로였다! 어떻게 친구를 의심할 수가 있었을까? 타이거클로가 무슨 짓이든 할 수 있다는 걸 알면서도! 그 순간 파이어하트는 확신했다. 블루스타가 뭐라고 말하든, 레이븐포는 진실을 말하고 있었다는 것을. 오늘 타이거클로가 한 행동을 보면 알 수 있었다. 그러면 쉽사리 레드테일을 죽이고, 죄책감 없이 돌아설 수 있었을 것이다.

"잘 싸웠어, 파이어하트!"

러닝윈드가 그의 생각을 방해했다. 갈색 얼룩무늬 전사는 파이어하트에게 따뜻한 눈인사를 건넸다.

"블루스타에게 꼭 말할게!"

"맞아, 넌 훌륭한 전사야. 별족이 널 자랑스러워할 거야."

윌로펠트가 맞장구를 쳤다.

파이어하트는 그들을 바라보며 기뻐서 귀를 씰룩거렸다. 다시 종족의 일원이 된 것 같아 안도감이 들었다.

기쁨도 잠시, 파이어하트의 털이 곤두섰다. 다크스트라이프가 공터를 성큼성큼 가로질러 타이거클로에게 향하고 있었던 것이다. 다크스트라이프는 톨스타가 자리를 뜨기를 기다렸다가, 몸을 숙이고 타이거클로의 귀에 무언가 다급하게 속삭였다. 두 전사는 계속 파이어하트를 힐긋거렸다.

'봤구나.'

파이어하트는 두려움에 정신이 아득해졌다.

'내가 실버스트림을 그냥 보내 주는 걸 본 거야.'

"괜찮아?"

윌로펠트가 물었다.

파이어하트는 자신이 떨고 있다는 것을 깨달았다.

"아, 네, 죄송해요. 그냥 생각 좀 하느라."

타이거클로가 다가오고 있었다. 그의 눈은 악의에 찬 만족감으로 번득이고 있었다.

"정말 괜찮은 거지? 난 다른 쪽도 좀 살펴보러 갈게."

윌로펠트가 말했다.

"네, 그럼요. 고마워요."

윌로펠트는 약초를 물고 멀어져 갔다. 러닝윈드가 그녀의 뒤를 따랐다.

타이거클로는 귀를 납작하게 붙이고 입술을 뒤로 죽 당긴 채, 으르렁거리며 파이어하트를 내려다보았다.

"다크스트라이프가 그러는데, 강족 암고양이가 달아나도록 봐 뒀다지?"

파이어하트는 아무 말도 할 수 없었다. 그레이스트라이프가 아무리 그를 힘들게 해도, 친구를 배신할 수는 없었다. 그는 강족 전사가 자신을 죽이려 할 때 타이거클로가 구경만 했다는 사실을 큰 소리로 외치고 싶었다. 하지만 누가 그 말을 믿어 줄까? 다크스트라이프가 걸어와 타이거클로 옆에 섰다. 파이어하트는 블루스타의 지혜와 공정함이 그리웠지만, 그녀는 너무 멀리 있었다.

타이거클로는 여전히 사나운 눈초리로 내려다보고 있었다. 그는 말을 꺼낼 준비를 하며 심호흡을 했다. 그러다 문득 분명한 사실 하나를 깨달았다. 그레이스트라이프 때문에 자신이 저지른 불충은 타이거클로에게는 아무 의미도 없었다. 타이거클로가 그를 괴롭히는 진짜 이유는 따로 있었다. 부지도자는 두려운 것이었다.

파이어하트가 레이븐포의 이야기를 듣고 레드테일의 죽음에 대한 진실을 알게 되었을까 봐. 하지만 레이븐포와 달리 파이어하트는 두려움에 굴복하지 않을 작정이었다. 그는 도전적인 눈빛으로 부지도자를 보며 으르렁댔다.

"맞아요, 그 암고양이는 달아났어요. 크룩트스타가 도망간 것처럼요. 왜요? 제가 그 고양이를 죽이길 바랐던 거예요?"

타이거클로가 꼬리로 차가운 땅을 후려쳤다.

"다크스트라이프 말로는 네가 할퀴지도 않았다던데?"

파이어하트는 어깨를 으쓱했다.

"그건 그 암고양이를 쫓아가서 물어봤어야죠!"

다크스트라이프는 금방이라도 쏘아붙일 기세였지만, 타이거클로가 말하는 동안 잠자코 있었다.

"그럴 필요는 없지. 네 친구가 이미 따라갔다고 하니 말이다. 그 녀석이 우리한테 말해 줄 수 있겠지. 암고양이가 얼마나 심하게 다쳤는지 말이야."

파이어하트는 전투에 뛰어든 이후 처음으로 오싹한 한기를 느꼈다. 타이거클로의 번득이는 눈에는 은근한 협박이 보였다. 타이거클로가 그레이스트라이프와 실버스트림의 관계를 눈치챘을까?

파이어하트가 여전히 둘러댈 말을 찾고 있을 때, 그레이스트라이프가 진영 입구로 들어왔다.

"누가 돌아오셨군."

타이거클로가 비꼬듯 말했다.

"그 암고양이가 어떤지 물어보겠느냐? 아니, 기다려라. 내가 대답을 맞혀 보지. 아마 놓쳤다고 말할 테지."

타이거클로는 경멸 어린 눈빛을 굳이 숨기지 않고, 다크스트라이프를 거느리고 걸어갔다.

파이어하트는 그레이스트라이프를 바라보았다. 친구의 얼굴은 피로와 걱정으로 일그러져 있었다. 파이어하트는 공터를 가로질러 걸어가 친구를 마주했다. 그레이스트라이프는 여전히 화가 난 상태일까? 파이어하트가 실버스트림을 공격하려 했던 것에 화가 나 있을까? 아니면 그녀를 보내 준 것에 대해 고마워할까?

그레이스트라이프는 머리를 푹 숙인 채 잠자코 서 있었다. 파이어하트는 코를 내밀어 친구의 차가운 옆구리를 살며시 쓸어 주었다. 그레이스트라이프가 웅얼거리며 고개를 드는 것이 느껴졌다. 그레이스트라이프는 그를 똑바로 마주 보았다. 눈에는 슬픔이 가득했지만, 최근 그에게 보였던 분노의 흔적은 찾을 수 없었다.

"실버스트림은 괜찮아?"

파이어하트는 소리를 낮추어 물었다.

"응, 보내 줘서 고마워."

그레이스트라이프가 속삭였다.

파이어하트는 그에게 눈을 찡긋했다.

"다치지 않아서 다행이야."

그레이스트라이프는 잠시 그의 눈을 마주 보다가 말했다.

"파이어하트, 네 말이 맞았어. 전투는 쉽지 않았어. 적과 싸우는 게 아니라, 실버스트림의 동료와 싸우는 기분이었어."

그레이스트라이프는 부끄러운 듯 눈을 내리깔았다.

"하지만 실버스트림을 포기할 순 없어."

친구의 말에 파이어하트는 불길한 예감이 들었지만, 안쓰러운 마음이 앞섰다.

"이건 너 혼자 해결해야 할 문제야. 널 판단하는 건 내 몫이 아니야."

그레이스트라이프가 고개를 들었다.

"그레이스트라이프, 네가 무슨 결정을 하든 난 언제나 네 친구야."

그레이스트라이프가 그를 가만히 바라보았다. 고마움과 안도감으로 눈동자가 흐려져 있었다. 두 전사는 말없이 낯선 공터에 나란히 앉았다. 몇 달 만에 처음으로, 우정이라는 이름으로 그들의 털이 맞닿았다. 눈 덮인 가시금작화 덤불이 머리 위로 몰아치는 성난 폭풍을 막아 주는 은신처가 되어 주었다.

〈3권에 계속〉

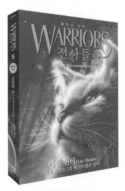

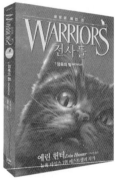
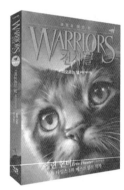
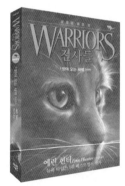

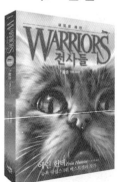
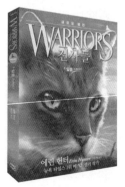

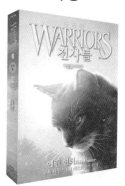

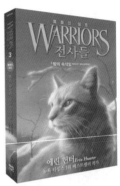

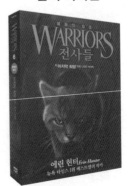

전 세계가 열광한 베스트셀러 작가, 에린 헌터의『전사들』시리즈 제5부!

WARRIORS 전사들

다섯 번째 이야기 **종족의 탄생(출간중)**

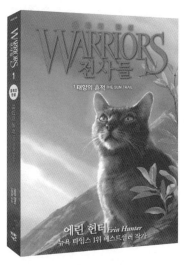

¹ 태양의 흔적

² 떠오르는 썬더

부족 고양이들은 산에서 오랫동안 평화롭게 살아왔다. 하지만 먹이는 귀해지고 계절을 나기가 점점 힘들어진다. 용감한 젊은 고양이 무리는 먹이와 물이 풍부한 새 보금자리를 찾아 산을 떠나는데…….『전사들』시리즈의 프리퀄, 종족의 첫 새벽이 열린다!

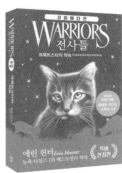

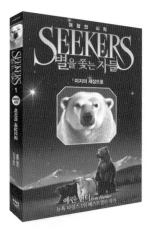

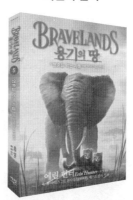
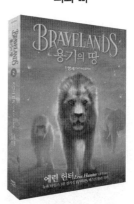